Un paseo hasta el fin del mundo

DOUGLAS WESTERBEKE

Traducción de Daniel Casado

Plata

Argentina – Chile – Colombia – España
Estados Unidos – México – Perú – Uruguay

Título original: *A Short Walk Through a Wide World*
Editor original: Avid Reader Press, un sello de Simon & Schuster, Inc
Traducción: Daniel Casado

1.ª edición: mayo 2024

Plaza de los Reyes Magos, 8, piso 1.° C y D – 28007 Madrid
www.letrasdeplata.com

ISBN: 978-84-92919-58-1
E-ISBN: 978-84-10-15909-9
Depósito legal: M-5.607-2024

Fotocomposición: Urano World Spain, S.A.U.
Impreso por: Rodesa, S.A. – Polígono Industrial San Miguel
Parcelas E7-E8 – 31132 Villatuerta (Navarra)

Impreso en España – *Printed in Spain*

Para Amy Dawson,
por darme el mejor consejo del mundo.

Para la Biblioteca Pública de Cleveland,
sin la cual esta novela no habría existido.

—Más allá del Bosque Salvaje está el Gran Mundo —dijo la Rata—, y eso es algo que nos trae sin cuidado. No he ido nunca, ni pienso ir, ni tú tampoco, si es que tienes algo de sentido común. Y, por favor, no vuelvas ni siquiera a hablar de ello.

—Kenneth Grahame, *El viento en los sauces.*

CAPÍTULO UNO

Un mercado

La hoja de papel es blanca e impoluta, porque no ha dibujado ni un solo trazo todavía, así que, cuando la gota de sangre cae y deja su manchita roja en la página, se queda petrificada. El lápiz se le queda suspendido en la mano. El corazón, como hace siempre, le late con más fuerza. Suelta el lápiz. En un acto reflejo, se lleva una mano a la nariz. Nota la humedad que se le desliza por los senos nasales, el sabor a agua salada en el fondo de la garganta. Es un goteo de nada, un sangrado de lo más normal, pero en cuestión de minutos va a empeorar, y mucho. Y tenía que pasarle ahí, justo cuando se acababa de sentar.

Es demasiado pronto. Mala suerte. Había tenido la esperanza de dormir en una cama de verdad esa noche, no en una hamaca ni en el suelo, y por la mañana iba a darse un baño, uno de los buenos, con agua caliente y con jabón. Había esperado añadir más entradas a su libro, como *leña* o *pedernal* o *papel,* pero ¿cómo se dibuja una hoja de papel en una hoja de papel para que alguien más la vea y diga «Ah, ya entiendo, es una hoja de papel»?

Tenía ganas de probar la comida. Con todo lo que hay en el mercado: conservas de ñame, pinzas de cangrejo hervidas, gambas con curri envueltas en cuajada de alubias… No, eso también iba a tener que esperar a otro momento en otro mercado. La lista de cosas que no va a hacer es incluso más larga que eso (¿cuál no lo es?), pero no tiene tiempo para ponerse a pensar en ello. El baño puede esperar. Ya encontrará una cama en alguna otra parte. La lista desaparece. Ha llegado el momento de salir pitando de ahí.

Sin embargo, el mercado está lleno de vida, la gente es amable y el río está ahí mismo, una lágrima brillante que atraviesa la selva, lleno a rebosar de esquifes y barcos pesqueros coloridos que se la pueden llevar de allí sin ningún esfuerzo. Está en Siam, una parte del mundo llena de agua, con todo invadido por la selva y con estaciones que se miden según las lluvias. En cuanto llegó, supo que los ríos iban a ser su vía de escape.

El anciano que vende pescado, el de cara amable desgastada por las inclemencias del tiempo, pero todavía con un brillo en los ojos. Él la ayudará. Con prisa, se echa la mochila al hombro y acuna el libro en el brazo. Empuña su bastón para caminar, tan alto como ella, y atraviesa los hilillos de humo azul del incienso y del carbón encendido. Pasa por delante de pescaderos y mercaderes de productos textiles y de mesas hechas de bambú. El anciano fuma una pipa de opio larga y fina, rodeado de cajas de pescado seco, calamares secos y pulpo seco: todo lo que antes estaba húmedo se ha secado, y el anciano está en medio de las cajas, como un pájaro enjaulado. Pese a que ella no habla el idioma del lugar, los franceses tienen colonias al norte, y los británicos, influencia en el sur.

—Por favor —pide, con su inglés con acento—, ¿un barco? ¿Sabe dónde puedo encontrar un barco? Necesito un barco.

El anciano no la entiende. No la había visto antes, así que alza la mirada y ahí está, la persona más alta de todo el mercado, con cabello rubio oscuro y ojos azules, por encima de él. El bastón de caminar que lleva, largo y recto, la hace parecer parte de la realeza, como una monja budista venerable o la hija de un emperador. Ninguna parte de su aspecto denota nada de Occidente, pues no lleva corsé, lazos ni cuello alto de encaje, sino tan solo prendas del lugar y un sombrero de paja típico de los obreros, pero nunca conseguirá encajar allí, en aquel mercado, en aquel país, cuando le saca al menos una cabeza a todos los demás.

Ve la expresión confundida del anciano. Sonríe para que el hombre baje la guardia. No encaja en ninguna parte, y casi nunca lo intenta. Su aspecto invita miradas cargadas de curiosidad y montones de preguntas. Es la mejor forma de la que dispone para conocer personas, solo que no le funciona con aquel anciano.

El hombre se pone a charlar en un idioma que ella no entiende. Cambia algo de su comportamiento, como ocurre siempre. Parece que la ha confundido por una extranjera adinerada, en lugar de ver lo pobre que es, en lugar de ver que es alguien que ha dormido en la copa de los árboles de la selva y se ha bañado en los ríos ocultos durante las últimas tres semanas. Intenta venderle un pincho de palometa seca. Por cómo gesticula, bien parece que intenta venderle el puesto entero. Ella arquea una ceja, sobresaltada; se ha equivocado con aquel hombre. Le ha fallado el instinto. Si bien no le suele ocurrir, cuando sí lo hace, la pone de los nervios. Es su instinto, su habilidad para captar las intenciones de una persona desconocida con una mirada de soslayo o dos, lo que la ha mantenido con vida hasta el momento.

Y entonces le llega el dolor, uno terrible y venenoso, uno que la hace querer echarse a llorar, como si un pico de hielo se le hubiera clavado en un diente podrido. Le recorre la columna entera, desde la base del cráneo hasta las lumbares. Se estremece, como si se hubiera electrocutado, y entonces se tensa y cada centímetro del cuerpo se le crispa. El anciano deja de hablar, ve que se pone fría y pálida, la ve articular palabras sin sonido. Le da miedo que se vaya a desmayar delante de él. Solo que no lo hace. Ni siquiera suelta un grito de dolor. Aprieta la mandíbula, tensa el cuerpo, y arrastra los pies hasta el siguiente puesto, cojeando.

—¡Un barco! —grita a cualquiera que la oiga. Muchos se dan media vuelta para ver qué ocurre. Nadie la entiende—. Un barco, un barco, un barco… —Entona las palabras según cojea por delante de los mercaderes y de sus puestos, como si estuviera lanzando cuerdas salvavidas desde una embarcación que se hunde hacia los que están en la orilla. Otra punzada de dolor, y los primeros atisbos de pánico le pasan por el cerebro.

Se acerca a una mujer junto a una hoguera que remueve un curri amarillento en un wok de hierro. Abre el libro por la página que ha acabado decorada con una gota de sangre. No le resulta nada fácil, con las sacudidas que le dan los músculos.

Las páginas están repletas de dibujitos, hay cientos de ellos, una colección de ilustraciones útiles: plátanos, camas, parasoles, caballos y carros, agujas e hilo, locomotoras, relojes y velas. Pasa las páginas con manos temblorosas hasta que encuentra el dibujito a lápiz de un barco, de varios barcos distintos: veleros, barcos a vapor, cruceros de lujo y canoas, para que nadie se pueda confundir.

—¿Un barco? *Bateau?*

La mujer no le responde. ¿Hablarán cantonés allí? China no está tan lejos, al fin y al cabo. Hacía un mes que había estado en China, o eso le parecía, y había atravesado la selva con un machete desgastado. Y ahora está ahí, en el sur, y suplica que le salven la vida en una ribera.

—*Syún?*

La mujer sigue sin contestar, se limita a mirarla. ¿Sabe cómo se dice en el idioma del lugar? Sí que ha aprendido unas cuantas palabras, porque se había estado preparando. ¿*Touk,* quizá? ¿Así se decía?

—*Touk?*

Sin embargo, en lugar de contestar, en lugar de intentar mantener una conversación con pantomimas como suelen hacer los demás, la mujer deja su cucharón de madera en el curri y se aleja en silencio.

Así se da cuenta de que debe tener muy mal aspecto. Se mira el pañuelo que lleva en la mano: está todo rojo. El ruido del mercado se ha ido amortiguando poco a poco, como si estuviera bajo el agua, lo cual solo puede significar que se ha puesto a sangrar por las orejas también, y, cómo no, tiene la boca llena de sangre. Nota el sabor. Se lame los dientes, la sangre se le acumula en los labios y entonces se avergüenza al reparar en que todo aquel tiempo ha estado goteándole por la barbilla. Debe de tener un aspecto aterrador.

El dolor avanza; nota la cabeza entera como un nervio expuesto, una cuchilla afilada que le rasga el interior del cráneo. Una presión horrible se le acumula detrás de los ojos, y el pico de hielo que le atraviesa las lumbares se le clava en la pierna izquierda. Contiene un grito. Cuando camina, tiene que arrastrar la pierna por detrás de ella, como un animal muerto.

Se limpia la cara con la manga y lo único que consigue es mancharse las mejillas de sangre. Echa un vistazo por el mercado en busca de pescadores, capitanes de transbordador o cualquiera que pueda llevársela de allí. Sostiene el dibujo de los barcos para que todos los vean.

—¡Barco! *Bateau! Syún!*

Nadie acude en su ayuda, pero sí que se la quedan mirando, fascinados y asustados a partes iguales. Tiene un aspecto enloquecido, desquiciado. Parece alguien a quien no se puede salvar. ¿Para qué quiere un barco una mujer tan enferma? ¿Para morir en él? ¿Quiere un ataúd flotante en el que tumbarse por última vez? ¿Volverían a ver su barco? Y no puede explicarse porque ya son demasiados idiomas. Ha aprendido bastantes: árabe, español, mandarín y cantonés, y hasta un poco de circasiano, por el amor de Dios, pero no puede con todos.

Y entonces oye inglés detrás de ella (sí, tiene que serlo), en algún lugar entre la muchedumbre, de parte de una vocecita clara.

—¡Mamá, esa señora necesita ayuda!

Se da media vuelta y ve a la niña, una niña de cabello dorado por encima de la multitud, encima de un mar de cabello negro y sombreros cónicos, como si flotara con su blusa blanca y alegre y su vestido sin mangas, pero no, es que está subida a los hombros de alguien, lo bastante cerca como para verla, pero demasiado lejos como para ayudar. ¿Son británicas?

¿Norteamericanas? La entenderán. Extiende su mano manchada de rojo, como si fuera a saludar, pero, en un abrir y cerrar de ojos, la niña desaparece en el mercado.

Un dolor nuevo, un buitre que se vale de sus garras para escapar de su vientre. Se dobla sobre sí misma y cae al suelo de rodillas. Con una tos horrible, arroja tanta sangre en el suelo que la muchedumbre que tiene alrededor suelta un grito ahogado al unísono y se aleja de ella.

Pierde el sombrero, y el bastón se le cae. Intenta controlar su respiración, con cuidado, porque hasta el aliento más ínfimo es una tentación para las ganas de toser que nota en la garganta. Recoge el bastón y se lo aferra al pecho. Deja el sombrero; el sombrero da igual. Ya se comprará otro. Se pone de pie, se limpia la boca y se acerca a los hombres de los barcos de la ribera que descargan pescado y venden melones y plátanos. La ven acercarse, ven la sangre y los pasos trabajosos. Huirían, pero están atrapados contra el atasco de barcos.

—Je dois avoir un bateau, s'il vous plait… —suplica.

Algunos de los pescadores señalan. Otros la echan con gestos. Es una enfermedad que no han visto nunca. Se tambalea por la orilla, y la gente se aparta de su camino.

—Ayuda… Por favor…

Se pone a temblar en su propio terremoto particular. Los demás suben por la ribera para alejarse de ella, y algunos hasta huyen al río, se hunden hasta las rodillas en el barro y el agua les llega a los muslos. Ya no tiene a nadie delante, y está en un muelle que se extiende más allá de los barcos, hasta el río.

Un transbordador lleno de personas acaba de zarpar, va río arriba poco a poco y suelta unas nubes de humo negro espeso desde su chimenea. Por encima del ruido del motor oye la misma voz, el grito de una niña pequeña.

—¡Venga aquí! ¡Por aquí!

Mira y ve a dos niños rubios vestidos de blanco (de un blanco impoluto tenía que ser, de lana y perfecto) que le hacen gestos con la mano desde la popa.

—¡Por aquí! —gritan—. ¡La ayudaremos!

Se mete el libro en el cinto, se tropieza y casi se cae otra vez, pero recupera la concentración, se resiste al dolor y recurre a las pocas fuerzas que le quedan. Corre por todo el muelle, con el bastón en las manos. Corre y, cuando llega al final, no se detiene ni ralentiza el paso, sino que salta al río lleno de barro. Salta y nada con todas las fuerzas que le quedan para darle alcance al transbordador con su potente motor a vapor. Y todos los del mercado corren a la ribera para ver el espectáculo.

La muchedumbre contiene el aliento, y los niños la animan a seguir. Nada y nada y consigue llegar al transbordador antes de que este acelere del todo, con el bastón en una mano y arrastrando la mochila tras de sí. Los pasajeros, asombrados ante semejante hazaña, estiran la mano desde arriba y la agarran de los brazos para subirla a la embarcación.

Se queda tumbada en la cubierta, empapada, encima de un charco de agua del río y sangre diluida. Se aferra a su bastón con fuerza, como hacen los monjes con las cuentas de plegarias. Mira a quienes la han rescatado, a sus compañeros de viaje. Y, entre jadeos, les pregunta:

—Ay, *mon dieu*… ¿Nos movemos? ¿Seguimos en camino?

Los dos pequeños, un niño y una niña, se la quedan mirando, así como su padre, un hombre corpulento con acento de Nueva Zelanda que se ha arrodillado a su lado.

—Sí, sí. Nos movemos —dice.

Alivio. Un respiro. Ya no sangra, ni por la nariz, ni por la boca ni por las orejas. El dolor ya se ha desvanecido. Puede volver a respirar.

—*Dieu merci* —les dice, y sonríe—. He zarpado.

CAPÍTULO DOS

Un barco en Siam

Los Holcombe han visto de todo en sus viajes: lagos llenos de ácido, escarificaciones, fufus enteros fermentados en el fondo de sus cuencos de sopa. Aun así, aquella mujer enferma encabeza la lista de las historias que piensan contar cuando vuelvan a casa. No tiene más de treinta años, aunque tenga el aspecto de una viajera con experiencia, y ha estado deambulando por un mercado, cubierta de sangre, antes de saltar a un río con toda la ropa y salir completamente sana, con la enfermedad que hubiera padecido ya erradicada como si nada.

Ahora está asomada por un lado del barco y pasa la ropa por el agua para quitarle la sangre antes de colgarla en la baranda para que se seque. Como si se tratara de algún tipo de magia, la ropa que lleva en la mochila está perfectamente seca. Les cuenta que es un truco que aprendió por ahí, que es por cómo retuerce la mochila de piel de foca para cerrarla. Ellos piensan que ese no es un truco que se pueda aprender en Indochina. Y no solo eso; ¿dónde podría haber encontrado piel de foca en Siam?

Su libro sí que está empapado. Lograron sacarlo del río, pero las páginas están mojadas y no se puede hacer nada por restaurarlo. Lástima, porque está lleno de ilustraciones detalladas que ha tardado mucho en dibujar: bocetos de tijeras, sobres de correo, zapatos y huevos. Los niños están preocupados, pero la mujer suspira y le resta importancia. Dice que no es la primera vez que le ocurre. Según parece, suele mojarse. Dice que empezará de cero en un libro nuevo en cuanto consiga el papel suficiente.

—¿Son de Nueva Zelanda? —le pregunta a Emily Holcombe, la madre de los niños. Su marido y sus dos hijos han ido al vendedor de té de la cabina a por algo de beber—. Me encanta Nueva Zelanda. Ojalá no tuviera que haberme ido.

Emily es bastante joven para ser madre de dos hijos, y lo parece aún más comparada con su marido. Su vestimenta (un vestido de cuello alto que la cubre entera) no es la más apropiada para el clima, pero sí está a la moda. Es un producto de la alta sociedad occidental, y, aun así, ahí está, en un transbordador común, en el mismo espacio que las personas del lugar, abriéndose paso a través de la jungla.

—¿Qué los trae por Siam? —le pregunta la mujer a Emily, con su inglés con acento.

Emily permanece sentada y la mira, nerviosa, antes de responder.

—Eh... Mi marido está de viaje de negocios... Los textiles...

—¿Y es un buen sitio para ese mercado? —continúa la mujer, como si nada.

—Estaba usted cubierta de sangre.

—Así es.

—Eh... Creíamos que iba a morir en el mercado.

—No he muerto, no.

—Pero podría haber muerto.

—Podría haber muerto, en efecto. Viene y va. Debe de haber sido un poco espeluznante, me imagino.

—Ver a alguien desangrarse y casi morir da un poco de miedo, sí.

—Pero ahora estoy en un barco para navegar por el río y todo va bien.

—¿Sí?

—Sí.

Y entonces Emily se acuerda de los artículos. Porque, como todos los inmigrantes, aprovecha cualquier oportunidad para leer en su lengua materna: periódicos de su país natal, el *Times* de Londres, el horario de los trenes, cualquier cosa que le llegue. De modo que reconoce a la mujer y no puede evitar soltar un grito ahogado.

—Usted… es esa… esa señorita francesa… Audrey…

—Aubry Tourvel.

Aubry le extiende una mano, y, cuando Emily Holcombe se la estrecha, esta nota una emoción que la recorre entera, la emoción de estrecharle la mano a alguien de quien han hablado en el *Times* y en el *New Zealand Herald*. Se muere de ganas de contárselo a sus hijos, y más aún a su marido, quien lo entenderá mejor.

Sin embargo, cuando Emily está a punto de decir algo más, su conversación llega a su fin de sopetón. Su marido y sus dos hijos vuelven con tazas de té y platos de tortitas de cebolleta.

Los niños se llaman Sophie y Somerset. Aubry les ha dado las gracias a todos los del barco por haberla sacado del río y se ha asegurado de pagar por el viaje completo al capitán, pero no cabe duda de que son esos dos niños quienes le han salvado la vida de verdad. Son de lo más encantadores (educados y amables y hacen caso a sus padres), aunque no tanto como para tener la necesidad de contener los gritos y los aspavientos que han hecho para ayudarla. A pesar de que Aubry no cree que sean mellizos, tampoco sabe decir cuál de los dos es mayor; ninguno de los dos puede tener más de ocho o nueve años. Se le acercan con una expresión radiante.

—¡Aquí está! Le hemos traído algo —dice Somerset.

—¿Está bien? Parece que está bien. ¡Parece mejor que antes! —comenta Sophie.

Los niños se han dejado llevar tanto que parecen estar a punto de subírsele al regazo.

—¡Atrás! —les grita su padre—. ¡Atrás he dicho! ¡Estáis demasiado cerca! ¡Todo el mundo cinco pasos atrás!

—Pero, Vaughan —le dice Emily—, es la señorita francesa, la de los periódicos.

—¿Quién?

—La señorita de la que leímos en los periódicos.

Eso solo lo confunde más aún. Mira de un lado a otro, como si no supiera a quién dirigirse, de las dos que lo importunaban.

—Eh… ¡Todos atrás!

Vaughan Holcombe es un hombre corpulento, con la espalda ancha típica de un nadador y un cabello corto con canas. Muy apuesto, según le parece a Aubry, metido en su traje de *tweed* un poco desgastado. No puede caerle mal un hombre tan apuesto que ha criado tan bien a sus hijos. Deja una taza de té y un plato de tortitas de cebolleta en el banco a su lado, y a ella le parece un gesto amable, pero, cuando lo mira a la cara, lo único que ve, lo único que capta, es la fuerza bruta de su mirada intensa.

—Puede que estos la admiren, pero yo no tengo ni pajolera idea de quién es usted —le dice Vaughan—. ¿Qué le pasa? ¿Tiene tuberculosis?

—No.

—¿Malaria? ¿Difteria? ¿Tifus?

—No es nada de eso.

—Entonces, ¿qué le pasa? —Aubry oye que está perdiendo la paciencia.

No quiere poner a prueba su paciencia, sino tan solo contestarle con sinceridad, por lo que responde:

—Es como una mano enorme que baja y me asfixia para drenarme la vida. —Y eso es bastante preciso, pero también es una tontería. No es lo que él quiere oír, desde luego. Lo sabe en cuanto lo dice.

Durante varios segundos Vaughan se la queda mirando, casi inmóvil. Aubry se pregunta qué les harán a las mujeres locas en Siam.

—Ya te lo he dicho, Vaughan —le responde Emily—. Es la señorita francesa de los periódicos. Ha estado viajando por todo el mundo desde que era pequeña, ¿verdad?

—Así es.

—Por todo el mundo… —Emily la anima a seguir.

—Sí.

—¿Por todo el mundo? —pregunta Sophie.

—Varias veces, sí.

—¿Sola? —quiere saber Somerset.

—No, sola no. O no siempre. Ahora mismo viajo con ustedes.

El señor Holcombe niega con la cabeza; no sabe qué pensar de todo eso. Y lo que es peor aún: su enfado ha quedado eclipsado por la cháchara insulsa. Emily insiste:

—Soy Emily Holcombe, y este es mi marido, Vaughan, y mis hijos, Sophie y Somerset.

—Vale, ¡ya basta! ¡Todos a callar! —suelta Vaughan, con una voz que suena a engranajes chirriantes. Está intentando no montar una escenita—. Se ha desatado una epidemia de cólera a tres aldeas de distancia, y aquí todos hablando como niños en el recreo. ¿Qué es... Qué es lo que le pasa?

De repente, se siente avergonzada. Aubry se queda mirando los tablones del suelo. Está aislada y la están reprendiendo, como si volviera a ser una niña pequeña, y otros pasajeros se la han quedado mirando. Y, por encima de todo eso, ha sido ella quien se lo ha buscado, al actuar con tanta despreocupación.

—No lo sé —contesta.

—¿Cómo que no lo sabe? —pregunta él, con los ojos muy abiertos.

—Nadie lo sabe.

—Entonces no debería estar dando vueltas en público como Pedro por su casa, ¿no cree?

—Es mi enfermedad —explica en voz baja, con la mirada en el suelo—. Solo mía. No se la he dado a nadie y nadie me la ha dado a mí.

Y eso, esa explicación, esa sumisión, lo que sea que haya visto, le drena la hostilidad a Vaughan de la voz. Un silencio desciende sobre todos. Todavía se oye el traqueteo del motor, la cháchara de las personas del lugar, el zumbido del propulsor de abajo y la espuma que levanta, pero en ese pequeño grupo, en un rincón en la popa de la embarcación, solo hay silencio. Emily y sus hijos quieren darle la mano a Aubry y consolarla. Hasta Vaughan ha dejado caer sus hombros anchos. Sin embargo, Aubry no se atreve a mirarlos a la cara.

—Ay, Vaughan —lo riñe Emily—. Mira lo que has hecho.

Sophie se inclina hacia delante, tan bajo que Aubry no puede no verla al lado de su codo, asomada como un hada diminuta.

—¿Ha estado en Tahití?

Verla la anima, a aquella niña pequeña a la que le da igual quién está enfadado con quién, porque solo siente curiosidad. Aubry se alegra mucho de que la hayan rescatado unos niños tan listos.

—Sí.

—¿Ha escalado alguna montaña? —le pregunta Somerset.

—Muchas, de hecho.

—¿Ha cruzado algún desierto?

—Y praderas y océanos y pantanos y selvas.

—Madre mía —comenta Emily Holcombe.

—Pero ¿no es muy peligroso? —pregunta Sophie.

—Sí, mucho.

—¿Y por qué lo hace?

Aubry le dedica una mirada precavida al señor Holcombe, porque no quiere incurrir en su ira de nuevo, pero el hombre se ha plantado como una estatua de mármol, cruzado de brazos, como si esperara que le diera una explicación. Y Aubry piensa que, si de verdad quiere una explicación, se la merece. Solo que sus hijos se la merecen incluso más.

—Bueno, yo os lo contaría encantada, pero ya veo que no os interesa.

—¡No, no! —protestan los niños, en un muro de sonido al unísono que le impide saber de quién es cada voz—. ¡Nos interesa! ¡Claro que nos interesa!

—Pero no os interesa de verdad —insiste ella, y finge decepcionarse.

—¡Sí, sí! ¡Claro que sí!

—Bueno, supongo que sí que me habéis sacado del río. Quizá después de que beba un sorbito de té.

Los niños se echan adelante en sus respectivos asientos. Aubry lleva la mano a la taza de té y da un largo trago de lo más exagerado.

—Ah, qué rico está —dice—. Creo que beberé un poco más.

Da otro trago, mucho más largo que el anterior. Pasa la mayor parte de la vida sola, recorriendo un sendero estrecho y solitario a través de praderas, costas o montañas inhóspitas. Sin embargo, de vez en cuando tiene la suerte suficiente como para poder pasar tiempo con una familia, con una colección de personas que hacen que se acuerde de su hogar. Los niños esperan sin aliento, suplicándole con los ojos. Incluso Vaughan ocupa un asiento en el banco al lado de su mujer, para oír lo que tiene que decir.

Cuando acaba su largo trago de broma, mira alrededor con una expresión traviesa y comienza:

—Abandoné mi hogar para siempre cuando tenía nueve años.

Y eso fue lo que hizo, sosteniendo la mano de su madre, con toda su familia a su alrededor, cabizbajos, mientras la llevaban a un hotel porque ya no podía pasar ni una noche más en su casa.

—¿Dónde está su hogar? —le pregunta Somerset.

—En París.

—¿Y fue ahí donde se enfermó? —quiere saber Vaughan.

—Lo pesqué en un pozo.

—¿En un pozo?

—Eso creo. No tengo cómo saberlo a ciencia cierta, pero creo que fue en un pozo.

—Agua contaminada —comenta Vaughan.

—No debería beber agua sucia —le dice Somerset, meneando la cabeza.

—Ah, no me la bebí —les explica. Los demás la miran, confusos.

—Entonces, ¿qué hizo? —le pregunta Sophie.

Así que se lo cuenta.

CAPÍTULO TRES

Su hogar

El pozo era bastante raro, hecho de piedra gris lisa: no una colección de rocas dispares que se habían juntado y amontonado para hacer un pozo comunitario, sino que estaba formado por unas cuantas piedras grandes, talladas hasta hacerlas tan lisas como el fondo de un río, apretujadas tanto que una aguja no cabría entre ellas. No solo estaban talladas para encajar unas con otras, sino que, visto desde arriba, el borde del pozo formaba un rostro; tenía dos ojos blancos tallados en un extremo, una barba diminuta en el otro, y el borde circular formaba la boca, con labios y dientes incluidos. La boca era una «O» perfecta (¿un grito de miedo?, ¿uno de auxilio?, ¿una bestia que se alzaba desde las profundidades para tragarse a niños enteros?) y resultaba bastante llamativa, por no decir horripilante o incluso un poco satánica, pero a las tres hermanas les encantaba.

Las tres tenían un regalo muy preciado entre las manos. Pauline, la hermana mayor, tenía un colgante de oro que le había tomado prestado a su madre cuando tenía ocho años. Como todo lo demás que le tomaba prestado a su madre, se iba convirtiendo en su propiedad de forma gradual. Lo llevó a una fiesta sofisticada que organizaron sus padres una noche, luego a la iglesia la semana siguiente y, después, a la boda de su prima. Se creía una dama a la moda de la *belle époque*. Seguramente no era oro de verdad, porque su madre no le habría confiado nada más caro que un buen sombrero, pero Pauline se había encariñado con la joya, y en aquel momento la sostenía por última vez.

—Para que los de izquierdas dejen de poner bombas en los edificios públicos —dijo Pauline, y estiró la mano. Le dedicó una última mirada al colgante, que relucía al sol, y lo dejó ir.

El colgante cayó en la boca del pozo, más allá de los labios y de los dientes, y se metió en silencio por la larga garganta oscura. Escucharon con atención y apenas lograron captar el sonido del objeto al caer al agua. ¿Emitió sonido alguno? Ni siquiera en aquel entonces pudieron estar seguras de ello.

Sylvie era la siguiente, la hermana del medio, con su muñeca de trapo desaliñada en las manos. Si bien tenía otras muñecas con las que jugaba más, que le gustaban más, aquella era su primera muñeca. Era tan antigua que ni siquiera se acordaba de dónde había salido. Al igual que sus padres, su habitación o los dedos de los pies, siempre había estado ahí. Sin embargo, ya tenía diez años, y la muñeca había estado acumulando polvo en el estante de su habitación desde hacía mucho tiempo. A pesar de que iba a echarla de menos, también sabía que era un sacrificio importante.

—Para que el doctor Homais descubra por fin la cura para la sífilis —dijo Sylvie. Estiró la mano, pero no pudo soltar la muñeca. Esta la estaba mirando. Notó las lágrimas que se le saltaban, pero no podía decepcionar al doctor Homais. Y, por encima de todo, no podía permitir que sus hermanas quedaran mejor que ella.

Cerró los ojos y apartó la mirada. Abrió las manos, y la muñeca cayó suave como la nieve. Escucharon. Aquella vez sí que se produjo un sonido, aunque no fuera el que esperaban: no fue el ruido del agua, sino el que emitiría una bolsa de plumas al golpear un gong metálico grande. ¿Qué había en el fondo de aquel pozo? ¿Y qué hacía ahí, escondido en un patio entre pisos vacíos de París? Lo habían encontrado de pura casualidad al volver de la escuela un día, y la muñeca de Sylvie había pagado por ello.

Por último, estaba Aubry, la más joven de las tres. Se aferró a su regalo con fuerza, se quedó inmóvil y miró por la abertura del pozo sin decir nada.

—¿A qué esperas? —la alentó Sylvie.

Siguió sin moverse.

—¿Qué deseo vas a pedir? —le preguntó Pauline.

—Que la bebé de la señora Von Bingham no se muera por su enfermedad —les contó Aubry.

—Aaaah, ese es bueno —dijo Sylvie.

—Pero no quiero tirar mi pelota rompecabezas.

La había encontrado hacía apenas una semana, en la entrada de un muerto. Volvía a casa de la escuela y vio el carruaje aparcado delante de lo que siempre le había parecido una casa abandonada. Solo que no lo estaba, porque dos hombres cargaban con un cadáver en una camilla, escondido debajo de una sábana blanca. Un grupo de niños de su escuela se habían reunido al otro lado de la calle, y Aubry fue con ellos.

—¿Quién era? —quiso saber.

—Mi madre dice que era un anciano que no salía de casa nunca —le respondió un compañero de clase—. Dice que no sabía francés, así que no salía.

—Era de África —dijo otro.

—¿De qué parte de África?

—No sé, de África.

—Serás pazguato —dijo una de las niñas mayores—. Era de las Américas.

—No es lo que he oído yo —interpuso el mayor de los chicos, uno conocido por no hablar demasiado.

—¿Y qué has oído tú?

—Que era de otro sitio.

Uno de los más pequeños se encogió de hombros y concluyó:

—Bueno, ahora está muerto.

Se quedaron allí plantados mirándolo todo hasta que el carruaje se llevó el cadáver.

Al día siguiente, mientras regresaba a casa por la misma ruta, volvió a ver la casa, cerrada, con las persianas bajas, tan desprovista de vida como un pescado destripado.

Y entonces vio la pelota. Reposaba en silencio en la entrada, al pie de los peldaños, como si hubiera rodado por la puerta por voluntad propia. Había oído hablar de los zuecos de madera que llevaban los holandeses y se había preguntado quién querría ponerse una cosa tan incómoda. Y allí estaba, mirando una pelota de madera, preguntándose por qué alguien querría una pelota hecha de madera.

Hacía viento aquel día; unas ráfagas que mecían la luz del sol a través de los árboles. Recorría la calle y debió de alcanzar la pelota con su aliento, porque esta rodó hacia ella un par de centímetros. Aubry se quedó quieta, mirándola asombrada.

El viento inhaló y volvió a soplar. La pelota de madera rodó unos centímetros más, y luego otros pocos. No tardó en recorrer medio jardín, en un ángulo que daba hacia los pies de Aubry. No sabía qué pensar: le parecía incorrecto quedarse con la pelota, porque era como robar, incluso si su dueño (quienquiera que fuera, de donde fuera que hubiera llegado) ya no estaba ahí. Sin embargo, la pelota rodaba hacia ella por voluntad propia. ¿Podría haber una invitación más clara que aquella? Miró en ambas direcciones por la calle para asegurarse de que nadie la viera y se llevó la pelota.

Sin saber muy bien qué hacer con una pelota de madera, la hizo rodar por la calle y la fue chutando. Estaba sucia y polvorienta, pero, al darle una patada hacia la hierba húmeda, adquirió otro aspecto. De cerca, si se limpiaba, se veía una serie de superficies de madera lisa, bien pulida, brillante por el barniz, con hendiduras que se deslizaban entre ellas en todas las direcciones. A decir verdad, era bastante bonita.

Aun así, a Aubry nunca le había impresionado mucho lo bonito. Todavía sin saber qué hacer con ella, la chutó al jardín de la señora Roussel y se olvidó de ella.

A la mañana siguiente, cuando iba de camino a la escuela, vio la pelota en el borde de su jardín, donde la acera se encontraba con la carretera, como si hubiera estado esperándola toda la noche. Alguien debía de haberla chutado hasta su jardín, igual que había hecho ella con el de la señora Roussel. La recogió y la llevó a la escuela; cuando llegó allí, la tiró al patio. Parecía más apropiada en un patio que en la acera o en la carretera.

Según volvía a casa con sus hermanas, le daba la sensación de que la mochila le pesaba un poco más, no mucho, y quizás el problema no fuera el peso en sí, sino el bulto desconocido que notaba. Se paró a ver qué era.

La pelota rompecabezas estaba en su mochila. ¿Quién se la había puesto? ¿Qué broma le estaban gastando? Se volvió hacia Sylvie.

—¿Has sido tú?

—¿Cómo dices? —Parecía que de verdad no sabía de qué le hablaba. Aubry se volvió hacia Pauline y le mostró la pelota rompecabezas.

—¿Has sido tú?

—¿De qué hablas?

—Alguien me ha metido esto en la mochila.

Se le acercaron para verla mejor, en la mano estirada de Aubry.

—Es bonita —comentó Pauline—. Quédatela.

—Quédatela tú —le dijo Aubry, y la dejó en el alféizar de Pauline cuando volvieron a casa.

Aquella misma noche, cuando se iba a acostar, allí estaba: en el suelo, en el centro de su habitación. Los arrastró a todos a su habitación, primero a Sylvie, luego a Pauline y después a sus padres. Señaló y sacudió el dedo, pero todos prometieron ser inocentes. Nadie tenía ni idea de cómo había llegado hasta allí. Aubry estaba segura de que la estaban engañando; por su parte, los demás creían que era ella quien les estaba gastando una broma.

Dado que no podía deshacerse de la dichosa pelota, intentó abrirla. Quizá la respuesta estuviera en el interior. Lo intentó con ahínco, retorció y giró las capas, hendidura contra hendidura. La estampó contra los adoquines y trató de hacer palanca con un cuchillo de la cocina. Lo intentó una semana entera, pero, hiciera lo que hiciera, no se abría.

Una mañana, Pauline encontró el periódico de su padre en la mesa de la cocina y se puso a leerlo.

—Qué cosas más horribles pasan en el mundo —dijo, espantada ante los titulares—. ¡Si ya es 1885! Una diría que los demás ya habrían aprendido a comportarse. Tenemos que hacer lo que podamos para mejorar la situación.

—¿Cómo? —le preguntó Sylvie.

Pauline se lo pensó. Era la hermana mayor, y también la más lista. Si alguien tenía una respuesta para solucionarlo todo, esa era ella.

—¿Os acordáis de aquel pozo que encontramos?

—Sí.

—Pues es un pozo de los deseos, ¿no? Podríamos sacrificar algo.

A Aubry le encantó la idea de inmediato.

—¡Sí! —exclamó, pues ya sabía lo que pensaba sacrificar.

—¡Se refiere a ti! —le dijo Sylvie a Aubry.

—No digas tonterías. —Pauline fulminó con la mirada a Sylvie—. ¡Eso es horrible! Me refiero a lo que hacían en la antigüedad, a sacrificar algo que sea importante para nosotros, para las tres, para demostrar que nos tomamos el futuro muy muy en serio.

—Aubry es importante para nosotros —dijo Sylvie, todavía sin captar del todo lo que quería decir Pauline.

—¡Que no vamos a sacrificar a Aubry! —soltó Pauline, para zanjar el tema.

El día del sacrificio, Aubry llevó consigo su pelota rompecabezas, la pelota que no había sabido abrir para desentramar sus secretos. No obstante, al estar delante de la boca abierta del pozo, era el no saber lo que lo hacía todo distinto.

—Lo hemos prometido, Aubry —le dijo Pauline—. Tiene que ser algo importante; si no, el deseo no se hará realidad.

Tenía sentido. Desde luego, tirar basura al pozo no iba a surtir ningún efecto. Tenía que ser algo de valor, eso era lo que marcaba la diferencia entre un buen sacrificio y uno malo. Si no, que le preguntaran a Caín y a Abel. ¿Y qué tenía más valor que el colgante de oro de Pauline, la muñeca más antigua de Sylvie o, según resultó ser, la pelota rompecabezas de Aubry?

¿Cómo había llegado a su mochila? ¿Y a su habitación? Estaba segura de que contenía un secreto que todavía no había averiguado. Si se deshacía de ella, no lo sabría nunca. Quiso haber llevado cualquier otra cosa: su ratón de juguete, su vestido favorito, su catalejo en miniatura, cualquier cosa menos la pelota. Le daba la sensación de que había sido una especie de trampa, que todo era una encerrona, por el modo en que aquel objeto absurdo la seguía y la metía en tantos líos.

Pauline y Sylvie se la quedaron mirando. Ya habían cumplido con su parte, por lo que era demasiado tarde como para echarse atrás. Esperaban mucho de Aubry, o, al menos, que no actuara como una niña pequeña.

—Pero… ¡es absurdo! —soltó Aubry, con un fuerte pisotón—. Tiro mi pelota al pozo, se pudre ahí abajo, y la bebé se morirá igualmente. No tiene sentido.

—Es un pozo de los deseos —dijo Pauline—. Tiene que hacerse realidad.

—Un pozo de los deseos, ya lo sabes —le dijo Sylvie con amabilidad.

Aubry notaba que los ojos se le anegaban en lágrimas y que se le formaba un nudo en la garganta, una mezcla de furia y vergüenza.

—¡No! ¡No tiene sentido! —Eso fue lo único que pudo decir. A pesar de que fue algo imperdonable, salió corriendo con su pelota rompecabezas aferrada al pecho.

CAPÍTULO CUATRO

Un barco en Siam

—¿Y se murió la bebé? —pregunta Sophie.

Aubry no contesta durante un largo momento. No está ahí, en ese transbordador con los Holcombe, sino muy lejos, en una infancia que terminó hace mucho tiempo. Los Holcombe no le insisten; esperan con paciencia, pues saben que hay cosas que uno necesita tiempo para decir, si es que logra aunar fuerzas suficientes para ello.

—Sí. —La palabra se le escapa de los labios, en voz baja, con un tono ausente. Casi pasa desapercibida. Los Holcombe guardan silencio.

Toma aire y se incorpora en su asiento, sin levantar la mirada del suelo en ningún momento.

Con otro sorbo de té, continúa:

—Esa noche me puse enferma por primera vez.

CAPÍTULO CINCO
Su hogar

—No creo que me lo pueda comer —les dijo.

Su madre miró de reojo el plato de Aubry, que se había pasado la mayor parte del día solo con la sopa de cebolla. Se había esforzado mucho para preparar la cena. Siempre lo hacía, y, como de costumbre, su hija menor hacía una mueca al ver el plato.

A principios de año, a su madre la habían hecho ir a la escuela porque Aubry se había peleado con un profesor. Su pobre madre no había visto nunca que una niña de nueve años se peleara con un adulto, así que mucho menos con su profesor, pero Aubry lo había conseguido. Lo había llamado «incompetente» a la cara. Según le explicó Aubry, la clase entera había hecho trampa, y el profesor incompetente se las había arreglado para no ver las notas que se pasaban, los labios silenciosos que articulaban respuestas de unos a otros. No se había percatado de que al menos cinco alumnos echaban un vistazo a las respuestas que tenían escritas en el brazo o en los muslos, escondidas bajo faldas y mangas. Aubry era la única que no había hecho trampa, y había recibido la peor nota. Aubry le preguntó al profesor cómo podía justificarlo, con una ceja arqueada. Le exigió una explicación. Le exigió que se hiciera justicia.

—Madre del amor hermoso —se oyó que decía su madre—. Y solo tiene nueve años.

El profesor había mirado a su madre como si quisiera decirle «por favor, haga algo con su hija». Y ella se había disculpado por la insolencia de Aubry, porque ¿qué más podía decir? Ya era hora de que Aubry se metiera en la cabeza que la insubordinación no era el camino al éxito.

Aubry tardó varios meses en perdonarla.

Y su padre, cuando la vio apartar el plato de la cena, se enfadó todavía más. De sus tres hijas, siempre era Aubry la que estaba de pataleta. Pauline, la mayor, era diligente y trabajadora y sacaba las mejores notas de su clase. Tenía una ambición nada común para su género, además de una buena posibilidad de lograr sus sueños. Sylvie era calladita y amable. Había aprendido a compartir antes que a caminar. Prefería dejar de jugar con su juguete favorito a que un compañero de clase no tuviera ninguno. Era la hija más fácil de criar, y, sinceramente, la que más se hacía querer.

Por su parte, Aubry era un horror. Por mucho que fuera la más guapa de las tres, también era la más terca, la más orgullosa. Todo lo que tenían (la casa, los muebles, aquel banquete culinario que llenaba sus platos de porcelana) lo daba por sentado. Aquella misma semana, había montado un pollo en una tienda cuando su madre se había negado a comprarle un sombrero que le había gustado.

—¡Pero me has prometido que me ibas a dar un regalo! —gritó Aubry.

—¿Y tiene que ser aquí mismo? ¿Ahora?

—¡Me lo prometiste!

Aubry en la iglesia, botando en su asiento, dando pataditas y soltando suspiros en voz alta para hacerle saber a todo el mundo lo mucho que se aburría. A sus padres les ardía la cara de pura vergüenza.

Y, además de todo eso, sus hermanas habían vuelto a casa hechas una furia aquella tarde porque ella se había echado atrás en quién sabía qué trato que habían hecho. Su padre ya se había hartado. Era una niña consentida, de eso no cabía ninguna duda, y tenía que hacer algo al respecto. Tensó la mandíbula y dijo:

—Aubry, esta va a ser la última vez que…

Sin embargo, tras darle un solo vistazo al rostro de su hija, su furia desapareció como un ascua en un vaso de agua. Se había puesto pálida y las manos le temblaban sin control.

—¿Qué te pasa? —le preguntó.

—No me encuentro bien. —Fue lo único que pudo responder ella.

Sus padres intercambiaron una mirada antes de volver a mirarla.

—¿Te duele la barriga? —quiso saber su madre.

—Me duele todo —repuso.

Soltó un gruñido y un gemido. Le dio un espasmo en un hombro, y le dio un golpe a la mesa con el brazo que hizo temblar toda la vajilla. Se puso a temblar, se tensó y volvió a temblar una vez más. Todo había empezado de la nada, sin que nadie se lo hubiera visto venir. Y lo único que podían hacer era ver cómo ocurría.

Se cayó de su silla. Su padre, tras darle el alcance a la crisis, se puso de pie de un salto y la atrapó al vuelo, antes de que se diera de bruces contra el suelo. Su madre y sus hermanas se levantaron a verla. Aubry se quedó en los brazos de su padre, conforme se le contorsionaba el cuerpo entero.

—Papá, ¿puedo ir a tumbarme? —le preguntó con voz suave y temblorosa, como si hubiera vuelto a tener tres años.

—Sí, claro —le respondió él. Ya la estaba llevando en brazos a la sala contigua.

—Pauline —la llamó su madre—, ponte los zapatos. Ve a buscar al doctor Homais y que venga ahora mismo.

El ambiente en sí parecía haber entrado en pánico. Pauline giró sobre sí misma, hasta que se acordó de que sus zapatos siempre estaban junto a la puerta. Su madre siguió a Aubry y a su padre a la sala contigua, musitando en voz alta y haciendo aspavientos.

Sylvie se quedó sola de pie al lado de la mesa, abrumada.

—¿Qué ha pasado? —le preguntó a la sala vacía.

Su padre tumbó a Aubry en el sofá del salón y le acarició el cabello. Su madre corrió a ponerse a su lado.

—¿Estás mejor tumbada? —quiso saber su madre.

—Un poco —contestó ella, pero entonces le dio otro espasmo. Su padre siguió acariciándola, pasándole la mano por el cabello y soltando soniditos tranquilizadores, porque, en el fondo, era un hombre amable. Sin embargo, el dolor parecía ser horrible. A Aubry se le retorcía el cuerpo entero como una cuerda y las piernas se le sacudían.

—Voy a ver qué encuentro —dijo él, y fue a la despensa a buscar algún medicamento.

Pauline, desde la puerta, observaba las convulsiones de su hermana, tan aterrada que se le habían olvidado las órdenes que había recibido. Entonces, como si le hubieran dado una bofetada, volvió en sí y salió corriendo por la puerta principal para ir a buscar al doctor Homais.

A Aubry le costaba respirar. Necesitaba tanto esfuerzo para inhalar tan poquito que le daba la sensación de que tenía un yunque en el pecho. Sufría unos espasmos tan violentos que bien podrían haberle roto algún hueso. Su madre, entre lágrimas, se colocó sobre su hija y la envolvió con fuerza entre los brazos para que no se rompiera.

Y entonces terminó. Aubry tenía el cuerpo rígido, pero los espasmos habían desaparecido. A su alrededor, oía las voces cargadas de miedo.

—Madre —susurró, con los ojos muy abiertos por el pánico—, ¿qué pasa?

Su madre solo fue capaz de abrazarla, de tranquilizarla con susurros al oído, de hacerle promesas que rezaba para poder cumplir.

—Shhhh... Averiguaremos qué te pasa y te pondrás mejor —le dijo—. Shhhh...

Otra serie de convulsiones le asedió el cuerpo, y Aubry se quedó sin respiración. La garganta se le cerró, los pulmones se le quedaron vacíos. Los brazos y las piernas se le enroscaban y se le retorcían, las manos se le convertían en garras. Su madre, presa del terror, se aferró a ella con más fuerza todavía y se negó a soltarla; notaba el temblor de su niñita en el pecho y la oyó ahogarse hasta que se le pusieron los ojos en blanco y perdió el conocimiento.

CAPÍTULO SEIS

Su hogar

Cuando Aubry se despertó, estaba en un carruaje, envuelta en sábanas y en los brazos de su madre. El aire nocturno le parecía fresco. Oyó los cascos de los caballos trotar por la avenida de adoquines.

—¿A dónde vamos? —le preguntó a su madre. Menuda sonrisa le dedicó ella.

—Te llevamos al consultorio del doctor Homais.

Aubry miró en derredor, y allí estaba, sentado en el carruaje, en el lado opuesto a ellas: el propio doctor Homais, un hombre de barriga prominente, con gafas y de mejillas sonrosadas, al que todavía le quedaban unos cuantos cabellos grises.

—Hola, Aubry —le dijo—. Soy el doctor Homais. En mi consultorio tengo todos los instrumentos y medicamentos, así que no te preocupes, te voy a cuidar muy bien.

—Ya me encuentro mejor —dijo ella. Si lo hubiera dicho cualquier otra persona, habría sido una frase educada sin más, pero Aubry lo decía en serio. Ya se encontraba mejor, y sin tener que recurrir a los instrumentos y los medicamentos del doctor Homais.

—Qué bien, Aubry —le dijo su madre, quien no lo entendía—. Muy bien.

Para cuando llegaron al consultorio del doctor, Aubry ya estaba bien. El doctor Homais la examinó de pies a cabeza y no encontró nada raro. Esperaron una hora más, por si los síntomas volvían, mientras el doctor revisaba sus libros y Aubry se sentaba en la camilla de examinaciones, balanceando las piernas, y echaba un vistazo a los mismos libros, porque le llamaban la atención las imágenes macabras. Su pobre madre se había quedado sentada en un rincón y se lo quedaba mirando todo: primero a Aubry y luego al París nocturno, desde las ventanas del tercer piso, suave y brillante por las luces de gas.

—Sus síntomas eran… Veamos… —dijo el doctor, antes de consultar las notas que había garabateado y pasar la mirada entre ellas y sus libros de texto—. Espasmos musculares involuntarios… Falta de respiración… ¿Sudaba en exceso?

—Ay, ha sido horrible, doctor —le dijo su madre—. ¡Nos moríamos de miedo!

—Sí, ya veo. —Un atisbo de escepticismo le teñía la voz, y las dos se percataron de ello. Solo que daba igual. Habían visto lo que habían visto, y sí que había sido horrible.

Una hora más tarde Aubry seguía aburrida, todavía en la camilla. Ya no balanceaba las piernas, sino que se había puesto a mirar los instrumentos del doctor Homais.

—El problema —comentó el doctor, sentado al lado de su madre y hablando en voz baja para que Aubry no los oyera, o eso creían— es que, a menos que muestre los síntomas aquí y ahora, no tengo nada que examinar, ninguna forma de establecer un diagnóstico. ¿Me entiende?

—Sí —repuso su madre, abatida.

Se pusieron la chaqueta, las metieron en un carruaje y las mandaron a casa. El doctor Homais las acompañó, escéptico pero cauto. Aubry ya no iba envuelta en sábanas ni en los brazos de su madre. Se encontraba bien; ni siquiera estaba cansada, ni con lo tarde que era ni con todo lo que había pasado.

Sin embargo, conforme el carruaje empezó a ir por calles conocidas, comenzó a notar un cosquilleo en la piel. El estómago se le revolvía; no mucho, pero el cuerpo se le tensaba, y se preparó en silencio, por si acaso.

—¿Vamos a casa? —quiso saber.

—Sí —le contestó su madre.

—Lo noto.

Cuando el carruaje llegó a su casa, Aubry no quiso bajarse.

—Vamos —la instó su madre—. ¿No tienes ganas de volver a casa?

Su madre le dio la mano.

Aubry tenía miedo, aunque no dijo nada. Si su madre le hubiera visto los ojos a la tenue luz de aquella lámpara de gas, no habría tirado de ella de la mano hasta hacerla bajar al camino de adoquines que llegaba hasta la puerta delantera. Ya estaba abierta, y su padre y sus hermanas se habían reunido allí, nerviosos. Su madre la llevó de la mano, y luego tiró de ella, pero Aubry era un peso muerto, como si estuviera arrastrando un trineo.

—¿Qué ocurre? —le preguntó.

Aubry se echó atrás, como un perro nervioso, y la luz parpadeante la hizo visible a toda su familia.

—¡Por Dios! —exclamó su padre.

Sylvie soltó un grito.

Tenía el rostro lleno de sangre que le caía de la nariz, de las orejas, de la boca. Su madre soltó un grito ahogado, pues no se había dado cuenta hasta entonces. Le soltó la mano a Aubry, quien se dobló sobre sí misma, con las manos en el estómago, y tosió sangre y vomitó en los peldaños delanteros.

—¡Doctor Homais! ¡Doctor Homais! —gritó su madre, pero Pauline ya se le había adelantado y estaba corriendo en dirección al carruaje.

Aubry se había puesto a gatas en el suelo y temblaba encima de un charco oscuro mientras unos hilos de saliva roja le colgaban de la barbilla. Su padre la alzó y dejó atrás unas huellas pequeñas y ensangrentadas en los adoquines. La llevó hasta el carruaje, donde el doctor observaba la situación, boquiabierto. Su madre y su padre se metieron en el carruaje, y el doctor alentó al conductor a ir más deprisa. Se olvidaron de las dos hermanas que había en el jardín, con sus batas y sus zapatillas de andar por casa, pero ellas se negaron a quedarse ahí, no cuando su hermanita estaba tan enferma. Persiguieron el carruaje. Antes de que los caballos empezaran a galopar, Pauline saltó sobre el guardabarros, se aferró a la barra de hierro de atrás y ayudó a Sylvie a subir detrás de ella.

Fueron todos juntos, sin decir nada, a través de la noche parisina, mientras su hogar desaparecía tras ellos.

CAPÍTULO SIETE

Su hogar

La fuerza combinada del doctor Homais y de su padre no logró contener a Aubry. Pusieron su peso sobre ella, como si quisieran aplastarla, pero seguía sufriendo los mismos espasmos en los brazos, pateaba sin cesar y la columna se le retorcía debajo de ellos de todos modos. Los zapatos que llevaba salieron disparados, aunque no lograron quitarle la chaqueta, de tanto que se sacudía. Gritaba, tosía y escupía. La camilla estaba resbaladiza por la sangre, y todos tenían la ropa manchada de rojo.

Y no eran solo las convulsiones. Era Aubry, resbaladiza como las algas, que los empujaba e intentaba escapar. Su padre lo vio y no lo entendía. Creía que la enfermedad le había afectado al razonamiento. Creía que era la vena insubordinada de Aubry que había salido a la luz en el peor momento.

Abrazadas en un rincón de la sala, la madre de Aubry se aferraba a Sylvie y a Pauline, y las tres sollozaban. Pauline tenía miedo, pero se quedó mirándolo todo. Tenía que ver qué sucedía. Tenía que saber qué ocurría, según le contó a Aubry más adelante. Se había manchado la bata de sangre también, y Sylvie, demasiado blanda como para verla, escondió el rostro en la ropa de su madre y se tapó las orejas.

El doctor Homais creyó que Aubry iba a morderse la lengua, por lo que le metió un trozo de madera entre los dientes. Ella se sacudió como si la estuvieran ahogando en una bañera. Le temblaban los músculos, la columna se le arqueaba y se le hundía sin cesar. Y, aun así, la sostuvieron a la fuerza. No podía moverse, no podía hablar, y seguía intentando encontrar una forma de salir de allí. Vio la ventana que había detrás del doctor Homais. Al otro lado, más allá de las torres y de los tejados distantes, el amanecer le prendía fuego a la noche. Estiró una mano en aquella dirección, pero su padre la obligó a bajar el brazo otra vez.

Si bien Aubry nunca supo de dónde sacó la energía necesaria, tomó aire y se preparó. Sacó toda la fuerza que pudo de los músculos, con el cuerpo tenso como la cadena de un ancla. Se tensó sobre la camilla, atrapada en una forma retorcida y horrible, con la columna torcida y los dedos enroscados. Y, aun así, logró detener la lucha, los espasmos, las sacudidas.

Durante unos instantes, el cuerpo se le quedó hecho un puño, con la respiración entrecortada pero controlada. La sala quedó en silencio, y no oía nada más que el borboteo de la sangre en su garganta. Su padre y el doctor Homais intercambiaron una mirada, no muy convencidos. Y entonces el doctor corrió a su armario de medicamentos y se puso a buscar entre pastillas, pinzas y agujas.

Aubry miró a su padre a los ojos, luego a la ventana, luego a él y a la ventana otra vez.

—¿Qué? —le preguntó, intentando entenderla.

Le siguió la mirada y vio el amanecer por encima del hombro.

Y, antes de que nadie pudiera reaccionar, Aubry se liberó de su padre y corrió a la puerta.

—¡Aubry! —la llamó su madre.

—¡Atrápenla! —gritó el doctor Homais.

Sin embargo, Aubry ya había abierto la puerta de par en par y bajaba corriendo por las escaleras. Sylvie (en un momento que a Aubry no se le iba a olvidar nunca), se quedó en la puerta y le gritó:

—¡Corre, Aubry, corre!

CAPÍTULO OCHO

Su hogar

Corrió mientras el cielo seguía teñido de rosa y la ciudad dormía, mientras las gotas de rocío caían de la hierba y mojaban los adoquines para limpiarle la sangre de sus pies descalzos. Dobló una esquina y salió corriendo por un callejón, con la cara y las manos todavía manchadas de sangre. Ya no podía hacer nada por salvar su abrigo y su blusa, llenos de rojo, pero le daba igual porque era libre y corría y se desprendía de su enfermedad. Cada paso que daba la ayudaba a respirar mejor, hacía que el dolor desapareciera un poco más. Sabía que aquella iba a ser su estrategia a partir de entonces. Iba a correr más que su enfermedad, iba a sacarle ventaja y no pensaba permitir que volviera a darle alcance.

Corrió hasta un bulevar amplio, un lugar en el que no había estado nunca, y lo recorrió a toda prisa. Estaba sola, con las vías respiratorias despejadas, ya sin sangrar. Se movía con más soltura con cada paso que daba. Se reía a través de las lágrimas, se sentía con fuerzas renovadas y era capaz de correr más deprisa que antes.

Y entonces oyó la voz de su madre, a sus espaldas, que la llamaba.

—¡Aubry! ¡Aubry! ¿A dónde vas?

La habían visto, pero poco le importaba. Más adelante, al final del bulevar, había una fuentecita. Corrió hasta ella, hundió las manos en el agua fría y se las frotó para limpiárselas. Vio la sangre que se diluía en el agua y se sintió mejor que nunca.

Entonces su madre llegó hasta ella.

—¿Estás loca? ¿Es que intentas matarte? ¿Es eso? ¿Quieres morir y romperme el corazón?

—No pienso volver.

Su madre la aferró de un brazo, como si pretendiera llevarla a rastras hasta el consultorio del doctor Homais.

—¡Que no voy a volver! ¡Que no! —le gritó Aubry, intentando liberarse—. ¡Mírame! ¡Ya no estoy enferma! ¿A ti te parece que esté enferma? ¡Estoy bien!

Su madre la miró de arriba abajo, manchada de sangre de la cabeza a los pies.

—Sí, estás perfecta, vaya.

Aubry se liberó de su madre de todos modos y se limpió el rostro hasta que vio que el agua ya no salía manchada de sangre. Se dio media vuelta y le mostró su rostro limpio y saludable a su madre.

—No pienso volver. Si vuelvo, me moriré. Ese sitio me matará.

Las dos estaban plantadas con firmeza, mirándose a la cara, listas para pelear. En su lugar, como ninguna de las dos sabía qué decir, Aubry respiró hondo y se tranquilizó. Y su madre se asombró: era la primera vez que Aubry respiraba hondo para intentar calmarse. No era la misma hija a la que conocía, pues ella era feroz como un perro apaleado, y sus pataletas eran legendarias. Llevaba la pelea en la sangre.

—Voy a dar un paseo, mamá —dijo Aubry en su lugar—. Ven conmigo.

Su madre miró en derredor, cargada de sospecha, como si creyera que alguien le estaba gastando una broma. Miró a su hija, la miró de verdad, y vio que estaba bien, tan solo un poco desaliñada. Vio que ya no era su niñita de siempre, que Aubry se había quedado en la mesa mientras cenaban. Porque eso es lo que hace el dolor: lo destroza todo. Lo había visto con su propia madre, con la apoplejía que la había destruido. El dolor reescribe el futuro, cambia cómo uno cree que va a vivir la vida, proporciona una perspectiva distinta a la comodidad y la felicidad. Para una niña de nueve años más cabezona que nadie, aquello era un apocalipsis. Pensó que lo mejor era conocer a su nueva hija, por lo que cedió y empezaron a caminar.

Llegaron a un parquecito verde y ordenado, con las fachadas elegantes de los edificios residenciales en todas las direcciones.

—Mamá, ¿dónde estamos?

Su madre prácticamente ni alzó la mirada. Habían caminado en silencio durante todo el trayecto, acompañadas por las ideas de su madre llenas de temor.

—No estoy segura. El bulevar de Beauvillé, quizá.

—¿Por qué no me has traído nunca?

—Hay muchos sitios a los que no te he llevado; es imposible llevarte a todos.

—Es bonito, ¿verdad?

—No estoy de humor para ver cosas bonitas.

—Pues yo sí. Vamos a sentarnos a un banco y miramos.

Fueron a un banco del parque y se sentaron. Su madre clavó la vista en el suelo, agotada y desalentada. Por su parte, Aubry había alzado la mirada. Desde detrás de ella, el amanecer iluminaba los tejados y las hojas de las copas de los árboles. Por delante, una fila de pisos recibía los rayos del sol, y estos reflectaban en sus ventanas y destellaban. La luz se le reflejaba contra la cara y le parecía un baño de aceite caliente.

Aubry tiró de la mano de su madre.

—Mira —le dijo.

Su madre entornó los ojos hacia la luz dorada que las iluminaba a las dos. Y, por un momento, se quedaron trasfijas, transportadas a otro lugar, testigos de un sitio que no podían nombrar.

Y entonces, otra vez en París, oyeron la voz de su padre.

—¡Aubry! ¡Josette!

Su madre se dio media vuelta y lo vio llegar, corriendo por el parque con Pauline y con Sylvie. Alzó una mano, con una sonrisa leve y triste que hizo que su padre se extrañara.

—Tu padre no lo entenderá —le dijo.

—Será difícil —repuso ella—, pero sí que lo entenderá.

—Entonces soy yo la que no lo entiende.

Su padre llegó al banco del parque, vio que Aubry le daba palmaditas en la mano a su madre y se quedó confuso. De las dos, Aubry era la más tranquila, y su madre, que no había tenido ni un solo ataque de tos, parecía la enferma.

Estaban todos allí: su padre, Pauline y Sylvie, todos jadeando. Se sentaron en el banco que había enfrente del de Aubry y de su madre, como si aquello no fuera nada más que una reunión familiar, por mucho que Pauline y Sylvie siguieran con la bata puesta y que todos ellos estuvieran manchados de sangre.

—¿Qué hacéis aquí? —les preguntó su padre.

—Parece que estoy mejor, ¿verdad? —respondió Aubry—. Mucho mejor.

—Sí que lo parece —asintió Sylvie.

—Eso no quiere decir que puedas salir corriendo así como así —le dijo su padre.

—No —contestó Aubry—. Estoy mejor porque he salido corriendo. ¿Habéis estado aquí alguna vez?

—Es el parque Caillié —explicó Pauline—. Catherine Duguay, de mi clase de protocolo, me trae a veces.

—No puedo volver a casa. —Aubry miró a su padre—. Sabes que no puedo.

—Pero ¿qué dices? Yo no sé nada de eso.

—Ya has visto lo que ha pasado.

—Pero eso no… —empezó a decir, antes de corregirse—. No puede… —Y no supo qué más decir.

Era una locura, incluso en retrospectiva. La lógica clara de una niña de nueve años. Todos se quedaron sumidos en un silencio aturdido, excepto Sylvie.

—Cuando la señora Noland se puso enferma, su médico le dijo que viajara —dijo.

—¡Porque tenía asma! —exclamó su padre—. Tenía que ir a un lugar más cálido y seco.

—Quizás Aubry deba ir a otro sitio también.

—¿A dónde, por ejemplo? —le preguntó su madre.

Otro largo silencio. Aubry notó que todos la miraban, como si ella tuviera la respuesta. Aunque quizá sí que la tenía.

—A cualquier lugar —sentenció.

—Por el amor de Dios —musitó su padre—. ¡Que eres una niña de nueve años, no Hipócrates! ¿Qué sabrás tú?

—No creo que nadie más lo sepa mejor que yo —insistió ella. Hablaba con voz suave, más que de costumbre, pero no albergaba ninguna duda. Era como si hablara por toda la familia. Se volvió hacia su hermana mayor—. Pauline, ¿puedes ir a prepararme la ropa?

Pauline dudó; si bien no quería decirle que sí, todo lo que había visto (la sangre, el dolor, la entereza que estaba demostrando su hermana) hizo que acabara cediendo.

—Sí —le contestó.

—Sylvie, ¿puedes traerme mi pelota rompecabezas?

—Claro.

—No, espera —dijo Aubry, y se llevó una mano al bolsillo del abrigo—. La tengo aquí. —Resultó que la pelota había estado en su abrigo desde que habían salido, a pesar de que no recordaba haberla metido.

—Esto es absurdo —soltó su padre. Veía que la situación se le escapaba de las manos, si es que en algún momento había tenido las riendas. Creía que todo aquello era una locura, solo que no sabía si suya o de las demás.

—No creo que pueda llevar nada más conmigo —dijo Aubry. Hasta ella se sorprendió por su entereza, por su previsión. Todavía se sorprende, al recordarlo. A veces una mira a los niños y se pregunta cómo pueden obrar tantos milagros. Aubry recuerda su vida y tampoco tiene ninguna respuesta, pero había experimentado el dolor, un dolor que le había cambiado la vida, y no quería volver a pasar por lo mismo. Había sentido miedo, y tampoco le había gustado ni una pizca. Ya había llegado a la conclusión de que la vida que había tenido hasta entonces se había acabado. Aunque no sabía cómo ni hasta qué punto, sabía que iba a adaptarse. Porque tenía que hacerlo. En cierto modo, su personalidad terca y consentida era perfecta para ello: ¿quién más que una niña cabezona de nueve años podía tomar una decisión tan imposible? ¿Quién más que una niña pequeña que no sabía nada del mundo?

—Ay, Henri —le suplicó su madre a su padre, pero él se quedó mirando el suelo, perdido en las profundidades de sus pensamientos para intentar averiguar qué hacer en un mundo que escapaba a su comprensión.

—¿Dónde te vas a quedar? —le preguntó Pauline.

—Aquí mismo —repuso Aubry.

—¿En un banco del parque? —le espetó su padre.

—No... No sé.

—Mira —dijo Pauline, señalando con un dedo—. Hay un hotel por ahí.

Se volvieron y lo vieron, acechando al otro extremo del parque.

—¿Y luego qué? —preguntó su padre sin cesar—. ¿Eh? ¿Y mañana? ¿Y la noche siguiente? Entonces, ¿qué?

CAPÍTULO NUEVE

Un barco en Siam

—Ha hecho bien —le dice Aubry al señor Holcombe, quien se ha echado adelante en su asiento y escucha con total atención. Nadie se mueve. Dejan que el gran motor suelte su humo negro, que el río fluya bajo el casco que pisan. Que la selva verde flote a su alrededor.

»Ha hecho bien al querer proteger a su familia —continúa—. He pasado tanto tiempo con esto que se me olvida lo que les debe parecer a los demás. Ha hecho bien al protegerlos.

El señor Holcombe baja la mirada un instante, pero no muestra ninguna reacción más, sino tan solo la amabilidad de su silencio.

—¿Se quedó en el hotel al final? —quiere saber la señora Holcombe.

—Sí. Durante dos días.

La pregunta flota en el aire hasta que Sophie la formula en voz alta:

—¿Por qué solo dos?

CAPÍTULO DIEZ

El arte del exilio

El hotel era bastante agradable. Si bien podrían haber ido al comedor a desayunar, con sus molduras talladas, espejos y tragaluces, decidieron quedarse en la habitación. Aubry estaba comiendo en el escritorio cuando la gota de sangre le cayó en las gachas.

—Mamá —dijo, como si se estuviera disculpando. Quizá sí que era así.

Media hora más tarde ya estaban en la calle, en busca del siguiente hotel. Tres días después, ya volvían a hacer lo mismo. Y así continuaron, en un nuevo hotel cada dos o tres días, o, si tenían suerte, cuatro, hasta que el dolor le llegaba como un martillazo contra la columna y se veían obligadas a trasladarse de nuevo.

Se encontraron con médicos en distintas habitaciones de hotel y pasaron por hospitales sobre la marcha. ¿Cuántos médicos la examinaron tan solo durante aquel primero año? ¿Cuarenta? ¿Cincuenta? ¿Más? Fue un año lleno de agujas y pruebas, de pastillas y polvos que no acabaron sirviendo de nada. Un médico de Italia llevaba un tarro con cresas medicinales en su maletín. Un médico español creía que la electricidad era la cura para todo y estaba ansioso por probar la terapia electroconvulsiva que había patentado. Una sola prueba de aquello hizo que Aubry se negara a tratar con más médicos españoles. El que más miedo le dio de todos ellos fue un médico francés que pretendía taladrarle un agujero en la cabeza. Afirmaba que aquello iba a liberar la presión del cerebro, y su consultorio estaba repleto de cuchillos y martillos quirúrgicos. Sus padres, de tan desesperados que estaban, se lo pensaron durante unos momentos. Si Pauline y Sylvie no hubieran suplicado en su nombre, ¿qué podría haberle ocurrido? Para ella, ya hacía tiempo que todos aquellos médicos habían pasado al olvido: su aspecto, su nombre, sus diagnósticos, sus teorías y su confusión. Ya había salido en los periódicos, y todo el mundo hablaba de ella. Todos los médicos de la ciudad querían ser el que curara a Aubry Tourvel por fin. Como si la enfermedad no fuera tortura suficiente.

Según lo veía ella, el mejor modo para sobrevivir a ciertas cosas era no entenderlas.

Se hospedaron a lo largo de una ruta circular por todo París, hasta que la ciudad se les hizo pequeña. Salieron de la ciudad, hasta las afueras. A pesar de que no querían alejarse mucho de casa, no pudieron hacer nada por evitarlo. Poco después, les quedó claro que París solo iba a formar parte del pasado de Aubry.

Sus hermanas y su padre les habían seguido el ritmo durante un tiempo. Las visitaban en el hotel en el que se hospedaran, solo que sus hermanas tenían que ir a la escuela, y su padre, a trabajar. Conforme la huida de Aubry la llevaba más y más lejos de París, se veían cada vez menos. Cuando sí los veía, los fines de semana o durante las vacaciones, siempre les preguntaba qué habían aprendido. Y sus hermanas no querían contárselo. Sabían que Aubry echaba de menos la escuela, a sus amigos y hasta a sus profesores horribles. Todos sabían muy bien que nunca iba a poder recibir la misma educación que los demás niños. Si bien su madre intentaba enseñarle matemáticas y a leer mejor, y procuraba organizar clases sobre literatura clásica, métodos de álgebra y la historia de Roma, no tenía los conocimientos necesarios para ello, y, aunque los hubiera tenido, le faltaban las ganas. Ella misma había sido una estudiante del montón, y la mayor parte de lo que había aprendido ya lo había olvidado.

Una mañana de invierno, su madre recibió una carta de parte de Pauline y de Sylvie, quienes habían vuelto para ayudar a su padre con la casa. Le escribían para decirle que la bebé de la señora Von Bingham había muerto por su enfermedad, pero que no se lo contara a Aubry. Pese a que no llegó a preguntar por qué, hizo lo que le habían pedido. Aubry no se enteró hasta seis años más tarde, y, para entonces, ya era demasiado tarde como para ponerse de luto, como para que la perdonaran.

Otra mañana de invierno, su madre pensó que quizá Sylvie tenía razón, que quizá un clima más cálido y seco era lo que necesitaba Aubry: un cielo azul y despejado y aire limpio. Hasta el gran compositor, Chopin, había ido a Mallorca para intentar tratar su tuberculosis. ¿Por qué no iba a poder surtir efecto en su hija?

Partieron rumbo a Provenza de inmediato, pasando por Bourges, Lyon, Valencia y otras ciudades de camino. La temperatura fue subiendo, y el ambiente se fue despejando. Esperaron con paciencia a que mejoraran los síntomas. Cuando tuvieron que dejar los primeros hoteles tras dos o tres días, o cuatro si tenían suerte, no lo vieron como un problema, porque sabían que esas cosas tardaban en corregirse. Viajaron por toda la costa sur de Francia, a través de Italia y, tres años más tarde, ya estaban en Croacia y seguían la costa del mar Adriático, agotadas y casi sin fondos.

CAPÍTULO ONCE

Un barco en Siam

—¿Y luego? —le pregunta Sophie—. ¿Fue más lejos?

—Sí.

—¿Y más lejos?

—Sí.

—¿E incluso más lejos?

—Y más lejos que eso aún.

CAPÍTULO DOCE
El arte del exilio

Una vez fue en carruaje por una ciudad sin nombre del imperio austrohúngaro, o al menos Aubry cree que fue por ahí, tras varios días de duro viaje, de noches en las que no conseguía conciliar el sueño en camas desconocidas, de horas que pasaban contando lo que les quedaba de dinero y regateando con los habitantes del lugar para comprar pan. Recuerda que su madre, encorvada y agotada en el carruaje, se quebró a su lado, y no por primera vez.

—No quiero llevarte a Atenas, a Londres o a Estocolmo —le dijo—. Lo que quiero es llevarte a casa. Quiero ver cómo juegas con tus hermanas. Quiero arroparte en tu cama y quedarme despierta toda la noche mientras Henri y yo hablamos de las hijas maravillosas que tenemos...

No dijo nada más después de eso, sino que se quedó llorando en silencio en el carruaje hasta que llegaron a un hostal baratucho y durmió como un tronco.

—¿Y qué hizo? —le pregunta Somerset.

—Le dejé una nota para despedirme y me fui en plena noche —les explica ella.

Emily se lleva una mano a la boca. Pasa un rato sin que nadie se mueva, hasta que Sophie apoya la mano en el brazo de Aubry y la mira con sus ojazos, pero ella no se atreve a devolverle la mirada.

—No existe ningún tratamiento —dice—, no podía ir a la escuela y nos estábamos quedando sin dinero. Me di cuenta de que me había convertido en un lastre para mi familia. Mi pobre madre... estaba agotada.

El acto en sí no le costó. No fue tan doloroso como oír a su madre llorar hasta quedarse dormida tantas veces. No fue tan difícil como eso, no. Una vez que se decidió, lo hizo con rapidez y eficiencia. Eso era lo que había aprendido de su enfermedad.

Para entonces ya tenía doce años. Había dejado de ser una niña pequeña, o eso creía, pero tampoco era adulta. Le escribió una nota breve y sencilla y se la dejó en la almohada. Todavía se acuerda de su rostro, tranquilo, casi con una sonrisa, sumido en los sueños sobre su hogar. Hay cosas que se graban a fuego en la memoria, más que nada imágenes como esa. Recogió algunas de sus pertenencias más preciadas (como su pelota rompecabezas y su abrigo) y cerró la puerta en silencio tras ella. Menudo miedo debía de haber pasado su madre a la mañana siguiente, a la semana siguiente, al año siguiente. Aubry esperaba que su nota la consolara, pero ¿cómo podía ser posible? Hasta una niña de doce años lo sabía. ¿Cuánto tiempo se habría quedado su madre en aquella aldea, buscándola o esperando a que volviera? ¿Qué habría pensado durante su largo trayecto de vuelta hasta París, a solas?

Aubry alza la mirada. Más allá de la baranda del transbordador, entre la selva asiática, como flechas clavadas en una piel verde sobresalen unas pagodas doradas que flotan ante ellos y relucen bajo el sol tropical.

—Su pobre madre —dice Emily Holcombe.

—Hice todo lo que pude —contesta Aubry—. Les escribía siempre que podía, les decía dónde estaba y a dónde iba. Mi madre estaba sufriendo. —Algo de las pagodas, de la forma en la que reflejan la luz del sol con su color dorado, la deja hipnotizada—. Podía vivir con muchas cosas, pero no con eso.

—Yo tampoco habría podido —la consuela el señor Holcombe.

—¿Los volvió a ver? —quiere saber Sophie.

—Ah, sí. Me mandaban dinero si sabían dónde iba a estar, y a veces nos encontrábamos.

Aquellos fueron días muy felices. Se reunieron en las playas de Dover, en un pueblecito de España y una vez en las Azores, y Aubry corría por los muelles hasta los brazos de sus padres y de sus hermanas. Se juntaban y, como Aubry siempre perdía la cuenta de los años, les preguntaba cuántos años tenía. Y ellos le contestaban: diecinueve, veintidós, veintitrés, veintiocho. En la actualidad, cree que tiene treinta, pero solo su familia lo sabe a ciencia cierta.

Esos días llegaron más tarde, cuando ya se habían adaptado. Lo difícil fue antes de eso, la etapa en la que no sabían nada.

—Los primeros días —le dice a nadie en particular.

Podría hablarles de que había vivido en las calles de Croacia, de que robó la comida que les dejaban a los gatos callejeros en Montenegro, de que olía tan mal que la echaron de un mercado griego. Podría contarles que una vez robó una raspa de pescado de la basura de un restaurante y que la perdió ante un perro enfadado del vecindario. Podría decirles que había aprendido a no pedir limosna, porque en algunas partes del mundo a los mendigos les daban palizas, los encarcelaban o algo peor. Podría mencionar que había dormido en callejones, en cloacas, en un bosque sin ningún cobijo, bajo la lluvia, sin ninguna hoguera, sin ningún rescoldo de esperanzas, con la única compañía de los charcos de sangre que a veces dejaba a su paso. Podría hablarles de todo eso.

Solo que no lo hace.

No les cuenta qué pasó la primera noche, la noche que abandonó a su madre en aquella posada diminuta en algún lugar de la costa adriática. No les dice que salió a la calle adoquinada, que respiró hondo y que escogió una dirección por la que marcharse. No les dice cuánto le temblaban las manos. Ya llevaba varias semanas planeándolo, tal vez meses, así que una diría que para entonces ya se habría armado de valor, pero no fue así.

Aun con todo, siguió adelante, hacia las montañas costeras bajas que veía incluso en la oscuridad, por encima de la aldea. Los pies la llevaron para allá, y no lo cuestionó. Aunque el corazón le latía desbocado y le temblaba el cuerpo entero, siguió adelante. Una hora más tarde, subía por un sendero boscoso y empinado. Una hora después de eso, el sol empezaba a asomarse. Se dio media vuelta por primera vez para ver cuánto había avanzado, lo cual era algo que se había prometido que no iba a hacer. Alcanzaba a ver la aldea más abajo, pero no tenía ni idea de dónde estaba la posada. Pensó que así era mejor, porque, de otro modo, bien podría haberse quedado mirando el edificio el resto del día, hasta que se acobardara y volviera llorando a los brazos de su pobre madre.

En su lugar, siguió adelante sin pensar en nada, sonámbula a través de un bosque lleno de pinos. Volver sobre sus pasos implicaba tentar a la enfermedad. No podía volver atrás, nunca. Puso la mente en blanco y caminó el resto del día así.

Cuando se detuvo a descansar por fin, estaba agotada y hambrienta. A pesar de que había llevado algo de pan consigo, ya se lo había comido todo. Estaba en medio del bosque a oscuras, y no sabía dónde ni cuándo iba a encontrarse con la siguiente aldea. De pronto, el pánico la embargó.

No sabía cómo defenderse de los lobos o de los osos. No sabía cómo encender una hoguera y ni siquiera había pensado llevar consigo una triste cerilla. Trepó a un árbol y durmió a medias en sus ramas. Se puso todas las prendas que llevaba para no morir de frío y se pasó la noche tiritando de todos modos.

A la mañana siguiente, se preguntó si sería demasiado tarde para volver. No había pasado más de un día en aquella posada, por lo que tal vez podría conseguir quedarse un día más o incluso dos. Se imaginó que daba media vuelta, incluso mientras seguía adelante, hacia las profundidades de las montañas. Se imaginó un encuentro lleno de lágrimas con su madre, incluso al divisar una nueva ciudad en el horizonte. Se imaginó que compartía un pastelito con su madre para desayunar, incluso cuando ya estaba en las calles de aquella nueva ciudad extraña y se preguntaba dónde iba a conseguir algo de comer.

Si bien no sabía mendigar, para entonces ya había visto a mil mendigos distintos, y cada vez que lo hacía se preguntaba si era eso lo que le deparaba el futuro. Mientras vagaba por las calles, obligándose a no pensar en ello todo lo que pudo, extendió una mano. *No pienses,* se dijo a sí misma. *Hazlo y ya está.*

Y nadie le dio ni una triste moneda.

No era una ciudad pequeña, pues contaba con tres campanarios y un pequeño lago en el centro. Había gente por doquier, y todos la evitaban: le evitaban la mirada y la mano que estiraba. Un nuevo miedo la embargó, el miedo al exilio, a morir de hambre, a no tener ningún plan que fuera a mantenerla con vida. A pesar de que ya había sabido que aquel miedo iba a llegar en algún momento, cuando este se materializó del todo vio que era peor de lo que se había imaginado. Le vaciaba el estómago, le adormecía el cerebro y le secaba la boca.

Sentada en la entrada de un callejón, con la mano estirada hacia unos desconocidos que no le dedicaban ni una sola mirada de soslayo, recordaba la época en la que había sido de lo más orgullosa. En otros tiempos, había creído que controlar el mundo era posible, que podía doblegarlo a su sentido de la justicia personal. Qué infantil había sido. Qué ilusa, qué arrogante. Tenía amigos en París que nunca se peleaban con los profesores y que iban a poder acudir a las mejores escuelas y alcanzar los mejores puestos de trabajo, mientras que ella mendigaba en las calles de una ciudad cuyo nombre ni siquiera sabía. Entonces sí que supo, sin lugar a dudas, que no controlaba el mundo, sino que estaba a su merced. Es una lección que la mayoría de las personas descubre en algún momento de la vida, pero el haberse dado cuenta de que el mundo es un lugar más grande y poderoso que ella de un modo tan despiadado fue demasiado duro para una niña de doce años orgullosa, demasiado repentino y sin que le dejara ninguna oportunidad de equivocarse.

Se quedó en aquella ciudad dos días más, sin comer nada más que migajas y durmiendo detrás de unos arbustos. Por la noche, se hacía una bolita y lloraba como una tormenta de invierno. Hasta que su enfermedad volvió a encontrarla y la echó del lugar.

Las zonas rurales eran distintas. Caminó por senderos de tierra a través de comunidades granjeras pobres y miró a los ojos a todos los desconocidos con los que se cruzaba. Un anciano le dio un puñado de cecina de cordero, con unas palmaditas en la cabeza, y siguió caminando junto a su mula. Aubry se quedó sin palabras. Ni siquiera fue capaz de darle las gracias, sino que se quedó atontada en el camino y lo vio alejarse con su mula hasta que desapareció.

Otro hombre le dio un manojo de puerros del montón de verduras que llevaba a la espalda. Y ella no cometió el mismo error dos veces, sino que le dedicó una reverencia y le dio las gracias con el poco croata que había aprendido.

Unos días más tarde, captó la atención de un chico que recogía olivas en el vergel de su familia. El chico le dedicó una sonrisa y le dijo algo que le sonó amistoso. Por un momento, creyó que le había hecho tilín, pero entonces lo entendió: el chico era fuerte y apuesto, mientras que ella era débil y estaba sucia. Lo único que había hecho era darle lástima.

Así que se frotó el estómago.

El chico corrió al establo y volvió con un par de manzanas y un cubo de leche tan fresca que todavía estaba caliente. Su padre salió para ver a la vagabunda con sus propios ojos y le llevó algo de pan. Y luego su madre, con una pantomima de lo más exagerada, le ofreció a Aubry una cama en su establo. Aubry les dio las gracias, entre lágrimas, y se quedó dormida antes del anochecer. Se quedó allí otro día y medio, un día y medio en el que no pasó miedo.

Hasta que notó el retortijón doloroso en las entrañas, la columna que se le tensaba. Como no tenía ninguna forma de explicarse, se escapó mientras la familia estaba ocupada en la cocina.

Si pudiera volver atrás, iría a darle las gracias a la familia, a arrodillarse delante de ellos, solo que no podía volver sobre sus pasos. Cuando ya había estado en un lugar, no podía volver, y cada despedida era irreversible. Al menos había aprendido a evitar las ciudades y a recorrer las zonas rurales.

Eso sí que lo podía contar, y fue lo que hizo, al explicarles a los Holcombe el arte del exilio.

CAPÍTULO TRECE

He aprendido a cazar

Les cuenta a los Holcombe lo que ha aprendido sobre la generosidad de los demás, que sobrevivió durante mucho tiempo gracias a la caridad humana, que los hogares más generosos que ha visto son los más pobres y que la mejor basura proviene de los más ricos. Les cuenta que aprendió a buscar comida en el bosque, aunque les advierte de que no hay mucho que encontrar.

En una ocasión, una familia la invitó a su pequeño hogar en las tierras altas de Nicaragua, donde se sentó junto a una pareja que llevaban mucho tiempo casados, sus siete hijos y dos abuelos. Compartió una comida sencilla pero generosa con ellos, por mucho que casi no pudieran permitírselo. Si bien intentó dejarles algo de dinero o hacer alguna tarea en retribución, se negaron.

—Según lo vemos nosotros, has viajado hasta aquí para conocernos —le explicó uno de los abuelos.

—¿Y había hecho eso? —le pregunta Sophie.

—Quizá sí que fue así en cierto modo —responde Aubry—. Cuanto más te desplazas, más abierta estás a las casualidades y a los milagros.

Al oír eso, el señor Holcombe asiente, de acuerdo.

Aubry sabe muy bien los peligros que hay por ahí. No es ingenua. Las guerras son tan comunes como el mal tiempo, y tiene cuidado de evitarlas. Hay nómadas en el desierto de África del Norte que esclavizan a cualquier persona no musulmana con la que se crucen. Hay una isla en el golfo de Bengala en la que atacan a cualquier persona ajena al lugar.

Aun así, sin contar todo eso, le queda un mundo entero por explorar.

Más que nada les habla de lo lejos que caminó, día tras día, hasta que le ardieron los pies, hasta que los músculos se le adormecieron, y luego se hizo fuerte. Les dice que ahora puede caminar desde el alba hasta el anochecer bajo el sol abrasador sin sudar, les habla de las grandes distancias que puede recorrer sin que le dé hambre, sin comer nada más que unos bocados al día. Recuerda jornadas que ha pasado sin beber agua, semanas que ha vivido sin comer nada, y la fuerza que tenía entonces todavía le sorprende.

Les cuenta que una vez le suplicó un poco de comida a un pescador otomano. El hombre hablaba un poco de francés chapurreado y le preguntó qué tenía ella para darle a cambio de la comida.

—Nada —respondió Aubry.

—¿Qué clase de trato es ese? —dijo él, aunque le dio un pescado de todos modos. Se lo comió delante de un gato callejero hambriento al que le lanzó los huesos, pero lo entendió. A partir de entonces, pensaba tener algo que ofrecer.

Encontró una carnicería vacía y robó un cuchillo. Se escabulló por jardines traseros y robó una escoba. Fue a un lugar tranquilo del bosque y talló el palo de la escoba hasta afilarlo. Con ello había conseguido hacerse con una lanza, y pasó meses perfeccionando su técnica con ella.

Caminaba y lanzaba, caminaba y lanzaba. Clavaba su palo de escoba en un árbol tras otro, y cada vez lo lanzaba más lejos. Aprendió a ser rauda, a moverse con ligereza. Mejoró su puntería, pero la lanza acababa perdiendo la punta, por lo que tenía que volver a afilarla una y otra vez. Experimentó, chamuscó la punta de la lanza en una hoguera para que se volviera negra y más dura, y eso surtió efecto; la cubrió de resina, y eso surtió un efecto mayor aún.

—Por si alguna vez lo necesitáis —les dice a Sophie y a Somerset—: La mejor forma de hacer una punta de lanza de madera es tallarla para afilarla, cubrirla de grasa de pájaro, tostarla en una hoguera y luego buscar una piedra de río con la que pulirla hasta que brille.

Un día, tras unos doce intentos, logró atrapar un pez con la lanza y lo cocinó. Al día siguiente, atrapó y cocinó otro, y hasta se acordó de destriparlo antes. Siguió así durante varias semanas: atrapaba peces en los ríos y lanzaba su arma de asta a los pájaros que se posaban en las ramas.

Incluso logró ensartar un conejo a medio salto. Todavía se acuerda de la sensación que le recorrió el cuerpo al ver el impacto limpio, por el centro del animal, que le quitó la vida a aquel cuerpecito diminuto. Se quedó mirándolo, asombrada, tan feliz como lo había sido antes de que la enfermedad llegara a su vida. Todavía lo considera uno de los mejores golpes que ha dado en toda la vida, aunque más que nada lo recuerda porque fue el primer día que el miedo la abandonó por fin.

Cazó tantos conejos, peces y aves que pudo vender unos cuantos y ganar dinero para ropa nueva, algún que otro caramelo y, cuando llegó a Grecia, para la primera carta que envió a casa.

«He aprendido a cazar», le escribió a su familia.

Y esa carta, por fin... Le faltan palabras para expresar cómo se sintió. Había transcurrido un año desde que había dejado a su madre; no, más que eso, quizá dos. Un año o dos, un tiempo en el que su familia había vivido llena de preocupación, sin saber de ella. Esa carta fue una panacea, una luz en una cueva. Y, al haberse hecho cazadora, al haber conseguido un medio para comerciar, iba a poder mandarles más.

Vio que los pescadores llevaban arpones y se maravilló con la punta de hierro que tenían. Decidió que su lanza también debía tener una punta de hierro, solo que iba a necesitar más dinero. Un jabalí le serviría, según pensó. Qué ilusa fue. Un jabalí, el animal más peligroso en aquella parte del mundo. Y Aubry, todavía sin ser adulta, se dispuso a matar uno.

El bebedero estaba escondido entre las montañas; ni siquiera los habitantes del lugar lo conocían. Solo que Aubry sí, y, cuando una familia de jabalíes pasó por allí, apuntó al más grande de ellos: no al pequeño, no a un jabalí de práctica, sino al más grande de todos. Esperó el momento oportuno, lanzó... y falló. Los jabalíes salieron corriendo entre los matorrales y los árboles y se desvanecieron como el eco. Al día siguiente, falló otra vez. Falló durante tres días.

Ese tercer día, los jabalíes se volvieron en su contra. Soltó la lanza y salió corriendo hasta trepar al árbol que le quedaba más cerca. Pasó horas esperando allí arriba, pero la caza no fue una pérdida de tiempo. Se dedicó a estudiar al jabalí que gruñía y rodeaba el árbol sin cesar. Muchas ideas se le pasaron por la cabeza, y una de ellas la convenció.

El cuarto día (¡qué suerte tuvo de contar con un cuarto día!), acechó al mismo jabalí, el macho poderoso con los colmillos curvos que le salían de la boca, y le lanzó un montón de rocas. La bestia cargó hacia ella. Aubry salió corriendo, con el jabalí pisándole los talones entre chillidos. Corrió, saltó, se aferró a la rama que colgaba y se impulsó para quedar a salvo, con el jabalí gruñendo bajo ella.

Solo que en el árbol había dejado su lanza y un puñado de rocas. Las lanzó contra el jabalí y lo hizo enfadar. Porque eso era lo que quería, un jabalí enfadado que no pensara en nada. Fue hasta la rama más baja a la que se atrevió a descender y apuntó con la lanza. Cuando la bestia estuvo en la posición más idónea en la que iba a estar, Aubry bajó del árbol con la lanza apuntando hacia abajo, como un clavo de ferrocarril. Incluso sin la punta de hierro, se hundió en el cráneo del jabalí y le clavó la cabeza al suelo.

Lo despedazó allí mismo. Carecía de las herramientas apropiadas y no tenía experiencia, por lo que el intento fue agotador y le llevó varias horas. Le quitó el pellejo, retiró la sangre y las vísceras y cubrió una roca con él para que se secara. Cortar trozos de carne fue tan solo un poco más fácil que aquello. Poco después ya empezó a notar la sangre que se le acumulaba en la garganta, el dolor incipiente en las articulaciones. Siguió a través del dolor, tan solo el tiempo suficiente para reunir el fruto de su labor y dirigirse a una nueva aldea al pie de la montaña. Allí fue directa al mercado, con el peso del jabalí descuartizado en la espalda.

La carne la vendió de inmediato, fresca y directa de sus propias montañas. Después de la carne, otra persona le compró el pellejo. Después del pellejo, alguien más le compró la cola. Quién sabe para qué. Otra persona más le compró los huesos, y otra, hasta los dientes. El cráneo lo había dejado en la montaña, aunque seguramente podría haber conseguido venderlo también. Los griegos le daban un uso a todo. Vendió el jabalí por la mitad de lo que valía, pues ¿qué sabía ella del valor que se le daba a un jabalí? Aun así, los bolsillos le resonaban con las monedas que había conseguido, y aquello era lo único que le importaba. Se llevó el dinero en busca de un herrero.

La punta de hierro era estrecha y afilada y encajaba en el agujero que un carpintero del lugar le había hecho a un mango nuevo. Si bien quería una punta con una púa en un lado, aquello valía más dinero, por lo que decidió tallar la púa en la madera ella misma. Estaba tan contenta con su nueva lanza que le dieron ganas de volver a buscar al pescador otomano para darle un abrazo y las gracias por su consejo. Solo que, por descontado, no podía volver.

CAPÍTULO CATORCE

Un barco en Siam

Sophie y Somerset están encantados con las historias que Aubry les cuenta sobre la supervivencia, y todos se le quedan mirando el bastón que usa para caminar. Aubry se echa atrás y se lo pone en el regazo.

Tienen un rincón a popa y a babor para ellos solos, en la sombra de la cubierta inferior. El bastón de caminar es largo y recto, pero una punta tiene una protuberancia, como si estuviera tallado a partir del nudo de un árbol. Sin nadie que los vea, los Holcombe observan cómo Aubry retuerce un poco la punta del bastón, la cual se separa, se abre como una vaina y deja ver la punta de lanza de hierro negro que lleva oculta.

—¿Es esa? —le pregunta Somerset en un susurro—. ¿Es la lanza que se hizo?

—Bueno, veamos —le contesta—: He reemplazado el mango muchas veces, porque siempre se me rompe algo, y ya es la quinta punta de lanza que uso. ¿Es la misma lanza? Tiene el mismo aspecto, pero no sé. ¿Es la misma? Tú dirás.

Acarician el hierro negro, más fino y delgado de lo que se habían imaginado, y de un tono tan oscuro como la tinta. De vez en cuando refleja la luz como la pluma de un estornino y se forma un arcoíris resbaladizo como el aceite en la cuchilla.

—Con cuidado —les advierte Aubry—, que está muy afilada.

—Es bastante bonita, la verdad —comenta la señora Holcombe. Todos se echan adelante para ver las curvas sinuosas y las formas de garfio de la punta de tres lados. Hablan en voz muy baja, como si se tratara de una reliquia religiosa.

—Soy muy particular —les explica Aubry—. Busco al mejor artesano que pueda y pido la punta con unas especificaciones muy exactas. Esta la hizo una mujer, la hija de un herrero japonés de renombre. La púa está ahí ahora y forma parte del hierro, en lugar de la parte de madera. Más abajo, en este extremo, hay un agujero por el que puedo pasar un hilo si cazo tiburones o focas. El mango está hecho de palo fierro australiano y es muy resistente. No creo que esta se me rompa. O eso espero, vaya.

—Es preciosa —dice el señor Holcombe.

—Los periódicos no decían nada de ningún pozo ni de lanzas —comenta la señora Holcombe.

—Los periódicos tampoco mencionaban los ataques de los tiburones ni la pubertad, pero también pasé por eso —contesta Aubry—. Tengo un tiempo limitado; no les puedo hablar de todo a los periodistas.

—¡A nosotros sí! —exclama Sophie.

—Lo intentaré —le asegura Aubry, aunque sabe que no será así.

—Quizá —interpone Somerset— si sumamos todas las conversaciones que haya mantenido con todas las personas a las que ha conocido podamos formar su vida entera.

—Puede que funcione. Pero me daría miedo leerlo.

—¿Por qué? —le pregunta Sophie.

Aubry hace una mueca y no contesta. Vuelve a esconder la punta de la lanza.

—¡Deberíamos aprender! —le dice Somerset a su hermana mientras Aubry apoya la lanza en un rincón, oculta con mucha astucia en forma de un bastón ordinario, aunque más alto que la media.

—Aprended una habilidad, aunque sea lo único que hagáis en la vida —les aconseja—. Una habilidad útil que les sirva a los demás. Con eso llegaréis muy lejos.

—¿Saber lanzar su arma la llevó lejos? —quiere saber Sophie.

—Ya lo creo. —Aubry se inclina hacia delante para explicarse—. La siguiente vez que un pescador me preguntó si tenía algo con lo que comerciar, se lo enseñé.

Ocurrió en Andros, en las islas griegas, cuando tenía quince años (¿o tal vez dieciséis?). En un solo movimiento fluido, arrojó la lanza al otro lado de la calle, al árbol más estrecho de todos, y casi lo partió por la mitad. El cascarrabias delgaducho que se había burlado de ella, sentado a menos de diez centímetros a la izquierda, se sobresaltó y se asustó tanto al ver la lanza que volaba en su dirección que se cayó de la silla. Los pescadores que fueron testigos de ello, los que no se habían echado a reír, se quedaron con la boca abierta.

A ver si así se calla, pensó. Sus habilidades para la cacería no le habían devuelto la felicidad, pero sí la confianza en sí misma. Sin embargo, ya no se trataba del orgullo de una niña consentida, sino de algo más feroz, algo reservado para los niños que se criaban en la naturaleza.

En el transcurso de una hora, le habían llegado no menos de doce ofertas de trabajo para cazar lubinas o ballenas, cualquier cosa que se vendiera bien en el mercado. Aubry observó a aquellos hombres asediados por las inclemencias del tiempo y los estudió con atención. Aceptó la oferta del capitán anciano y veterano de cabello blanco y de barba poco poblada. No sabía por qué; suponía que debía de haber notado una especie de elegancia en él, algo pesado, como el conocimiento que no quiere nadie. Partió rumbo a Grecia en su barco a la mañana siguiente, temprano.

Más adelante, su lanza la llevó a expediciones con los aleutas, con quienes cazó focas desde sus kayaks en un mar medio helado. Corrió por la maleza africana prácticamente desnuda, persiguiendo avestruces con los indígenas del Kalahari. Se enfrentó a un oso iracundo en un bosque con los sami de Noruega, donde su lanza fue una más de una falange de armas de asta. Y su momento más emocionante: cuando saltó de la proa de aquella enorme canoa de madera en la costa de Nueva Guinea y flotó en el aire durante un instante eterno según calculaba cómo aterrizar en la enorme ballena jorobada. Hundió la lanza en su carne gris y resbaladiza, y un géiser de agua salada y sangre salió del agujero del animal y la empapó.

Sin embargo, antes de todo eso estuvo en aquel solitario barco pesquero griego que patrullaba el mar Mediterráneo con una tripulación de siete hombres con quienes no podía ni quería hablar, para clavarle la lanza a cualquier animal que fuera lo bastante listo como para evadir las redes y lo bastante insensato como para acercarse demasiado a su embarcación.

—¿Habla griego? —le pregunta Somerset.

—Ahora sí —le explica ella.

Pero en aquel entonces no sabía ni papa. Cuando la tripulación comía abajo, ella comía en la cubierta. Cuando comían en la cabina, ella se iba a la proa. Los oía charlar en su idioma para hablar de ella y sabía que no decían nada bueno. Lo notaba en sus miradas de soslayo. Sabía que a ellos les parecía taciturna y altiva, siempre con mala cara, y era cierto. Hacía años que no mantenía una conversación con nadie, pues había vivido en bosques, cuevas y callejones. No estaba muy lejos de ser sordomuda, al estar aislada del resto del mundo, tan escondida como una piedra enterrada. Vivía en el interior de sí misma y se formaba sus propias ideas y opiniones. Se construyó su propio mundo, donde podía pensar lo que le viniera en gana, donde nunca se equivocaba porque nadie podía decirle lo contrario.

Soñaba con sus hermanas, unas pesadillas horribles en las que Pauline y Sylvie jugaban en casa mientras ella las miraba a través de una ventana. Soñaba que su madre preparaba un festín de Navidad del que ella no podía probar bocado o que estaba sentada en el regazo de su padre mientras él hablaba con otras personas, sin darse cuenta de que tenía a su hija encima. Fue después de haberlos dejado, al recordarlos, que supo valorar lo que había tenido. Quería haber sido una hija mejor, una hermana mejor. Quería volver a estar con ellos. Habría dado cualquier cosa por conseguirlo, pero no tenía nada que dar.

A veces se le pasaba algo por la cabeza: que, del mismo modo que aquel barco la transportaba por el mar, ella era la embarcación con la que su enfermedad recorría el mundo. Se le aferraba a la espalda, le clavaba los dedos de las manos y de los pies en los huesos y se asombraba y sonreía al ver todos los lugares que visitaba, un demonio feliz subido a sus hombros de por vida. Pensar en ello hacía que se enfadara, que se sintiera utilizada. Sin embargo, en cada lugar que visitaba, en cada nuevo paisaje con el que se encontraba, notaba la enfermedad en el fondo de todo, escondida en un rincón oscuro de su mente, aferrada a su cráneo, sonriente.

—¡Mira! —decía, con su voz baja y aterradora, según contemplaba las estrellas que flotaban sobre el Mediterráneo—. Ya te decía yo que iba a ser precioso.

Y entonces se despertaba, poco después del amanecer, echaba un vistazo por el horizonte en busca de peces y de vez en cuando cazaba uno con su lanza. Se entretenía con su pelota rompecabezas, comía lejos de la tripulación y dormía, a menudo en la cubierta, bajo el frío helado del mar abierto.

Si a la tripulación se le hubiese ocurrido torturarla, violarla o arrojarla por la borda, Aubry sabía que el capitán habría intervenido. No la había contratado para que les hiciera compañía, sino por sus habilidades. Y ella tenía una naturaleza salvaje que él respetaba. Se preguntaba si el capitán tendría una hija en Andros o si no había sido padre y se arrepentía de ello, pues ya era demasiado tarde para él. Había oído cómo ponía fin a las quejas de la tripulación con su voz potente y sabía que solía darle comida extra y un catre alejado del de los demás. A cambio, ella cazaba todo lo que podía: atunes perdidos, un pez espada y, en una ocasión, un delfín gris, algo nada común. Aquel día, hasta los miembros de la tripulación se quedaron embobados, aunque nadie sabía cuánto valía en realidad.

Resultó que valía un pastón.

Después de aquello, la tripulación le dio más espacio en el barco y se apartaban cuando la veían venir. Cuando se lanzaba al mar de noche para lavarse, ya no corrían a los ojos de buey para mirarla. Uno o dos de ellos incluso le sonreían de vez en cuando, y ella les devolvía un ademán con la cabeza: brusco, pero no tan frío como habría podido ser.

Un día, se percató de que había aprendido griego, o, mejor dicho, de que estaba empezando a entenderlo. Oírlos hablar durante tanto tiempo había acabado enseñándole algo. Entendía la mitad de las conversaciones que oía, y, después de prestar más atención durante un mes o dos más, aprendió la otra mitad. Aprendió a soltar palabrotas en griego, a insultar en griego y a maldecir a sus antepasados en griego; aunque no fuera a hacer algo así, si alguna vez tenía que hacerlo, ya había aprendido.

Y, aun así, siguió sin hablar con ninguno de ellos.

Atracaron en un puerto no muy lejos de Alejandría, en el lado más alejado del mar. Allí podían vender lo que pescaban antes de que se pudriera. A pesar de que era un mercado que el capitán conocía de sobra, Aubry no había visto nada igual en la vida.

Había arena, un paisaje infinito lleno de arena. Una ligera brisa era capaz de levantar una columna de polvo amarillento hacia el cielo despejado. Había árboles bajos y puntiagudos y camellos que llevaban muebles a cuestas. Había edificios de muchas plantas de altura y muros del color de las hojas otoñales. Había quienes vestían con traje y corbata, con camisas y pantalones elegantes, como si hubieran acabado de salir de las calles de París, pero los hombres que tenían barba y piel desgastada por el sol, con sus túnicas largas y blancas y gorros rojos con borlas o con chalecos rojos y gorros blancos, eran unos que ella no había visto nunca. Y las mujeres, bellas con sus brazaletes y coronas de cobre, con las manos pintadas con unos patrones caleidoscópicos, algunas de ellas con velos llenos de monedas de plata que tintineaban como campanillas de viento cuando caminaban. Era abrumador. ¿Aquellas personas necesitarían a alguien que supiera usar la lanza? Seguro que sí.

Para entonces ya se había fabricado una tapa de madera para su punta de lanza, para que pareciera un bastón para caminar. Se ató una bufanda griega a la cabeza para imitar la moda que veía. Tenía una mochila pequeña que se colgó sobre un hombro y, mientras la tripulación estaba distraída descargando lo que habían pescado, salió del barco sin dar ninguna explicación. Estaba echando un vistazo por el ajetreo de la muchedumbre, entre las nubes de arena, todo ello enmarcado por lo desconocida que le resultaba la ciudad, cuando notó una mano en el hombro.

El capitán estaba detrás de ella y la estudiaba con sus ojos grises. La tomó de la mano y le puso una bolsita llena de dinero en ella, más dinero del que ella había pedido en algún momento, más del que había llegado a imaginarse. Y entonces le dijo algo que entendió a la perfección.

—Ve con cuidado. Estás muy lejos de tu casa.

Se quedó allí plantado, con los labios tensos y los ojos entornados en su dirección. No le soltó la mano durante un largo rato, pero, cuando lo hizo, se dio media vuelta y volvió a subir a bordo. Quizá la observó marcharse. Tal vez los demás miembros de la tripulación hicieron lo mismo. Fuera como fuere, no se dio media vuelta para comprobarlo.

Se acercó poco a poco a las puertas de la ciudad, llenas de gente, valiéndose de su lanza transformada en bastón. Las caravanas de camellos la adelantaban, repletas de cargamento de los barcos: pieles curtidas, cestas colmadas de ágatas, vainas de cardamomo dulce que dejaban un rastro de aire perfumado a su paso. La entrada a la ciudad era como una cerradura enorme que atravesaba unos muros de tres metros de ancho. Hizo acopio de todas sus fuerzas, se destensó y permitió que la corriente de los mercaderes se la llevara.

Al otro lado: las calles batidas por el sol.

Lo captó todo. Las torres, las cimas y los minaretes, las curvas de las cúpulas construidas encima de muros cuadrados y rectos. Pasó horas paseando sin rumbo alguno. Perdió la bufanda de la cabeza por culpa de una ráfaga de viento, un hombre de negocios amistoso se la recogió, y una joven amable le enseñó a atársela bien. Compró una masa de hojaldre con huevo y el vendedor le regaló una naranja. Le gustaba la ciudad, y se preguntó cuánto tiempo iba a poder quedarse. Entonces se hizo tarde, y el sol se escondió detrás de los muros. Encontró un buen lugar en una plaza amplia en el que terminar de cenar en paz; dedujo los puntos cardinales según por dónde se ponía el sol y por dónde creía que iba a salir al día siguiente.

Entonces vio un edificio que se asomaba por un espacio entre distintas viviendas. Era alto y elegante, formado por cúpula sobre cúpula, todo ello construido encima de una base de arcos con forma de herradura. Un número infinito de arcos, y, detrás de ellos, nada más que oscuridad. Se quedó mirando el edificio y no vio a nadie entrar ni salir, y le pareció un lugar extraño que, por alguna razón, la invitaba a acercarse. Se terminó la naranja, cruzó la plaza y atravesó los callejones en dirección al edificio.

Subió por los peldaños y se asomó a su interior oscuro. No veía nada en aquella oscuridad, e hizo el ademán de marcharse, pero un sonido de madera al golpear el suelo de piedra hizo que se diera la vuelta.

Su pelota rompecabezas estaba en el suelo, pues se le había caído de la mochila por alguna razón, y rodaba poco a poco a través de los arcos. Se detuvo medio bañada por la oscuridad, como si esperara que ella le diera el alcance.

Tenía que admitir que aquella oscuridad tenía algo que la reconfortaba: tal vez la idea de poder ver sin que la vieran, y quizás el atisbo de una sensación que no sabía describir, un tirón en el pecho, como si alguien tironeara de un hilo que tenía atado. Recogió su pelota y echó un último vistazo a sus espaldas.

Entonces se metió en la oscuridad y, tan de golpe como un grito ahogado, desapareció.

CAPÍTULO QUINCE

Uzair y la odisea del norte de África

Ahora llega el momento en la historia en el que Aubry debe decidir cuánto va a contar y cuánto va a guardarse. Les ha contado la historia de su vida a muchas personas de muchas maneras distintas, pero nunca le ha contado todo a alguien, y ciertas cosas no las ha contado nunca a nadie.

¿Debería hablarles de lo que descubrió en aquellas sombras? ¿Debería mencionar la biblioteca, aquel reino de libros y pergaminos, más de los que alguien podría llegar a leer en una vida, en dos o en cien? ¿Que no había casi ni una sola palabra en ellos, sino que consistían en imágenes, bocetos y dibujos? ¿Debería contarles las horas y los días que pasó mirándolo todo? ¿Debería describir la sensación de vacío, de aislamiento, de una oscuridad en la que alguien casi se podía bañar? ¿Podría ser capaz de expresar la forma en la que el tiempo pareció extenderse? Es importante, sabe que lo es. Es un momento decisivo, aquel que pasó en la biblioteca, una pequeña introducción al resto de su vida. Lo que ha visto en el mundo, experiencias que nadie se creería, forma una lista tan larga como extraordinaria. Y, aun así, la biblioteca es la más extraordinaria de todas. ¿Cómo puede explicarlo? ¿Acaso es posible? No. Creerán que está loca. Ella misma lo cree a veces.

Decide, en ese mismo momento, y no por primera vez, ni de lejos, que lo mejor es guardarse cierta información para sí misma.

Si bien no les llega a explicar a los Holcombe cómo sucedió, más tarde, mucho más tarde, cuando salió de las sombras (por Dios, ¿cuánto tiempo pasó allí? Ni siquiera les cuenta eso), acabó deambulando por los callejones, adormilada y medio muerta de hambre, con la ropa desaliñada y llena de polvo, como si hubiera recorrido una distancia enorme sin acordarse de ello, como si una tormenta del desierto espontánea se la hubiera llevado volando y la hubiera vuelto a soltar sobre la superficie sin piedad alguna.

¿Cómo puede explicar todo eso?

Por Dios, piensa. *Si sigo con la historia un poco más voy a acabar hablando de Uzair.* Uzair Ibn-Kadder, un nombre en el que hacía mucho tiempo que no pensaba, el hombre que tenía la cura para todo. ¡Y delante de los niños! Iba a escandalizar a la familia entera, y jamás se lo perdonaría.

—Creo que estoy cansada —dice en su lugar—. Y seguro que soy un muermo.

—A mí no me lo parece —contesta Somerset.

—A mí tampoco —dice Sophie.

—Hija, hijo —los riñe su madre—. Ya se ha cansado de hablar por ahora.

CAPÍTULO DIECISÉIS

Un barco en Siam

El transbordador llega a una ciudad portuaria en la que el río escapa por fin de la selva y se ensancha hasta formar un delta lleno de templos, puentes y mercados. El barco atraca. Aubry y los Holcombe desembarcan, salen por el tablón y llegan a la calle ajetreada que recorre la ribera del río.

Emily se vuelve hacia ella.

—Si no tiene nada planeado, estaríamos encantados de que se quedase con nosotros. Nos hospedaremos en una villa con sitio más que de sobra.

—Así es —interpone Vaughan, para que sepa que la invitación es unánime.

—Ay, no quiero molestar —responde ella, con educación, aunque se alegra de que la hayan invitado.

—Venga con nosotros, por favor —le suplica Sophie.

—Puede contarnos lo que vio en el desierto —dice Somerset.

—Ya os he contado lo que vi en el desierto.

—No todo.

Qué perspicaz es Somerset, para haber captado que se había dejado algo en el tintero.

—De verdad, estaríamos encantados de que viniera con nosotros —le insiste Emily. Son tan sinceros que sería de mala educación rechazarlos.

—¿Dónde se van a quedar? —quiere saber Aubry.

—En Bangkok.

Aubry hace una mueca.

—Ya he estado ahí. —Poco a poco, los demás entienden lo que quiere decir. Emily frunce el ceño y le da un abrazo.

—Me alegro mucho de haberla conocido. Cuídese mucho.

—¿No puede venir? —pregunta Sophie.

—Lo siento mucho, cielo —se disculpa Aubry, después de agacharse para quedar a la misma altura que los niños.

—Nos lo hemos pasado muy bien con usted —le dice la niña.

—Queremos ser como usted cuando seamos mayores —añade Somerset.

—Ay, no, entonces es que lo he contado mal. Pero sois buenos niños, y más listos que nadie, así que seguro que todo os irá de maravilla. —Se los acerca y les susurra al oído—: Muchas gracias por haberme salvado.

Les da un beso a cada uno, y entonces Vaughan la toma del brazo y se la lleva discretamente a un lado.

—Tenga —le dice, y le entrega un fajo de billetes. Es bastante grueso, demasiado como para que pueda aceptarlo.

—No, no podría.

—Puede y lo aceptará. No permitiré que me lo devuelva. Si no lo quiere, búsquese una obra benéfica que la convenza —le dice él—. Es un buen negocio. Uno no se convierte en un experto del comercio si se lo queda todo para sí mismo. No todo el mundo lo entiende.

Intenta explicarle que no necesita mucho, que puede cazar su propia comida, que puede valerse por sí misma.

—Anda, mire por dónde —suelta Vaughan de repente, con lo que la interrumpe—. ¿Ha visto lo grande que es?

Señala hacia los aleros de paja del cobertizo de barcos que tienen encima. Hay una araña larga como un dedo a la espera, de color amarillo brillante, flotando en su telaraña. Vaughan le da la vuelta a Aubry para que la mire.

—¿La ve? ¿Ahí en medio de la telaraña? Lejos de todo el ajetreo, de todo el ruido. Tiene su propio mundo ahí montado.

Mire por dónde. —Su voz es un murmullo—. Se estira hasta su propio universo en miniatura e intenta averiguar dónde está, quién le mueve los hilos.

Aubry mira la araña, con sus patas negras y su cuerpo amarillo con motas. Los hilos de seda se doblan por una brisa que pasa entre las vigas. La araña mueve las patas para prepararse y luego se echa atrás una vez más.

Cuando Aubry se da la vuelta nuevamente, está sola. Vaughan ya se está alejando con su familia, y todos se giran para despedirse de ella con la mano una última vez, en especial los niños. Les devuelve el gesto, y entonces desaparecen entre la multitud.

Se queda quieta un momento, mirando en su dirección hasta que deja de verlos. Han sido muy buena compañía y unos oyentes excelentes. No recuerda la última vez que ha hablado tanto.

Mira en derredor, por las calles abarrotadas, coloridas como el resto de Siam, llenas de personas, algunas de ellas con calesas, otras con cestas de productos frescos sobre la cabeza. Un carruaje motorizado, importado desde Estados Unidos, se abre paso entre la muchedumbre mientras toca su bocina.

Escoge una dirección al azar y camina hasta que deja de haber tanta gente y las calles se convierten en senderos de tierra que atraviesan el paisaje verde. Si bien podría ponerse a explorar la ciudad, prefiere los senderos antiguos que se extienden a lo lejos, más allá del caos de las máquinas y de las multitudes sin rostro. En ambos lugares se siente pequeña, pero la pequeñez de los caminos de tierra es solo para ella.

Un par de gallinas descarriadas la siguen un rato antes de meterse bajo una casa elevada. Se quita las sandalias. Con el paso de los años, ha acabado disfrutando más de caminar descalza: le gusta la sensación de notar la piel contra la piel de la tierra, la alegría de la hierba corta que le hace cosquillas en los pies, la arena cálida del desierto que es como un baño seco, la solidez del granito puro y duro. El camino se estrecha. Lanza una piedra más adelante, como gesto de cortesía para las serpientes y los escorpiones, para que puedan huir antes de que llegue.

Camina y camina hasta que nota que algo se revuelve en su bolsa de viaje: la pelota rompecabezas se agita y le rebota por la espalda como si intentara huir. Se detiene, se da media vuelta y desanda sus pasos. Mira a la derecha y luego a la izquierda, a un bosquecillo de higueras gruesas, a los troncos nudosos, con sus raíces y sus ramas bajas.

En el centro de todo ese verde hay un camino que pasa a través de los arcos de las vides retorcidas.

Su pelota deja de quejarse.

Da un paso cauteloso hacia allí y ladea la cabeza para mirar hacia el interior. Nadie entra ni sale del camino, como si este se hubiera desplegado como una alfombra, como si hubiera estado escondido entre las sombras, una emboscada tendida solo para ella.

Ojalá Sophie y Somerset estuvieran ahí para verlo. La respuesta a todas sus preguntas está ahí mismo, a su alcance. Solo que nunca es así. Entra sola, siempre sola.

Se mete entre los troncos y las vides, bajo el musgo que cuelga. Es un lugar solitario y silencioso. Ya conoce los lugares como ese porque ha estado allí en otras ocasiones. La emoción de reconocer el lugar la invade. Sigue el camino a través de una catedral de raíces y ramas que termina en una puerta, una puerta inexplicable que no pinta nada en medio de una maraña de árboles. Es roja, azul y verde, de colores ceremoniales, con bordes adornados con oro. Aubry también conoce las puertas como esa.

Mira por encima del hombro, para asegurarse de que sea su puerta y solo suya. La quietud del ambiente puede con ella. Si no estuviera tan emocionada, podría experimentar una paz de lo más profunda.

O quizá soledad. Sí, también hay parte de ello, una soledad profunda que solo esas puertas logran transmitir.

Aun así, el corazón le late a toda velocidad.

Ya no existo, piensa para sí misma. *Nadie me ve. Nadie sabe dónde estoy. He desaparecido del mundo. No estoy. Y, en un momento, desapareceré más aún.*

Con cuidado, gira el picaporte, abre la puerta y pasa al otro lado.

CAPÍTULO DIECISIETE

Un breve interludio

Unos años más tarde, Aubry se cobija de un aguacero del frío sur de Chile en un pequeño restaurante a las afueras de Punta Arenas. A pesar de que se ha adaptado a la vestimenta del lugar, prenda por prenda, no tiene cómo camuflar su acento. Llama la atención de un caballero mayor que tiene el rostro alargado y arrugado de una tortuga marina. Sufre de artritis, tiene los nudillos hinchados y unas uñas limpias e inmaculadas y lleva el traje almidonado y bien planchado, rígido como un hueso. Invita a Aubry a su mesa para «charlar», según dice. Ella le habla de sus viajes, de que le resulta imposible quedarse en un lugar concreto. Aquello lo asombra, aunque de un modo distinto al de los demás. Otros romantizan su enfermedad, se imaginan unas vacaciones eternas, lo cual no podría estar más lejos de la realidad, claro. ¿Quién quiere unas vacaciones eternas? Las vacaciones son un respiro temporal de la rutina, la oportunidad de sacudir el polvo del hábito, de experimentar con nuevas costumbres y gastronomías distintas, solo que luego siempre se acaba volviendo; quizá se toma algo prestado del exterior, tal vez se rechaza, pero, sea como fuere, se vuelve. Al fin y al cabo, somos animales de costumbre que preferimos las posesiones, la seguridad, los vínculos familiares. Sin embargo, ¿dónde está la comodidad de Aubry? ¿Dónde están sus vínculos? ¿Cuáles son sus rutinas? y, Dios no lo quiera, ¿qué puede romperlas?

Ese hombre, el chileno estirado, tiene una mentalidad distinta. Odia viajar. Le cuenta que una vez quiso ir de viaje a Santiago para ver a qué se debía tanto alboroto. Creía que el viaje le iba a sentar bien. Tras un trayecto en carruaje incómodo hasta la estación, donde se enteró de que su tren iba tres horas tarde, le dio hambre y pidió empanadas de camote. Y se horrorizó al comprobar que aquellas empanadas no le gustaban nada, que eran demasiado dulces, y que aquella cafetería no ofrecía su té favorito; de hecho, no tenía ningún té. Se vio obligado a probar una tónica dulzona importada de Estados Unidos, una de la que había oído hablar y que nunca le había apetecido probar. Así que la comida fue un desastre. Pensó que, si un simple viaje a la estación de tren había sido tan desagradable, ¿qué horrores le aguardarían en un viaje hasta Santiago? Tiró su billete a la basura y volvió a casa *ipso facto.* ¿Por qué probar bebidas extranjeras cuando estaba perfectamente contento con el té? ¿Por qué dormir en una cama desconocida e incómoda en una habitación que era demasiado cálida o bien corría demasiado viento? ¿Por qué deambular por la calle en busca de restaurantes que valgan la pena cuando ya conoce varios establecimientos excelentes al lado de su casa? Además, ¿de verdad había algo en Santiago, en La Habana o en Madrid, alguna obra de arte, museo o montaña enorme, que no pudiera experimentar a través de un libro? ¿Tenía que apretujarse en un tren o en un barco durante un tiempo indeterminado para ver cosas que ya habían fotografiado, pintado y publicado mil veces para que él pudiera gozar de todo ello en casa?

—¡Por fin! —exclama Aubry, y pasa una tarde maravillosa en compañía de un cascarrabias irreverente. Por fin se ha encontrado con un espíritu afín.

CAPÍTULO DIECIOCHO

En un tren con Lionel Kyengi

Si se parara a pensar, diría que tiene treinta y cuatro años, y todavía está dispuesta a arriesgarse de vez en cuando, como la vez que escaló las montañas cerca de Conakri para evitar volver sobre sus pasos a través de la ciudad. O hace dos meses, cuando la insensatez la llevó a surcar el mar de Barents bajo una fuerte tormenta. Había pasado por problemas similares en Indonesia, en Islandia y en la parte fina de América del Sur. Y en Rusia, donde estaba, la insensatez le había pasado factura. Ha estado demasiado tiempo en Nizhni Nóvgorod. Ya nota la enfermedad, con su paso raudo, que amenaza con adelantarla.

Hace unas horas, ha soñado con la enfermedad, y su voz baja y aterradora le gruñía en el cráneo.

—Vete —le gritó la voz. En el exterior, los truenos retumbaban y la lluvia caía con fuerza.

—Estás de coña.

—He dicho que te fueras.

—Y yo te digo que te vayas a la mierda.

—Pues entonces te despierto —concluyó la enfermedad, y Aubry se despertó por el dolor que le recorría las entrañas.

Ahora se abre paso a través de la muchedumbre con su bastón y musita disculpas a todo el mundo y a nadie al mismo tiempo. Suele notar que se le acerca, una sensación que la carcome por dentro antes de que llegue el golpe, y ahora mismo la nota. Tiene que subirse al tren antes de que le sangren las orejas, antes de que el cuerpo se le sacuda entero por las convulsiones. No quiere montar una escenita delante de estos cosmopolitas, que la rodearán y se la quedarán mirando, con demasiado miedo como para tocarla, pero demasiado cautivados como para seguir andando. Tendrá que atravesar el muro de mirones para salir corriendo.

Solo que ¿a dónde? Está en el centro de Nizhni. Ha podido conocer la ciudad, con su ambiente con aroma a lilas, el traqueteo de sus tranvías, las iglesias y los monasterios de cúpulas coloridas con forma de merengue: una ciudad entera diseñada por expertos en postres. Ha recorrido hasta el último centímetro de la ciudad en una espiral, hacia el centro.

Ahí es cuando se queda helada, cuando le parece que se le forma hielo en la piel, cuando se da cuenta. Para escapar, tendrá que pasar por lugares en los que ya ha estado. Ese podría ser el final, lo último de su enfermedad, el golpe de gracia, y ella solita se lo ha buscado. Se abre paso, se apretuja y se cuela entre la multitud formada por trabajadores que van de un lado a otro, de casa al trabajo, del trabajo a casa, como tigres que dan vueltas por una jaula. Atraviesa nubes de humo y de vapor hacia la bestia de hierro fundido negro y se abre paso por todo el andén hasta llegar a los estribos del tren Transiberiano.

Sube al vagón de pasajeros y se mete en su compartimento tan deprisa como puede. El hombre que ya está dentro alza la mirada de su libro de texto, y ella no se sienta, sino que se queda de pie esperando. El tren no se mueve. ¿Por qué no? Un revisor grita algo en ruso, otro idioma que no le ha dado tiempo a aprender.

—Dice que vamos con retraso —le explica el hombre sentado, al verle la cara de confusión, y Aubry lo mira de reojo. Es negro y habla con acento, pero más allá de eso no lo mira más. Se pasa la lengua por la boca para intentar captar el sabor de la sangre.

Solo que el hombre le acaba de decir algo sobre retrasos y se lo ha dicho en francés.

—¿Cómo? —pregunta ella.

—Que el tren va tarde.

—¿Por cuánto?

—No lo sé.

Aubry se lleva un dedo a la comisura de los labios. Y ahí, en la punta del dedo, ve la primera gota de sangre.

—Puede que tenga que ir caminando.

Eso sorprende al hombre.

—¿Está muy lejos el lugar al que quiere ir?

—Demasiado lejos. —Aubry se pone a temblar entera.

—Siéntese —le dice él, preocupado. Ella niega con la cabeza.

—Si me siento, moriré.

Eso sí que lo asusta. Aubry se ha puesto a sudar y con cada segundo que pasa se vuelve más pálida. El hombre se pone de pie de un salto.

—Voy a buscar a...

—¡No! —lo corta ella. El hombre se queda quieto a medio paso.

—Seguro que hay algún médico por...

—¡Siéntese! —le espeta Aubry. El hombre le hace caso—. No quiero más médicos —añade, entre dientes—. No más médicos.

Entonces el tren da una sacudida, y ella se tambalea un poco. El hombre vuelve a ponerse de pie para ayudarla a recobrar el equilibrio, aunque no le hace falta.

Los dos se quedan quietos; el hombre observa a Aubry, quien mira por la ventana, y el andén pasa poco a poco por el otro lado conforme el tren va saliendo de la estación.

Todavía tiene esa sensación que la carcome por dentro. Se lleva un dedo a la boca una vez más, y esa vez no ve nada de sangre. Aun así, espera. El tren, ya a velocidad constante, cruza el río Oká. Sale de Nizhni Nóvgorod para siempre.

—Creo que ahora sí que me sentaré. —Se deja caer con un suspiro y un golpe seco y respira hondo para tranquilizarse. Deja su bastón y su mochila a un lado. Por su parte, el hombre todavía no se ha movido y se ha quedado mirándola.

—Entonces… ¿solo está bien cuando se mueve? ¿Es lo opuesto a marearse en un barco?

Aubry lo mira con atención, ahora que puede. Va bien vestido, lleva gafas y seguramente sea de África Occidental, a juzgar por su acento. Habla francés y ruso, por lo que debe de haber viajado mucho y estudiado más. Su expresión muestra más que nada una preocupación por ella que la conmueve y que hace que lo aprecie, ya que tiene tiempo para apreciar cosas.

—Es normal que piense algo así —dice ella—. ¿Cómo ha sabido que soy francesa?

—Hablaba para sí misma en francés.

—¿Ah, sí?

—Fuera lo que fuere, el sonido que hacía me ha sonado francés. —Intenta sonreírle. Pretende parecer tranquilo, solo que no lo está.

Es el primer hombre negro que ha visto en Rusia, y el único que ha visto en… ¿un mes? ¿Un año? No le gusta mucho medir el tiempo, por lo que mete una mano en la mochila, saca su pelota rompecabezas y se pone a jugar. El hombre se sienta, toma el libro de texto que había estado leyendo y lo abre sobre el regazo. Aun así, no deja de alzar la vista para mirarla, como un detective haría con un sospechoso. Se incorpora, pone las manos sobre la mesa y se vuelve hacia ella.

—Es un compartimento para dormir —dice el hombre al fin, como si comentara algo interesante que ha visto en el paisaje.

Aubry aparta la mirada de su pelota y parpadea, confundida, porque no ha entendido ni jota.

—Un compartimento de caballeros —especifica.

Frunce el ceño y arquea una ceja con sospecha. Rebusca en sus bolsillos hasta dar con el billete. Para cuando lo encuentra, él también ha sacado el suyo, y los comparan.

—Ah, mire —explica, con una expresión de disculpa—, está en el vagón equivocado. Creo que no ha comprado un billete para un compartimento para dormir.

De golpe se da cuenta de lo indiscreta que ha sido al obrar sin pensar. Ha leído mal los números. ¿Qué le ha hecho pensar que tenía un compartimento? Y hasta se ha sentado y se ha acomodado para ponerse a jugar con su pelota como si no pasara nada. Se ruboriza.

—Lo siento muchísimo —se disculpa, nerviosa, y recoge sus cosas deprisa.

—No es nada, no es nada. —Tiene los ojos redondos y muy abiertos—. No… No pretendía…

Aubry se queda en la puerta y lo mira mientras tartamudea su pensamiento sin acabar. Y, al final, así se queda. Le sonríe, le da las gracias, sale del compartimento y cierra la puerta tras ella.

En el pasillo estrecho, el paisaje traquetea al otro lado de las ventanas, delante de las puertas de los compartimentos. No sabe en qué dirección ir, dónde podría estar su asiento, por lo que escoge una dirección al azar y se pone a caminar. Siempre que siga caminando, ya llegará.

Y entonces se detiene, a medio camino por el vagón. Por las prisas, se ha dejado la pelota rompecabezas. Se da media vuelta, llama a la puerta con educación y la abre despacio.

El hombre se ha puesto de pie, sumido en un miedo silencioso y asombrado, con los ojos que se le salen de las órbitas. Señala al suelo, cerca de los pies de Aubry.

—Se ha movido.

Aubry mira abajo. Esperándola junto a la puerta está su pelota rompecabezas.

—¿Cómo dice?

—Que se ha movido. Estaba ahí —dice, y señala hacia un extremo del largo asiento que tiene delante—. Me he dado la vuelta un segundo y, cuando he mirado de nuevo, estaba ahí. —Señala otra vez, hacia sus pies, cerca de la puerta—. Se ha movido.

—Claro, habrá salido rodando.

—¿Hasta ahí? ¿Tan rápido? No. Esa cosa ha saltado para perseguirla. Se lo juro.

Aubry pasa la mirada entre la pelota y el hombre, quien no puede dejar de mirar el objeto.

—No parece lo más probable, ¿no?

—La he visto.

—Pero no la ha visto. Me acaba de decir que se ha dado la vuelta.

—Le juro que la he visto.

—Pero no la ha visto, no de verdad. Parece un poco alterado, ¿quiere que le traiga algo? —Rebusca por su mochila—. Tengo chocolate.

—No lo entiendo. ¿Qué es esa cosa?

Aubry se agacha y la recoge por fin.

—Es mi pelota rompecabezas, la he tenido toda la vida. Pero eso no es nada. Aquí tengo una lanza.

Le quita la tapa a su bastón y revela la punta negra y brillante.

—Madre de Dios —suelta él, con los ojos más abiertos aún—, ¿para qué quiere eso?

—Para cazar, cómo no —responde, y vuelve a ocultar la punta—. Quizá la pelota haya rodado y no la ha oído.

—Se ha caído del asiento. La habría oído.

—Pero quizá no, con todo el ruido que hace el tren... ¿No es lo que tiene más sentido? Siento mucho que se haya llevado un susto. Deje que vaya a buscarle algo de beber. ¿Qué le gusta? ¿Le apetece un whisky, tal vez?

—Nada, estoy bien.

—¿Quiere un poco de chocolate? —Ya ha encontrado su tableta y se la ofrece al hombre.

—No, no, gracias.

Si bien parece que no puede hacer nada más, no le apetece marcharse.

—¿Quiere que me vaya?

El hombre la mira, quizá por primera vez desde que ha vuelto a entrar.

—No pretendía echarla —dice a modo de disculpa—. No quería que pensara que la estaba engañando, que quería hacer que una joven dama se quedara en una situación indecorosa.

—Ni se me había pasado por la cabeza. Usted es un caballero —dice ella, con voz firme, y entonces lo duda—: Es un caballero, ¿verdad?

—Sí, claro.

—¿Y los caballeros comparten?

Por primera vez desde que se han conocido, el hombre le sonríe.

—A menudo, sí.

—En ese caso, quizá sea mejor que me quede un rato. Hasta que se encuentre mejor.

—Lionel Kyengi —se presenta él, y estira una mano.

—Aubry Tourvel —responde ella, y se la estrechan.

Se sientan uno delante del otro y hablan con educación sobre Nizhni, sobre Rusia, y, poco después, Lionel se relaja en su presencia. Hablan de lo agradable que es haber encontrado a alguien con quien hablar en un viaje tan largo. Pero son idiotas. Lo que están haciendo es un escándalo puro y lo saben de sobra: dos desconocidos del sexo opuesto, de raza distinta, en un mismo compartimento. Aun así, mantienen la ilusión de la buena educación.

—¿Cómo está? —le pregunta él.

—Ah, no ha sido nada. Una afección pasajera.

—Parecía algo más grave que eso.

—Lo es, pero hablemos de nuestra comida favorita.

Tienen tiempo más que de sobra.

Un traqueteo. Lionel abre mucho los ojos otra vez: la pelota rompecabezas está en el suelo.

—Se me ha caído —explica Aubry, quien ya se ha agachado para recogerla—. Culpa mía.

Lionel recobra el aliento.

—¿Todavía lo pone nervioso la pelota? —le pregunta ella—. Deje que se la enseñe. ¿Quiere ayudarme a abrirla?

Aubry le muestra cómo se deslizan los paneles, las distintas direcciones en las que se mueven. Tras un rato, intentan abrirla por turnos, inclinados hacia delante en sus respectivos asientos, casi rozándose con la frente.

—A la izquierda... No, por ahí... —dice ella—. No, inténtelo así.

Nada surte efecto. Se echan a reír y lo vuelven a intentar.

—¿No ha conseguido abrirla nunca? —quiere saber él.

—Nunca.

Le da la vuelta a las caras por las hendiduras ocultas, una y otra vez, y la pelota no cede en ningún momento. Suelta un gruñido de frustración.

—¿Por qué lleva este aparato del demonio consigo?

—¡Para ver qué tiene dentro!

—Deme un martillo y se lo muestro.

Lionel le pregunta dónde la encontró. Ella le habla del muerto, de que la encontró en su entrada, y le explica lo del pozo de los deseos, pero poco más. Por ejemplo, no le habla de aquel día en Chipre, cuando era pequeña, en el que se le escapó de las manos y cayó al fondo de un acantilado. Pasó una hora bajando por ahí y la encontró en el borde de un agujero en el suelo que descendía en línea recta. Una escalera de mano desvencijada y hecha de madera estaba enganchada al interior del agujero y la tentaba a meterse.

No lo hizo. No fue lo bastante valiente.

En aquel entonces, al menos.

—Pobrecita —dice él—. No tuvo opción.

—¿Qué quiere decir?

—Que le encanta la pelota. ¿Cómo iba a tirarla a un pozo?

—Pues eso era lo que pensaba hacer. Se suponía que tenía que hacerlo.

—Es como la manzana prohibida. ¿Por qué iban a poner un árbol en el jardín del Edén para luego prohibir que se comieran sus frutos? Pues usted igual con la pelota rompecabezas. ¿Cómo van a dársela y luego a decirle que la tire? Claro que no pensaba hacerlo. Usted no es así.

—¿Podemos cambiar de tema?

—¿Por qué?

—No quiero pensar en eso.

—¿Por qué?

—Porque es cosa del pasado. Y a lo hecho, pecho.

—No quiero decir que sea culpa de esa cosa, eso es una tontería. Solo pensaba en usted, nada más.

Siguen jugando hasta que la hendidura roja del anochecer parte en dos el firmamento al otro lado de la ventana. Para entonces ya han pasado a hablar de otros temas, como, por ejemplo, cómo cazar pájaros posados en un árbol con la lanza. Aubry se ha puesto de pie, ha quitado la tapa de la lanza y le muestra a Lionel la postura correcta y cómo se apunta.

—Tiene la forma del brazo, ¿ve? ¿Ve la forma? —Lionel se ríe demasiado como para hacerle caso. Todo les hace gracia, como si compartieran el mismo trastorno mental—. ¿Cómo puede ser que no lo sepa? —le grita ella—. Creía que todos los africanos sabían usar la lanza.

—Ándese con cuidado —le dice él—. La última vez que una francesa blandió una lanza así, la quemaron en la hoguera. —Y se echan a reír como un par de borrachos.

En plena carcajada, Aubry para de repente, pues una idea perturbadora la hace poner los pies sobre la tierra.

—¿Quiere decir que me engañaron? —le pregunta.

—¿Cómo?

—Lo que ha dicho sobre la pelota, que tenía que quedarme con ella. ¿Significa eso que alguien me puso enferma a propósito?

—¿Cómo? No. Nadie... Es un trastorno, como cualquier otro.

—No es como cualquier otro.

—¿Por qué querría alguien que se pusiera enferma?

—No lo sé. Y no quiero pensar en ello, pero lo ha dicho, y ahora no me lo quito de la cabeza.

—Nadie la puso enferma —le dice él, con una voz tan firme como puede.

Aubry cierra los ojos, apoya la cabeza en las manos y entonces, tras unos segundos, la levanta para respirar.

—No, claro que no —concluye—. Nadie haría eso.

Acaban cansándose de jugar y se echan atrás en sus respectivos asientos. Lionel se ha estirado, con los pies en el asiento, de cara a la ventana. Aubry está en el lado opuesto del compartimento, de cara a él. Sin avisar, la ventana se ha llenado de estrellas. Se les han acabado los temas de conversación, por lo que escogen palabras sueltas, las palabras que más les gustan de cualquier idioma que hayan aprendido.

—*Yariman* —dice ella.

—¿Qué significa?

—Ramera.

—*Mudak* —dice él.

—¿Y eso?

—Capullo.

—*O să-ţi smulg capul şi-o să-mi bag pula în partea care mai mişcă.*

—No sé si preguntar.

—Te arrancaré la cabeza y me follaré a la parte que se siga moviendo.

—Dios santo. —Lionel se queda con la boca abierta.

—Me lo enseñó un tabernero.

—Y yo que creía que era un hombre de mundo —dice él, un tanto decepcionado de sí mismo.

—Es otro tipo de mundo —responde Aubry, encogiéndose de hombros—. Pero bueno, ¿a qué se dedica? ¿Es lingüista?

—Contable.

—Ah, suena útil. Si hubiera podido estudiar, me habría decantado por eso.

—No he conocido a ninguna mujer contable. Seguro que se les da de muerte.

—¿Qué hace en Rusia?

—Estudié en Oxford y en la ESCP, en París. Y eso me da cierto valor. Ayudé a salvar a mi ciudad natal de la bancarrota y a algún que otro lugar más por el camino. Tengo un amigo en el ministerio ruso y creo que quiere ver qué puedo hacer por ellos en Vladivostok.

—Vladivostok no es una palabra bonita —contesta ella.

—Pues no —asiente él—. ¿Y qué hace usted por aquí?

—Me desplazo, como siempre. Viajo para poder respirar, es lo único que hago. No tengo ningún valor —dice—. Mi familia me envía dinero si saben dónde estaré. A veces depositan cantidades reducidas en distintas ciudades, como un pequeño mapa del tesoro que debo seguir. Pero más que nada intento arreglármelas yo sola.

—¿Sabe qué les hacen a los ladrones aquí?

¿Por qué le pregunta por los ladrones? ¿Ha hecho algo malo sin darse cuenta?

—Lionel —lo llama, un poco nerviosa—, creía que éramos amigos.

—Los meten en una celda. A lo mejor tienen una ventana, a lo mejor no. El único viaje que pueden emprender es el de tres pasos de una pared a la otra. Puede que vivan años en esa celda, dependiendo del crimen, de si los han olvidado o no. Quizá mueran en esa misma celda. A lo que voy es a que el castigo es la prohibición de desplazarse, la prohibición de ver el mundo que los rodea. Es un castigo universal. Lo que usted tiene es lo contrario. Ha visto tanto del mundo que tiene que ser una recompensa. Aunque no sepa a qué se deba.

Aubry esboza una sonrisita. Allá adonde vaya se encuentra con personas que quieren acompañarla, que sienten la necesidad de trasladarse, de ver y experimentar sensaciones que escapan de su alcance en su casa. Ha conocido a individuos que querrían padecer su enfermedad para poder tener la excusa de explorar. Personas por todas partes del mundo que la miraban con envidia, con tristeza, y que romantizaban su dolencia hasta creer que era todo lo contrario a lo que es en realidad. No le extrañaba que a los periódicos les interesara tanto siempre.

—El exilio también es un castigo —responde ella.

—Pero hay muchísimos exiliados que han acabado teniendo una vida feliz y con éxito. ¿Cuántos pueden decir lo mismo desde una sala de ladrillos? —Y, para enfatizar lo que le quiere decir, añade—: ¿Cree que Marco Polo fue más feliz cuando iba a China o en una cárcel genovesa?

Aubry no contesta.

—Es una mujer impresionante. Espero que le pongan su nombre a la enfermedad.

Se echa a reír y mira bien al tal Lionel Kyengi.

—He aprendido siete idiomas y chapurreo muchos otros —le dice—, y, aun así, nunca tengo la oportunidad de usarlos. ¿Le molestaría que nos quedáramos a hablar hasta tarde?

—Y hasta que se haga de día, si quiere —responde él.

—Sí que quiero.

Y, con eso, se quedan en silencio. Se miran el uno al otro desde lados opuestos del compartimento. Lionel levanta una mano, duda, y luego echa la cortina de la puerta para impedir las miradas fisgonas. Por su parte, ella abre la ventana para dejar que entre el aire.

Un compartimento cerrado, un hombre, una mujer, dos corazones desbocados, dos vidas que deambulan por la pradera teñida de azul. Han viajado mucho, desde lados opuestos, hasta acabar donde están. ¿Quién diría que el movimiento en sí podía ser un lugar? ¿Y quién besa a quién primero? No está muy segura de ello. Está demasiado ocupada descubriendo los talentos ocultos de sus dedos. Los dos están demasiado ocupados entregándose al otro, embriagados por el sabor de la boca del otro, por los suspiros y los gemidos, por lo deprisa que desaparece la ropa.

A Aubry le encanta el cuerpo que tiene delante, ese milagro de músculos y huesos. Ha visto a parejas civilizadas, muy urbanas ellas, muy elegantes, con sus hijos alineados en una fila. Nada de eso la espera en algún momento de la vida. No, ella vive con hambre, en busca de alimento. Ha pasado mucho tiempo, pero esta noche ha encontrado un bocado, y lo sostiene con las manos para llevárselo a la boca.

—Dígame —suelta él, sin aliento—, ¿cómo lo sabe? ¿Cómo está tan segura de que lo suyo no tiene solución?

A pesar de que casi nunca le ha contado a nadie la historia de Uzair Ibn-Kadder, ese hombre, el que acuna a Aubry en su regazo, el que le levanta los pies del suelo, ese hombre apuesto, tiene que saberlo. Y, cuando lo sepa, no volverá a hacer una pregunta tan insensata…

CAPÍTULO DIECINUEVE

Uzair y la odisea del norte de África

En el ambiente flotaba la música de un instrumento extraño. Debía de ser el llamamiento a las plegarias del que había oído hablar a los marineros griegos.

¿Seguirían por allí los marineros? ¿Cuánto tiempo habría pasado? ¿Sería demasiado tarde para que fuera a hacer las paces con el capitán y su tripulación? ¿Y dónde estaba exactamente? Había salido de las sombras infinitas y de los libros sin fin. La cabeza le daba vueltas por lo que había visto y tenía las ideas hechas un lío en el cráneo. Era la misma sensación que al despertarse de un sueño.

Meneó la cabeza e intentó centrarse. No veía el agua ni oía el sonido del mar Mediterráneo azotando una orilla lejana. Sin embargo, sí que vio montañas, de un color marrón pálido, que se cernían sobre el horizonte. Y le pareció raro, porque no recordaba haber visto montañas desde el barco. ¿Era la misma ciudad? Parecía distinta. Las calles eran estrechas y estaban llenas de arena. Las paredes estaban sucias y cargadas de grietas, como si perdieran la batalla contra el desierto que se acercaba en todo momento.

Oía ruido más adelante, una especie de alboroto. Oyó gritos y vítores. Cuando dobló la esquina, los callejones se ensancharon. En otros tiempos podría haber sido un mercado, solo que ya no había puestos, sino tan solo un grupo de hombres en el centro que ululaban y gritaban de espaldas a ella.

Se acercó poco a poco. ¿Dónde se habían metido los chalecos rojos, los gorros coloridos con borlas? ¿Dónde estaban las mujeres, con sus colores dorados y plateados que reflejaban la luz? Lo que tenía delante era un monocromo de tono marrón y gris polvoriento, y se percató de que era la única mujer que había por ahí. Le daba la sensación de que estaba en otro lugar, de que había salido por la puerta equivocada, de que había llegado a la ciudad equivocada. Por descabellado que fuera, no pudo evitar pensarlo.

Desde el centro del grupo provino un sonido, algo animal y enfadado. Los hombres se desperdigaron con un alboroto, entre carcajadas, y en el espacio que dejaron vio al león. Estaba atado a un poste clavado en el suelo, en el centro del grupo, movía su melena dorada y negra y sangraba por donde los hombres lo habían golpeado con palas y rastrillos. Se rebelaba y se echaba atrás por momentos, medio muerto de hambre, como un fantasma carnívoro.

Experimentó muchas sensaciones al mismo tiempo: asombro ante el animal salvaje, al verlo tan de cerca; emoción por el peligro, por la muerte que prometían sus fauces; asco por cómo lo trataban, y un temor horrible al pensar en dónde se había metido.

Con sus palos largos, los hombres volvieron a converger sobre el pobre animal. Aubry se quedó inmóvil, perdida, con miedo, y se preguntó cómo volver al mar.

Alejado del resto de los hombres había otro más que la miraba como si hubiera caído del firmamento. Se le acercó, con sus pantalones blancos bajo una túnica negra, con su túnica negra bajo un tocado del mismo color, con unos ojos tan oscuros que parecían chamuscados. Le dijo algo imposible de descifrar en una voz baja y ferviente. Aubry se echó atrás, pero el hombre la siguió. Le volvió a hablar, aunque aquella vez juraría que era otro idioma, con sonidos distintos, eso seguro. Solo que el hombre estaba demasiado cerca y se le acercaba más aún, y ella seguía echándose atrás.

—Si no dice nada, ¿cómo voy a saber de dónde es? —Esa vez sí que entendió todo lo que le dijo. Era francés. ¡Francés! Hacía una vida entera que no oía su idioma—. ¿Francesa? ¿De ahí es? —exclamó—. Bien. ¡Ahora salga de la calle! —Aubry estaba tan sorprendida que se había quedado plantada, con la boca abierta.

El hombre la tomó de un brazo y la llevó a un callejón, fuera de la vista de los demás. Se inclinó hacia ella y ocultó la luz del sol. Aubry le vio los ojos con todo lujo de detalles. Y pasó miedo, un miedo de verdad, como si la hubiese cubierto una capa de clavos. Quería salir corriendo, volver a aquella biblioteca y desaparecer entre sus paredes de libros y pergaminos. Quería encontrar aquel barco pesquero griego en el que sí, había estado triste, pero al menos estaba a salvo.

El hombre soltó un torrente de preguntas:

—¿Cómo ha llegado hasta aquí? ¿Cómo ha encontrado este lugar? ¿Quién la ha traído?

—¡Nadie me ha traído! —Intentó expresar su inocencia—. He llegado por casualidad.

El hombre la soltó, dio un paso atrás y le dedicó una mirada evaluadora.

—¿Dónde cree que está? ¿En la ribera del Sena? ¿En los Campos Elíseos? ¿Es que no ve a esos hombres? ¿No ve cómo son?

—¿Eso era un león?

—Se ha acercado demasiado a la ciudad. Eso es lo que pasa cuando uno va adonde nadie lo ha invitado.

—¿Qué le están haciendo?

—Ser crueles.

—¿Por qué?

—Sé muchas cosas, pero eso se me escapa.

—Tienen que parar.

—¿Quiere enseñarles buena educación a hombres como esos? Más le vale que se esconda. La acabarán viendo e irán a por usted.

—¿Por qué?

—¡Porque son hombres sin educación! —Exasperado, hizo un gesto hacia la muchedumbre.

—Pero todos parecían muy amables. Trataban bien a los demás.

—No sé de qué lugar me habla, pero no es este. Aquí es una desconocida en un lugar que no trata bien a los desconocidos. Está sola. Es una vagabunda. Le echarán un solo vistazo y sabrán que nadie la echará de menos. La verán e irán a por usted.

—¿Y a dónde puedo ir?

El hombre dio otro paso atrás y alzó los brazos en un gesto inquisitivo.

—Eso depende de usted. Por ahí está el desierto —dijo, señalando hacia el horizonte—. Y por ahí, más desierto. —Señaló en otra dirección y dudó antes de añadir—: O... —Inspiró, tensó la mandíbula y se puso a pensar opciones—, podría venir conmigo. —Si bien intentó sonar inocente, Aubry se echó atrás, contra la pared—. Tengo una casa, una residencia privada que, si le soy sincero, no es tan modesta, pero incluye comida, un sirviente y un baño en su habitación. Imagínese. No me vuelva a mirar si no quiere, pero la habitación es suya, lo juro por Alá. —Y, para ella, lo juró con las manos alzadas, con las palmas hacia fuera.

Aubry entornó la mirada.

—Creo que es usted el que viene a por mí.

—¿A dónde irá si no? —preguntó él, ya sin paciencia—. ¿Dónde pretende dormir? ¿Aquí? —Señala el suelo que tienen a los pies—. ¿Qué comerá? ¿De dónde sacará agua?

—No lo sé. —Echó un vistazo por la muchedumbre y estudió las caras—. Se lo preguntaré a ese —dijo, y se puso a andar deprisa, lo bastante como para despistarlo, con la cabeza baja, metiéndose entre los demás para desaparecer en el cruce. Para cuando el hombre volvió a encontrarla, ya había arrinconado a un anciano en una calle apartada.

—Por favor —le suplicó al anciano—, solo una noche.

Sin embargo había acabado asustándolo, y el anciano se alejó meneando la cabeza.

—Cree que es una ramera —le dijo el hombre de ojos oscuros, quien se le acercaba despacio. Si bien había perdido la paciencia antes, ya se había calmado: estaba medio sorprendido y medio entretenido por ella.

—¿Y usted? —le preguntó, llena de ira.

—No. Yo creo que es francesa.

—¡Porque lo soy!

—Más allá de eso, no la conozco.

—Cierto. Me ha invitado a su casa y no me pregunta ni cómo me llamo.

—Sé que solo me daría un nombre falso.

—¿Y no quiere saber lo que me iba a inventar?

El hombre le sonrió, una sonrisa de verdad en aquella ocasión, y sucumbió.

—¿Puedo tener el honor de saber cómo se llama?

—No.

—¿Y quiere usted saber el mío?

—Uzair Ibn-Kadder —respondió ella, acalorada, y, mientras él se paraba a pensar cómo lo había sabido, desde cuándo lo sabía, lo tonto que había sido él, Aubry se dio media vuelta hecha una tormenta diminuta, y se escabulló entre la muchedumbre.

CAPÍTULO VEINTE

Uzair y la odisea del norte de África

Horas más tarde, cuando lo oyó llegar a casa, cuando oyó que la puerta principal se abría y vio que encendía la lámpara del techo que iluminó las sombras, lo estaba esperando, bastón en mano, como si colarse en una casa desconocida y esperar a que llegara el propietario fuera lo más normal del mundo.

Uzair alzó la mirada y la vio ahí sentada en la silla, al final del salón. Se miraron a los ojos. Durante varios instantes, él se quedó sin palabras.

—¿Cómo sabe cómo me llamo? —le preguntó él al fin.

—¿Cómo sé dónde vive? —respondió ella.

—Sí, eso también.

—Usted creía que me estaba siguiendo. Quizá he sido yo quien lo seguía.

Uzair se echó atrás, algo confundido, como si estuviera contemplando la obra más reciente de arte contemporáneo.

—Eso no es una respuesta —dijo—. Pero me alegro de que esté aquí, porque eso significa que no está muerta, y eso habría sido una lástima. Tiene fuego en su interior.

—Lo suficiente como para quemar esta casa hasta los cimientos.

—No lo haga, por favor. Es la herencia de mi padre.

—¿Qué es eso? —quiso saber ella, como si ya se hubiera cansado de la conversación. Si bien no era así, no pensaba permitir que fuera él quien controlara las preguntas. Uzair miró en derredor, como si no supiera de qué le hablaba—. Eso —insistió, señalando hacia la sala contigua con su bastón.

Uzair se acercó al final de la sala en la que ella estaba sentada y se asomó por la esquina. Ya sabía de qué le hablaba, claro que lo sabía, pero Aubry notaba que intentaba aproximarse un poco más a ella, para verla mejor y estudiar aquel coraje gélido que tenía.

—¿No ha visto a un dinosaurio nunca?

En la sala más grande de la casa destacaba el cráneo de un animal enorme sobre una mesa, demasiado grande como para rodearlo con los brazos, junto a unos cuantos pinceles y herramientas varias. Un cuerno colosal, grueso como el muslo de un hombre, sobresalía del hocico.

—¿Ah, y usted sí? —contestó ella. Ya había adquirido la costumbre de desafiarlo.

—Perdone, me he expresado mal. Solo son los restos de un dinosaurio que he ido juntando. No sabía que iba a ser tan pedante.

—¿Lo desenterró usted?

—Se lo compré a un ladrón tuareg que lo robó de una excavación arqueológica en Etiopía. Aunque no es mi método preferido, así impedí que se lo quedara un criminal. Es un cráneo casi completo, algo nada común. He llenado los fragmentos que faltaban con yeso, y creo que el resultado final ha quedado bastante bien.

—¿Cómo se llama?

—No tengo ni idea. ¿Tiene alguna sugerencia?

—Sí, que deje de llenar la casa de huesos.

—Bueno, es que aspiro a llegar a ser un gran científico. El problema es que Newton ideó la teoría más elegante sobre el universo, y Darwin, sobre la vida en sí. A los dinosaurios hasta los ha descubierto una niñita que buscaba caracolas en la playa. Tengo que preguntarme si queda algo más por descubrir.

—Ah.

—«¿Ah?». ¿No va a decir nada más? ¿Acaso le estoy formulando las preguntas equivocadas?

Aubry se limitó a mirarlo, como si él ya tuviera que saber la respuesta a eso.

—Tiene razón —dijo—. Debería preguntarle cómo se ha metido en mi casa.

No obstante, Aubry ya había pasado a examinar su colección de minerales en un expositor. Los alzó a la luz del sol que entraba por la ventana *mashrabiya*. Brillaban con tonos rosados y verdosos, y hasta negros, si es que se podía decir que el negro brillaba.

—¿Es halita?

—No; es fluorita, pero se ha acercado bastante.

—Es que la vi en una imagen en la biblioteca.

—¿Qué biblioteca?

—La que hay aquí, en su ciudad, con todos los libros de imágenes.

—La única biblioteca que hay en esta ciudad es la mía.

Eso no es verdad, pensó. El tal Uzair no era tan listo como parecía, al fin y al cabo. Aubry sí que había estado en la otra biblioteca: había abandonado a los pescadores griegos, había pisado terreno africano y había descubierto el edificio de los arcos con forma de herradura. Se había metido en aquellas sombras espesas. Y había visto la biblioteca que contenían.

—He pasado un día entero ahí. —De hecho, habían sido varios días. La verdad era que había perdido la cuenta de los días, porque se había quedado absorta en quién sabía cuántos libros con quién sabía cuántas imágenes en su interior, y todos para ella sola, pero estaba cansada y hambrienta y tenía la sensación de que tenía que andarse con cuidado. No estaba de humor para dar explicaciones.

—La biblioteca más cercana está a más de sesenta kilómetros al este —explicó él—. ¿Tanto ha caminado en un día?

—¿Quizá? —Lo preguntó con sinceridad, aunque él se lo tomó como una respuesta taimada. Había una especie de malentendido entre ellos, un misterio que debía resolverse, pero Aubry no tenía ganas. Resolverlo iba a ameritar explicaciones, y tampoco tenía de esas, por lo que optó por guardar silencio. Desde que se había alejado de su madre y se había escabullido por las islas griegas, cada vez se mostraba más tacaña con la información que decidía revelar a los demás, al tiempo que sus secretos crecían y crecían.

—Creo que necesita algo de beber —dijo Uzair, y se marchó para llenarle un vaso de agua en la cisterna. Por su parte, Aubry paseó por aquella gran sala llena de cosas. La disposición de la vivienda era bastante simple: en esencia, se trataba de un laboratorio con habitaciones contiguas. A pesar de que el cráneo era de lo más impresionante, lo que más le gustaba eran los cristales. Una piedra del color de la miel, con un escarabajo petrificado en el interior, captó su atención más que ningún otro objeto.

—Ámbar —explicó él, según volvía con su vaso—. De la costa del Báltico.

—¿Es rico?

—Es lo que me dejó mi padre. —Uzair se encogió de hombros.

Aubry aceptó el vaso de agua. Aunque ya había bebido antes de que llegara él, no quería que lo supiera.

—¿Y se lo gasta en todo esto?

—Wulfenita de Marruecos —dijo él, mientras ella inspeccionaba su colección de piedras dispuestas sobre estantes cubiertos de terciopelo.

—¿Por qué colecciona estas cosas?

—Para estudiarlas.

—¿Y por qué las estudia?

—Supongo que porque me dan un propósito.

Aubry se detuvo, alumbrada por la luz entrecruzada que se colaba por la ventana.

—¿Un propósito?

—Una razón para estar aquí.

Aubry notó algo, una lejana sensación de pánico en un rincón de la mente. No sabía muy bien a qué se debía.

—¿Qué ocurre?

—No lo había pensado nunca —repuso ella. Recobró la compostura y siguió echándole un vistazo a la colección.

—Cinabrio de Perú —continuó él—. Ópalo de Australia.

Oyó una puerta que se abría y se cerraba y vio la luz del sol que iluminaba otra estancia. Alcanzó a ver a un sirviente que doblaba una esquina, un chico joven, más aún que ella misma. El sirviente la vio, soltó un pequeño grito ahogado y bajó la cabeza casi hasta el suelo antes de alejarse.

—Colecciona muchas cosas distintas, Uzair —dijo Aubry.

—Así es.

—¿Tiene algún otro niño desamparado viviendo con usted?

—Soy un excéntrico que no le hace daño a nadie —se explicó—. No hay ningún cautivo en mi casa. Busque si le apetece.

—Ya lo he hecho.

—¿Y qué opina?

—No he encontrado nada que pueda usarse para asesinar —respondió Aubry, y se inclinó hacia él para que no se perdiera ni una palabra de lo que iba a añadir—: Y necesitaría algo de eso para matarme.

CAPÍTULO VEINTIUNO

Uzair y la odisea del norte de África

Uzair parecía incómodo, mirándola desde el otro lado de un tablón estrecho. Aubry se preguntó qué le pasaría a él si alguien se enterara de que estaba ahí, qué le pasaría a ella. Se preguntó qué pensarían sus padres de todo aquello, aunque ya había pasado por mil situaciones distintas que había decidido que sus padres no iban a saber nunca, como comer basura o robar ropa. Meterse en la vida de un hombre mayor era una de sus transgresiones más inocentes.

Llevaba unos pocos años viajando por el mundo, por lo que todavía estaba aprendiendo a sobrevivir. En aquel entonces todavía estaba experimentando y se valía de su encanto de chica joven para encontrar un lugar en el que dormir, algo que comer. Si bien nunca había tentado tanto a la suerte como en aquel momento, ahí estaba, tentando. Medía cada palabra que le decía Uzair, cada mirada que le dedicaba. *Aquí estamos,* pensó. *A ver cómo va.*

Por los nervios, Uzair se puso a presumir de la gran hospitalidad y generosidad del pueblo árabe, y no solo de los árabes, sino de los amigos que había hecho en sus viajes por Europa y el centro de Asia.

—Podría ser peor. Un poco más al sur y podría haber acabado usted en manos de los bereberes.

Aubry sonrió, aunque sin decir nada. En Bulgaria, un mozo de labranza la había acompañado hasta la frontera otomana, y él también le había demostrado toda su amabilidad y estaba de acuerdo en que las personas eran buenas y generosas por todo el mundo.

—Pero —le había dicho el mozo, antes de despedirse— tenga cuidado con los otomanos. De todas las personas, son los menos confiables.

Los otomanos resultaron ser tan amables y generosos como los búlgaros: le dieron de comer y la invitaron a su casa. Sin embargo, cuando llegó la hora de despedirse de ellos, le dedicaron otra advertencia.

—Cuidado con los griegos. No tienen escrúpulos; la dejarán con una mano delante y otra detrás.

Y los griegos acabaron siendo generosos también. Así era siempre, así lo sigue siendo: todo el mundo celebra la amabilidad de la raza humana, excepto la de sus vecinos más cercanos, quienes siempre son ladrones y villanos.

Acabó yendo con los bereberes también, quienes la sacaron del desierto, la ayudaron a recuperarse, la alimentaron y le salvaron la vida. Uzair, por mucho que fuera dado a la ciencia, por mucho que hubiera viajado, era de mente tan cerrada como el resto del mundo.

Aubry le devolvió la atención a la comida que tenía delante. Dispuestos sobre aquel tablón que le llegaba a la altura de las rodillas y que Uzair decía que era una mesa, había un montón de alimentos que no le sonaban de nada. Estaba segura de que al menos algunos eran para comer, aunque no lo estaba tanto de otros. Uzair soltó una risita por su falta de conocimiento y señaló cada uno de los platos.

—*Kawista* —explicó—. De Persia.

Aubry apuntó hacia otro plato.

—Mangostinos. De las Indias Orientales.

—¿Y qué más? ¿Hielo de la Antártida?

—No, no hay hielo.

—¿Y los dátiles?

—Son de aquí.

Comió más dátiles con trozos de queso de cabra e intentó no parecer la vagabunda hambrienta que era.

—¿Sabe que su nueva chica desamparada está enferma? —le preguntó Aubry.

—Pues no. ¿Es algo grave?

—En un día o dos empezará a morir. —Acompañó un dátil con un sorbo de té. Uzair dejó de comer.

—¿A morir?

Aubry asintió, con la boca llena.

—¿Qué puedo hacer?

Se atrevió a probar una *kawista* y lo miró con sorpresa, con una ceja arqueada, como si fuera idiota por no saberlo.

—¿Que qué puede hacer? No puede hacer nada.

—¿No tiene cura?

—¿Más allá de la muerte, quiere decir?

—Aparte de eso, sí.

—Viajar y solo viajar. Tendré que marcharme pronto. —Arrancó trocitos de su rebanada de pan y los comió a mordiscos, sin apartar la mirada de su anfitrión. Aquella era la prueba, siempre lo era.

Una mueca desdeñosa ya se le asomaba en el rostro.

—Nunca he oído hablar de una enfermedad como esa.

—Pues la padezco, haya oído hablar de ella o no.

—Habla metafóricamente.

—¿Por qué cree que estoy tan lejos de casa, eh? ¿Se lo ha preguntado?

—Estaba en ello.

—¡Ja! Y se las da de científico.

—Sí que soy científico —la corrigió, con expresión seria.

—¿Y dónde está su mente inquisitiva?

—¿Está de acuerdo en que algo o existe o no existe?

Aubry se paró a pensar, sorprendida por la pregunta.

—¿Por qué iba a estar de acuerdo con eso?

—Porque no hay otra alternativa.

—No desde su punto de vista.

Uzair se echó atrás en su asiento y la miró con detenimiento.

—¿Alguna vez se ha preguntado si se ha vuelto loca? —quiso saber él.

—Claro que sí. Lo miro a usted y pienso: «Si él no lo sabe, quizá yo tampoco».

Ante eso, Uzair no tuvo nada que decir. Se bebió lo que le quedaba de té y colocó la taza vacía sobre la mesa, con lo que indicó el final de la cena.

—Veamos qué pasa durante los próximos días —propuso.

—Sí, a ver qué pasa —concedió ella.

CAPÍTULO VEINTIDÓS

Uzair y la odisea del norte de África

Al día siguiente, en cuanto Aubry se despertó, Uzair estaba allí, con una mezcla extraña en un cuenco de arcilla.

—Pruébelo —le propuso.

—¿Qué es?

—Ajenjo enrollado con azúcar piedra. Mastíquelo, y a ver si se pone enferma entonces.

—Pero si usted no cree que me vaya a poner enferma.

—No, pero usted sí. La mente es algo muy poderoso. Una vez leí que una anciana de Copenhague que sufría de artritis fue al médico, y él le aconsejó que viajara a un lugar más cálido, que se moviera e hiciera ejercicio, que soltara las articulaciones. Y la mujer se tomó el consejo tan a pecho que huyó al sur y no dejó de avanzar. Fue a Malta, a Marruecos, a Cabo Verde y más allá. Murió cuando el crucero en el que iba se paró por unas reparaciones y pasó demasiado tiempo anclado en alta mar.

—Su hoja está amarga.

—En un día o dos, ya lo verá.

—Ajá —soltó ella, masticando aquella hoja horrible—. ¿Es esto lo que hacen para entretenerse en Egipto?

—No, para nada.

—¿Y por qué lo hago?

—Porque no está en Egipto.

—¿Y dónde estoy entonces? —Aubry lo miró con sospecha.

—En el mismo lugar que yo, en Trípoli.

—Creía que esto era Egipto.

—Pues creía usted mal.

Recorrió la sala con la vista, como si Uzair le hubiera estado mintiendo desde el principio.

—¿Dónde está Trípoli?

—En el norte de África.

—Ah. —Aquello, por fin, le pareció correcto.

—En el desierto de Libia —añadió él. Una pregunta, una que la atormentaba, tenía que salir de ella.

—¿El océano está cerca?

—No.

—Pero si llegué en barco.

—Imposible. —Uzair negó con la cabeza antes de añadir con delicadeza—: ¿Cree que tal vez se haya dado un golpe en la cabeza por el camino?

Si era así, no se acordaba. ¿Le estaría tomando el pelo? ¿Acaso aquello era el humor egipcio? No le encontraba el sentido a la conversación. La perturbaba tanto que decidió apartarlo todo de su mente.

Al menos no se moría de hambre, no dormía en plena calle ni en una zanja. Y también estaban sus libros, libros de todo tipo: algunos sobre geología, con imágenes de piedras preciosas a todo color; otro, uno de biología, contenía fotografías macabras de cuerpos enfermos. También había un libro sobre arqueología que mostraba las pirámides y demás ruinas. Y libros sobre astronomía, química y arquitectura. Uzair era un hombre de intereses diversos. Si bien su colección no tenía ni punto de comparación con la biblioteca que había visitado hacía unos días, no tenía muchas ganas de volver a hablar de aquel lugar.

También tenía un atlas. Así fue como pudo mirar los mapas del norte de África, de Egipto y de Trípoli.

Aquella misma noche, poco después de que atardeciera y todavía con cierta luz en el cielo, se subió al tejado de la casa.

Desde allí veía la zona colindante: una mezquita, vergeles, el mercado y, en todas direcciones, el desierto. Juraba que esa ciudad era distinta a aquella por la que había entrado, pues carecía de muros enormes, de cúpulas, y el océano no estaba por ninguna parte.

Más tarde, cuando soñó con el demonio, su gruñido grave le dijo al oído:

—Cuando estés lista, lo sabrás.

CAPÍTULO VEINTITRÉS

Uzair y la odisea del norte de África

Ya había visto a numerosos médicos en París, en Roma y en Viena, pero ninguno de ellos hablaba como Uzair. Ninguno mencionaba hierbas y hojas, sino que pasaban el rato hablando de agujas y cuchillos. A ninguno de ellos se le ocurrió que todo aquello podía estar en su imaginación (y menuda idea era esa), que se lo había hecho a sí misma de algún modo, que no era un pozo ni un castigo por un deseo que había salido mal, sino que todo era cosa suya.

Era una locura, tal vez, pero estaba dispuesta a intentarlo. El método de Uzair era nuevo para ella, y lo mejor de todo era que también era indoloro. Ya era el tercer día que se lo pasaba mascando hojas, y se sentía más limpia, más alerta. Le preguntó a Uzair si podía probar con otra hoja y, animado, le dio tres tipos distintos para que probara.

La esperanza de lograr una cura la había invadido de nuevo.

Se acomodó y esperó. En el laboratorio estaba Uzair, taladrando un agujero diminuto en el fragmento de ámbar con el escarabajo dentro, mirando a Aubry de reojo por encima de su lupa y estudiando su complexión. En la cocina también estaba, para inspeccionar el plato de su desayuno y asegurarse de que comiera. En los pasillos, en el estudio... Siempre estaba acechando para verla comer, para verla juguetear con su pelota rompecabezas.

—¿Qué es eso?

—Mi pelota rompecabezas. —Pensó si debía contarle que una vez se la llevó la corriente de un río y que al día siguiente había aparecido en el fondo de su saco de dormir, pero reparó en que él no iba a ser capaz de entenderlo—. ¿Quiere jugar?

—No tengo tiempo para esas cosas. —Hizo un ademán para restarle importancia.

Si necesitaba algo del exterior (zapatos nuevos, algún plato de comida que le gustara), el sirviente iba a por ello. Más allá de eso, Uzair le permitía vagar por donde quisiera, por su naturaleza bondadosa infinita, y la observaba en todo momento. Aubry se lanzaba sobre una alfombra o una silla, o se acomodaba en una cama sin hacer, y leía sus libros con los ojos medio abiertos. Sabía que ejercía cierto poder sobre él y quería llegar a conocer mejor esa fuerza. Se trataba de algo sutil pero efectivo, y se alegraba cuando lo sorprendía observándola.

El sirviente se llamaba Hamza, y aquella mañana volvió corriendo a casa desde el mercado, animado, y hablaba a toda prisa.

—¿Qué dice? —quiso saber Aubry.

—Alguien ha soltado al león. Se ha ido.

Aubry se puso en pie, tan entusiasmada como Hamza.

—¡Gracias a Dios! Pero ¿cómo lo han conseguido? Estaba muy enfadado.

—Cierto —dijo Uzair, frotándose la barbilla—. ¿Cómo pueden haberlo hecho? Para soltarlo habría que acercarse bastante. Y, para hacer eso, primero habría que dormir al animal.

Tiene una alacena llena de plantas secas y polvos, y se pone a examinarlo todo.

—Una combinación de opio y mandrágora, una pequeña dosis en un trozo de carne, haría que la bestia se tumbara. Un trapo empapado en cloroformo —sacó un vial lleno de un líquido traslúcido del cajón de su escritorio—, colocado delante de la nariz del animal, quizá, mientras rompe la cadena con unas tenazas.

Aubry miró el cráneo del dinosaurio que había sobre la mesa, la caja de herramientas que tenía debajo, con las tenazas encima de todo.

—El león se despierta una hora más tarde y se va a la naturaleza, donde debe estar.

Una sonrisa traviesa llegó a los labios de Aubry. Así que Uzair había soltado al león, una buena obra en plena noche. ¿Lo habría hecho por ella? ¿Había arriesgado la vida solo para complacerla? Hasta el momento, Uzair la había entretenido, pero en aquel momento algo cambió en el ambiente. Por mucho que hubiera viajado, por muchas personas que hubiera conocido, aquella era la primera vez que experimentaba algo así, una reacción física, una sensación corporal, y el rostro se le destensó, al darse cuenta de todo ello.

El cuarto día, Uzair fue a ver a Aubry con un tarro pequeño en la mano, y ella apartó la mirada del libro que estaba leyendo.

—Mencionó que le pitaban los oídos; eso me hizo pensar en los trastornos aurales, y entonces decidí ponerme a investigar. ¿Sabe que hubo un hombre que oía música allá adonde fuera? Música alta, y bella también. La anotó, y varios músicos la tocaron delante de mucha gente. Sin embargo, el hombre se volvió loco por toda la música que le sonaba en la cabeza día y noche. Se fue al desierto y nunca más se supo de él. Todo fueron cosas suyas, claro.

—¿Y?

—Y esto —le mostró el tarro— es vino de loto azul, espesado con alcanfor y semillas de mostaza. —Se lo ofreció—. Debe untárselo en la piel.

—¿Dónde?

—En las muñecas, tal vez.

Aubry se puso de pie y estiró los brazos, con las muñecas hacia arriba.

—Muéstreme cómo.

Se trataba de una invitación de lo más osada, y Uzair no supo cómo responder. A pesar de que ya se conocían, había barreras entre hombres y mujeres que no podían echarse abajo así como así. Aubry no era para nada consciente de ello, pero la reacción del hombre la intrigó.

Apabullado, Uzair metió los dedos en aquel tarro de loción pálida.

—Si me permite...

La tomó de la muñeca y, con el más suave de los toques, le untó la mezcla en la piel. Luego pasó a la otra muñeca y, con una delicadeza que le puso la piel de gallina, repitió el espectáculo.

—¿Dónde más? —preguntó ella.

Uzair meneó la cabeza, pues ya no estaba seguro de nada.

—¿En los pies? —Pretendió decirlo como un hecho, pero le salió como una pregunta.

Aubry se sentó en una silla, y Uzair, en otra. Se quitó el zapato y puso un pie descalzo sobre el regazo del hombre.

Con dos dedos, le frotó la loción en la parte superior del pie. Con el pulgar y el índice, le untó el hueco del tendón. Sin decir nada, Aubry apartó aquel pie y le ofreció el otro.

—¿Cómo supo cómo me llamo? —le preguntó él, observándola con atención—. Nos acabábamos de conocer, no tenía cómo saberlo.

Pensó en decírselo, aunque decidió que no era así como se jugaba a aquello. No dijo nada, sino que tan solo le sonrió, con el ambiente entre ellos más frágil que nunca.

—¿Ya está, entonces? —quiso saber ella, con una voz poco más alta que un susurro.

Uzair dudó antes de señalarse a sí mismo, en las partes suaves en las que la mandíbula se une con el cuello.

Aubry lo entendió. Se inclinó hacia delante, alzó la barbilla y le ofreció la garganta. Uzair tenía el rostro tenso por los nervios, y ella no pudo contener una sonrisa ansiosa e incómoda.

Tenía los dientes teñidos de rojo por la sangre.

Uzair se puso de pie tan deprisa que la silla cayó al suelo, tras él.

—¡No se mueva! —gritó, señalando con las dos manos, temblorosas por los nervios—. ¡Quédese quieta!

Aubry se tapó la boca. A pesar de que no lo había notado acercarse, una vez que estuvo allí sintió las garras oxidadas que le recorrían los huesos. Uzair la examinó, le volvió la cabeza con las manos, le observó las pupilas y le tomó el pulso. Y entonces corrió a por más medicamentos. Mientras no estaba, Aubry se puso de pie poco a poco, como un anciano artrítico, y fue a su habitación para recoger sus pertenencias.

A medio camino por el laboratorio, se tropezó y cayó al suelo.

Oía a Uzair y a Hamza que gritaban en árabe. Aubry se puso de pie con dificultad, con cada hueso crujiéndole, con cada músculo desgarrándose. Tosió, tembló. Cuando la encontraron, estaba aferrada al cráneo gigante, con una mano metida en la cuenca de un ojo, con un brazo envuelto alrededor de aquel cuerno elefantino. Unas lágrimas de sangre se deslizaron por aquel hueso suave como el hielo. Uzair la apartó y la tumbó en el suelo.

—Bueno —dijo Aubry—, ha sido un placer conocerlo, Uzair. —El pecho le subía y le bajaba con fuerza para intentar desprenderse del dolor—. Su hospitalidad es encomiable, pero me temo que debo marcharme ya.

—¿Esto es lo que le pasa? ¿Esto es su enfermedad? —le preguntó él, asombrado y aterrado a partes iguales.

—¿Lo ve? —respondió ella—. ¿Ve que me estoy muriendo? —Se lamió los dientes para limpiarlos de sangre, solo que ahora se le acumuló en la boca y se los tiñó de rojo otra vez.

—¿Y tiene que desplazarse? ¿Así se soluciona? ¿Tiene que…?

—Tengo que irme. Tengo que irme lejos —explicó Aubry, antes de toser más sangre, cubriéndose la boca con el brazo—. Pero lo recordaré con cariño —añadió. Le acarició la mejilla y le dedicó una sonrisa roja.

—Espere —dijo él, medio en pánico, mientras intentaba improvisar un plan—. Conozco… Conozco un lugar. Sé dónde puedo llevarla. ¿Me permite que la lleve?

No obstante, ya habían comenzado las convulsiones. Estaba tumbada en el suelo y se retorcía y daba sacudidas como si le hubieran prendido fuego. Hamza estaba aterrado, inmóvil, y Uzair lo sujetó de los hombros y le gritó varias órdenes.

Hamza fue corriendo a la habitación de Aubry; Uzair corrió a su estudio. Allí vació las alacenas, colocó montones de plantas secas y viales pequeños llenos de polvos y de líquidos de colores distintos en una mochila de cuero. Cuando volvieron a la sala más grande, Aubry ya no estaba allí. Siguieron las gotas de sangre que su huésped había dejado por el suelo del laboratorio hasta doblar una esquina, donde la hallaron medio tambaleándose y medio gateando hacia la puerta principal, con la mano estirada hacia el cierre.

Cuando Hamza se pasó el brazo de Aubry por el cuello, ella tanteó sin ver nada en busca de su mano y se aferró con fuerza. El sirviente era joven pero vigoroso y pudo alzar a Aubry hacia la luz del sol. Le susurró palabras de ánimo y ayudó a Aubry a avanzar hasta que ella empezó a dar pasos temblorosos, a tambalearse y luego a caminar. Marcharon hacia el calor abierto del desierto, hasta que la ciudad se convirtió en una sombra distante tras ellos.

Con cada paso que daban, la columna de Aubry se destensaba, se le despejó la garganta y empezó a respirar con normalidad. Escupió las últimas gotas de sangre que le quedaban en la boca. Sin agua a su alcance, se limpió las manos con la arena. Hamza la sujetó de los hombros, la miró a los ojos para asegurarse de que estuviera bien y soltó una carcajada de puro alivio.

Hacía tan solo unos minutos Aubry había estado tumbada, a la espera de la muerte. Y en aquellos momentos estaba paseando por el calor del desierto junto a su nuevo amigo, encantada de la vida por poder formar parte del mundo físico.

Hamza no dejaba de mirar atrás. Pasó más de una hora hasta que vieron la arena que se levantaba en el ambiente, y el chico hizo que Aubry se girara para que viera qué lo provocaba. Tres criaturas aparecieron en el horizonte, difusas por las ondas del calor. Oían los gruñidos, el leve sonido de los cascos contra la arena. Se acercaron más, y aquellas formas fundidas adoptaron la silueta de unos camellos. Uzair iba a lomos del primero y tiraba de dos más por detrás de él.

—¡Sí que va a ser divertido! —exclamó Aubry con una gran sonrisa.

CAPÍTULO VEINTICUATRO

Uzair y la odisea del norte de África

El desierto, su primer desierto: todo lleno de luz y de silencio, con una magnificencia solo equiparable a la del mar. Los días cálidos y las noches frías no eran tan distintas a las de alta mar; el sube y baja de las dunas no era tan diferente al de las olas. Pasó los días a lomos de su camello, bajo la sombra del toldo que le colgaba por encima de la cabeza. Escuchaba el suave golpeteo de los cascos de los camellos y dejaba que el brillo del desierto infinito la adormeciera y la sumiera en un trance. Por la noche, dormía sobre una arena que se le amoldaba al cuerpo mejor que cualquier colchón que hubiera probado.

Tardaron tres días en llegar a su destino, tres días a la deriva en el desierto, escuchando las historias de Uzair sobre hombres que cavaban túneles profundos hasta encontrar ríos subterráneos, sobre expediciones mal encaminadas que llevaban a cabo los europeos poco preparados, sobre ciudades ancestrales que las tormentas de arena habían engullido para no soltar nunca más.

Uzair le ofreció jengibre cubierto de azúcar y pétalos de canna para masticar mientras viajaban. Si bien ya había perdido la fe en sus teorías desde su último encontronazo con la enfermedad, tenía que admitir que mascar el jengibre durante una hora hacía que se sintiera mejor, y por la noche dormía como un tronco.

—Es una enfermedad —le explicó él—. No sé cuál será. Pero también tiene miedo de quedarse quieta, y los dos fenómenos se le han mezclado. Si puedo curar tan solo algunos de los síntomas, esas fantasías horribles se desvanecerán también.

Ya veremos, pensó ella.

Cuando llegaron, Aubry fue la primera en desmontar. Había una vivienda enorme y con forma de cúpula a su izquierda y un tramo de arena amarilla a su derecha, y contempló las vistas.

—¿Dónde estamos?

—En el borde del mar de arena de Calanshio —respondió Uzair—. Lo más al sur que se puede ir antes de morir de calor.

Se fue a dar una vuelta, recogió arena como cristal caliente y la dejó caer entre los dedos. Hasta donde alcanzaba la vista no había nada más que desierto puro y vacío, además de un silencio distinto al de cualquier otro lugar. No había hojas que se agitaran al viento, no había zumbidos de insectos, cantos de pájaros ni borboteos de riachuelos. Era un silencio que hizo que se cuestionara la realidad.

—Venga —le pidió Uzair—, tengo algo que mostrarle.

Llevó a Aubry hacia la cúpula. ¿Una mezquita? ¿Tan lejos? No le parecía lo más probable. ¿Un almacén? ¿Habría comida para vivir una vida entera allí?

Uzair abrió la puerta con fuerza, y una nubecita fantasmal de arena se alzó desde los bordes. La oscuridad del interior era de un negro absoluto. Cuando Aubry pasó por la puerta despacio, juró que había ido del día del desierto a una noche perfecta. Se desorientó tanto que quiso salir para volver a empezar, para entender lo que veía, pero Uzair ya había cerrado la puerta tras ellos.

Se quedó inmóvil y se aseguró de que tuviera los pies bien puestos en el suelo. Cerró los ojos, meneó la cabeza y volvió a mirar.

Estrellas. Sí, miles de estrellas en un cielo vespertino despejado, un mar de estrellas incandescentes en el que se podía caminar. Se frotó los ojos y miró otra vez.

La cúpula estaba llena de miles de agujeros diminutos, o tal vez más, que dejaban pasar la luz sobre una superficie negra y aterciopelada. Algunos eran más grandes y brillantes, y otros, apenas visibles. Reconoció algunas constelaciones. Por allá estaba el Cinturón de Orión, y más allá, la estrella polar. Vio un tenue brillo, un tramo fosforescente que recorría el cielo y que no podía ser otra cosa que la Vía Láctea. ¿Cómo lo había conseguido?

—Incluso gira para encajar con la rotación de la Tierra —explicó él, y tiró de una cuerda mientras recorría el perímetro de la pared. Las estrellas se movieron, con la cúpula entera dispuesta en un elemento rotatorio, y el cielo y todas sus luces giraron por encima de Aubry.

»Pasé mucho tiempo fascinado por el cielo nocturno —continuó—. Dejaba de dormir para estudiarlo y no quería que el amanecer llegara nunca. Para curarme, construí esta réplica exacta. —Dejó la cuerda y la miró a los ojos—. La curaré a usted también.

Aubry apartó la mirada para posarla en el cielo nocturno.

—Es precioso, Uzair.

—Me llevó muchos años.

Se lo imaginó de más joven, como un niño pequeño incluso, sosteniendo los mapas hacia el cielo y luego en su cúpula, tumbado en un andamio improvisado para hacer agujeros meticulosos en el techo oscuro. Un Michelangelo del desierto.

—Menudos descubrimientos debió de hacer aquí —dijo.

—No. Ninguno, de hecho. Pero ahora —añadió, satisfecho— siempre tengo mis estrellas.

Estaba asombrada por todo lo que había ocurrido aquellos días, por aquella procesión de maravillas: cráneos de dinosaurios, gemas poco comunes, frutos exóticos, viajes por el desierto y, por último, aquella cúpula. Se preguntó qué más le depararía la vida.

—Casi no se lo he enseñado a nadie.

—¿Cómo puede ser?

—¿A quién más se lo iba a enseñar? Mis padres están muertos, y usted es la persona más interesante en mil kilómetros a la redonda. Es vergonzosa esta necesidad de tener público.

—Es una proeza —dijo Aubry—, está hecha para que la vean.

Cuando Uzair se volvió hacia ella de nuevo, Aubry estaba tumbada en el suelo, una niña que contemplaba las estrellas. Dudó antes de acercarse a ella, tan despacio que Aubry lo notó. Oyó sus pasos y contuvo el aliento. No se le había ocurrido que tumbarse en el suelo, algo tan inocuo como quedarse mirando el techo, podía entenderse como una invitación ilícita, pero, al ver que así era, decidió ver a dónde la conducía, descubrir qué nueva maravilla se materializaba. Ya había tentado mucho a la suerte, así que, ya que estaba, pensaba tentarla hasta el final.

Con unos pasos lentos y bien medidos, le rodeó el cuerpo. Sin mayor preámbulo que el roce de la ropa, se tumbó a su lado. Su primer intento se había visto frustrado, y, si bien en aquella ocasión se había mostrado dubitativo, en aquel momento estaba más decidido. Siempre parecía estar seguro de lo que hacía, hasta el punto de la arrogancia en ocasiones, pero Aubry vio que estaba nervioso al acostarse a su lado. Un hombre, un científico, nervioso por una niña. ¡Menudo poder tenía! Aun así, aquello era algo positivo, porque ella también estaba nerviosa. Nunca había estado con un hombre, no de aquel modo, y las manos temblorosas de Uzair fueron un consuelo.

Uzair se tumbó de lado, junto a ella, contra su cuerpo. Bajó los labios hacia los de Aubry. La besó, se echó atrás y esperó. Ella le alzó la cara y le devolvió el favor.

Uzair le retiró la blusa. Por primera vez, se reveló delante de otra persona. Por primera vez, otra persona se reveló delante de ella. Era una vista que bien valía un barril lleno de oro. Las estrellas del techo se volvieron de lo más aburridas de pronto.

Era corpulento y pesado encima de ella. Bajo sus besos y el aroma a mirra, hubo ciertos momentos en los que se sintió asfixiada, apretujada contra el suelo, como si estuviera cubierta por un colchón de arena. Ya sabía que iba a ser un poco así, un intercambio de peso y de fuerza, de poder y vulnerabilidad. Sin embargo, había sido libre durante tanto tiempo, cazando, explorando y siguiendo sus propios mapas y senderos, que le llegó como una sorpresa.

—Quiero moverme —dijo Aubry.

Pero Uzair le cubrió la boca con la mano con suavidad y no se lo permitió.

CAPÍTULO VEINTICINCO

En un tren con Lionel Kyengi

Una segunda noche juntos en el tren, y, una vez más, Lionel y Aubry no durmieron, sino que se aferraron el uno al otro como una adicción. Vieron la luna alzarse al otro lado de la ventana del tren y notaron el temblor de las vías que hacía vibrar el compartimento, los cojines, su espalda desnuda. Piensan en lo lejos que han llegado en tan poco tiempo, en lo mucho que les queda por recorrer.

—Estoy celoso del tal Uzair —comenta él.

—¿Sí? Pues no lo estés. No acaba bien.

Lionel se vuelve hacia ella, con la comprensión en la mirada.

—¿Alguna vez acaba bien?

Aubry guarda silencio durante un rato y observa la luna.

—¿Vladivostok? —pregunta por fin.

—Vladivostok —responde él—. Final del trayecto.

—Entonces iré contigo. Vladivostok, el final del trayecto.

Se juntan como páginas en un libro, en un abrazo tan largo que la noche da paso al día. Solo entonces, con los pies en la tierra de nuevo por el efecto de la mañana, Lionel le pregunta cómo acaba la historia…

CAPÍTULO VEINTISÉIS

Uzair y la odisea del norte de África

Uzair pasó los dos siguientes días moliendo plantas, separando polvos e hirviendo sus mezclas en un fogón de arcilla en el patio. Pasó horas leyendo libros sobre remedios, descifrando los misterios del hígado y del oído interno. Le hizo preguntas sin cesar a Aubry: ¿se mareaba? ¿Cómo sabía en qué dirección debía ir? ¿Era un dolor agudo, como el de un hueso roto, o uno sordo como el de un resfriado?

Para la medianoche del primer día, creyó que había conseguido algo con el potencial para curarla y le entregó una taza. Parecía un té rojo sin más, pero desprendía un olor fuerte. Olía a compost y resina de pino.

—Lo beberás varias veces al día —le dijo Uzair, animado.

—¿Ah, sí?

—Aumentará las contracciones del corazón, te limpiará la sangre, te calentará los...

—Para. No tengo que saberlo.

—Te curará —dijo él.

—¿Y si no es así? —le preguntó, aunque le dio un sorbo de todos modos para mostrar que estaba dispuesta a intentarlo. Era su primera pareja, y se imaginaba que era así como uno le seguía la corriente a su pareja.

—Pues prepararé otra mezcla que sí lo haga —repuso él, y Aubry decidió creer lo que le decía. Sus teorías tenían sentido, y era incansable y meticuloso, las cuales le parecían las mejores cualidades que podía tener un científico. Que lo intentara, mientras tuvieran tiempo. Había hecho un techo lleno de estrellas y tenía el cráneo de un monstruo en el salón; parecía que no había nada que no fuera capaz de hacer.

—¿Cuál es mi propósito, Uzair?

—¿Tu propósito? ¿Buscas un significado para tu vida?

—¿Tú no lo harías?

—Estás aquí para ayudarme a curarte. No te curaría si no estuvieras aquí.

—¿Y si no me curas?

—Entonces tu propósito es sufrir. —Ni siquiera se inmutó al decir eso. Qué pareja más cruel podía llegar a ser.

Sin embargo, más tarde aquel día, mientras estaban tumbados de espaldas para ver las estrellas, Uzair sacó de su bolsillo el fragmento de ámbar con el escarabajo dentro. Le había taladrado un agujero diminuto por el que había pasado un colgante de oro fino.

Aubry alzó el collar hacia la luz de las estrellas. Brillaba con el color de la miel, y el escarabajo del interior reflejaba su color verde. Era precioso, y los ojos se le anegaron en lágrimas por el gesto. Si bien aquello había sido tan solo un intento por encontrar cobijo una noche, lo que había comenzado como un trato se había convertido en un vínculo entre los dos. Y, si eso era cierto, quizá no fuera tan manipuladora, al fin y al cabo. El amor le daba legitimidad a todo, o así lo veía ella: todas las acciones se volvían limpias si acababan en amor.

Más tarde, si decidía acordarse de Uzair, era aquel momento el que recordaba, por pasajero que fuera.

—Esa —dijo ella, señalando—, esa de ahí. No es una estrella, sino una galaxia.

—¿Una qué?

—Lo llaman *nebulosa*. La Nebulosa de Andrómeda, o eso creo. Pero en realidad es una galaxia, como en la que vivimos.

—No, así no es. La galaxia es un conjunto de estrellas, y todas las estrellas forman parte de la Vía Láctea.

—No. Los planetas giran en torno a una estrella. Las estrellas giran en torno a una galaxia. Y las galaxias giran alrededor del universo.

—¿Y luego qué? Los universos giran en torno a… ¿qué?

—Nadie lo sabe. Pero eso es una galaxia.

Uzair se puso de pie y se quedó mirando su cielo artificial, cerca de aquel puntito de luz en concreto. Desde detrás de él sonó la voz de Aubry.

—Dicen que los descubrimientos se encuentran donde nadie mira.

—¿De dónde sacas esas ideas?

—De un libro.

—¿De qué libro?

—De la biblioteca.

—Llévame a esa biblioteca, entonces.

—No puedo.

—¿Por qué no?

—Porque ya la he dejado atrás. Y no puedo volver.

—Ah, claro. La supuesta enfermedad. Tus supuestas bibliotecas.

—Eso es una galaxia.

—¿Cómo voy a curarte si estás tan loca?

—Si puedes demostrar que lo estoy, premio para ti.

Uzair se echó a reír y pareció no hacerle caso, pero lo que ella no sabía era que aquella misma noche se iba a quedar despierto hasta las tantas para leer sus textos sobre astronomía y reseguir con el dedo las imágenes de los sistemas solares y de las constelaciones distantes para pensar en silencio todo lo que aquello implicaba. Iba a seguir estudiando aquel libro hasta casi el amanecer y no iba a parar hasta que la oyera gritar.

La encontró en el pasillo, sangrando por las orejas.

Cuando salió el sol, Uzair, Hamza y Aubry ya estaban a lomos de los camellos y cruzaban más desierto. El viento caliente agitaba la arena que pasaba a través de las patas de los animales.

Llegaron a un destino más, aunque en aquella ocasión era difícil saber dónde acababa el desierto y dónde empezaba la vivienda. Hacía años que nadie vivía allí, por lo que había arena apilada hasta media pared, con las ventanas rotas. La arena había entrado también hasta cubrir el suelo y formar unas pequeñas dunas en algunas salas, con lo cual se perdía la noción de lo que era dentro y lo que era fuera. Las alacenas estaban vacías, y no había agua, más allá de la que habían llevado consigo.

—¿Debo imaginar... —empezó ella, decidida a omitir cualquier trivialidad— que te estás quedando sin lugares a los que llevarme?

Sin embargo, Uzair no perdió el tiempo con el traslado. Le dio órdenes a Hamza, quien le dedicó una reverencia y se fue a toda prisa. El chico no era osado; era un huérfano al que Uzair había pescado rebuscando en su basura un día. Le había dado lástima y le había ofrecido el puesto de sirviente. Hamza no tenía familia, educación ni proyectos de futuro. Al igual que Aubry, era muy consciente de que el quedarse sin hogar estaba a un fallo de distancia. Se volvía pequeño, como un gato asustadizo, y se daba prisa para marcharse. Ató los camellos y fue metiendo las provisiones en la vivienda mientras Uzair se disponía a preparar una pócima nueva. Encontró una mesa con la que las inclemencias del tiempo no habían acabado, la despejó y se puso a separar sus plantas secas una vez más.

Más tarde, Uzair le mostró una habitación a Aubry en lo más hondo de la casa, al lado de la cocina vacía en la que había estado mezclando sus polvos y plantas. Las paredes estaban despojadas de todo y no había ventanas, pero tampoco arena. Uzair la había barrido y limpiado tanto como había podido y había metido un catre que había encontrado en otro lugar. Si bien ella creía preferir la arena, no le dijo nada, sino que le dio las gracias por la habitación.

—Lo siento —se disculpó él—. La casa está en un estado lamentable... En otros tiempos estaba intacta y hasta era cómoda..., cuando era pequeño.

A ella no le importaba. Vio una habitación grande que era como un desierto en miniatura bajo un tejado de listones y se quedó observando las barras de luz que cruzaban la arena. Allí la encontró Uzair después de moler las plantas y hervir los polvos. Se sentó delante de ella, con un tarro en las manos que contenía el medicamento todavía humeante.

—Aquí tienes —dijo, con una mirada triste al tarro—. Mi último intento.

—Te has esforzado mucho.

—¿Quieres saber qué lleva?

—No.

Aubry le quitó el tarro, se preparó para lo peor y bebió. Y se llevó una grata sorpresa. Esperaba algo amargo, como el agua de un pantano.

—Sabe a miel —dijo ella, con una sonrisa—. Por fin.

Uzair no reaccionó, sino que se limitó a preguntarle:

—¿Cómo sabías cómo me llamo?

—Me lo dijo el anciano. ¿Te acuerdas del anciano?

—¿Hablaba francés?

—No. Te vio venir. «Uzair Ibn-Kadder», dijo. Y, cuando se tiene el nombre de alguien, se puede preguntar dónde vive.

Uzair la miró con desaprobación fingida.

—Tú me invitaste, ¿no? —dijo ella.

Sin embargo, Uzair le estaba dando vueltas a todo a la vez.

—Antes se creía que la Tierra era el centro del universo, luego, el sol, y ahora, la Vía Láctea. —Al igual que ella, se quedó observando los puntitos de luz sobre las dunas del interior—. Pero me dices que solo estamos en una galaxia entre muchas otras. ¿Y luego qué? ¿Sigue y sigue y sigue? ¿Dónde está el límite?

—Te entiendo —dijo ella—. La investigación seguirá para siempre también; será infinita, como todo lo que existe. ¿No lo ves? A una persona se le ocurrió una idea que llevó a otras ideas.

Es como una historia que empezó a contar alguien y que continúa reescribiéndose sola mucho después de que los autores ya hayan muerto.

—¿He hecho algo mal?

—¿Cómo? Claro que no.

—Vas a dejarme.

—Supongo que sería un gesto muy romántico que me quedara y muriera en tus brazos, pero, en términos prácticos, es un desperdicio.

—No morirás.

—Uzair…

—Te juro que no.

—Uzair, ya he estado cerca de la muerte y no quiero volver a pasar por lo mismo.

—¿Lo ves? Admites que todo está en tu imaginación.

—¿Ah, sí? A veces te inventas cosas, Uzair.

Aubry echó la cabeza atrás, se terminó lo que le quedaba de la mezcla y luego se subió al regazo de Uzair y le dio un beso.

Aquella noche, plantada delante de él, la ropa se le deslizó del cuerpo ante el roce de Uzair, y los pañuelos y las faldas se le acumularon en los tobillos. Los dos se arquearon y se retorcieron, formaron cimas altas y muertes diminutas. Incluso después de que él se hubiera envuelto con su túnica y se hubiera marchado de la habitación para estudiar sus textos, su imagen seguía allí.

Sin embargo, su enfermedad se acercaba y no se detenía en ningún momento. Pensó en aferrarse a él tanto tiempo como pudiera. Pensó en escabullirse de noche para ahorrarles lo inevitable a los dos. ¿Por qué alargarlo más?

Y entonces, cuando apoyó la cabeza en el catre, se quedó dormida al instante.

—Algo va mal —le dijo la voz grave de su enfermedad que la visitaba en sueños—. No es un sueño natural, se trae algo entre manos. ¡Ten cuidado! ¡Despierta! ¡Que te despiertes!

Solo que ya era demasiado tarde para eso.

En una parte solitaria de la casa, en una silla rodeada de montañitas de arena, Uzair se pasó la noche con la mirada perdida en la pared, temiendo lo que Aubry fuera a hacer a la mañana siguiente cuando se enterara de que su puerta estaba cerrada.

CAPÍTULO VEINTISIETE

Uzair y la odisea del norte de África

Para cuando Aubry abrió los ojos, ya era mediodía, y su habitación, pequeña, sin ventanas y sin ventilar, se había convertido en un horno. Intentó ponerse de pie, pero la sala le dio vueltas, se le doblaron las rodillas y volvió a caer sobre la cama. Esperó a que la sensación se le pasara y lo intentó de nuevo.

El calor tenía un efecto narcótico. La cabeza le daba vueltas, como si estuviera en la punta de una cuerda enroscada. ¿Ya había empezado? ¿Su enfermedad había ido a por ella tan deprisa? Solo había sido una noche, y casi nunca ocurría tan deprisa. No, no podía ser. Había sido la pócima de Uzair, seguro que había sido eso.

Se puso de pie y se tambaleó un poco, pero no perdió el equilibrio y logró recorrer el perímetro de su habitación pequeña para asegurarse de que pudiera moverse bien una vez más. Entonces fue a la puerta.

Y no se abrió.

Empujó, y la puerta no se movió ni un ápice. Tiró, y la puerta no se movió ni un ápice. La sacudió y luego la sacudió con más fuerza. Estaba atascada, tenía que estarlo. Era una puerta vieja, y la madera estaba deformada. No era de extrañar, vaya, con el ambiente sofocante. La examinó para ver dónde se había atascado, solo que nada saltaba a la vista. Cuando la puerta siguió negándose a abrirse, llamó. Quizás Uzair o Hamza estuvieran cerca y pudieran ayudarla. Llamó a la puerta un par de veces más, hasta que se puso a aporrearla con fuerza y a gritar.

—¡Uzair!

Aporreó, tiró y empujó, y la puerta seguía inmóvil.

—¡Uzair!

Esperó.

—¡Uzair!

Se preguntó por qué no llamaba a Hamza.

Y la respuesta era que no había sido Hamza quien la había encerrado.

Experimentó un terror repentino, como si una mamba negra se le hubiera enroscado en la pierna. Se le tensaron todos los músculos y notó un pánico incipiente en el fondo de los pulmones que amenazaba con subir, pero lo contuvo. Tenía autocontrol. Eso sí que lo conservaba. Puso la oreja en la puerta y escuchó con atención. Y entonces, tras un segundo, susurró:

—¿Uzair? ¿Me oyes?

Aunque no hubo ninguna respuesta, notaba que estaba ahí.

—Uzair, no puedes hacerme esto. Me matarás. ¿Estás ahí? ¿Me escuchas?

Esperó para oír la respuesta, cualquier sonido que revelara su presencia, el chirrido de una silla, un aliento, un suspiro.

—Uzair, nunca has visto una enfermedad como la mía. Admítelo y déjame ir. Es lo correcto.

—*¿Lo correcto no sería curarte?* —respondió su voz en un susurro entrecortado—. *Para que puedas quedarte, para que podamos estar juntos.*

Estaba cerca, al otro lado de la puerta, con los labios a escasos centímetros de los de ella.

—Puedes dejarme salir o puedes enterrarme en el desierto —repuso ella, esforzándose por hablar con calma—. Sea como fuere, vas a tener que despedirte de mí.

—*No* —dijo él, casi sin voz, atormentado por su propio plan. Lo oía en él: el conflicto, la voz de alguien que no estaba convencido del todo.

—Uzair…

—*¡No, escúchame! Escucha. Había un hombre en Túnez…*

—Uzair, para…

— *… un hombre que estaba convencido de que había muerto. Se negaba a comer y a beber. Su familia intentó obligarlo, pero no lo permitió, porque los muertos no comen ni beben. No experimentan dolor, no existen. Y, en dos meses, su pronóstico se confirmó. ¿Es eso lo que quieres?*

—No. ¿Y tú?

—*No te pasará nada, te lo juro.*

—Es que no puedes jurarlo, Uzair. Te has inventado esta historia tú solo, la has escrito como una obra de ficción. Pero la historia se equivoca.

—*¡Te lo juro!*

—¡Mi enfermedad es real! —A pesar de que Uzair intentó protestar, Aubry habló por encima de él—. No la he pedido, no la quiero, pero aquí está. Viene a por mí y me persigue allá adonde vaya.

—*¡Que no!*

—¡Ya está aquí!

—*¡Deja de decir eso!*

—¡Está en esta habitación conmigo!

—*¡Para! Tienes que parar. Ya no hay ningún lugar al que llevarte.*

Se estaban gritando; Aubry estaba muy cerca de perderlo. Si aquello ocurría, sabía que Uzair se iba a marchar para no volver nunca. Y entonces no tendría a nadie a quien explicarle lo que sucedía, a nadie que escuchara su pánico y le abriera la puerta.

Respiró hondo y empezó de nuevo.

—Uzair…

Esperó, pero no oyó nada más que silencio.

—¿Uzair?

Uzair le dio un golpe fuerte a la puerta que hizo que temblara entera. Aubry se echó atrás y vio la sombra de él que paseaba por delante de la puerta, de un lado a otro. Hasta que la sombra se esfumó. Oyó los pasos de Uzair, cada vez más distantes, camino a un lugar al que su voz no iba a poder llegar.

CAPÍTULO VEINTIOCHO

Uzair y la odisea del norte de África

—No —le dijo su enfermedad, con voz tan grave que, cuando le hablaba dentro del cráneo, le hacía temblar los pulmones. Sumida en sus delirios, casi alcanzaba a ver al demonio diminuto que se le aferraba a la espalda, que se le acercaba al oído—. No acabará así. Levántate.

Volvió en sí, entre gritos, y se puso a rodar por el suelo para intentar quitarse el demonio de encima. Sus gritos se vieron interrumpidos de sopetón por un ataque de tos horrible, una tos que le arrebató todo el aire y la hizo escupir sangre en el suelo.

—Por favor —suplicó con voz ronca, tras gatear hasta la puerta—. Por favor.

Solo que Uzair se había ido en plena noche, como un perro abatido, con lo cual Aubry se había quedado a solas en una habitación pequeña y sin ventanas, manchada de sangre, vómito y orina. Se había quedado tendida junto a la puerta, como una pila de ropa sucia que arañaba la madera.

—Por favor… —le dijo a nadie—. Ayuda… Por favor…

Se había pasado el día y la noche gritando, hasta quedarse sin voz. Ya no tenía fuerzas. Se había pasado la vida con miedo a rendirse, pues sabía que nada iba a poder acabar con ella con más certeza que el darse por vencida. Incluso en aquellos primeros días, en los más horribles de todos, en los que creía que no iba a poder seguir adelante, lo había conseguido. No obstante, a veces hay circunstancias que ni siquiera los más fuertes y los más resistentes son capaces de superar. Y aquella habitación en medio del desierto era una de esas circunstancias.

Traición: no una simple mentira, sino el retorcer la realidad. Eso sí que no podía superarlo. Creía que estaban enamorados y que el amor implicaba cuidarse el uno al otro, tratarse con compasión y con piedad. Todo eso era lo que creía, y ya había visto lo equivocada que estaba. El amor podía significar todo lo que él quisiera. Las creencias se desmoronan como las murallas de una ciudad bajo asedio. Le parecía raro cómo la realidad siempre la acababa dejando con un palmo de narices.

Sin embargo, los descubrimientos se encuentran donde nadie mira.

Le caía sangre por la garganta y le costaba hasta respirar. Creía notar cómo los órganos internos dejaban de luchar. Creía notar cómo se le cansaban los pulmones, cómo se le ralentizaba el pulso, cómo no podía con su propio peso. Se suponía que la vista se ajustaba a la oscuridad, y así tendría que haber sido desde hacía rato, solo que ella cada vez veía menos.

Aun así, siguió arañando la puerta. Pensaba seguir haciéndolo hasta que no pudiera más. Para que Uzair y Hamza encontraran las marcas clavadas en lo más hondo de la madera y se sorprendieran. Para que se avergonzaran.

Por debajo de la puerta veía la luz de la luna que se colaba por una ventana y que formaba una capa azul por el suelo de la cocina. El desierto estaba ahí mismo, su vía de escape, muy cerca de ella, cerquísima. Le dolía morir a sabiendas de lo cerca que estaba de salvarse.

Una sombra pasó flotando por el charco de la luz de la luna. Creyó que era una sombra, aunque bien podría haber sido un delirio. Oyó unos pasos suaves en el suelo de la cocina. Llevó los dedos debajo de la puerta, tanto como pudo.

Oyó un chasquido, lento, silencioso y con cuidado. La puerta de madera gruesa se movió sobre sus bisagras y reveló la cocina que había al otro lado, la misma que le había parecido diminuta la primera vez y que en aquellos momentos era tan infinita como el propio desierto.

Estiró la mano con las fuerzas que le quedaban. Puso una palma sobre una de las baldosas de la cocina. Era cierto. No se lo estaba imaginando: la puerta se había abierto.

Algo le recorrió el cuerpo, como el efecto de una droga. Notó el corazón, tan débil hacía unos instantes, que le latía con más fuerza. La piel recobró su color. Volvió a pensar con más claridad. Pudo aunar fuerzas para alzar la cabeza, para estirar la otra mano, para hacer pasar su cuerpo roto a través de la puerta.

Recorrió la cocina centímetro a centímetro, un cadáver con vida metido en distintas prendas, con el aliento traqueteando por los coágulos de sangre, con manos temblorosas cada vez que las estiraba para arrastrarse a duras penas por el suelo.

Pasó por delante de unos pies con sandalias que solo podían ser de Hamza, pero no le quedaban fuerzas para darle las gracias, para hablar. Lo único que podía hacer era seguir arrastrándose.

Hamza vio que había un taburete en medio y lo apartó deprisa. Observó a Aubry recorrer el suelo infinito de la cocina más despacio que nunca, con miedo a tocarla, a empeorarlo todo sin querer. Fue mucho peor que la primera vez. La adelantó para abrir la siguiente puerta, a través de la cual relucía el desierto.

Aubry siguió gateando. Arrastraba las piernas tras de sí, inertes como las de un cadáver, por encima de las baldosas. La puerta abierta estaba muy cerca.

Le llevó tanto tiempo cruzar la cocina que, para cuando llegó al exterior, ya había empezado a amanecer. El mar de arena de Calanshio estaba delante de ella, amplio e intacto. El sol ni siquiera se había asomado por el horizonte todavía y ya notaba el calor, como si un horno se le hubiera encendido debajo.

Se arrastró por la arena y formó nubecitas de polvo con cada exhalación.

Metía los dedos en la arena fina con cada movimiento. Era lo más lejos que había estado de la casa; aquel puñado de arena era nuevo para ella, nuevo y sin explorar.

Entonces empezó a recobrar la sensación en las piernas.

CAPÍTULO VEINTINUEVE

En un tren con Lionel Kyengi

—A ver si lo entiendo —dice Lionel Kyengi—. ¿Recorriste el mar de arena de Calanshio a rastras? Por muy sorprendente que parezca, están vestidos y se abrochan los últimos botones.

—No —responde Aubry—. La mayor parte la recorrí caminando.

Eso era cierto. Tras varios minutos de arrastrarse por el desierto, había recobrado el uso de las piernas, por lo que se había puesto de pie con cierta dificultad, con algún tropiezo al principio, con alguna que otra caída, y, en menos de una hora, ya había podido caminar de nuevo, a velocidad constante.

—¿Cuánto tardaste?

—Dos semanas o así. —Lo estaba suponiendo. Bien podría haber tardado más, mucho más, pero no quería asustarlo.

Quizá había sido a la tercera semana de travesía cuando una caravana bereber la había visto cruzando el mar de arena descalza. Quizá había sido entonces que el hombre se acercó a Aubry a caballo, sorprendido al encontrarse con una extranjera rubia y descalza recorriendo el desierto a solas y a pie, y la llevó con su caravana, donde le dieron de comer, le proporcionaron ropa nueva y se quedaron boquiabiertos al ver a la mujer que había sido tan temeraria como para sobrevivir al mar de arena.

Pasó varias semanas más viajando con ellos antes de sumarse a una caravana de los afar que se dirigía a la salina de Etiopía. Fue allí, bajo aquel calor abrasador, que Aubry decidió que nunca más iba a ser la niña insolente del barco pesquero griego ni la provocadora que había sido con Uzair, la chica que manipulaba a los demás para que le proporcionaran comida o cobijo. Se prometió a sí misma que iba a devolver la amabilidad con amabilidad, la generosidad con generosidad. Empezó allí, en aquellas salinas, donde ayudó a rascar la sal del lecho seco del lago bajo un calor incansable, un calor que era como un peso sobre los hombros, como plomo fundido. Era un calor que no había experimentado antes y que no iba a volver a experimentar, y rascó la sal como acto de penitencia.

Se preguntó qué habría pasado con Uzair. Se lo imaginó recorriendo el mar de arena a pie para intentar darle alcance antes de que se alejara demasiado. Tal vez le había seguido la pista, el rastro de sangre, hasta que se había secado o hasta que el calor había podido con él. Se imaginó que la llamaba una y otra vez, lleno de remordimiento, y que no la encontraba nunca. ¿Se habría dado media vuelta para intentarlo una vez más a camello? ¿Habría castigado a Hamza por haberlo desobedecido o le habría dado las gracias por hacer lo que él mismo debería haber hecho? ¿O habrían vuelto a casa en silencio y no habrían vuelto a sacar el tema?

Se preguntó de qué le servirían las teorías entonces. Uzair solo había querido que se quedara con él; quería arrancarle la enfermedad de su imaginación, y lo único que había conseguido era un suelo lleno de sangre. Fueron tres quienes cruzaron el desierto: su amor por Uzair, el amor de él hacia ella y la enfermedad. Y, de los tres, solo sobrevivió la enfermedad.

—¿Dos semanas? —le pregunta Lionel—. ¿Sin comida ni agua?

—Hubo… —Se lo piensa un rato, pero no tiene respuesta—. Tuvo que haber algo. No me acuerdo de mucho.

—¿No te acuerdas de mucho —pregunta, incrédulo— del mar de arena de Calanshio?

Aubry niega con la cabeza.

—He estado en el Sáhara. He desenterrado esqueletos de la arena. Hasta los beduinos se niegan a entrar en el Calanshio —continúa él—. ¿Te quemaste en algún momento? ¿Te salieron ampollas? ¿Se te hinchó la lengua?

—¿Por qué se me iba a hinchar?

—Porque es lo que le pasaría a la mayoría de las personas. Se llama *sed* —explica—. ¿Te dan dolores de cabeza?

Aubry frunce el ceño; no se acuerda de haber pasado por ninguna jaqueca.

—¿Fiebre? —sigue Lionel—. ¿Disentería? ¿Un resfriado siquiera?

Nada de aquello despierta un recuerdo en Aubry. ¿No se ha resfriado nunca? De pequeña sí, estaba segura de ello, solo que había sido antes de la enfermedad. Después de ella no le había pasado nada. Había asumido que ya era demasiado mayor para esas cosas o que su lucha constante por sobrevivir, por trasladarse, la había protegido de las demás dolencias. ¿Cómo iba a tener tiempo para caer enferma si tenía un mundo entero que seguir recorriendo?

Y había algo más. Se había caído por zanjas y la habían arrastrado varios ríos, y, ahora que lo piensa, no sufrió nada más que cortes y magulladuras. ¿Sería cierto? Se acordaba de una vez que... No, una vez no: dos. No, muchas veces. Muchas veces se había torcido tanto el tobillo que estaba convencida de que se le había partido el hueso. Y, aun así, dos o tres días después ya podía caminar con total normalidad, y eso fue lo que hizo, durante horas, durante días, durante toda la vida.

Solo que no piensa contarle nada de eso.

—¡Claro que me he resfriado! —suelta, enfadada de broma. Y entonces, porque no puede evitarlo, se corrige—: Seguro que sí.

—Espera —dice Lionel—. ¿Has pasado algún resfriado o no?

—Seguro que sí —repite, como si no la hubiera oído la primera vez.

—Pero no lo sabes.

—Claro que lo sé.

—Pero no estás segura.

—He dicho que estoy segura.

—Pero no te acuerdas.

—Ahora mismo no.

—Entonces es que no te has resfriado.

—Que sí.

—Descríbeme la sensación.

Se produce una larga pausa en la que Aubry piensa cómo contestar. ¿Qué sensación te deja un resfriado? ¿O una insolación? ¿O la congelación?

—Duele —responde.

—Muy buena suposición.

—Gracias —dice Aubry en un susurro.

—Ya lo había notado.

—¿El qué?

—Que sabes mucho del mundo, pero muy poco sobre ti misma.

—No es verdad.

—No cuentas los días. No escoges ninguna dirección en concreto. Tú misma has dicho que intentas no pensar demasiado en…

—Es para sobrevivir.

—¿Cómo?

—¿Qué harías si estuvieras en mi lugar? ¿Te volverías loco con preguntas que no tienen respuesta?

—Te entiendo. O creo que te entiendo. Pero el Calanshio… Hace que te pares a pensar, ¿no crees?

A Aubry no le gusta lo que le dice. No le gustan los recuerdos que han empezado a asediarla. ¿De verdad se le curó tan rápido el tobillo? Y ¿cómo?

—No me mires así, señor Kyengi —le dice ella—. Te aseguro que soy más que capaz de morir.

—Sí, así somos todos. Pero no creo que seas tan capaz como te crees.

CAPÍTULO TREINTA

En un tren con Lionel Kyengi

Sus recuerdos de Rusia serán tan bonitos como dolorosos. Recordará haberse vestido mañana tras mañana, haberse desnudado por la tarde y por la noche. Recordará las risas, el contacto íntimo, la indecencia despreocupada justo antes de abrir la cortina de la puerta.

Aubry le da otro beso (de los mil y uno que le ha dado ya) y lo atrae hacia ella.

—En Vladivostok —le dice— iremos a la biblioteca. Te llevaré.

—¿Qué biblioteca?

—Hay bibliotecas por todo el mundo, para viajeros como nosotros.

—¿Ah, sí?

—Sí. Y a mí se me da muy bien encontrarlas.

Antes de que Lionel pueda preguntarle algo más, el tren se sacude con tanta fuerza que el equipaje se les cae de los asientos y su lanza acaba en el suelo. Unas sombras oscurecen su compartimento, un humo negro que sopla al otro lado de la ventana. Notan que el tren ralentiza el avance y chirría hasta detenerse.

En menos de una hora, los pasajeros han bajado del tren y pasean por el campo mientras los ingenieros, entre maldiciones, manosean el motor de hierro fundido traidor. Por descontado, a todos les preocupa el retraso y esperan que las reparaciones no tarden demasiado, pero más que nada parecen disfrutar del respiro, de poder estirar las piernas entre la hierba alta e inspirar el aire fresco.

Lionel, asustado en nombre de Aubry, va a echarle un vistazo al problema y ve que el motor suelta un vapor blanco y un humo negro, además de la cara funesta que ponen los ingenieros.

Por su parte, Aubry sale a dar un paseo. La hierba es tan alta que nota las cosquillas que le hace en la palma de la mano cuando se abre paso entre ella. Echa un buen vistazo al paisaje de punta a punta y lo mide todo por si acaso: el trigo que se mece por el viento, la enorme soledad del cielo.

Es el primer día.

Esa misma noche, colocan una sábana en el suelo y observan el anochecer rojo veraniego hasta que se torna un suave brillo morado, una puesta de sol tan exquisita que asumen que Dios se ha enamorado también. Sin embargo, Lionel se niega a sentarse con ella.

—Hablarán de nosotros, ¿sabes? —le dice.

Aubry suelta un suspiro. Sus idilios son todos escándalos. Es la desconocida que se mete en una ciudad y se lleva a un hombre. Pese a que es mentira, es lo que parece siempre. En su vida no hay lugar para amoríos largos. Una vez se encontró con una mujer de Zanzíbar que flotaba de pareja en pareja, ligera como una pluma, y le daba igual lo que opinaran los demás. A Aubry no le da igual, pero no piensa añadir la castidad a su lista de sufrimientos.

—¿Te gusta el peligro? —le pregunta Lionel—. ¿Ser famosa?

—Me gustas tú. Siéntate.

Así que se sienta con ella y se quedan mirando el cielo según las estrellas aparecen una a una.

—No sé qué he hecho para tener esta suerte —dice Lionel.

—Yo tampoco.

—Debe de ser por tus viajes.

—¿Por mis viajes?

—Eres todo lo que admiro de Europa y todo lo que echo de menos de África. Ojalá pudiera ofrecerte algo así a ti.

—Por suerte para ti, no pido mucho. Solo amabilidad.

Hace mucho tiempo encontró el amor, y este solo le supo a arena. No ha buscado el amor desde entonces, ni en palabras, ni en regalos ni a la luz de una vela. Sin embargo, esta noche, con el tren roto en la pradera, con nada más que el viento que mece la hierba, con todos los lugares en los que ha estado, lo ha encontrado.

Recuerda las rutas comerciales, haber salido de África Oriental en una canoa cargada de canela, caña de azúcar y café. Navegó por el océano Índico, de barco en barco, según llevaban pequeños cargamentos de isla a isla, a menudo con una tripulación solo formada por mujeres. Cazó la cena para varias tripulaciones, comió con ellos y rio con ellos. Ya no era la chica malhumorada de aquel barco pesquero griego ni tampoco la vagabunda astuta que Uzair había conocido. Había hallado su forma de ser y estaba más contenta de lo que lo había estado desde hacía años.

Los marineros solían ser chicos jóvenes llenos de amor que le pedían su caridad. Solo que ella no tenía mucho que dar. Alguna vez quizá había besado a alguno de ellos, claro, y a veces llegaba a algo más, pero era escéptica y se pasó años con el peso del amor muerto de Uzair en los hombros.

¿Qué tiene Lionel? ¿Es su inteligencia? ¿Lo suave que es? ¿El hecho de que los dos son viajeros, personas ajenas al mundo de las demás personas? No lo sabe, pero la atracción es innegable. Nota una sensación triste, como cuando echa de menos su hogar, como el miedo y el dolor que experimentó la noche en que dejó a su madre para siempre. Es una sensación terrible, aunque también preciada, como un ave salvaje que solo come de sus manos.

A pesar de que intentan no hacerlo, porque alguien podría pasar por allí en cualquier momento, cada vez están más cerca el uno del otro. Se rozan con la rodilla. Entrelazan los dedos en silencio. Se tumban sobre la hierba y cuentan las estrellas hasta las tantas de la noche. Hablan de fantasías, de hechos que no podrían darse nunca, hasta que, un tiempo después, el frío los ahuyenta.

CAPÍTULO TREINTA Y UNO

En un tren con Lionel Kyengi

Día dos. Comparten el techo del tren con varios pasajeros más y observan cómo el viento traza distintos patrones en la hierba amarilla.

Lionel dice que ha vuelto a ver que la pelota se movía sola. Dice que la ha visto rodar por la repisa, escasos centímetros, pero que se ha movido deprisa y en silencio, sin la participación del viento ni del tren en movimiento. Se ha pasado el resto de la noche sin poder pegar ojo, mientras la observaba en un haz de luz de la luna.

Si bien Aubry intenta calmarlo, Lionel está asustado y agotado. Es una combinación terrible.

Mientras tanto, los pasajeros se han esparcido por el lugar: están en el techo, en lo alto de las colinas, encima de mantas en un pícnic improvisado o se han quedado en la comodidad de los asientos que tenían asignados en el tren.

Ese fatalismo impresiona a Aubry. Todos esos viajeros que estaban cruzando el país o quizás el continente entero se han quedado inertes de sopetón y se les ha impuesto la tranquilidad. Y lo han aceptado de buen grado, sin poder hacer nada y a sabiendas de que no podían hacer nada. Hay comida, hay agua, y han ofrecido una rendición casi inmediata. Reposan, sin ninguna preocupación, en un silencio nada esperado.

Aubry ya ha visto a personas agrupadas en el sofá de algún salón, leyendo algún libro sin intercambiar ni una sola palabra. Ha visto a sirvientes sin suerte que se pasan la vida en el hogar de otra persona, niños que estudian con sus libros de texto durante horas y horas solo para acabar sentados detrás de un escritorio en una oficina durante el resto de su vida. Ha visto a monjes sentados con las piernas cruzadas para una sesión de meditación que duraba semanas, a mendigos sentados en las mismas esquinas de la calle noche tras noche, a mercaderes ricos que fumaban pipas de hachís y hablaban de la política de lugares que no habían pisado en la vida, a mujeres aburridas que no podían salir de casa y que se pasaban horas escuchando los programas de radio basados en parajes distantes que nunca iban a poder visitar.

Quizá su enfermedad sea un rechazo a la vida sedentaria, tal vez el cuerpo se le rebele contra esa inercia que la humanidad, a lo largo de los milenios, ha acabado aceptando. Los soles y los planetas giran en todo momento. La hierba no deja de crecer, las estaciones cambian. El planeta estaría vacío si el viento no hubiera desperdigado las semillas, si los animales no hubieran salido a buscar mejor comida, si los primeros humanos no hubieran salido de la cueva. ¿Acaso en lo más hondo de cada uno no existe esa vida nómada, ese impulso para migrar? La estepa que suaviza el terreno desde Polonia hasta Siberia está hecha para caminar por ella. ¿Acaso no hacía lo que se suponía que debía hacer?

Día tres. Lionel está frenético por la pelota rompecabezas, por el trastorno de Aubry. La inercia también es su enemigo. Va a ver a los ingenieros en busca de noticias dos veces al día. Se han puesto a decir que todo irá bien cuando el tren de la semana que viene les dé alcance, lo cual hace que Lionel se ponga más nervioso todavía. Aubry intenta distraerlo, a solas en su compartimento con la cortina echada, con la pelota rompecabezas escondida. Está decidida a hacer que esos últimos días sean de lo más memorables para los dos. Y la mayor parte del tiempo, funciona. Aun así, Lionel no deja de tamborilear con los dedos sobre la rodilla, nervioso.

Más tarde, cuando están sentados en el tejado bajo el sol vespertino, Lionel suelta de repente:

—Voy a ver cómo va todo. —Se pone de pie deprisa y se vuelve hacia ella—. Y tú... ¿Estás...?

—Estoy bien —le asegura.

Se dan la mano un momento, antes de que él vaya a comprobar el progreso de los ingenieros. Salta del techo de un vagón al siguiente hasta llegar a la locomotora.

Se acaba de ir cuando Aubry nota el sabor de la sangre. Ya estaba preparada y lo llevaba esperando desde que el tren se estropeó. Aun así, al ver que ya ha llegado el momento, una nube se le asienta en el cerebro, una que ningún rayo de sol sería capaz de atravesar. En lo que tarda en notar el sabor de la sangre, su propósito pasa del placer y la alegría a la supervivencia pura y dura.

Ya es bien diestra en el arte de marcharse. No pierde la compostura, no suelta ninguna lágrima. Se pone de pie, baja por la escalera y se va al compartimento que ha sido de los dos. Recoge sus pertenencias y las guarda en su mochila.

Aun con todo, no encuentra la pelota rompecabezas. ¿Dónde se ha metido? La escondió, pero ¿dónde?

Oye algo a sus espaldas.

Se da media vuelta y ve la pelota que rueda por el suelo. Se le detiene en los dedos de los pies, como una mascota que se niega a que la abandone.

—No te preocupes —le dice, y la recoge para meterla en la mochila.

Vuelve a salir y se sienta en la hierba junto a otros pasajeros durante un rato. A su lado hay una familia rusa: una madre, un padre, una *babushka* rechoncha y alegre y varios hijos. Con el poco ruso que sabe, saca una tableta de chocolate de la mochila y se la ofrece.

Los pasajeros la aceptan, agradecidos. A sus hijos les encanta el chocolate y son todo sonrisas. La madre va a su equipaje y le ofrece pan de trigo a cambio. Un intercambio amistoso en el que no hace falta ninguna palabra. Aquello le da la alegría que necesita para cumplir con la tarea difícil que tiene por delante.

Cuando Lionel vuelve y la encuentra sobre la hierba, el progreso de los ingenieros se le nota en la cara.

—No pasa nada —lo tranquiliza Aubry—. Toma algo de pan.

Lionel se sienta a su lado y comparten el pan de trigo en el silencio del viento de las planicies. Cuando Aubry mira el pan que tiene en la mano, ve la manchita de sangre que empapa la mordedura y que se esparce hacia fuera en un círculo rojo diminuto.

El desierto de Gobi está al sur. Si bien tendrá que recorrer la pradera un tiempo, luego la hierba se secará y el Gobi estará esperándola, frío, duro y vacío. Sin embargo, si lograra atravesarlo, quizá podría ir… ¿a dónde? ¿A Pekín? ¿A la costa de China? O también podría ir en dirección contraria, hacia Gansu o Kazajistán.

¿Acaso importa?

Al principio se queda absolutamente quieta mientras observa la gota de sangre que se cuela por el pan. Respira hondo, se inclina hacia Lionel y le da un beso en la mejilla.

—Ha llegado el momento —le susurra al oído, antes de ponerse de pie y alejarse con su mochila y su bastón. Lionel la ve marcharse, anonadado. No se imaginaba que fuera a ser así, de forma tan abrupta, sin ninguna complicación. No reconoce lo que presencia. Se pone de pie poco a poco y la observa. Aubry sigue caminando recto, hacia la indiferencia infinita. Hasta la familia rusa se sorprende al ver cómo se marcha. Qué rara es.

Y entonces Lionel se pone a correr detrás de ella.

—¿A dónde vas? —le grita desde lejos—. ¡Para! ¡No puedes meterte por ahí!

Aubry se da media vuelta, permite que le dé alcance, y los dos se quedan a solas en medio de la hierba alta.

—¿Por qué no?

Lionel se detiene y tartamudea. No sabe qué decir, o quizá cómo decirlo.

—Porque casi no te conozco. —Es lo único que puede decir.

—Yo no he conocido a nadie tan bien como a ti —repone Aubry, y se vuelve a dar media vuelta.

—¡Por ahí no hay nada!

Aubry se detiene y baja la cabeza. Le habla mirándose los pies, porque no cree que pueda mirarlo a los ojos.

—Por ahí está el resto del mundo —le explica—. Lo sé porque lo he visto.

—Te acompañaré.

Ella sabe de sobra cómo es beber agua salada y sangre caliente, masticar hojas fibrosas y carne cruda. Cuando pasa una mala noche, se acuerda que de pequeña se negaba a comer lo que le preparaba su madre y se muere de vergüenza. No piensa permitir que Lionel la acompañe a una vida así.

—Necesitaremos agua —le dice él—. Déjame ir a por agua, no tardaré. Solo... Lo único que necesito es agua. ¿Me esperas?

—No.

—Por el amor de Dios, te morirás si vas por ahí.

—No —dice ella, y lo mira por fin—, pero tú sí.

—Te acompañaré.

—Tienes cosas que hacer. Tienes que ir a mejorar el mundo, Lionel. Lo único que tengo que hacer yo es sobrevivir.

—Para... No... —Tartamudea, sin saber qué decir—. Dices... Dices que no tienes valor, pero sí que lo tienes. Eres valiosa para mí. Y querría pensar que yo lo soy para ti —dice, con una generosidad que hace que a Aubry le duela el pecho—. Pero ¿qué digo? Claro que tenemos valor el uno para el otro. Si no, ¿qué hemos estado haciendo en el tren esta semana? ¿Y si...? —Le cuesta poner en palabras lo que piensa—. ¿Y si la razón por la que estamos aquí es que debíamos encontrarnos y estar juntos? ¿Acaso eso no es más importante que Vladivostok, que cualquier otro lugar? ¿No lo es?

Aubry baja la mirada, llena de humildad, de vergüenza.

—Tú mismo lo has dicho, Lionel, lo has dejado muy claro. La enfermedad me matará o me hará vivir para siempre. Y no voy a morir por ti, igual que tú no vas a morir por mí. Vamos a ser prácticos, por mucho que duela, ¿vale?

Se quedan plantados ahí, sin decir nada. Lionel echa un vistazo atrás, hacia el tren, hacia el agua que quiere traer. Mira al este, hacia Vladivostok. Ella lo mira a él, y lo que ve, ese hombre loco de amor, asediado por el dolor, la parte por la mitad.

—Lionel, lo que más quiero es tenerte conmigo —le dice, pinchando el suelo con la punta de su lanza—. Pero tú estás en este mundo por una razón. —Alza la mirada—. Y yo no.

Aubry le dedica una débil sonrisa y cree que, si es lo bastante rápida, podrá escapar antes de que lleguen las lágrimas, antes de que pierda el control y haga que la despedida sea más dura. Se da media vuelta y se dirige hacia las planicies llenas de hierba sin mirar atrás. Lionel da unos pasos pequeños varias veces, como si quisiera seguirla, antes de volver la vista al tren y luego a ella. Se lleva las manos a la cabeza, como un niño pequeño, con una dignidad a la que le da el mismo valor que al trapo sucio de un mecánico. Por mucho que ya lo haya dejado atrás, Aubry cree oírlo soltar una maldición antes de doblarse sobre sí mismo como si estuviera hecho de papel y dejarse caer en el suelo.

Solo que no está segura de que sea así, porque sabe que no debe darse media vuelta para verlo.

CAPÍTULO TREINTA Y DOS

Un breve interludio

—¿Sabe? —le dice su nueva amiga—. Creía que iba a ser una persona callada y tímida, al estar acostumbrada a estar sola en todo momento. Pero resulta que es todo lo contrario.

Aubry conoció a la joven en una taberna al norte de Kanazawa. Lleva el tiempo suficiente en Japón como para poder mantener una conversación en japonés, y estos últimos meses ha hecho muchos amigos, en particular en las pequeñas aldeas que salpican la costa. Dichas aldeas son comunidades agrícolas muy bien avenidas, y cada una tiene su propia forma de ser. Esta aldea en concreto es bastante traviesa. Aubry y la joven han acabado borrachas, tumbadas bocarriba en una playa mientras observan el cielo nocturno. La joven, quien se hace llamar Yuki, ha oído hablar de Aubry, ha leído sobre ella en los periódicos, y se ha mostrado encantada de encontrársela bebiendo sake caliente con los clientes de su bar favorito.

—Baila con las chicas —le dice Yuki— y bebe con los chicos. Y habla conmigo, una completa desconocida. Siempre está rodeada de gente.

—¿Eso es lo que parece? —pregunta Aubry, y su sonrisa se desvanece en cierta medida. Se pone a pensar en sus viajes—. Qué extrañas son las impresiones que dejamos.

Se pone a pensar en el pantano, en algún lugar de cuyo nombre ya no se acuerda, y piensa en cómo se abrió paso por él, por aquel pantano en el que el musgo crecía en todos los lados de los árboles. Se valía de su lanza para tocar aquella sopa muerta de hojas y cieno, todo unido por las raíces del manglar, para asegurarse de que no hubiera ninguna serpiente ni ningún cocodrilo al acecho.

—He recorrido países enteros como si fuera invisible, sin que nadie me conociera —explica—. Como una niebla. Como un fantasma.

Se pone a pensar en la claustrofobia que pasó en el pantano. Había insectos que le zumbaban en los oídos, que saltaban por el agua. Oía el canto de las aves. Sin embargo, también había un silencio inmenso, como si algo la estuviera engullendo. Se pone a pensar, como si estuviera fuera de su propio cuerpo, cómo caminaba por el agua negra que le llegaba hasta la cintura. Casi se puede ver desaparecer entre los troncos y las ramas caídas, ve el rastro que deja, lo único que deja a su paso, perdido entre las hierbas verde guisante.

CAPÍTULO TREINTA Y TRES

El príncipe

Se tropieza y parpadea, confundida. Está en un acantilado, junto a un río estrecho entre dos paredes de roca, un cañón de algún tipo, y no tiene ni idea de cómo ha llegado hasta ahí. Estaba escalando por las montañas, y entonces la tormenta la ha dejado medio congelada. Se estaba muriendo, ¿verdad?

No obstante, le empiezan a llegar los recuerdos. En un momento dado cree que no son recuerdos, sino sueños. Porque tiene que haber sido parte de un sueño, o eso le pareció. Luego está convencida de que se ha vuelto loca. Pisa tierra seca en un lugar seco. El sol brilla por encima de ella. Ha cruzado las montañas. Es imposible, pero lo ha conseguido.

Sigue viva.

Darse cuenta de ello hace que se quede inmóvil. Mira en derredor y observa bien dónde está. Está más perdida que nunca y se apresura a repasar la lista mental: ¿su lanza? La lleva en la mano. ¿La mochila? Colgada de un hombro. Hasta el momento, todo bien. Se pregunta cómo se llama. Se responde que Aubry Tourvel. ¿Cuántos años tiene? Cree que cuarenta, aunque no está muy segura. Si alguien se lo pregunta, dirá que treinta y nueve, o quizá treinta y ocho, que le suena mejor incluso. ¿Y dónde está? Si ha atravesado las montañas, debería de estar en Nepal o en India. Hace calor suficiente como para que sea India, desde luego. Lleva mucho tiempo sin experimentar un calor como ese.

¿Hacia dónde va? ¿Al este? ¿Al oeste? Piensa en sacar la pelota rompecabezas y dejar que decida, porque se le da de muerte. Sin embargo, la última vez que la vio fue al otro lado de las montañas. La ha perdido para siempre. Se acuerda de aquella noche horrible también y le duele. Si bien no pesaba mucho más que un erizo, de todo lo que lleva consigo la ausencia de su pelota es lo que más le pesa.

El río fluye hacia el sur. Si sigue un río el tiempo suficiente, sabe que acabará en una aldea, un pueblo o una ciudad. Toda la experiencia que ha ido ganando en su vida itinerante se lo ha enseñado. Así que se dispone a seguir el río cuando, tras tan solo unos pocos pasos, se los encuentra.

Normalmente, cuando Aubry se topa con un desconocido en una zona extraña, se alegra. Suele ser algo positivo: alguien que puede darle de comer si tiene hambre, alguien que conoce un lugar seguro en el que pasar la noche. Casi siempre que se encuentra con alguien, esa persona está dispuesta a ayudarla, y, si no, al menos casi nunca está dispuesta a hacerle daño.

No obstante, cuando sigue la curva del cañón y ve a esos tres hombres que se dirigen hacia ella, se queda helada de la cabeza a los pies. No sabe qué es exactamente lo que hace que se le tensen los músculos y que se aferre a su bastón por instinto. Es algo que tienen en la mirada, en la forma de andar. El modo en que dan un respingo al verla y luego sonríen al reparar en que está sola. No le sonríen a ella, sino entre ellos. Son hombres que llevan mucho tiempo sin la compañía de una mujer. Son hombres que están trazando unos planes maquiavélicos.

El instinto se le despierta en el interior y le da una patada en las entrañas, pero es un instinto en el que confía y, en ese momento, al que le dedica todo su ser.

La niebla desaparece. Las ideas se le aclaran. Lo primero en lo que piensa es en que son tres contra una. Y lo que es peor aún, el del medio bien podría ser un gigante. Sigue caminando y pretende no estar asustada. Incluso esboza una sonrisa, aunque, en su imaginación, ya está apuntando con su lanza.

Lo segundo en lo que piensa es en qué orden lo hará. ¿A quién se enfrentará primero? ¿Al gigante? ¿Al canijo? ¿Al de los ojos pálidos como un fantasma? Pese a que tiene miedo, y mucho, incluso si pretende que no es así, tomar una decisión ayuda. Cuando lo hace, es capaz de apartar los demás pensamientos de su mente. Así es como acepta la posibilidad de que va a morir, la deja atrás y se prepara la estrategia.

El de la izquierda, el canijo, se ha puesto alerta de repente. Le mira el bastón que arrastra tras de sí. En los doce pasos o así que los separan, le ha quitado la tapa, de modo que ahora el bastón es una lanza. ¿Se habrá dado cuenta el hombre?

Los hombres se están separando. Quieren rodearla. Aubry entiende, de inmediato y casi sin ser consciente de ello, que se trata de un error táctico por parte de ellos. Así le será más fácil defenderse.

Lo tercero en lo que piensa es en todo lo que no saben ellos. No saben que las palabras que pretenden decir no las pronunciarán nunca, que las amenazas e intimidaciones que han pensado no llegarán a materializarse.

Lo cuarto en lo que piensa la hace matar al gigante. Le da la vuelta al bastón en la mano y le clava la punta de hierro en el cuello grueso justo cuando iba a pronunciar sus últimas palabras. En su lugar, la garganta se le llena de sangre, la cual le sale a borbotones de la boca y salpica la tierra a sus pies.

Como tuvo la sensatez de tallar una púa en la lanza, logra tirar del gigante por la garganta y lanzarlo al suelo del cañón, donde se deja caer como una avalancha entre ella y el canijo, que está más cerca del río.

Los pensamientos empiezan a llegarle a toda velocidad, todo un torrente de ellos. Sabe que los dos hombres más delgados van a atacarla desde dos lados distintos a la vez. En un solo movimiento fluido, arranca la lanza de la garganta del gigante y le asesta un golpe con el extremo romo en el pecho al hombre de los ojos pálidos. Cuando este no se cae al suelo, sino que solo se queda sin aliento y pone cara de sorpresa, le da tres golpes más, *pum, pum, pum,* hasta que lo tira de espaldas, hace que se dé en la nuca con la piedra del cañón y las piernas dejan de responderle.

Para entonces el canijo ya ha pasado por encima del gigante derribado y casi llega hasta ella. Solo que ya lo sabe, incluso antes de darse media vuelta para verlo, y se enfrenta a él a medio paso.

Su lanza le atraviesa el esternón y le perfora un pulmón. El canijo cae como un bufón, como si alguien hubiera tirado de la alfombra en la que estaba. Se desploma y tose sangre sobre las suaves rocas del río.

Ya no tiene tiempo para formular pensamientos, por lo que le llegan sin forma siquiera. Actúa por instinto y nada más, si es que no lo hacía ya antes.

Se acuerda demasiado tarde del de los ojos pálidos, quien le da un placaje por detrás y la tira al suelo. Toma aire. El hombre saca una navaja y le apunta a la garganta, pero ella se retuerce, da puñetazos y patadas, de modo que el hombre falla y le clava la navaja un poco por debajo de la clavícula. Aubry suelta un grito cuando el hombre le clava el cuchillo, solo que es más rápida y aguerrida y lo tira del pelo con las dos manos para empujarlo a un lado.

Ruedan, y ella queda encima de él; le clava la rodilla en la entrepierna, le retuerce el pelo y le mete el pulgar en un ojo. El hombre grita y da puñetazos a lo loco, sin ver, y consigue darle en un costado de la cabeza. Aubry se echa atrás, con lo que él logra empujarla, pero ella se le aferra al cabello y acaban rodando al río y luchando por quedar fuera del agua.

Y es Aubry quien termina encima.

Mientras él sacude los puños y logra darle golpes en la garganta y en la frente, además de dejarle un moretón en un ojo y de hacerla sangrar por la nariz, a Aubry le llega su siguiente pensamiento. Se saca la navaja que tiene clavada en el hombro.

Con un tirón más del cabello, lo mete bajo el agua, mientras el hombre se sacude y borbotea y el río le llena los pulmones.

Pese a que logra volver a sacar la cabeza, Aubry le tira del pelo para hundirlo una vez más, y un hilo de burbujas le sale de la garganta al hombre. Con la otra mano, Aubry le clava el cuchillo en el pecho, una vez tras otra, hasta que el agua se tiñe de rojo, hasta que deja de darle puñetazos, hasta que deja de sacudir las piernas.

Le suelta el pelo, se quita el cadáver de debajo y le da una patada para apartarlo. Ve cómo la corriente se lo lleva río abajo, rodeado de un halo de sangre. Se acuerda de los otros dos y se da media vuelta para cerciorarse de que estén muertos.

El gigante sí; se ha desangrado y está bocabajo sobre las rocas, con las manos en su garganta abierta.

Sin embargo, el canijo con el pulmón perforado sigue vivo y casi ha conseguido incorporarse, según la sangre le gotea hacia el estómago. Tieso y babeando como una criatura no muerta, desenfunda la pistola del gigante e intenta apuntar hacia ella.

Aubry no se perturba, al ver que le tiembla la mano y que la pistola se agita en el aire. El canijo aprieta el gatillo y falla, de modo que la bala deja un agujero en la roca del cañón, al otro lado del río.

Está agotada y adolorida y sangra de la herida profunda que tiene bajo la clavícula. Se pone de pie y se tambalea hacia su lanza, tirada en la ribera.

Sentado como una marioneta a la que se le han roto los hilos, el canijo dispara una vez más y vuelve a fallar. En algún punto por detrás de ella, se produce una nubecita de humo y un traqueteo seco de roca pulverizada.

Ya ha recobrado la lanza y se tambalea hacia el hombre, quien apunta una última vez, a través del dolor y de la falta de sangre. Sin embargo, a ella le llega un último pensamiento y se abalanza sobre él, recorre los últimos pasos que los separan a toda prisa y le clava la lanza en el estómago tanto como puede. El hombre sufre un espasmo y se le agitan los brazos, de modo que el arma se dispara una vez más, contra el suelo.

Aubry se echa atrás. El corazón le late con tanta fuerza que parece como si quisiera matar algo a base de aporrearlo. Aun así, ella sigue viva, y ellos no. Experimenta una incredulidad palpable, como si no estuviera ahí, como si aquello no hubiera ocurrido. La visión se le entorna, su concentración se vuelve difusa. Por mucho que le sorprenda, es una sensación similar a la de estar borracha.

No duda ni se da un respiro para tranquilizarse, sino que se pone en marcha deprisa y por impulso. Su voz interior no dice nada, pues son sus manos las que se mueven a toda velocidad en su nombre. Rebusca entre la ropa y los morrales de los hombres, con la sensación de que se ha vuelto un animal, pero encuentra pan y nabos, monedas y billetes chinos. También ve un largo collar de perlas y se pregunta a quién habrán matado para hacerse con ello. Se lleva la pistola del difunto y toda la munición que puede recolectar.

Los temblores la recorren desde lo más hondo de su ser hasta la punta de los dedos. Se pone de pie y se da media vuelta, dispuesta a seguir el río hacia el sur y abandonar ese lugar tan deprisa como le sea posible.

Una docena de hombres a caballo le bloquean el paso y la observan, incrédulos. Aubry se queda petrificada, mirándolos, con la lanza apuntando hacia ellos, un ojo a la virulé, los labios hinchados por los puñetazos del hombre de ojos pálidos, una herida húmeda y ensangrentada bajo la clavícula y un corte en una mejilla.

Algunos de ellos llevan uniforme: un turbante azul con plumas de pavo real, un uniforme blanco con botones plateados, con una espada en la cintura. Otros llevan rifles. Está segura de que son policías, o tal vez parte de la guardia real, y de que la acaban de ver matar a tres hombres y arrebatarles sus pertenencias. La ahorcarán al amanecer.

Uno de ellos desmonta. A diferencia de los demás, lleva una vestimenta más modesta y se le acerca con sus sandalias. Sin embargo, los pensamientos de Aubry son una nube de adrenalina. Si va a morir, no piensa hacerlo sin luchar. Corre hacia él, con la lanza en alto.

El hombre alza las manos y le muestra que no lleva pistola, que no lleva ningún cuchillo. Aubry duda, da un paso atrás y busca una vía de escape a sus espaldas. Está hiperventilando, y la visión se le torna borrosa.

—Ya está —le dice el hombre—. Estás a salvo.

Una debilidad extraña se apodera de ella, y sus pensamientos se vacían en el suelo, donde se deja caer de rodillas. Y no recuerda nada más de ese día.

CAPÍTULO TREINTA Y CUATRO

El príncipe

—¡Levántate! —le grita su enfermedad, el demonio de su imaginación—. Tienes un palacio entero que te espera para que lo veas. Un hombre que aguarda para hablar contigo.

—Que te den —contesta Aubry—. Déjame dormir.

Sin embargo, nota un dolor en la herida del cuchillo, como si alguien le hubiera metido un dedo en ella, y se despierta. Busca la herida con la mano y se choca con unas vendas.

A su alrededor están los ronquidos de los hombres, cuerpos dormidos a la luz de una luna blanquecina. El río está a unos pocos pasos de distancia. Sobre ella hay un cielo azul oscuro enmarcado por las paredes del cañón. No falta mucho para el amanecer.

Se quita la manta poco a poco, con una mueca por el dolor. Tiene la lanza y la mochila al lado. ¿Por qué no se lo han confiscado todo? Recoge sus pertenencias y, descalza, se escabulle para salir del campamento, por la arena y las piedras del río. Pasa por el agua, sigue una curva y entonces ve a alguien en la oscuridad.

Es una interrupción entre las sombras, pues su túnica blanca parece brillar un poco contra las paredes del acantilado. Parece que intenta atrapar a un pez, agazapado en el agua poco profunda. Quizá no se haya percatado de su presencia. Puede dar media vuelta. No es demasiado tarde. Puede intentar escalar por el acantilado.

Entonces el hombre se endereza y la mira. Si bien no le llega a ver el rostro, sabe que la ha descubierto.

—Ay, debería descansar —le dice él, con una voz muy clara en el eco de ese abismo.

—¿Qué van a hacer conmigo?

—Vamos a cuidar de ti. —El hombre se le acerca sin ninguna prisa, sin hacer ningún ruido al caminar por el río. Tiene algo húmedo en las manos: no estaba intentando pescar, sino que estaba lavando unas prendas de ropa.

—Soy una asesina —responde ella.

—No estoy tan seguro de eso.

—Pero me vieron. Vieron lo que hice.

—¿Los hombres la atacaron?

—No.

—¿Atacó usted a esos hombres?

—Sí.

—¿Creía que iban a hacerle daño?

—No lo sé.

—Ya veo —añade el hombre, tras una pausa. Se pregunta qué hacer, mientras la mira, mientras observa el amanecer, hasta que dice—: Esto es lo que me contó el pastor que lo observaba todo desde lo alto del acantilado. Me dijo que vio a tres hombres fuertes que rodeaban a una mujer sola en una zona aislada del acantilado. Salió corriendo y nos encontró en el camino. Y nosotros cabalgamos lo más deprisa que pudimos para salvarla. Sin embargo, cuando llegamos, usted ya se había salvado a sí misma.

Aubry ya no está segura de nada. Los sueños la asediaron anoche. Confía en su instinto, pero eso es solo una valoración rápida como chasquear los dedos, no es una brújula ni una vara de medir. Es una intuición, algo de lo más falible. Si su instinto llevaba la razón, había erradicado una parte diminuta del mal del planeta. Si se equivocaba, era una asesina, y una bastante violenta, para colmo.

—¿Habrá un juicio?

—Espero que no —dice él—. Porque no sabría defenderse muy bien. —El cielo se ha aclarado y ha abierto los ojos por encima del mundo. El hombre esboza una sonrisa diminuta, casi imperceptible, pero siempre presente. Tiene la cabeza rapada, de modo que bien se podría confundir con un monje japonés.

—¿Me ahorcarán?

—Los demás están seguros de que usted es Aubry Tourvel —le dice, a unos pocos pasos de distancia—, de París. La mujer que viaja por todo el mundo. ¿Es cierto?

Aubry se queda sin aire. La conocen. Da un paso atrás y se aferra a su lanza.

—Soy un príncipe —continúa el hombre—. Así que puedo reducirle la pena. En lugar de ahorcarla, le ordenamos que cabalgue con nosotros, que venga a mi palacio para quedarse como mi invitada tanto tiempo como pueda y, si está dispuesta, que me hable un poco sobre sus viajes.

El príncipe lleva su camisa en las manos, con agujeros y ensangrentada. Ha estado intentando lavarla, solo que esas manchas no saldrán nunca. El hombre tiene una falta de maldad que hace que Aubry baje la lanza poco a poco hasta que esta apunta hacia el río.

—¿De verdad ha dado la vuelta al mundo? —le pregunta el príncipe.

—Cinco veces.

—Pues deben de dolerle los pies. Venga a descansar con nosotros.

CAPÍTULO TREINTA Y CINCO

El príncipe

Lo llaman príncipe Surasiva, y él y sus hombres llevan varios días explorando su reino, tal como acostumbran a hacer en cada estación. Cuando llega la tarde, ya han dejado el cañón atrás y están cruzando un terreno seco y azotado por el calor formado por matorrales y rocas, tierra roja y palmeras verdes. Los caballos no son nada nuevo para Aubry, y esos son los mejores que ha visto en la vida, con un pelaje moteado y una crin larga que reluce en contraste con la tierra color óxido.

Se paran cuando el sol del mediodía está en su punto álgido. Aubry se sienta a la sombra de los árboles, vestida con prendas variopintas que le han dado los hombres. Uno de ellos, de unos sesenta años y llamado Krishna, delgado pero no por ello frágil, se encarga de sus heridas. El príncipe se les acerca, con una túnica de lino sencilla y unos pantalones blancos holgados y limpios. Más sencillo que nadie. Sus propios escoltas destacan más que él.

—¿Qué tal el ojo? —le pregunta.

—Ya no lo tiene hinchado —responde Krishna—. Sana muy rápido.

—Eso me han dicho —interpone Aubry.

—Leímos sobre usted en el periódico —explica el príncipe—. Una vez nos pusimos a charlar y nos preguntamos cómo sería ser usted. ¿Te acuerdas, Krishna?

—Ah, claro. Todos tenían su teoría. —Se vuelve hacia el príncipe, mientras se lo piensa—. Aunque usted no.

—Prefiero no saberlo que creer que lo sé y equivocarme. Según he visto, hay personas que se valen de su gran imaginación para ver lo que no está ahí. Para ellos, el mundo es un poema épico, algo que se inventan para darle un propósito a su vida. Yo me alejé de eso. No me acuerdo de cuándo fue exactamente, pero hace mucho que decidí usar la imaginación para ver lo que sí existe.

A Aubry se le ocurre algo, una idea formada del todo, y lo suelta:

—Pero entonces, ¿acaso esa creencia que tiene no es un poema épico en su imaginación también?

El príncipe se incorpora. Lo acaba de atrapar en una paradoja, como si le hubiera dado un golpecito en la nariz.

—Pues sí, sí que lo es —responde, sorprendido. Una sonrisa le aparece en el rostro, una sonrisa sincera y encantadora que hace que ella sonría también.

Una hora más tarde ya han vuelto a cabalgar, con el príncipe al lado de Aubry, y las patas de los caballos enrojecidas por la tierra que se levanta.

—Lo último que supimos de usted —le dice él— es que estaba en Kabul.

—¿En Kabul? —Aubry tiene que pararse a pensar—. Sí, me acuerdo de Kabul.

—Hace solo dos meses, según mi gaceta. Mis guardias tienen curiosidad sobre qué paso escogió para cruzar las montañas.

¿Las montañas? ¿Quiere saber cómo cruzó las montañas? Va a ser un desastre. Se lo preguntará, pero Aubry no tiene respuesta. No tiene cómo explicarlo.

—No las crucé —responde, tras una larga pausa—. Me las salté.

Krishna, quien cabalga detrás de ella, traduce la respuesta para los guardias, quienes se ponen a murmurar de inmediato. Si les hubiera dicho que había volado desde Kabul a lomos de un gorrión se habrían sorprendido menos.

—¡Qué escandalosos! —exclama el príncipe—. Quieren saber cómo lo hizo.

Si se lo explica, creerán que está loca o que es una mentirosa.

—No sé cómo lo hice —responde en su lugar.

—¿No quiere explicárnoslo?

—No puedo. Lo siento.

Es una respuesta extraña, y lo sabe, quizá hasta maleducada, por lo que teme su reacción. Sin embargo, el príncipe le responde:

—Culpa mía por preguntar. Le prometo que no volveré a sacar el tema. Aun así, quiero que sepa que, si quiere hablar de cualquier cosa, estaré encantado de escucharla.

El sendero los lleva por una aldea, y Aubry se sorprende al ver el afecto sincero que los súbditos le dedican a su príncipe. No se acercan a él en grupo, llenos de vítores, sino que le muestran una cortesía más tranquila según lo ven pasar, como si fuera un primo cercano o un viejo amigo.

Pasan la noche en casa de una familia importante, con los caballos atados fuera. La familia no es rica, y su casa no es grande, pero es solo para el príncipe, Krishna, unos cuantos guardias y Aubry. A Aubry le dejan una cama, y los demás se conforman sin ningún problema con dormir en el suelo, con una almohada.

El príncipe y Krishna se quedan despiertos hasta tarde para charlar con la familia. Les dicen que una pareja de ancianos murió en plena noche, que parece un milagro que murieran juntos mientras dormían, al mismo tiempo. Estaban más enamorados que nadie, incluso a su edad.

El príncipe decide quedarse en la aldea varios días más. En la ceremonia de incineración, cuenta una historia sobre el árbol banyán que la pareja plantó cuando eran pequeños, el cual sigue creciendo y lo seguirá haciendo durante los siglos venideros. Los demás escuchan y asienten. Otros hablan de la muerte de los hijos de la pareja y de otros pesares que han tenido que soportar, y más personas se echan a llorar.

Entonces encienden la pira funeraria, y los cadáveres se reducen a cenizas.

—¿Por qué los queman? —le pregunta Aubry a Krishna en voz baja, mientras observa las ascuas que flotan. El anciano se vuelve hacia ella.

—¿Es usted lo mismo que su cuerpo?

La pregunta la confunde.

—Usted, señorita Tourvel, no tiene principio ni fin. Sin embargo, su cuerpo sí que lo tiene, y, cuando se canse, a usted dejará de hacerle falta.

Tras la puesta de sol, Aubry y el príncipe pasean por los senderos que hay entre la maleza. A pesar de que él le promete un lugar para sentarse, caminan durante bastante rato mientras hablan de la familia, los desconocidos, el significado de la amistad y de la amabilidad.

—¿Amigos? —dice él—. Eso es algo complicado para alguien en mi posición. Me paso el día rodeado de amigos, demasiados como para ponerme a contarlos, y lo más probable es que ninguno de ellos lo sea de verdad.

—Mis amigos son más bien conocidos con los que me cruzo de camino a alguna otra parte —añade ella—. Cuando creo haber hecho un amigo, tengo que irme y no volver a verlo.

Una vez que llegan más allá de los límites de la aldea, se dan media vuelta y observan el humo de la incineración que flota en una espiral baja por encima de las viviendas.

—¿Alguna vez ha creído que no podía continuar? —le pregunta el príncipe. Está agotado por todo lo que ha ocurrido, por toda la tristeza y las lágrimas. Por ello, Aubry decide no responderle a la ligera; quiere darle algo que sea cierto.

—Una vez —contesta—. Cuando era joven, tenía miedo y estaba triste. Sin amigos, sin familia, sin futuro. Estaba en un barco pesquero griego. —Se incorpora—. Fui pescadora, príncipe. ¿Lo sabía? Maté todo tipo de animales desde aquel barco.

—Tener talentos está bien.

—Pasé meses durmiendo en una cubierta de madera. Antes de eso, dormía en el suelo del bosque. Y antes de eso, en cañerías de las cloacas. ¿Y después? ¿Dónde iba a dormir? ¿Quién lo sabía? Yo no, desde luego. —Mientras habla, nota esa sensación de pánico que había olvidado hacía tanto tiempo, la misma que vuelve a rozarle el corazón. ¿O acaso es el pánico más reciente, el de haber hundido la lanza en el corazón de otra persona?—. Tenía quince años y estaba segurísima de que no iba a cumplir los dieciséis. La vida solo era dolor para mí, príncipe. La vida es una sádica de mierda. Acabo de maldecir. ¡Acabo de maldecir delante de la realeza! ¿Por qué me ha preguntado eso?

—Ya no sé muy bien por qué.

Aubry se habría reído, pero en su imaginación está flotando en el gran mar Mediterráneo, dorado por la puesta de sol, y parece cálido, encantador y acogedor.

—Decidí que iba a ir a nadar durante un buen rato. —Y, en su imaginación, en ese mismo momento se inclina por el borde del barco, sin tierra a la vista, sino tan solo olas bellas y sin fondo en todas las direcciones. Se pregunta cómo puede meterse en el agua sin hacer ruido, porque no quiere que los griegos la rescaten. Quiere nadar hasta que no pueda más.

»Y entonces —sigue—, ahí mismo, mirándome desde el principio, había una foca monje.

Un par de ojos brillantes, un prisma fracturado de piel plateada bajo las olas, ¿cómo se le iba a olvidar? Si bien creía que ya se había labrado una gran reputación con su lanza, aquel animal no le tenía ningún miedo y flotaba a sus pies, tan cerca que podría haberle tocado la nariz con los dedos de los pies.

—No sé qué hizo ese animal para despejar la niebla, pero no he vuelto a considerar algo así desde entonces.

Se hace el silencio entre los dos. Ya sea por su tono de voz o por el ambiente sombrío de esa tarde, percibe que el príncipe ha entendido lo que le quería decir.

—Una falta de palabras —dice él— no implica una falta de conocimiento.

—No —concede ella.

Al día siguiente, Aubry se despierta dos veces: la primera mucho antes del amanecer, con el cielo iluminado tan solo por la promesa de la luz. Se incorpora, deja colgar los pies por el borde de la cama y baja al suelo. Y no nota la alfombra o las baldosas frías, sino que, por alguna razón, lo que pisa es agua.

Ve que tiene los pies hundidos en el río poco profundo, sobre las rocas suaves, mientras el agua fluye. Se queda asombrada. Se ha quedado dormida en una casa, en una aldea, y ha vuelto al acantilado.

El agua, tan cristalina, tan pura, se torna roja de repente: un río de sangre que fluye bajo sus pies.

—Estás justo donde tienes que estar —le dice el demonio—. Y has hecho justo lo que tenías que hacer.

Entonces se despierta de nuevo.

Cuando el príncipe encuentra a Aubry esa misma tarde, ella parece distraída, inquieta. Si bien una parte de ella todavía sigue vagando por el mundo o luchando en el acantilado, cuando el príncipe se acerca a ella, se alegra. Caminan juntos y comparten el sendero con los animales que deambulan por allí.

—¿Alguna vez la ha abrumado el mundo?

Nunca le han preguntado eso, no así. El príncipe no tiene ningún interés por las preguntas fáciles.

—Intento no cargar mucho con el mundo.

—Casi no lleva nada consigo.

—No me refiero a eso.

—Se refiere a usted misma.

—A mí misma —le confirma, y, a modo de ejemplo, añade—: La lástima por mí misma.

—Las dudas sobre usted misma.

—Me desprendo de todo eso.

—Viajar con poco equipaje está bien.

—Aunque eso era antes de que matara a tres hombres.

El príncipe se queda callado un rato.

—Es una carga muy pesada.

—Antes tenía una pelota rompecabezas.

—¿Ah, sí?

—La llevé conmigo desde París.

—¿Y la perdió?

—La tiré.

Aubry se pregunta si el príncipe podrá captar su dolor, si percibirá que la historia esconde algo más de lo que deja entrever. Si es así, no dice nada. Sigue visitando a los demás, consuela a los que están de luto, habla de terrenos y agua con los granjeros, de política con las familias más importantes, y, cuando se acerca la noche, vuelve con Aubry y recorren caminos y senderos. Pasan tanto tiempo juntos, caminando uno al lado del otro, que algunos de los aldeanos se preguntan si habrá algo más entre ellos y esbozan sonrisas traviesas al verlos.

—¿Y bien? —pregunta Aubry.

—¿Y bien qué?

—No me ha preguntado nada. Le he dejado todas esas pistas y usted no me dice nada.

—Por fin llegamos a lo importante —dice él, con una sonrisa—. Hábleme de su pelota rompecabezas y dígame por qué la tiró…

CAPÍTULO TREINTA Y SEIS

Los cazadores de la meseta

La meseta era toda de color bronce: montañas de bronce encima de más montañas de bronce. Por debajo de las montañas, las laderas eran suaves, esponjosas, marrones y caminaban. Se alejaban tan deprisa como podían y desaparecían en cualquier dirección, siempre que se alejaran de aquellas montañas oscuras e imperiosas.

Todo tenía que ver con la distancia en aquel lugar: cuánto se podían extender las llanuras, a qué altura llegaban las montañas, qué tramo podía recorrer un caballo sin agua, cuánto podía resistir Aubry sin comer.

Había ido al sur, a través de los cañones de Kazajistán, y había pasado años en ello. Había vagado por los bordes indómitos del oeste de China y había considerado atajar por la cuenca del Tarim. Qué inofensivo parecía todo en un mapa: la curva azul de un río, el tramo amarillo de un desierto. En un mapa, la cuenca era un desierto del tamaño de España. En la vida real, era del tamaño de un mundo entero y no había ni un alma. En su lugar, decidió seguir los viejos senderos de la Ruta de la Seda que lo rodeaban, unos caminos ancestrales que sorteaban las laderas de las montañas Kunlun y la dejaban en las profundidades de la meseta del Tíbet.

No hacía mucho tiempo que había pasado por la diminuta aldea sin nombre que se cobijaba entre las colinas y la había observado desde lo alto del sendero de la montaña, con todos sus habitantes dormidos dentro de sus viviendas de piedra y de madera. Flotaba por allí, espectral, casi como una aparición. Los habitantes del lugar nunca iban a saber que había estado allí, aquella mujer extranjera que nunca dejaba de desplazarse. Muchos de ellos no habían visto ojos azules ni cabello rubio en la vida, y, cuando dejó la aldea a sus espaldas, muchos de ellos no los iban a llegar a ver nunca. Quería desembocar en los valles de más al sur antes de que cambiara el clima. Tenía que darse prisa.

Para Aubry, el tiempo era el ritmo que marcaba con los pasos y el del cambio del clima. Para las personas de la aldea, el tiempo se medía según sus rutinas diarias, por el canto de los gallos, por la tarea de ordeñar las cabras y por la madurez de su cebada. El tiempo era largo para las parejas jóvenes que esperaban que se hiciera de noche, breve para los ancianos que vivían más allá del periodo en que resultaban útiles a los demás. Era lento en las aldeas de las montañas, rápido en el ajetreo de la gran ciudad. Una vez había flotado por el río Colorado, y el tiempo se había alargado como una barba, hasta que los rápidos atajaron el cauce de nuevo. Aquella maleabilidad la fascinaba. Se preguntaba si el tiempo se ralentizaba para los desertores que se encaraban a quienes iban a fusilarlos, para los marineros que se sumían en una tormenta, y si luego se aceleraba cuando jugaban al croquet o leían su libro favorito. ¿Alguna vez se detenía el tiempo? ¿Esperaba a que alguien le diera el alcance o salía corriendo por delante?

Y entonces, de repente, llegó a los valles del sur, como si no hubiera pasado ni un solo minuto.

Estaba sentada en una piedra sobre la tierra suave y amarilla, a sotavento de un muro de montañas conocidas como el Himalaya. Si bien ya no era joven, no se estremeció al verlas, sino que se limitó a quedarse sentada y a estudiar el obstáculo que tenía delante: calculó la altura y consideró si estaba preparada.

Metió una mano en la mochila y sacó su pelota rompecabezas. La dejó en el suelo, a sus pies, se echó hacia atrás y esperó.

—Venga —le dijo a la pelota—. Tú dirás.

Se pasó un rato sentada y observando la pelota, esperando a que se moviera según reposaba en la hierba amarilla. Transcurrió un tiempo. Nunca eran decisiones apresuradas.

Y entonces se puso a rodar en una trayectoria recta y se detuvo a unos pocos pasos, aunque el rumbo estaba más que claro: hacia las cimas nevadas.

Ahí fue cuando el pájaro aterrizó en la pelota. Se posó en ella y hasta le dio uno o dos picotazos. Parecía de lo más cómodo encima de aquella madera brillante, como si quisiera hacerse un nido ahí mismo. Sin embargo, la pelota rompecabezas se sacudió, y el pájaro trazó un ocho en el aire, asustado, y aterrizó en el antebrazo de Aubry.

¿Qué clase de ave era? Suave y marrón, blanca por debajo, con un pico largo y negro. Se posó sobre la manga de Aubry sin ningún miedo, o bien sin enterarse de nada. Pasó un minuto o más allí aferrada, más que frágil. Veía los latidos rápidos del corazón diminuto del animal a través de las plumas. ¿Acaso la había confundido con un árbol? Aubry no se atrevía a moverse.

Y entonces, tan deprisa como había llegado, emprendió el vuelo una vez más, con un sonidito, y sobrevoló la tierra seca. Aubry rastreó la trayectoria del pájaro y lo vio dar la vuelta en un vuelo bajo antes de ascender... directo a las garras de un águila enorme que salió como de la nada. Atrapó al pájaro más pequeño en el aire, fueron imposibles de distinguir por un instante, y el depredador y la presa formaron una sola sombra en el suelo. A Aubry le dio un vuelco el corazón y se quedó sin respiración. Varias plumas flotaban en el aire.

La pelota rompecabezas, como si hubiera caído presa del miedo, rodó hasta ella deprisa, hacia la mochila de Aubry, que estaba abierta sobre el suelo, y desapareció de allí.

Sin embargo, Aubry se quedó mirando cómo el pájaro gigante trazaba un círculo en una curva del viento antes de virar hacia el norte, con las alas de punta oscura estiradas, lo bastante grandes como para esconder una rueda de plegarias, antes de posarse en el brazo de Pathik.

Era un nómada, vestido con un abrigo y una túnica larga y roja. Las alas del águila agitaron el forro de su gorro y le revolvieron la crin al caballo, pero el hombre no dejó de mirarla. El asombro que mostraba en la expresión era facilísimo de entender, y Aubry ya lo había visto en muchas ocasiones. «Una mujer a días, a semanas de distancia de algo siquiera parecido a una aldea», debe haber pensado él. Y una mujer extraña, además. Aubry se preguntó si alguna vez habría visto a una mujer caucásica. Por la zona en la que estaba, le parecía poco probable.

El hombre desmontó con cautela, hizo que su águila emprendiera el vuelo y se acercó a ella. Aubry lo observó aproximarse, con la mirada clavada el uno en el otro. El hombre no le prestó atención a la mochila ni a la pelota rompecabezas, por lo que no debía de haber visto que rodaba sola. Gracias a Dios. Y entonces quedaron cerca. El hombre se echó adelante para mirarla a los ojos.

—*Tapāīle kahāībātāekā hunuhunchha?* —le preguntó en voz baja.

—Ah, ni se moleste en repetirlo —respondió ella, con el mismo tono de voz.

El hombre lo repitió, en aquella ocasión menos como una pregunta y más como asombro.

Estaban cerca el uno del otro, juntos en medio de la naturaleza. El hombre musitó algo más, aunque para sí mismo, y ella le devolvió la mirada. No era el primer nómada tibetano al que conocía, pero le vio la expresión y compartió el ánimo de ver algo por primera vez. Ella había estado en aquella misma situación no hacía mucho tiempo, y quizá volvía a estarlo, tal vez incluso en aquel mismo día.

El hombre miró el suelo que había entre ellos e hizo un gesto con los brazos para sugerir que se sentaran. Y eso hicieron, cara a cara, y se miraron. Una vez sentado, el hombre se acordó de los modales y le ofreció algo de beber de su cantimplora de madera. Ella aceptó y bebió algo tan fuerte y amargo que casi le dio una arcada.

El hombre abrió mucho los ojos, con miedo por haberla ofendido, pero Aubry le sonrió, asintió y mintió:

—Qué bueno. Gracias —le dijo, y dio otro sorbo, ya mejor preparada.

—Gracias —repitió él.

Aprendió su primera palabra en francés, sin que nadie le hubiera dicho nada; con un acento muy cargado, pero en francés.

—Muy bien —lo felicitó ella, y le repitió la palabra.

—Gracias —repitió él, antes de hacer el ademán de tocarle el pelo—. *Malāī hun sakkha?* —le preguntó.

Era un nómada de lo más educado. Dejó que le retirara la capucha con forro y permitió que le acariciara unos mechones de pelo entre los dedos.

—*Sunai*... —murmuró para sí mismo. Su águila los sobrevolaba en círculos, y de vez en cuando volaba más bajo, más cerca de ellos. La oían pasar a su lado como un vendaval. Una vez más, Pathik le miró los ojos azules. Ella se inclinó hacia él también, dado que se estaban estudiando el uno al otro, de cerca y sin vergüenza.

A menos de un dedo de distancia, no pudieron evitar esbozar una sonrisa, una grande, absurda e infantil que les ocupó la expresión e hizo que sonrieran con los ojos también.

—*Tapāīle gharbāt dūrai chhan* —dijo él.

Aubry estiró una mano y le dedicó una mirada que le pedía permiso. Pathik dudó unos instantes antes de concedérselo, y ella se quitó el guante de seda que llevaba y pasó la mano por la barba poco poblada del hombre según pretendía que no había visto nunca ninguna.

Pathik la tomó de la mano, asombrado por lo suave que era. Aubry veía las preguntas que le pasaban por la expresión: ¿cómo había llegado hasta allí? ¿Desde dónde? ¿Y por qué? Con cuidado, le quitó el guante de la otra mano para ver si era igual de suave. Y así era. La sostuvo, asombrado.

Vio el material del cuello de la prenda que llevaba, y Aubry se desabrochó el abrigo de badana para que pudiera ver el destello rojo de la seda china que llevaba debajo. En un brazo, Pathik le vio el extremo de una cicatriz y la remangó. Pasó los dedos por aquella vieja herida.

—Me caí en un cactus —dijo ella.

Entonces él se quitó su propio abrigo de badana, se subió una manga y le dejó ver una vieja cicatriz que también tenía en el brazo, casi en el mismo lugar que ella.

—*Khukuri* —explicó, y Aubry se preguntó si también se habría caído en un cactus.

Aubry se acordó de otra herida que tenía y se subió una pernera del pantalón. En la pantorrilla, otra cicatriz.

Animado, Pathik se subió su pernera para mostrarle una cicatriz similar justo por debajo de la rodilla. Aubry le dio una palmadita en la pierna, como si fuera su hermano, y él le devolvió el gesto. Seguían sonriendo como idiotas.

Como se había quitado el abrigo y se había retirado un poco la camisa, Aubry vio el collar que llevaba él: un diente grande de un animal extraño que colgaba de un cordel, tatuado con unos patrones morados, quizás en un idioma ancestral. A lo mejor era un talismán o un trofeo.

—*Yo ekā chitwanīko dānta ho* —explicó, sosteniéndolo hacia ella.

—Mira tú por dónde —repuso ella, y los dos se echaron a reír ante lo inútiles que resultaban ser sus palabras.

Aubry le mostró su propio collar: un escarabajo atrapado en ámbar que colgaba de una cuerda. En otros tiempos había colgado de una cadena de oro que Uzair Ibn-Kadder le había dado, solo que ya hacía mucho tiempo que aquella cadena se le había roto.

Pathik se lo quedó mirando, asombrado, tanto que ella se lo quitó para ofrecérselo.

—Toma. Es tuyo.

El hombre protestó, negó con la cabeza y sacudió las manos, pero ella insistió. Quizá por buena educación (¿sería esa la costumbre del lugar?), lo acabó aceptando y le ofreció de inmediato su diente con las marcas moradas. Y así fue como dos collares cambiaron de cuello.

—*Dhanyabād* —dijo él, humilde.

—*Dhanyabād* —repitió Aubry. Pathik quedó impresionado.

—*Dherai ramro. Dhanyabād.*

—De nada.

Los dos se quedaron mirándose el uno al otro. Despedirse parecía imposible; Aubry se lo estaba pasando la mar de bien. El hombre buscó el sol y señaló en una dirección. Al suroeste, según le pareció a ella.

—*Ma kehi shikār garirahēko chu.*

Aubry señaló hacia la misma dirección.

—Anda, qué casualidad —soltó—. Yo también.

CAPÍTULO TREINTA Y SIETE

Los cazadores de la meseta

Aubry cabalgó en la parte trasera del caballo de Pathik, arriba y abajo por las colinas y depresiones del terreno, aferrada al pecho del hombre. Su águila de caza se le posaba en el guante mientras cabalgaban, o en ocasiones se subía a un posadero incorporado en la silla de montar. A veces sobrevolaba la zona en círculos, aunque nunca se alejaba demasiado.

Tras un rato, Pathik encontró lo que buscaba. Llevaba un tiempo estudiando el suelo o el horizonte en busca de pistas, sin cesar. Al fin descubrió algo y desmontó para agacharse a inspeccionarlo mejor. Había unas huellas de animal extrañas en la tierra, muy grandes: tres garras afiladas y largas como cuchillas en cada paso. No se trataba de un leopardo, un lobo ni un oso. De hecho, Aubry nunca había visto nada similar.

—¿Quieres cazar a esa bestia? —preguntó Aubry en francés, por costumbre, antes de repetirle la pregunta con gestos: sujetó su lanza y señaló hacia las huellas. Pathik se echó atrás un poco, pues no se había percatado de la presencia del arma. Una vez que lo aceptó, devolvió la atención a las huellas extrañas, asintió y dijo algo serio en su idioma. Todo aquello la hizo poner los pies sobre la tierra. Dirigieron la mirada hacia donde iban las huellas y se preguntaron en qué punto de aquel terreno enorme se podría estar escondiendo la criatura.

Cabalgaron un poco más, hasta que el sol amenazó con ponerse, y Aubry se incorporó en la silla de montar de repente y se apoyó en los hombros de Pathik. Le dio un apretón, y él tiró de las riendas.

Aubry desmontó con su lanza. Pathik, lleno de curiosidad, esperó a lomos del caballo y la observó acechar por la hierba, con la lanza alzada y lista. Pasó por encima de un pequeño montículo de tierra. Desde donde estaba, Pathik solo la pudo ver saltar con la lanza y desaparecer al otro lado del montículo.

Cuando volvió, le mostró una liebre silbadora que no dejaba de retorcerse, clavada en la punta de su lanza. Pathik se echó a reír, ensimismado de nuevo por aquella mujer tan extraña que había clavado la liebre al suelo para rematarla. Aquella misma noche, a pesar de que la carne apestaba, se comieron un poco junto a una hoguera, con té, col encurtida y yogur amargo que sirvió de un cuerno de yak.

—*Hāmīle kahilyai paikā khādainau* —dijo él, masticando trocitos de carne que arrancaba directamente del hueso—. *Māsā gandā dhūndhalo cha.*

Dios sabía qué le estaba intentando decir, pero sonaba amable, por lo que le dedicó una sonrisa, y todo le pareció bien.

Al día siguiente, siguieron las huellas hasta encontrar un par de animales muertos. Aubry desmontó para verlo todo mejor, pues se había quedado anonadada. A lo que fuera que le estuvieran dando caza había matado no solo a uno, sino a dos caballos salvajes: los había destrozado y se había alimentado de sus entrañas. La cabeza decapitada de un caballo estaba en un extremo de un río de sangre seca, y, al otro, sus cuartos traseros. Había patas y costillas por doquier, y la tierra, arrancada en todas las direcciones, estaba cubierta de huellas de tres garras.

Cuando se volvió hacia Pathik, quien seguía sobre el caballo, vio que la observaba con atención. Parecía preocupado, quizás arrepentido de haberla llevado tan cerca del peligro. Aubry le devolvió la mirada y asintió con solemnidad antes de subirse al caballo de nuevo.

Siguieron las huellas durante tres días más cuando todavía había luz y dormían junto a una hoguera cuando oscurecía, siempre cerca el uno del otro, con el corazón de Pathik bombeando sangre al lado del de ella. Pathik no le había mostrado nada más que cortesía y respeto, y ella empezó a preguntarse si sería porque olía a excrementos de caballo y cebollas podridas. O quizá fuera cosa suya, que había pasado demasiado tiempo sola y se había derretido como el azúcar al ver la primera cara amable que se había encontrado.

El quinto día que pasaron juntos, se detuvieron en la ladera de una colina. Pathik subió a un lugar más alto con su águila y echó un vistazo a la tundra que tenía debajo.

Entonces se produjo el alarido, claro y agudo, como una sierra contra la piedra. Resonó por las colinas. Si bien creyó que debía haberlo soltado un animal grande que debía de estar muy cerca, cuando miró el horizonte no encontró nada.

Pathik bajó de la colina, con su águila posada en un brazo. Miró a Aubry, asintió y preparó el caballo.

CAPÍTULO TREINTA Y OCHO

Los cazadores de la meseta

Siguieron las huellas de tres garras hasta la puesta de sol y luego siguieron más bajo la luz de las antorchas. Las siguieron a través de la tierra y de la hierba, alrededor de una colina amplia, hasta que llegaron a un agujero hondo cavado en la ladera de un acantilado.

La luna estaba escondida, por lo que la oscuridad era bastante espesa. La tenue luz de las antorchas brillaba en ondas que pasaban por el suelo y provocaban sombras que parecían animales acechando en la hondonada. Estaba tan oscuro que casi no alcanzaba a ver el agujero ni siquiera después de que Pathik se lo indicara. Apenas conseguía ver el suelo en el que él había desmontado.

El caballo se echó atrás, nervioso. Hasta el águila, que parecía no tenerle miedo a nada, soltó un graznido y desplegó las alas en un gesto defensivo sobre el brazo de su dueño. Pathik ató el caballo a un arbusto y lanzó el ave al aire, la cual alzó el vuelo. Aubry tenía el cuerpo medio adormecido por el miedo, pero bajó al suelo de todos modos y sacó la lanza de la silla de montar. Pathik continuó preparándose: buscó una cuerda y su lanza corta.

El águila descendió; los dos la oyeron, notaron el viento entre ellos, la sombra furtiva por el rabillo del ojo. Pathik avivó su antorcha, y vieron que el ave había aterrizado en un montón de huesos: costillas, cráneos con cuernos, fémures con pezuñas, todo ello desperdigado por el suelo alrededor de la caverna, como un cementerio vuelto del revés. Algunos de los animales eran grandes. Vio yaks y burros, además de algo que parecía un cráneo de leopardo.

Nada de aquello amedrentó a Pathik, quien clavó la antorcha en el suelo. Aubry hizo lo mismo mientras lo observaba con cautela e imitaba sus movimientos. Lo vio detenerse, desprenderse de su miedo y acercarse a la gruta. Hizo un nudo en la cuerda y la pasó por la entrada, antes de tomar el otro extremo, atarlo a una estaca de madera y clavarla en el suelo. Miró en derredor y comprobó que todo estuviera bien. Ella también miró e imitó sus comprobaciones, sin tener ni idea de cuál era el plan.

Pathik la miró como si se acabara de acordar de que estaba ahí y la echó con un gesto; señaló detrás del caballo. Quería que se escondiera, que se mantuviera a salvo, pero ella se puso firme y negó con la cabeza. No pensaba abandonar al hombre con el que había compartido montura durante siete días, el que le había dado de comer, le había tocado el cabello, le había reseguido las cicatrices y la había hecho sonreír.

Pathik le devolvió la mirada y le examinó la expresión en busca de cualquier indicio de miedo. Aunque Aubry estaba segura de que mostraba más de uno, su compañero acabó apartando la mirada para seguir preparándose.

De la silla de montar sacó un fardo de ramas que ella lo había visto recoger aquel mismo día. Lo ató con más fuerza, lo llevó cerca de la antorcha y le prendió fuego. Las llamas se propagaron hasta que aquel fardo pasó a ser el punto más brillante de toda la tundra.

Entonces se acercó a la entrada de la madriguera y lanzó el fuego por su garganta.

Desde lo más hondo sonaron unas sacudidas y unos chirridos. El águila de Pathik se asustó, alzó el vuelo y desapareció en la oscuridad, mientras que él se colocaba en posición, agazapado con su lanza. Aubry lo observó y lo imitó, agachada cerca del suelo, con la punta de la lanza hacia arriba. La tierra tembló bajo sus pies y cayó de los bordes del agujero.

Con un ímpetu increíble, la bestia emergió de su madriguera, entre gritos y bocados. La tierra salió volando por doquier. El lazo que Pathik había preparado alrededor de la gruta atrapó a la criatura y le rodeó el largo cuello conforme cargaba hacia el exterior.

Incluso bajo la luz ondulante de las antorchas, era enorme, más alta que cualquier hombre, oso o caballo. Salió con fuerza, y el peso de aquellos pies con garras de ave (*sí, tienen que ser garras de ave,* pensó) hizo temblar el suelo, rompió los huesos desperdigados por la zona e hizo que el corazón le diera un vuelco.

Rugió hacia Pathik, quien se mantuvo firme (¡el muy insensato!), con la lanza apoyada en el suelo. Entonces la cuerda se tensó, la estaca resistió el impulso y la criatura se echó atrás y casi se cayó.

Giró en unos círculos frenéticos y arañó la tierra con las garras. Levantó arena y cráneos enterrados por igual; giró con tanta fuerza que algunas de sus plumas (porque tenía plumas) se le soltaron y revolotearon por el aire. El caballo intentó poner pezuñas en polvorosa, pero no logró desprenderse de la cuerda que lo ataba al arbusto.

Y las alas de la criatura, unas alas enormes y desplegadas como capas, batieron contra la noche. El ambiente se llenó de arena, de modo que Aubry y Pathik se quedaron medio ciegos.

Pathik cargó con la lanza por delante, como un dardo humano, y la clavó, hizo una finta y la clavó de nuevo, en busca del ángulo idóneo.

Aubry recobró la compostura y avanzó agazapada, con la lanza alzada. Se abalanzó desde el otro lado de la bestia, la cual soltó un alarido agudísimo. Vio un destello de color amarillo y naranja y oyó un chasquido súbito. El pico de la criatura, como dos puntas de pala que chocaban entre ellas, se cerró a escasos centímetros de la cabeza de Aubry, con un ruido que bien podría haber sido un disparo.

Aubry se echó atrás y perdió el equilibrio. La bestia la atacó con el pico y con las garras que seguían levantando tierra y huesos. La estaca salió disparada del suelo y giró por el aire como si de metralla se tratase, a toda velocidad, hasta caer en el espacio en el que Pathik no estaba mirando y casi darle en la frente. La criatura, al ser consciente de su libertad, desplegó las alas y giró en círculos, siseando y escupiendo. Pathik la esquivó, pero se llevó un fuerte golpe de refilón y cayó al suelo. La criatura pisó una antorcha, y la luz, ya temblorosa y resinosa de por sí, quedó reducida a la mitad.

Solo que entonces la criatura se echó atrás. Pathik se había aferrado a la cuerda con las dos manos y tiraba de la bestia, con una mano por delante de la otra. La criatura se ladeó y casi se desplomó, con el cuello largo y grueso que tenía curvado en forma de garfio. Pathik no perdió la concentración ni un instante, se acercó más a la criatura, calculó el momento oportuno y saltó para aferrarse a aquella ave enorme por el cuello y subírsele encima.

Aubry lo vio, vio lo peligroso que era, aunque también la oportunidad que le presentaba. La criatura giró y se sacudió, pero no logró desprenderse de Pathik. Intentó quitárselo de encima con las garras, solo que no llegaba. Lo atacó con el pico y logró hacerle un agujero en su abrigo de badana, y, aun así, Pathik siguió aferrado al cuello de la bestia, ahorcándola cada vez con más fuerza.

La bestia siseó y aulló, batió las alas, y entonces, llena de furia, giró y se clavó en la lanza de Aubry.

La lanza se le hundió en un costado; Aubry la hincó con más fuerza y notó cómo la punta atravesaba capas de carne y de tejidos. La criatura gritó, llena de ira y de dolor, hasta que, con una sacudida, cayó con todo su peso y clavó a Pathik en el suelo.

Aubry rebuscó entre la oscuridad hasta encontrar la lanza de su compañero. Se acercó a la criatura, le apoyó un pie en el pecho y hundió la lanza en la parte blanda que tenía en la base del cuello, hasta clavársela en el corazón.

Poco a poco, las nubes de polvo empezaron a asentarse. Agarró a Pathik de los brazos y lo sacó de debajo del animal. Se dejaron caer al suelo, agotados, sin aliento pero llenos de adrenalina. A pesar de que el cuerpo le palpitaba como si de una herida se tratase, Aubry cerró los ojos y se olvidó de volver a abrirlos hasta que el cielo estuvo lleno de luz.

CAPÍTULO TREINTA Y NUEVE

Los cazadores de la meseta

Recuerda que su enfermedad, con su voz grave y demoníaca, le susurró en plena noche:

—Lo siento. No quería acercarte tanto al peligro, pero quería que lo vieras.

—¿Por qué?

—Qué pregunta más absurda —gruñó, ya sin paciencia—. Pregúntatelo a ti misma. Si pudieras volver atrás, ¿lo harías?

Cuando se despertó, Pathik estaba descuartizando el ave. No lo había soñado, entonces. El cerebro se le fue despertando poco a poco, y entendió, con una punzada de arrepentimiento, que la criatura ya no estaba. Con todo el polvo levantado, el miedo y la luz medio apagada de las antorchas, no había podido echarle un buen vistazo, y entonces cayó en la cuenta de que ya no iba a poder hacerlo nunca. No iba a saber qué era, cuál podía ser su nombre en latín, en francés, en inglés ni en cualquier otro idioma, vaya.

Miró las partes desperdigadas por doquier. Pathik le había quitado las garras y las había amontonado a un lado, y había hecho lo mismo con el pico, cuya forma curva debía de servir para algo. Había cachos de patas empalados en estacas para que la sangre fuera goteando. Vio un ala y tiró de ella por la punta, con las plumas abiertas. Con las dos manos, la levantó por encima de la cabeza, y, aun así, no logró desplegarla del todo.

Pathik arrancaba más trozos de carne de la bestia con su cuchillo, con los brazos rojos hasta el codo. Cuando vio que

Aubry estaba despierta, llevó una mano al montón de plumas que le había arrancado a la bestia, y de él sacó la más bonita, de un color dorado y rojo brillante (de la cresta del ave, según se imaginaba), para ofrecérsela.

Aubry la aceptó, asombrada por su belleza, y la sostuvo hacia la luz. Se trataba de una criatura que nadie sabía que existía, demasiado fantástica como para que alguien se lo creyera, pero ahí tenía una prueba.

Poco a poco, el terreno oculto por la oscuridad se iba revelando a sí mismo, como una alfombra.

CAPÍTULO CUARENTA

El príncipe

Se detiene a media historia. Con mímica, ha estado mostrando cómo mataron a la bestia para que lo vea el príncipe y se lo ha pasado bien contándole la historia, bajo la luz de la luna de esa sabana oscura. Hasta ha sacado la lanza y posa con ella, la alza por todo lo alto y la hace descender con cada golpe.

Sin embargo, después de todo eso, se queda callada e inmóvil. No aparta la mirada del príncipe, en un giro de las tornas, pues, hasta el momento, era él quien la miraba con atención.

—Siga —le pide él.

—No es tan fácil, príncipe.

—Ya veo.

Se queda observando al príncipe con cautela, como haría alguien que ve cómo un perro olisquea en busca de un cadáver enterrado.

—No lo entiende. La gente lo acaba confesando todo —dice Aubry—. Una mujer me dijo que una vez había intimado con una serpiente. Un hombre me contó que un barco fantasma lo había hundido en alta mar. —Hace una pausa, pues no está segura de si sabe a dónde quiere llegar—. No quiero sonar como ellos, no delante de usted. Ni de nadie, vaya. Supongo que es cosa de vanidad. Míreme: soy una mujer de mediana edad que duerme a la intemperie. Prácticamente no tengo derecho a ser vanidosa, pero supongo que lo sigo siendo. Todavía, después de tanto tiempo. —Menea la cabeza—. Acabaré la historia, príncipe

—le asegura—. Me da igual si me cree o no. Si no me cree, haga ver que sí. ¿Puede hacerme ese favor? ¿Por mí?

—Todavía no he dudado de su palabra. Quizá crea que sí, pero no es cierto.

—Bueno —responde ella, triste, y deja su lanza en el suelo con cuidado—, ya lo hará.

CAPÍTULO CUARENTA Y UNO

Los cazadores de la meseta

Unos días más tarde, tras un largo viaje por la meseta en el que se alimentaron de la carne que tanto les había costado conseguir, llegaron al hogar de Pathik. No era mucho más que un par de tiendas de campaña negras hechas de pelo de yak y reforzadas con piedra y tierra en los bordes. Había seis caballos atados cerca. Si bien no vio a ningún animal más, sí que había indicios de que tenía ganado: los excrementos, la tierra pisoteada, los trozos de pelo atrapados en la hierba.

Y, por encima de todo aquello, las montañas heladas, aquella elevación terrible de la tierra.

Su familia se reunió para saludarlo: padres, abuelos, hermanas, hermanos, hijos y quizá hasta su familia política, doce o más personas en total, asombrados al ver a la desconocida que compartía la montura con él.

Una de las mujeres mayores señaló, con una expresión anonadada. Quizá fuera su madre, o tal vez una tía. ¿Qué iba a pensar de ella, de todo aquello? Pathik no la habría llevado allí si no fueran a recibirla bien, estaba segura de ello, así que sonrió y se mostró más agradable y humilde que nunca.

Sin embargo, la sorpresa fue mayor que eso, fue algo que iba más allá del escándalo. Se lo vio en el rostro, en cómo se juntaban y se aferraban a sus hijos. A lomos del caballo de Pathik iba la prueba de que había un mundo mucho más grande que el que conocían, más amplio, más extenso y extraño de lo que se habían imaginado.

Tenían miedo.

La anciana soltó una serie de palabras, y Pathik respondió con más palabras que tampoco significaban nada para Aubry, salvo que oyó su propio nombre, por lo que imaginó que la estaba presentando o quizás explicando su presencia.

La conversación estalló de repente, con montones de preguntas a la vez, mientras todos la miraban. Pathik bajó del caballo, ayudó a Aubry a desmontar y se dispuso a contarles una larga historia. Hizo gestos de clavar la lanza, y los demás lo miraron, sorprendidos. Aubry vio que el miedo de su familia se transformaba en sorpresa y luego en asombro. Una mujer (quien más tarde iba a saber que era la hermana de Pathik) se le acercó con una sonrisa amable.

—¿Aubry? —preguntó, tan bien como pudo.

—Sí, Aubry.

—Ojal —respondió ella, señalándose a sí misma.

—Ojal —repitió Aubry, y se dedicaron una reverencia.

Todos se saludaron a la vez, con reverencias y juntando las manos como si fueran a rezar. Aubry los imitó, con las manos juntas, y le dedicó una reverencia a cada uno de ellos. Los niños tiraban de su ropa extraña; los adultos los riñeron, pero ella se agachó y les mostró su seda china y sus prendas forradas rusas. Oyó tonos de voz amables, vio sonrisas amplias. Notó un peso que se le desprendía del corazón. La familia de Pathik, aquel rinconcito del mundo, era como un manantial en medio del desierto, y, como solía ocurrir, Aubry se sorprendió por la felicidad que la embargaba.

Conforme la noche se asentaba, se comieron el pájaro alrededor de una hoguera de excrementos de yak prendidos fuego en el exterior de las tiendas. Había más tiras de carne secándose en unos expositores, o bien las habían preservado en tarros de madera. La familia de Pathik charlaba, reía y se contaban historias. No dejaban de ofrecerle comida y bebida a Aubry. Una anciana (¿una abuela? ¿Una tía?), inspeccionó la bolsa de plumas y mostró las que más le gustaban, mientras los demás debatían cuánto iban a poder ganar en el mercado en unos meses.

O al menos eso era lo que Aubry creía que decían, pues juntaba las piezas de los diálogos a partir de las pocas palabras de su idioma que había aprendido. Ella ya tenía su pluma, de color dorado y rojo brillante, la más bonita de todas. Aprendía frases, escuchaba varias palabras encadenadas y las repetía para sí misma.

Al día siguiente, se despertó temprano junto a los demás. Vio que los mayores le daban gracias al pequeño Buda situado en un extremo de la tienda de campaña, en voz baja, por lo que ella hizo lo mismo. Salió para encontrarse con el amanecer y siguió los sonidos de un cántico que bien debía de haberse extendido a lo largo de un kilómetro y medio o más. Caminó hasta que descubrió a los jóvenes que vigilaban una manada de cien yaks e incluso más ovejas, agrupados en una colina como el musgo en un tronco. Los chicos los rodeaban y cantaban y de vez en cuando lanzaban piedrecitas con un tirachinas a cualquier animal que se alejara demasiado. Aubry pasó el resto de la mañana observándolos, aprendiendo y escuchando las canciones. Si bien los chicos la miraban con cara rara (pues aquello no era trabajo propio de mujeres), era una desconocida y había matado a un monstruo, por lo que tampoco se lo impidieron. Kunchen, el más joven, de poco más de ocho años, parecía pasárselo bien con su compañía e incluso se sentó a su lado y le enseñó más palabras. A Aubry siempre le habían gustado los niños, siempre se había sentido cómoda con ellos, y aquel no era una excepción.

Cuando los chicos fueron a llenar sus cantimploras de agua en un pozo, ella sacó su odre de la mochila y fue a hacer lo mismo, con Kunchen dando saltitos a su lado.

¿Qué debieron pensar de ella cuando se puso tan pálida, cuando vieron que le temblaba todo el cuerpo y que sus pasos llenos de confianza se detenían en seco?

El pozo estaba hecho de piedras grises y suaves, apretujadas tanto que una aguja no cabría entre ellas. Y no solo eso, sino que el borde del pozo formaba un rostro; tenía dos ojos blancos tallados en un extremo, una barba diminuta en el otro, y el borde circular formaba la boca, con labios y dientes incluidos.

Aubry miró hacia aquel rostro y se quedó tensa y sin respiración. No llenó el odre. No dio ni un solo paso más hacia el pozo, sino que se lo quedó mirando durante una eternidad, sin moverse ni un ápice, hasta que Kunchen le dio la mano con amabilidad y la alejó de allí.

CAPÍTULO CUARENTA Y DOS

Los cazadores de la meseta

Aquella noche sin luna y sin estrellas, Aubry salió a hurtadillas de la tienda de campaña mientras los demás dormían. Había pasado la cena disimulando, en silencio mientras todos charlaban. Estaba segura de que Kunchen les había contado que a ella no le gustaba su pozo, y seguro que se preguntarían por qué. Aun así, no podía ponerse a pensar en ello. Tenía planes que trazar.

La meseta entera era una sombra infinita. Si bien le daba miedo no encontrar el pozo con lo oscuro que estaba todo, mantuvo la silueta de las montañas detrás del hombro derecho, se quedó en lo alto y lo acabó viendo: un círculo plateado entre lomas grises.

Conforme se acercaba, empezó a articular palabras en silencio. Se llevó las manos al bolsillo del abrigo y sacó su pelota rompecabezas.

La pelota giró en el aire y cayó al suelo. Se quedó quieta un momento, antes de ponerse a rodar. Escapó a la izquierda y luego a la derecha. Aubry la persiguió entre la oscuridad, con desesperación, con torpeza, como un animal que había entrado en pánico. No podía dejar que se le escapara, porque era su única oportunidad. No tardó en atraparla, la recogió del suelo y se la apretó contra el pecho.

Arrastró los pies hasta el borde del pozo, con la mandíbula apretada y la respiración rápida y entrecortada. Pensaba cumplir con lo que no había podido con nueve años. Y así todo iba a quedar perdonado.

—Por favor —repetía una y otra vez—. Por favor…

Estiró los brazos, con la pelota temblándole en las manos, encima de la boca del pozo.

—Por favor.

La soltó. La pelota rompecabezas cayó entre los dientes, los labios y la boca, hasta adentrarse en la garganta oscura del pozo. Se produjo un instante de silencio, seguido del eco del agua que rebotaba por el impacto.

Se había quedado sin fuerzas. Se envolvió con los brazos y respiró hondo. ¿Aquello iba a ser el final de todo? ¿Iba a poder quedarse en aquel lugar sin sufrir las consecuencias? ¿El dolor iba a dejar de torturarla? ¿Iba a poder volver a casa por fin? Le llevó varios segundos tranquilizarse. Cuando lo logró, oyó que la enfermedad le susurraba en su imaginación:

—Menuda tontería has hecho.

—A ti quién te ha preguntado —espetó ella.

El sonido de su propia voz en el silencio de la noche la sorprendió. Lo había dicho en voz alta. Si bien le llevó un momento darse cuenta de ello, era la primera vez que oía al demonio fuera de un sueño. Lo notó cerca de ella, una presencia a sus espaldas, justo detrás del hombro.

Se dio la vuelta poco a poco, solo que al único al que vio fue a Pathik, y estaba absolutamente segura de que el demonio no era él. Pathik la había seguido y lo había visto todo, incluso su locura, si es que eso es lo que era.

¿Tenían razón los que no se creían lo de su enfermedad? ¿Acaso todo por lo que había pasado, su enfermedad y sus travesías, había sido por un producto de su imaginación?

Pathik se le acercó, y ella lo miró a los ojos. Si estaba loca, aquel hombre merecía verlo. Aquella noche, de entre todas las noches posibles, debería notársele en la cara. Sin embargo, él solo le devolvió la mirada durante unos instantes antes de ponerse a contemplar el pozo. Entendía que era un tanto extraño, quizás el único en el mundo con aquella forma, pero no se imaginaba qué era exactamente lo que podría significar para ella.

Aubry cruzó el espacio que los separaba, con unas nubes blancas de aliento que iban del uno al otro. Lo rodeó con los brazos y se aferró a él con fuerza. Se sintió salvada, al estar contra el cuerpo de Pathik, como si la acabara de rescatar del mar embravecido.

Uno al lado del otro, volvieron a la tienda de campaña sumidos en un silencio profundo. La boca de Pathik estaba llena de preguntas que no era capaz de formular, y, aunque hubiera podido, a ella no le quedaban fuerzas para responder. Durante todo el trayecto de vuelta, no dejó de mirar atrás, hacia el pozo, hasta que la noche se lo arrebató.

CAPÍTULO CUARENTA Y TRES

Los cazadores de la meseta

Soñó que estaba de pie sobre sí misma y que se inyectaba la cura final. Soñó que el demonio estaba moribundo y que se sacaba las garras de la nuca para dejar que aquel cuerpo marchito se descompusiera en la meseta.

A la mañana siguiente, se despertó más contenta que nunca, a sabiendas de que estaba al borde de la libertad. Había tenido que sacrificar su pelota rompecabezas, sí, pero ¿y todo lo que había ganado a cambio? En otros tiempos, había sido tan insustancial como un fantasma, un vapor que flotaba en la oscuridad. No obstante, en aquellos momentos se empezó a sentir tangible, real, como algo que podía permanecer en un lugar. Por muy extraña que fuera la sensación de ser real, una parte de su mente, del cuerpo, le dijo que así era.

Le dio las gracias a Buda y fue a ayudar a las mujeres a batir la leche y a colarla para hacer mantequilla. Partió huesos de yak para dejarlos hirviendo en una olla. Ayudó a rascar el queso que se había estado formando en un tarro de madera.

Les prestó más atención que nunca a las palabras y las conversaciones que la rodeaban. Percibía que su primera conversación con Pathik estaba cerca, sin gestos, sin imágenes ni mímica. Iban a charlar y a enterarse de cosas de la vida del otro que todavía desconocían. Iban a hablarse de su infancia. Iban a hacerse reír y, en ocasiones, a echarse a llorar. Él le iba a enseñar a vivir en aquel rincón del mundo, y, cuando llegara el momento, iban a salir a cazar.

Sin embargo, primero tenía que escuchar las conversaciones y aprender.

Después de tantos quehaceres, estaba ansiosa por llegar al exterior, por lo que se escabulló para ver dónde estaban los chicos. Se sentó en una loma cercana para coser el agujero en la espalda del abrigo de badana de Pathik que le había hecho el pájaro con el pico. Observó a los yaks paseando mientras cosía, con el pelaje largo y negro que tenían en los costados y en la panza que mecía los juncos como si de plumeros se tratase. Allí no se erigía ningún reino, ningún invasor se quedaba. No crecía nada. Todo era animal: las prendas, las alfombras, las tiendas de campaña y las cuerdas, todo estaba hecho de pelo de animal; las hogueras las encendían con sus excrementos, y la carne y la leche de las bestias eran lo único que comían.

Las sombras crecieron. El rebaño siguió avanzando, y Aubry se quedó a solas. Pathik pasó por allí con un cubo vacío y se detuvo para saludarla.

—*Madhesh. Rāmro* —le dijo Aubry, y Pathik parpadeó, sorprendido, antes de dedicarle una pequeña reverencia.

—*Yo dherai rāmro cha* —repuso él, con una enorme sonrisa.

Aubry se puso de pie para acompañarlo y se agachó para recoger el cubo vacío. Pathik negó con la cabeza, protestó e insistió en llevarlo él mismo, pero Aubry insistió más que él y se fue con el cubo, hacia la hondonada en la que nadie los podría ver.

Pathik miró en derredor para ver si había alguien y la siguió. Aubry no pensaba esperar a que se produjera un cortejo elaborado; estaba más contenta que nunca, y era así como quería celebrarlo.

Si bien el pozo estaba ahí al lado, a pocos pasos, Pathik iba a tardar más de una hora en llegar hasta allí.

CAPÍTULO CUARENTA Y CUATRO

Los cazadores de la meseta

Más tarde, se alisaron la ropa, se ataron el cinturón el uno al otro, se retiraron la hierba del pelo y, durante el resto del día, brillaron. No podían hablarse, no podían decir con certeza lo que pasaba por la mente del otro; lo único que sabían era que habían hecho que el otro fuera muy feliz. Fue un intercambio sin palabras de lo más sencillo, con un gemido por allí y un beso por allá. Hacía muchísimo tiempo que Aubry no se sentía tan viva, con todos los sentidos aguzados, con la brisa en la nuca como si fuera la primera vez. Posó la mirada sobre la llanura, toda ella tiempo y distancia, como si no lo hubiera experimentado nunca.

Pensó en todos los hombres a los que había querido, los cuales no eran tantos, a decir verdad. ¿A cuántos hombres había conocido? Había millones de personas en el mundo, y le daba la sensación de que había conocido a la mayoría. Aun así, podía contar con los dedos de una mano con cuántos había mantenido una relación más íntima. De tantas posibilidades, solo unos pocos. ¿Qué hacía que los escogiera entre la multitud? Cada uno de ellos amaba de un modo distinto: con torpeza, con pasión, en silencio e incluso sin palabras. Parecía que había un amor que encarnaba cada etapa de su vida, que personificaba lo que necesitaba, fuera consciente de ello o no. En aquel sentido, había tenido suerte.

Se reunieron de noche, contaron historias y bromearon. Una olla de hierro colgaba sobre una hoguera en el centro de la tienda de campaña, y el humo salía por un agujerito fresco en el techo. Había visto a los yaks comerse los ajos silvestres, y sus excrementos ardientes llenaban el ambiente con su aroma. La familia de Pathik se lo pasaba en grande enseñándole palabras nuevas a Aubry: señalaban hacia un objeto, le decían cómo se llamaba, hacían que ella lo repitiera y se echaban a reír cuando lo pronunciaba mal. Se rieron tanto que les dolía el estómago, y Aubry se puso a exagerar sus errores para entretener a los niños.

Su conversación con Pathik, la primera de todas, estaba al caer. Había encontrado el pozo e incluso había tenido un regalo apropiado que ofrecerle. Se había ganado más tiempo, quizá para siempre. Era una cura mejor que cualquier otra, porque iba al origen de todo y arrancaba la enfermedad de raíz. A pesar de que no entendía cómo había ocurrido, por el momento le bastaba con saber que sí que había pasado. Miró en derredor, a tantas caras llenas de carcajadas, y pensó que podría pasarse toda la vida allí. Era un ambiente que conocía, el de una familia reunida para compartir la comida, mientras el frío se mantenía a raya en el exterior. Tal vez ese fuera el propósito de viajar: separar lo que una conoce de lo que no, desenterrar los momentos que hacen que piense en su hogar.

Pathik, sentado a su lado, puso una expresión preocupada de repente. Estiró una mano, le tocó el labio y le mostró el puntito de sangre que le manchaba el dedo índice.

Su reacción fue prácticamente imposible de detectar, aquel momento en el que Aubry dejó de existir, en el que sus pensamientos se tornaron oscuros, llenos de terror y de ira, porque no dejó de sonreír ni un solo instante. Puso una expresión extrañada, como si aquella gotita de sangre no fuera nada más que algo curioso, cuando, en realidad, algo se había desatado en su interior, como el nudo de la cordura, la cuerda que hacía que el alma no se le partiera en mil pedazos.

—*Timīlāi sabai thik cha?* —preguntó la anciana.

—*Timīlāi sanchai lāgchha?* —preguntó la hermana de Pathik.

Sin embargo, Aubry le restó importancia y respondió con su voz entrecortada:

—*Malāī dherai sanchai cha. Ma yahā dherai khushī chu.* —Y todos se echaron a reír, y no porque hubiera pronunciado su idioma mal, sino porque lo había hecho casi perfecto. Con expresiones contentas y entre carcajadas de los niños, todos se quedaron tranquilos, menos Pathik, quien la miraba con atención y en silencio. Le vio algo en la cara, en los ojos, que escapaba a su comprensión, que escapaba tal vez a la comprensión de todo el mundo. Aubry le cubrió una mano con la suya e intercambiaron una sonrisa, por mucho que, en lo más hondo de sus pensamientos, ya estuviera trazando un plan lúgubre.

Aquella misma noche, cuando la tienda de campaña se llenó de ronquidos y lo único que quedaba de la hoguera eran los rescoldos, se levantó de su colchón. La familia entera dormía en un círculo de cuerpos, con los hombres a un lado del Buda y las mujeres al otro, entre las cuales estaba ella.

Se puso el abrigo que había escondido bajo la manta. Cuando acabó de atarse las botas, alzó la mirada y vio que uno de los niños, Kunchen, estaba despierto y la observaba. Si bien no entendía qué se traía entre manos Aubry, la preocupación estaba bien clara en su expresión. Aubry se llevó un dedo a los labios, y él no dijo nada, no soltó ni un ruidito. Acababa de hacer que el pobre niño fuera cómplice de su huida, pero no podía pensar en todos, no podía hacer que aquello no fuera doloroso para todos. Se puso de pie y se dirigió a la cortina de la entrada.

Pasó por delante de Pathik, dormido en su catre. De pie a su lado, dudó. Se sintió débil, como si se estuviera desmoronando. ¿De verdad era tan imperdonable lo que había hecho? ¿Qué crimen había cometido exactamente? ¿Qué podría haber hecho una niña de nueve años que fuera tan malo como para tener que acabar vagando por el mundo, exiliada, sin amigos, triste y sin amor?

Un día será una anciana y seguirá caminando bajo la lluvia, durmiendo a la intemperie y robando de los jardines de los demás.

El pozo la había llamado, pero no para salvarla, sino para apuntar mejor. Quizás aquel fuera el plan: abandonarla, ver cómo el corazón se le va haciendo de piedra, llenarle el cuerpo de heridas para que el demonio pueda hincar las garras en ellas y dejarlas abiertas para siempre. Tal vez el objetivo de todo aquello fuera volverla loca.

Casi estiró una mano para despertar a Pathik. Quería explicárselo, y, por encima de eso, quería que la salvara.

Solo que Kunchen la estaba observando.

Se alejó, pasó por la cortina y se sumió en el frío aire de la noche. Ante ella estaban las cimas infinitas. Quería pasar por alto aquellas cumbres invernales con nubes blancas que soplaban desde la altura para llamarla sin cesar, para recordarle que su viaje era para toda la vida. Tenía la lanza al lado de la solapa de la tienda de campaña, y la mochila estaba escondida no muy lejos de allí. Se hizo con ambos objetos y emprendió la marcha bajo la tenue luz de la luna, hacia el eclipse oscuro formado por las montañas.

CAPÍTULO CUARENTA Y CINCO

El príncipe

—¿Por qué se detiene ahí? —quiere saber el príncipe—. Las montañas... ¿Qué es lo que no puede contarme?

No obstante, Aubry se ha quedado tensa. Le tiembla el cuerpo entero, y los músculos se le han agarrotado. Se le saltan las lágrimas.

Y luego le sale sangre de la nariz.

—Si puede hacer que esto pare —le dice ella—, le contaré todo lo que sé.

El príncipe se pone de pie deprisa, la aferra de un brazo y la aleja de allí en un instante. Por primera vez, alza la voz, pide ayuda a gritos y brama órdenes.

Krishna y sus guardias se ponen en alerta y salen corriendo hacia la tenue luz previa al amanecer. La llevan a un caballo y cabalgan para salir de la aldea, casi sin tener tiempo para explicar su marcha repentina al cada vez mayor grupo de aldeanos que salen a verlos.

En menos de una hora, los síntomas desaparecen. Está sentada erguida en su silla de montar, perfectamente tranquila, y, unas pocas horas después de eso, divisa el palacio en el horizonte, un edificio que surge de la tierra roja, hecho de la propia tierra roja, con muros y torres que unen colinas y se alzan hacia el cielo como si pretendieran terminar el trabajo que las colinas habían comenzado. Hasta el momento, solo ha visto al príncipe con sus prendas sencillas, al lado de su puñado de guardias, pero ver el palacio hace que lo sitúe en un contexto más extravagante.

—¿Qué es eso? —pregunta Krishna, y todos miran en derredor para ver a qué se refiere.

Lo que antes era un paisaje de matorrales rojos con un atisbo de colinas verdes más allá se ha convertido en una niebla ocre que engulle el horizonte y que cada vez está más cerca. Ya notan el viento en la cara.

Cabalgan hacia el palacio, el cual sigue a varias horas de distancia. Para la tarde, el firmamento ya se ha tornado del color del óxido. Las prendas que llevan se agitan al viento, y la arena recorre el sendero. Empiezan a tener miedo; se dan cuenta de que, en esas condiciones, es muy fácil perderse.

El príncipe le asegura a Aubry que están siguiendo un río y que este los llevará a su hogar, aunque ella no lo ve a través de la tormenta. Se alivia cuando por fin llegan a los muros del palacio, por mucho que no alcance a ver poco más que las puertas, una alta y decorativa, con el resto oculto por la arena que lo llena todo.

No obstante, una vez que está en el interior… ¿Cómo podría describirlo? No se puede permitir pasar por los terrenos reales vestida con la ropa holgada de los hombres manchada por la tormenta, por lo que se va a lavar a un baño alejado con suelo de mármol, con un cazo que parece pertenecer a un gigante. El techo de sus aposentos, barnizados de colores azules y dorados, no parece terminar nunca. Cuando sale del baño, encuentra una *lehenga* y un *choli* a los pies de la cama, además de un par de pendientes de zafiro sobre la almohada. En el exterior, los trabajadores del palacio van de un lado a otro para cerrar ventanas y puertas por la tormenta, y, cuando Aubry va con ellos, sus zafiros le relucen en los lóbulos.

Cerrado a cal y canto, el palacio se vuelve cinco veces más oscuro. Aubry ayuda con lo que puede: hay que encender velas, colgar lámparas, barrer suelos y limpiar alfombras. Sin embargo, tras un largo viaje lleno de noches sin dormir y con un asomo de su enfermedad, hasta los quehaceres más sencillos son demasiado para ella. Agotada, acaba quedándose dormida en una silla de la sala de banquetes, tan larga como vacía.

El príncipe la encuentra una hora más tarde, todavía en la silla, aunque despierta. Un vendaval, como la respiración de un monstruo contra los muros exteriores, gime entre las puertas y los pilares.

—He soñado algo —le cuenta Aubry—. El gigante, al que maté, me susurraba al oído. Me ha dicho que morir es algo maravilloso y hasta me ha dado las gracias. Creía que iba a ser un fantasma que vagaba por el mundo, pero, en vez de eso, se ha convertido en una roca del mar, y el mundo oscila alrededor de él. —Estira una mano y le toca el brazo al príncipe—. No sigo dormida, ¿verdad? He tardado tanto en despertarme que no sé si lo he hecho del todo o no.

Otro rugido del viento. Si escuchan con atención, los candeleros del techo tintinean.

—Dicen que despertarse es salir de un nivel de realidad para entrar en otro, del mundo onírico al mundo despierto. Cuando uno alcanza la iluminación, llega a un nivel de realidad más, y la sensación es la misma. Como despertar.

—No sé yo si estoy muy iluminada que digamos —suelta ella.

—Ya veremos cuando esté despierta del todo.

Dejan las escobas en la sala, toman una lámpara y suben por unas escaleras. El príncipe la lleva por pasillos de color azul celeste, luego verde colibrí y después amarillo mantequilla, tan altos y amplios que un elefante podría pasearse por allí con total comodidad. Un ejército de ellos cabría en los salones. La mampostería enmarca unas paredes que muestran escenas de los textos védicos, pintados con todos los colores de un arreglo floral.

El príncipe señala hacia un mural que muestra a una silueta sentada con las piernas cruzadas en un campo, junto a un carruaje, con un ejército a cada lado.

—Arjuna meditando —le explica—. En otros lugares, las personas viajan hacia el exterior. Los peregrinos árabes, los poetas errantes japoneses, los caballeros del rey Arturo que van en busca del Santo Grial… Aquí nuestros viajes nos llevan al interior. Como el médico de Viena ese que habla del subconsciente.

—No lo conozco —responde ella.

—Tuve una hermana que perdió la vista y luego se quedó sorda. Perdió la sensación en los dedos y dejó de percibir el sabor de la comida. Me dijo que a veces captaba pasos al otro lado del palacio o cambios en el viento cuando no estaba cerca de ninguna ventana. Parecía que era capaz de notar un huracán en Ceilán. Cuando uno se aleja de todo lo demás, existe una conexión que se forma con el mundo, con su conciencia, si es que la tiene. Eso fue lo que me dijo antes de morir.

Aubry recuerda a un hombre de la selva de Guangxi que le describió una sensación similar cuando se comió las setas que cultivaba con esmero en su jardín. Lo explicó como que se desprendía de las capas de la personalidad hasta que lo único que quedaba era la ausencia del yo, y, en su lugar, aparecía algo eterno, el núcleo de la conciencia, un mar infinito del que nacen todas las criaturas. Según le dijo, solo había ido a la orilla y había permitido que las olas le rozaran los pies, pero un día quería ponerse a nadar.

El príncipe se vuelve hacia ella.

—Quizás era eso lo que su gigante quería decirle.

Más tarde se queda a solas, pues el príncipe ha ido a atender menesteres reales. Enciende las lámparas del vestíbulo cuando oye unos golpes desesperados en la puerta, a tanto volumen que se echa atrás de un salto. Duda, pero la tormenta sopla con fuerza en el exterior. Alguien necesita ayuda. Retira el pestillo y abre la puerta. La luz y una nube de arena le soplan a la cara y apagan todas las velas de la sala.

En el exterior hay veinte soldados británicos o más, con sus uniformes caqui teñidos de rojo por la arena.

—¿El príncipe está en casa? —grita el coronel por encima del viento.

CAPÍTULO CUARENTA Y SEIS

El príncipe

Los soldados se protegen los ojos del viento con las manos y se aferran al gorro enrojecido que llevan. Dan mucha lástima. Por un momento, no sabe muy bien qué hacer con ellos, pero no puede dejarlos ahí tirados, sin cobijo ante el vendaval.

—¡Pasen! —dice Aubry, y los soldados entran, le dedican una reverencia y le dan las gracias mientras la arena les cae de la ropa. Se enfrentan al viento para cerrar la puerta tras ellos.

—La tormenta nos ha tomado desprevenidos, no sabíamos a dónde ir —le explica el coronel. Si bien Aubry alcanza a ver que el bigote del hombre había sido gris en algún momento, se ha teñido de rojo por la arena.

—Lo siento mucho —se excusa ella—, pero no es mi casa, y no puedo ofrecérsela. Voy a buscar al príncipe. —A pesar de que Aubry se ha sorprendido por aquel encuentro, ellos se llevan la misma sorpresa al encontrarse con una francesa de cabellos dorados que les ha abierto la puerta del palacio.

Se da media vuelta, solo que el príncipe ya está allí, entrando en el vestíbulo. Cuando ve a los soldados, se tensa, aunque solo por un instante, y solo Aubry se da cuenta de ello.

—Por Dios, coronel Morton —dice—. ¿Estaban fuera con la que cae?

—Mis disculpas, príncipe. Estábamos medio ciegos ahí. ¿Podríamos refugiarnos aquí hasta que amaine la tormenta?

—Por supuesto, pueden quedarse tanto tiempo como deseen —declara el príncipe—. ¿Dónde están sus caballos?

—Atados, al otro lado de la esquina, resguardados del viento.

—Los llevaremos al establo.

En la sala de banquetes, se encuentran con Krishna y los demás. Aubry prácticamente oye cómo les late el corazón al ver a los británicos, una sola vez, como un martillo metálico contra el pecho colectivo de los guardias.

—Creía que estaban de camino a Delhi —inquiere el príncipe.

—Así es, amigo mío —responde el coronel. Krishna le da un cepillo para que pueda limpiarse el uniforme—. Pero entonces pasó lo más raro del mundo: vimos a un perro que corría por el camino, con el brazo de un hombre en la boca. Perseguimos al dichoso animal hasta un acantilado. Resulta que el viento ha desenterrado a tres hombres muertos en el cañón. Así que ahora tenemos otra misión: buscamos a un asesino.

El príncipe no dice nada, y Krishna tampoco.

—Preparemos unos baños para usted y sus soldados, entonces —dice Aubry.

El príncipe les da órdenes a sus súbditos en hindi: baños, caballos, comida. Los sirvientes se apresuran para cumplir con sus respectivos cometidos, y Aubry sale con ellos, como si fuera a acondicionar el palacio para los invitados, aunque en realidad lo que quiere es buscar cómo marcharse.

Recoge su bastón y su mochila y se dirige a la puerta más alejada del ala más alejada del palacio. Al otro lado de la puerta, la tormenta la espera. La abre un poco. El viento le quita la puerta de las manos y la abre de par en par. Hay luz como de una hoguera enorme, arena en forma de humo, restos que vuelan en espiral por doquier. Deja caer sus pertenencias y lleva las dos manos a la puerta para resistirse al viento, con las piernas firmes en el suelo y la espalda tensa. Al fin, consigue cerrarla. Huir en medio de la tormenta le será imposible.

Pasa un buen rato sin saber a dónde ir. Se apoya contra la puerta de madera, y con las manos nota la tormenta al otro lado, percibe todos los caminos que el viento ha destrozado.

Entonces recoge sus pertenencias y, a regañadientes, las vuelve a llevar a sus aposentos.

Se hace de noche por fin. El vendaval sigue soplando. Preparan las habitaciones para los británicos antes de que el príncipe vaya a ver a Aubry a la suya.

—¿Alguna vez ha visto una tormenta como esta? —le pregunta ella. Están agotados por aquel día largo y caótico. Aubry está tumbada en la cama enorme, y, pese a que hay un sofá cómodo colocado contra la pared del otro extremo, el príncipe se tumba en el suelo, a su lado.

—No, nunca. Pero ya pasará.

Se ponen a escuchar. Hay muchísimos patios abiertos y muy pocas puertas. La arena fluye con total libertad, hace traquetear las puertas, pasa entre las columnas, entra por el norte y sale por el sur. Es como dormir dentro de una maraca que se sacude poco a poco.

—Tengo que irme —dice Aubry.

—No sospechan de usted —le asegura el príncipe—. Y no creo que vayan a empezar ahora. Pero, si huyera en medio de una tormenta, no sabría cómo explicarlo.

Los dos se quedan tumbados y en silencio, sumidos en sus propios pensamientos, con la mirada perdida en el mismo techo.

—Se las ha arreglado muy bien estos últimos días —comenta él—. Otra persona quizá se habría visto obligada a hacer algo más extremo.

—Sí. Mañana me tiraré de una de sus torres.

—Pero... después de todo lo que ha...

—Tengo un secreto —lo corta ella—. Un secreto para sobrevivir. No se lo he contado nunca a nadie; ¿debería revelárselo?

Se asoma por la cama para mirarlo. El príncipe se apoya sobre un codo para oírla mejor.

—Antes mi enfermedad me perseguía allá adonde fuera, me echaba de cualquier lugar en el que encontrara la felicidad: bosques, desiertos, barcos y trenes. También intentará echarme de aquí y alejarme de usted. Porque eso es lo que hace. Aun así, un día… —Hace una pausa para pensar cómo expresarlo mejor. Se aferra a las sábanas con las dos manos, y el príncipe se le acerca aún más—. Un día tuve una epifanía —explica—. Y cambié mi estrategia por completo. —Se pone a hablar más despacio para que su compañero no se pierda ni una sola palabra—. Ahora soy yo quien la persigo. Cuando se acerca demasiado, salgo y le doy caza como el chucho sarnoso que es.

El príncipe guarda silencio.

—No soy la víctima de nadie —añade Aubry, con la voz afilada como una cuchilla de acero.

Sin embargo, el príncipe se limita a mirarla sin decir nada, como si acabara de oír el plan para asesinar a alguien. ¿Habrá desvelado demasiado? De repente, entiende que así es. Se siente como la loca que él debe de creer que es.

—¿No me cree? —pregunta, nerviosa por su propia confesión.

—Creo que es cierto —responde el príncipe, con el tacto que lo caracteriza—. No es la víctima de nadie. —Se sienta sobre la alfombra y la mira, pensativo—. No, desde luego que no.

CAPÍTULO CUARENTA Y SIETE

El príncipe

En la sala de banquetes, todos se ponen a hablar de la tormenta. Si bien nadie creía que fuera a durar toda la noche, la verdad es que desde el amanecer sopla con más fuerza todavía. Nadie sabe qué pensar.

—Es lo más raro que he visto en la vida —dice uno de los soldados.

—El viento viene del norte —comenta el príncipe—. Del oeste y del sur, vale, pero nunca viene del norte. Ni siquiera el viento pasa por esas montañas.

Aun con todo, Aubry hace caso omiso de todos y se dirige derecha a las ventanas cerradas.

—¿Oyen eso?

Krishna se le coloca a la izquierda.

—*Memashib?*

—Ese sonido…

Un soldado se le coloca a la derecha.

—¿Cómo dice, señorita?

Aubry guarda silencio durante unos instantes y se limita a escuchar.

—Hay alguien fuera.

En cuestión de unos pocos minutos, Aubry, el príncipe, el coronel y unos cuantos más se han cubierto el rostro con pañuelos y salen por la puerta, hacia la tormenta. El ímpetu del viento casi los tira al suelo, y Aubry tiene que esforzarse por que no se le caiga el pañuelo de la cabeza. Son testigos de la extraña unión entre el suelo y el cielo, con los límites erradicados. El viento está tan cargado que bien podría alzar una mano y volver a bajarla con un puñado de arena.

Hay un destello de luz en el cielo que delinea las nubes de arena conforme pasan a toda velocidad, seguido de un trueno que lo hace temblar todo.

—Deje lo metálico que lleve dentro, caballero —le dice el príncipe.

—No creerá que podría...

Un rayo tan brillante que lo ven a través de la tormenta de arena destella a cien pasos de distancia. Desciende en picado y golpea la superficie con un estallido de chispas azules. El trueno se oye al instante, como un disparo de cañón directo al pecho. Krishna y dos soldados se colocan junto a la pared de un salto. Por un instante, una columna de humo se ve donde estaba el rayo, aunque el viento la desintegra en un pispás.

Aubry se lleva las manos al pecho, asustada, pero se queda mirando el terreno. Curiosea a través de su velo improvisado, a través de nubes de arena iracundas que pasan con fuerza. Alza la voz y busca detrás de las rocas, detrás de los árboles doblegados. Los demás no tardan en hacer lo mismo, y acaban encontrando una cabaña a cierta distancia del palacio. Aubry abre la puerta y ve a tres profesoras y cinco niños de edades dispares, acurrucados codo con codo, en ese espacio reducido. Se protegen los ojos de la arena que sopla contra ellos. Aubry llama a los demás, y entre todos los ayudan a salir de la tormenta y los llevan al palacio.

A lo lejos, Aubry oye algo más, un zumbido metálico. Lo oye incluso a través de la tormenta de arena, y suena casi musical. Se tambalea, medio a ciegas, por la pendiente, bajo un horizonte que forma un cuenco de cobre invertido, y sigue el sonido hasta la ribera. Muy para su sorpresa, entrevé un barco del revés cerca de la orilla y oye voces bajo él. Allí se encuentra a siete hombres: un barquero, su hijo y cinco más, aferrados a sus instrumentos de música, que usan el barco del revés para cobijarse de la tormenta. Forman una cadena humana conforme los lleva hasta la puerta más cercana. A medida que los hace pasar al interior, oye unos graznidos y alza la mirada. Aferradas a las vigas del techo hay aves de todo tipo: búhos, saltaparedes, pájaros cantores y hasta un halcón, en una esquina, separado de los demás. Depredadores y presas cobijados en el mismo lugar; cualquier cosa por evitar la tormenta. No ha visto nada igual en la vida.

Para cuando acaba el día, el coronel ha descubierto a una joven pareja, muertos de vergüenza, que se escondían en el establo con los caballos; Krishna, a unas chicas de la aldea que se refugiaban contra los muros exteriores. El príncipe encuentra a dos hermanos escondidos en un pozo y a una madre y sus tres hijas al otro lado del muro oriental, quienes, contentas por que las hayan rescatado, se ofrecen a cocinar para todos los refugiados de la tormenta.

A todos les dan agua, té y *tanka torani*. Poco después, calientan el agua para preparar baños para todos.

—¿Sus instrumentos todavía funcionan? —les pregunta Krishna a los músicos, tras ir a verlos. Estos sacuden la arena de sus flautas, sitares y tablas; soplan, golpean y rasgan unas cuantas notas de cada uno—. Bien.

Sin embargo, cuando el soldado Hayley vuelve con un niño de siete años que ha encontrado escondido detrás de una roca, el ambiente se torna más sombrío. Al niño se le ha metido tanta arena en los ojos que ya no puede abrirlos. Los británicos cuentan con un médico entre sus filas, y varios se reúnen a su alrededor, entre ellos Aubry y el príncipe, conforme el médico tumba al niño en la mesa de banquetes, le moja los ojos con agua caliente y le retira restos de arena con cuidado con unas pinzas envueltas en algodón con aceite. Transcurre una hora llena de nervios, pero el niño se acaba incorporando y ha recobrado la vista.

—Krishna, ¿tenemos algo para beber? —le pregunta el príncipe—. Algo con alcohol, a poder ser.

Krishna y varios de los sirvientes vuelven de la cocina con bandejas llenas de copas de champán, de whisky y de *mahua*. Más animados, los soldados se ponen sus mejores prendas militares, con las botas pulidas, y los ayudantes rebuscan entre los armarios para sacar togas, saris y trajes para los refugiados. Barren el suelo de nuevo y preparan la mesa para el banquete.

La madre rescatada resulta ser una cocinera increíble, y le encanta la gran cocina que hay en el palacio. Cuando se entera de que va a cocinar para los soldados británicos, prepara dos ollas de *ulavacharu*, porque está segura de que lo odiarán. Y, muy para su sorpresa, los soldados devoran esa sopa picante y espesa, y no sabe si enfadarse o alegrarse para sus adentros.

—Mi querida *memsahib* —le dice Krishna a Aubry cuando la encuentra en un rincón de la sala—, con todo el lío, se me ha olvidado mostrarle su traje para la cena.

Dos de las profesoras ayudan a Aubry a cambiarse. Le alaban el traje, le cepillan el cabello y, con mucha destreza, una de ellas le pinta un punto amarillo cúrcuma en la frente. Cuando vuelve a la fiesta, el príncipe la toma del brazo y entran en la sala juntos; Aubry con su sari sin mangas azul y blanco para conjuntar con el *sherwani* del príncipe. ¿Por qué van de azul? Para hacer juego con sus zafiros, claro. La sala del banquete entera está azul, como si todos hubieran ido a ver los pendientes.

Los reciben con aplausos, y ella cree que es por el príncipe, hasta que se da cuenta de que también es por ella. Es la primera vez que la aplauden, y no sabe qué ha hecho para merecerlo. Entonces los niños de la escuela corren hacia ella con un plato de *chikki* en las manos, pistachos metidos en barras de azúcar.

—¡Nos ha salvado! —proclama uno de ellos.

—El príncipe dice que no puede llevar mucho consigo —añade otro—, así que le hemos preparado un dulce, en lugar de joyas.

—Menudo detalle.

Le suplican que pruebe uno ahora mismo, y les hace caso.

—¡Qué rico! Si salís ahora mismo, y yo voy a rescataros otra vez, ¿me prepararéis más?

—¡No! —se ríen los niños.

—En ese caso, es más especial aún.

Ve a su príncipe, asediado por los saludos, con gente que le dedica reverencias y le estrecha la mano, ahogado en un mar de palabras bonitas. Su pobre príncipe, a merced de la corriente de la muchedumbre. Intenta sonreírle, despedirse de él, pero se lo están llevando, y ella ha quedado libre. Va a la mesa de champán y se sirve una copa; no para beber, sino para tener algo en las manos. Pasea mientras agita la copa y finge no sentir ningún interés por la vida mientras lo escucha todo. Esto es lo que oye:

—Con la mano derecha le doy de comer al Raj británico —le sisea el coronel a un subordinado— y con la otra controlo a todo Madrás, ¡me faltan manos!

—Todo el mundo le reza a Dios para que unos ganen a otros, estén del bando que estén —le dice un soldado agotado a otro—. Seguro que en algún momento Dios se habrá encogido de hombros y nos ha mandado a todos al carajo.

—Os tenéis que preguntar si va a impedir que escapéis. ¿Qué riesgo de muerte conlleva? —pregunta un guardia apuesto con una larga cicatriz que por los pelos no le hizo perder el ojo izquierdo. Las chicas de la aldea lo escuchan con suma atención, amarradas a uno de sus brazos como botes en un muelle—. ¿Va a impedir que os mováis? ¿Os va a desfigurar? Si no entra en ninguna de esas categorías, no importa. —Se acaba la bebida de un trago, y las chicas guapas suspiran.

Los británicos atraen a Aubry hacia su órbita.

—Por la heroína de hoy —proclama uno de ellos, y a sus palabras las sigue una ronda de brindis y felicitaciones. Aubry no tarda en tener la copa vacía. Los músicos se le acercan también y le dan las gracias por turnos, le dedican una reverencia y le estrechan la mano.

Mira en derredor, a tantos rostros agradecidos y contentos. Los británicos no son bienvenidos aquí, lo sabe de sobra. Aun así, esta noche se han salvado vidas, se han rescatado personas, se ha alejado a un niño pequeño de las garras de la ceguera. Las hijas rescatadas asombran con sus colores escarlata y dorados. Un soldado se pone a jugar con los niños. En medio de todo ello está el príncipe, rodeado de la espiral de la celebración, y le dan ganas de ir con él, de abrazarlo, solo un poco, cuando nadie mire.

El soldado Hayley, el que ha rescatado al niño, pasa por allí con una botella de champán y le vuelve a llenar la copa.

—Hay antílopes en las verandas. —Está tan contento y animado como es posible en un soldado. Parece que ha bebido bastante.

—Y pájaros en las vigas del techo —responde ella.

—Y monos en el cobertizo de barcos.

—¿Está borracho, soldado Hayley?

—Eso es muy relativo.

—¿Puedo preguntarle algo?

—Claro que sí.

—Alguna vez ha matado a alguien, ¿verdad?

—Soy soldado, es lo que hacemos.

—¿Y cómo fue?

—¿La primera vez? Duro. Muy duro. Me dieron arcadas, de hecho. ¿Por qué lo dice?

—Porque estoy muy contenta y no sé si me lo merezco.

—Ah. Su primera vez fue dura también.

Aubry se tensa. Quizá no esté tan borracho como creía. Se acaba su copa de champán.

Otros pasan por allí: varios soldados y uno o dos guardias.

—Por la mujer que no puede estarse quieta —brinda uno de ellos, con la copa alzada. Aubry suelta un leve suspiro, pues no estaba al tanto de que sabían quién era.

—¿Cómo dices? —le pregunta otro.

—Tiene un trastorno. ¿Cómo se llama?

—Todavía nos estamos pensando el nombre —contesta Aubry. El soldado Hayley no deja de llenarle la copa.

—¿Es peligroso? ¿Estamos en peligro? —quiere saber una de las hijas rescatadas, tras sumarse a la conversación.

—Muy buena pregunta. No sé yo… —responde Aubry, y bebe más champán. Nadie sabe qué decir después de eso, hasta que la chica lo intenta con otra pregunta.

—¿No… No podemos hacer nada?

—Caminar. —Aubry se encoge de hombros.

—¿Cuánto?

—Todo lo que pueda.

—¿Desde París? ¿Hasta aquí?

—Sí —dice Aubry—. Por el camino largo.

—Quizá le vendría bien una brújula —bromea un soldado.

—Entonces no los habría encontrado nunca.

—Pobrecita —dice la hija, quien mira a Aubry con una tristeza sincera.

—No —interpone Hayley, intentando formar una idea completa en medio de su embriaguez—. No, no diga eso. Hace algo importante. —Aubry lo mira, con una ceja alzada—. He estado en varios lugares —dice, según la copa de champán se le sacude en la mano—. No sé cómo explicarlo. Tiene que concebir el mundo como algo que está en la punta de la lengua, algo que se recuerda, pero no del todo. Y, cuanto más lo intenta uno, menos se acuerda. A lo que voy es a que la falta de dirección es clave. Eso es lo que quiero decir. Tiene... Tiene que dejar que el mundo vaya a usted.

Entonces suena la música, la ola de una escala que se oye por encima del ruido de los allí reunidos. Las miradas se vuelven hacia los músicos, y la cháchara cesa. En el ambiente está el zumbido del *sarangi,* el melisma del sitar. Un instrumento con forma de flauta entona una melodía que flota por encima de las demás, lenta y etérea, como el cielo nocturno. Los invitados observan y escuchan con atención, hipnotizados por los músicos situados a un extremo de la sala, delante de la luz de las velas, detrás de la música que sueltan.

Y de repente, tan suave como la música en sí, Aubry oye una voz al oído.

—En otros tiempos recorrí el mundo.

CAPÍTULO CUARENTA Y OCHO

El deseo

A su lado hay una mujer. Aubry nota que se le tensa el pecho al verla, al ver lo bella que es, con su cabello largo y oscuro y su voz suave como un aroma.

—¿Hasta dónde fue? —le pregunta Aubry.

—Mi familia y yo huimos de nuestro hogar. Por la guerra, claro. —Se alejan de los demás y se ponen a cuchichear—. Fuimos al sur por los pasos de la montaña, seguimos la costa árabe y cruzamos lagos tan salados que era imposible hundirnos.

—¿Cómo conoce al príncipe?

—Somos viejos amigos. Cuando necesita ayuda, aparezco.

—¿Así sin más?

—Incluso si no sabe que necesita ayuda, ahí estoy.

—¿Y necesita ayuda ahora?

—La necesitará.

La mujer entrelaza un brazo con el de Aubry, y, antes de que se dé cuenta, la conduce a través de los invitados, quienes no saben nada. Las dos juntas son un espectáculo sobrecogedor, susurran lo bastante cerca como para ser pareja, pero nadie se da cuenta de que van pasando por ahí.

—Hace tiempo, nuestro príncipe pidió un deseo por su cumpleaños, y yo lo oí de casualidad. ¿Quiere ver lo que le regalé?

Lleva a Aubry a través de tres puertas hasta llegar a un ala del palacio oscura y deshabitada. Las salas traquetean y gimen, y las corrientes de aire soplan desde el exterior. Si bien las ventanas están tapiadas, las cortinas ondean de todos modos. La raga improvisada de los músicos resuena por los pasillos y se mezcla con el ruido de la tormenta.

—Mire por aquí —le indica la mujer, sosteniendo una vela mientras enciende otra para Aubry—. ¿Qué es lo que ve?

—Un palacio —responde Aubry, delante del parpadeo de su vela—. Muebles. Tapices.

—Los tapices son de lana teñida. —La mujer señala hacia las esculturas de madera que hay en un rincón—. Las esmeraldas incrustadas son de cristal pintado. —Se da media vuelta y señala otra vez—. El reloj de esa chimenea lleva tres años sin funcionar. Y los sirvientes son todos voluntarios de la aldea.

—¿Qué quiere decirme?

—Se supone que el príncipe recauda impuestos de su pueblo para pagar a los británicos a cambio de protección.

—¿Para protegerse de quién?

—Sí, ya lo entiende.

Aubry pasea por la sala, nerviosa por motivos que no se acaba de creer del todo. Sin embargo, más tarde lo puede confirmar todo: Krishna y los demás sirvientes, todos son personas de las aldeas colindantes que no reciben remuneración, que le dedican su devoción a su príncipe. Más adelante, examinará los diamantes del turbante bordado del príncipe y comprobará que las demás joyas también son de pega, un trozo de cristal con un oropel de color que cubre un lado.

La mujer la lleva a otra sala. En la pared hay una colección de pinturas al pastel enmarcadas. Aubry se acerca a ellas, y la luz de la vela le permite ver retratos, paisajes, cuadros abstractos e imágenes de la naturaleza. No son obras antiguas, sino nuevas y hechas con suma pericia. Con unos colores maravillosos: dorados como los de una roca metálica fundida, verdes como los del jade aplastado, rojos como los del fuego dentro del fuego. Una sala llena de mariposas sería menos bella que esa. La mujer le indica una de las obras.

—¿Qué le parece este?

—Es muy bonito.

—Es mío —explica ella, antes de llevarla a otro cuadro—. Y este también, y ese.

Aubry se queda asombrada. Un cuadro en particular le llama la atención.

—¿Este también? —quiere saber. Se acerca a un cuadro de un río negro delante de una selva espesa, pintada con unas líneas verdes onduladas que se juntan y se entremezclan. En medio de todo ese verde hay un cobertizo alto, hecho de hojas anchas de la selva, y un puñado de gente se cobija debajo, junto a una hoguera.

—Fue una visión. Me quedo dormida en algún lado, en un prado o en una silla, y me vienen las visiones. Son como sueños, solo que siempre que me pasa estoy despierta. En este caso, recuerdo que estaba en un barco y que no veía nada. Entonces la niebla escampó, y ahí estaba: una visión de un río en el fin del mundo. Me dio la sensación de que era un hogar, así que así lo pinté.

Aubry no dice nada, sino que se limita a asimilarlo todo.

—Le gusta —comenta la mujer.

Aubry asiente, y la mujer señala hacia otro cuadro.

—Este es el que hice el día del deseo del príncipe.

Se trata de una pintura al pastel de tres caballos, dos de ellos de color rojo brillante, y el tercero, azul cielo. Las colinas en las que juegan son tan verdes como un reptil en medio de la selva.

—Debió de gustarle mucho —dice Aubry.

—Tuve la visión no muy lejos de aquí, de los tres caballos en una colina. Pero ese no fue el regalo. Después de verlo, el príncipe trazó un plan. Se puso a criar caballos en secreto para venderlos a China y a Persia a cambio de oro. El oro paga lo que piden los británicos, su pueblo no tiene que pagar impuestos, y a los más pobres Surasiva les da de comer y ropa que vestir.

¿A qué juega el príncipe? ¿Y cuán arriesgado es? El estómago le da un vuelco al pensar que su príncipe podría estar en peligro.

—¿El plan fue su regalo? —le pregunta Aubry, confusa—. ¿O el cuadro?

La mujer continúa como si no hubiera oído la pregunta.

—Sin embargo, el mundo cambia. Los trenes y los telégrafos han hecho que los caballos quedasen obsoletos, y ahora se le está acabando el dinero.

—¿Y qué hará?

—Ya veremos. —Están una delante de la otra, a cierta distancia, mirándose—. He cruzado montañas —explica—. Los Zagros. El Hindú Kush. Las he cruzado con familiares, con guías y con una caravana de personas del lugar para que nos ayudaran, y, aun así, casi perdemos la vida en varias ocasiones. Y usted ha cruzado el Himalaya. Completamente sola. Así que tengo qué preguntarle qué milagro la ha ayudado a hacerlo.

Aubry duda y piensa cuánto debe decir.

—Un milagro que no tengo cómo describir.

La mujer esboza una sonrisa, como si supiera exactamente de qué le habla Aubry. Se mueve más cerca.

—Hay ciertas cosas en esta tierra que solo existen porque uno las ha visto. Si no hubiera nadie para contemplarlas, no habrían existido nunca.

¿Eso podía ser cierto? Aubry ha sido testigo de cosas que nadie más ha visto, eso sí. ¿Eso les da un motivo para existir? «Según lo vemos nosotros, has viajado hasta aquí para conocernos», le dijo alguien hace mucho tiempo. Se ha entregado a la suerte y a las pequeñas maravillas. ¿Y si alguien no se entrega? ¿Esas maravillas no existen, entonces? ¿Se quedan a la espera, quizás en vano, hasta que alguien que pase por ahí las vea?

Aubry nota que la mujer le sujeta la mano con más fuerza y ve que se le ilumina el rostro.

—¿Es su cumpleaños?

Aubry se sorprende y tiene que pararse a pensar.

—Si lo es, no tengo cómo saberlo.

—Digamos que sí que lo es —dice la mujer.

—Vale.

—Pida un deseo.

—¿Un deseo?

—Quiero hacer algo por usted.

Un leve gemido del viento suena en la estancia. Las velas parpadean.

—¿Y qué pido?

—Bueno, no lo desperdicie. Piénseselo.

Solo que Aubry no tiene que pensárselo. Lleva pidiendo lo mismo desde que la enfermedad le clavó las garras en la espalda.

—¿Y me lo dará?

—Cuando ocurra, lo sabrá.

Si bien Aubry no la cree al principio, los ojos de la mujer no dudan ni un instante.

—¿Ya se ha decidido? —le pregunta, y Aubry asiente—. Lo imaginaba. Pida su deseo.

Aubry cierra los ojos y pide el deseo con fuerza. La mujer apoya la frente en la suya y le sujeta la cara con sus manos suaves. El perfume que lleva cada una se mezcla, sus sentidos se juntan, y, durante unos instantes, se permiten quedarse así.

—Feliz cumpleaños —le dice la mujer. Con una sonrisa lenta y generosa, se da media vuelta, se aleja y se desvanece en el alboroto de la fiesta.

No es hasta el día siguiente que el príncipe le dice a Aubry cómo se llama la mujer.

—Qalima —le dice, y ella le pide que lo repita poco a poco, pues el sonido que hace la cautiva—. Qa-li-ma.

Y, cuando Aubry se va a dormir esa misma noche, entona el nombre para sí misma, como una plegaria secreta.

CAPÍTULO CUARENTA Y NUEVE

El príncipe

Aubry vuelve a sus aposentos con mil ideas que le dan vueltas por la cabeza. ¿Qué quería decir esa mujer? ¿Era un deseo de verdad? ¿Qué iba a pasar? ¿Ya estaba pasando? Claro que todo eso son ideas absurdas. Nadie puede pedir un deseo y ya está, adiós problemas. Si fuera así, se habría curado hace muchos años.

Sin embargo, la fiesta ha sido divertida y la ha animado, como una burbuja imposible de romper. Mañana piensa hablarle al príncipe de todas las personas a las que ha conocido, de todo lo que se ha dicho. Está tan animada que concibe ideas de todo tipo.

La mujer es de lo más seductora. Tiene algo que hace que Aubry reconsidere el mundo tal como lo conoce. Aunque ha bebido bastante, así que seguro que no tiene las ideas claras. ¿Cuántas copas de champán han sido al final? ¿Cuatro? ¿Cinco? Tal vez más. Por mucho que haya perdido la cuenta en algún momento, está segura de que tiene más aguante que eso.

La puerta de sus aposentos está abierta, si es que son los suyos, vaya. Eso cree, al menos; la puerta al final del pasillo. Si bien tiene la mente un tanto nublada, está segura de que ha cerrado la puerta al marcharse. Recorre el pasillo, en una línea nada recta. A veces el suelo se mueve por sí solo. No es culpa suya.

Cuando entra en la habitación, se encuentra nada más y nada menos que al soldado Hayley, sentado en el borde de la cama. Si se podría decir que ella está un poco achispada, él está borracho del todo, con la boca abierta y la mirada perdida.

—Soldado Hayley —le dice—. ¿Ha venido a darme las buenas noches?

El soldado la mira de cerca para cerciorarse de que es ella.

—Creía que era mi habitación.

—Creo que es la mía.

—Sí, ya veo.

Aubry se sienta a su lado, en la cama.

—¿Quiere que lo ayude a encontrar su habitación?

—No, he encontrado algo más importante. —Al principio, Aubry cree que va a tener que rechazar a un amante borracho, pero entonces el soldado le muestra una bala que sostiene en la mano—. ¿Lo ve?

Aubry se la queda mirando un largo rato, sin entender a dónde quiere llegar.

—Es una bala.

—Es una prueba. La he recuperado del bolsillo de un muerto en el fondo de un acantilado. Creía que esta era mi habitación.

—Sí, eso ha dicho.

—Y creía que esa era mi cajonera.

El soldado Hayley señala hacia un cajón abierto, y entonces Aubry lo nota todo de golpe, toda su ansiedad que vuelve, como una cuerda que se le va apretando poco a poco en el cuello.

—Y creía que esta era mi pistola.

Alza la pistola que tiene al lado, la que Aubry había escondido en el cajón, la que le había arrebatado al muerto.

—Pero entonces he visto que no lo es. Es una pistola rusa que solo funciona con balas rusas.

Abre la recámara de la pistola y coloca la bala en el cilindro, tan fácil como una espada en su vaina.

—Y entonces he caído en que hay alguien por aquí con la pistola de un muerto, así que ese alguien debe de haberlo matado. Y he esperado. Y es usted.

A Aubry le da la sensación de que se pone a flotar durante unos instantes, como si el suelo hubiera desaparecido bajo sus pies, y se le hace un nudo en la garganta.

—Pero esa pistola es mía —miente—. La he tenido desde que era pequeña. ¿No lo ve? ¿Cómo va a estar en dos lugares a la vez?

—Pero no es una pistola francesa, sino rusa.

—Claro, porque la conseguí en Rusia. —Aunque no tiene ni idea de lo convincentes o no que son sus mentiras, se aferra a ellas como a una roca en un río rápido y letal—. Me la dio un hombre en Moscú que se preocupó por mí. Como comprenderá, el mundo es un lugar muy peligroso para una joven que viaja sola, ¿no cree?

—Pero no...

—Seguro que entiende por qué una joven que viaja por el mundo a solas pueda llevar una pistola como esa porque un anciano de Moscú se preocupó por ella.

—Sí, supongo que...

—¿Me imagina matando a esos tres hombres? ¿Me imagina matando a una sola persona, de hecho?

El soldado no responde, sino que se queda con la mirada en el suelo, cavilando.

—A esos hombres, ¿les dispararon o los apuñalaron? —le pregunta Aubry, como si ya supiera la respuesta.

—Los apuñalaron.

—En ese caso, la pistola no es el arma de ningún crimen, ¿verdad? ¿Y qué iba a usar una mujer menuda como yo para apuñalar a tres hombretones?

El soldado Hayley menea la cabeza; todo ha sido de lo más confuso para él. La mira de nuevo y abre mucho los ojos.

—Le sangra la nariz.

Aubry sabe que es así. Lo nota: una sola gota que se le desliza hacia el labio superior.

—Lo siento —se disculpa Hayley—. Es culpa mía. —Saca su pañuelo e intenta limpiarle la sangre. Por su parte, Aubry cierra los ojos con fuerza mientras permite que Hayley haga alarde de su caballerosidad embriagada. Se había estado divirtiendo tanto. Le habían concedido su deseo y le ha encantado cada segundo que ha pasado con el príncipe. No puede irse. Otra vez no. Nota como si algo le estuviera aplastando el cuerpo entero, solo que no es la enfermedad, sino la desesperación. La aprieta con tanta fuerza que se le saltan las lágrimas, y, por un instante, estas la ciegan.

»Ay, soy horrible —continúa Hayley—. No pretendía causarle ninguna molestia.

—No diga tonterías. No ha hecho nada. Aunque sí que estoy muy cansada y quisiera irme a dormir. Podemos continuar la conversación mañana, si no es molestia.

—Claro.

Los dos se ponen de pie y se dirigen a la puerta, donde el soldado la mira una última vez.

—¿Cómo sabe que los apuñalaron?

—No lo sé. Usted se lo ha imaginado.

El soldado asiente, como si eso tuviera sentido, y se aleja, todavía asintiendo, con una mano apoyada en la pared para no perder el equilibrio. Aubry cierra la puerta tras él. Su habitación está oscura, y el palacio, en silencio, salvo por el viento. No es ni siquiera su tercer día ahí, y su alegría ya se ha visto arrancada de raíz sin ninguna piedad.

Pero he sabido lidiar con el soldado, piensa. *Puedo ser muy lista cuando me acorralan.*

Piensa que, si hay alguien que pueda salvar al príncipe de aquellas personas, es ella. Le gusta el príncipe. No. ¿Qué sentido tiene esconderlo? Quiere al príncipe. Es esencial que se quede para protegerlo.

Solo que la enfermedad ya va a por ella. Niega con la cabeza con fuerza, y la habitación le da vueltas. Se deja caer de rodillas y le da puñetazos al suelo de mármol hasta que le duelen las manos.

No quiere dar vueltas por el mundo; quiere que el mundo dé vueltas a su alrededor. ¿Cómo lo habían llamado? ¿El núcleo de la conciencia? Sí, eso. La conciencia y todo lo que ello implica. Cuando todo lo demás desaparezca, solo quedará ella, sin principio y sin fin, y ese cuerpo enfermo y maltrecho que tiene no le servirá de nada.

Eso o es que se ha vuelto loca del todo.

En el montón ordenado de ropa que los sirvientes le han dejado, encuentra un cordel. Si bien su función es hacer de cinturón, se vale de su mano libre y de los dientes para hacerse un nudo alrededor de una muñeca, bien apretado. El otro extremo lo pasa por detrás del poste de la cama y se lo ata a la otra muñeca, bien apretado. Se sienta en el suelo, apoyada contra la cama y atada al poste, sin mucho margen para moverse. Todo le sigue dando vueltas. En el exterior, la tormenta sopla conforme transcurre el tiempo; sin embargo, dentro del palacio la arena araña las paredes, como si una serpiente gigante se estuviera enroscando alrededor del edificio. Si escucha con atención, cree oír el universo entero en el centro.

Le tiemblan las manos, y eso que todavía no le duele nada. Ha perdido la paciencia con su propio cuerpo, y esta noche pretende darle una buena paliza. Lo llevará al borde de la destrucción. Su deseo se hará realidad justo a tiempo. Lo eterno devorará todo lo temporal. La esencia de Aubry destruirá la esencia de la enfermedad. Y entonces quizá todo lo que ha estado cerrado se abrirá y verá el mundo como espera que exista, cruzará el umbral y sus propios huesos le dirán: «No sabíamos que podía ser tan bello».

En ocasiones, su falta de cordura la asombra incluso a ella misma.

—Voy a matarte —le dice a su enfermedad.

—No puedes —traquetea la voz contra el pecho de Aubry.

—Pues entonces me matarás tú. Pero una de los dos va a morir esta noche.

Silencio.

—Hay más por ver —le dice la enfermedad—. Mucho más.

—Pues nunca lo veré —responde ella, y se prepara para el final de todo.

Cuando la enfermedad va a por ella por fin, mucho más tarde esa misma noche, lo hace llena de ira.

CAPÍTULO CINCUENTA

El príncipe

Gime, gruñe, aprieta los dientes y se retuerce en el suelo. La sangre mancha las baldosas de mármol. La columna se le retuerce como las vides de la selva. Con las muñecas atadas a la cama, no huye, sino que se aferra al mueble con fuerza. No grita ni pide ayuda ni una sola vez. Para cuando llegue la mañana, ya habrá sobrevivido al dolor o habrá muerto.

No obstante, por mucho que se resista, se le escapa algún sonido: un quejido, un golpe contra el suelo con la extremidad que sea. A pesar del ruido de la tormenta, alguien nota que algo va mal durante el transcurso de la noche y abre la puerta de los aposentos de Aubry.

El príncipe no sabe qué es lo que ve nada más llegar. Con la habitación a oscuras, parece que un animal está matando a algo en la base de la cama, de tanta sangre que hay. Y entonces cae en la cuenta de que es Aubry, sumida en sus convulsiones en el suelo.

Entra a toda prisa, le da la vuelta y ve que tiene las muñecas atadas a la cama.

—No me iré… —le dice ella, y las lágrimas y la sangre se le entremezclan en las mejillas—. No lo abandonaré…

—¡Ayuda! —grita el príncipe, quien se apresura a desatarla. La madre y sus hijas, en la habitación contigua, son las primeras en llegar y sueltan un grito ahogado al verla. El príncipe alza a Aubry en brazos, con lo que se mancha la ropa de sangre, y la lleva al pasillo. Ya hay otros en camino: varios sirvientes, el barquero y su hijo, las profesoras y los músicos y luego el coronel y sus soldados; hasta la joven pareja, tímidos y demasiado asustados como para acercarse, pero con una expresión llena de lástima.

Todos acuden a verla, hasta el último de ellos.

—¿Qué podemos hacer? —pregunta el coronel.

—Tiene que irse —explica el príncipe, y, a pesar de que las lágrimas le nublan la visión, ve a Krishna entre los allí reunidos—. El cobertizo de las barcas —le dice, y Krishna se pone manos a la obra de inmediato.

—¡Comida! —grita el coronel—. ¡Agua!

El príncipe la lleva por la sala de banquetes, por los pasillos que conducen a las puertas del sureste. El barquero y su hijo los adelantan para abrir las puertas. Una avalancha de aire les da la bienvenida, un remolino de polvo que le sacude el cabello, que les arrebata los pañuelos a las sirvientas y que llena la ropa de viento. Los relámpagos iluminan los restos que flotan en el aire. Una ráfaga de arena hace que Aubry tenga que cerrar los ojos. Por un momento, se siente como si estuviera volando, en los brazos de Surasiva, en un torbellino de aire. Es una sensación de movimiento, de no existir.

Entonces el viento empieza a soplar con menos fuerza. La arena se convierte en una lluvia que le cae en la cabeza. El príncipe la lleva por las escaleras, las escaleras que descienden por los acantilados, los acantilados que los cobijan del viento. Los sirvientes los siguen, con lámparas que se mecen al viento. Llegan al cobertizo de las barcas, el cual es una serie de tejados que conducen al río, bajo las luces que iluminan las vigas y los postes al mecerse.

El cobertizo está a rebosar de monos. Veintenas de macacos se han ido a vivir ahí para refugiarse de la tormenta, y, cuando el príncipe se les acerca, con Aubry en brazos, salen corriendo, suben por las columnas, se aferran al techo y huyen de la tormenta de arena. Les abren paso como si fueran los mismísimos Rama y Sita.

Krishna ya está en una barcaza larga, baja la caña del timón y desata las cuerdas. Aubry, al borde del desmayo, intenta entender lo que ocurre. Ve rostros, el de los músicos y el del soldado Hayley, quien le busca la mano y le da algo.

—Tenga —le dice—. Así podrá estar a salvo. —Le coloca lo que sea en la palma de la mano y le hace cerrar los dedos antes de que se la lleven a la barcaza.

Las profesoras le dan a Krishna unos bultos atados con un cordel.

—Ropa y mantas —le explican.

Las hijas rescatadas le dan la mochila de Aubry y su largo bastón de caminar. Los sirvientes se van pasando comida envuelta en papel, mientras que los soldados británicos lanzan cantimploras llenas de agua.

Han acudido allí para despedirse de ella, esas personas a las que ha rescatado, esas personas que quieren rescatarla. Es un regalo que no es capaz de devolver. No quiere dejarlos. Quiere aferrarse a ellos para siempre, solo que no puede llevarse una amabilidad como esa en el bolsillo. Quiere quedarse, pero el hecho de querer algo no es nada más que una rendición sumisa y desesperada ante algo más grande que una misma.

Desde el muelle, Krishna lanza las cuerdas y le da un empujón a la barcaza.

—Cuide de ella, príncipe.

A duras penas, Aubry los ve alineados en el borde del muelle mientras observan cómo la corriente se lleva la barca. Todo son expresiones nerviosas. Ve a los músicos, con una mano en la frente para rezar. Cree ver a la pareja joven, detrás de los demás, observándola aferrados el uno al otro.

Incluso cree ver a Qalima, en lo alto del acantilado para verlos a todos desde arriba, aunque no está segura.

El río pasa en medio de dos paredes de cañón. La tormenta sopla con fuerza desde arriba y les lanza piedrecitas contra la barca. Con mucho cuidado, el príncipe coloca a Aubry bajo el toldo de la barcaza, conforme las olas de arena azotan la tela. No está mejorando. Tiene los dientes teñidos de rojo. Se está ahogando por la sangre.

—No le pasa —dice el príncipe, intentando controlar el pánico—. ¿Por qué no le pasa?

El dolor se le aferra a la columna y la retuerce. Aubry se sacude, con los músculos tensos.

—Tengo que contarle... —dice ella. Pronunciar cada palabra le cuesta lo indecible—. Tengo que contárselo a alguien antes de morir...

—No va a morir.

Aubry inspira y toma las riendas de su cuerpo tanto como puede.

—Le contaré cómo lo hice... —dice, con la mandíbula apretada, y un hilillo de sangre constante le cae de los labios—. Le contaré cómo crucé las montañas...

CAPÍTULO CINCUENTA Y UNO

Cómo cruzó las montañas

A media mañana, ya había subido tan alto que las tiendas de campaña y los rebaños de Pathik se habían desvanecido por la distancia y la meseta del Tíbet no era nada más que un vacío vertiginoso bajo ella. La falta de oxígeno a aquellas alturas hacía que notara que tenía los pulmones demasiado pequeños, aunque seguía respirando. Iba a necesitar hasta el último aliento que pudiera dar, porque delante de ella no había nada más que montículos, crestas y columnas de roca que no dejaban de crecer. Escalaba por una cima y se encontraba con una serie de pináculos y cumbres que la esperaban más allá, apilados unos encima de otros en una escalera infinita construida para los gigantes y los dioses, no para ella.

Por la tarde, no tenía ni idea de cuánto había subido ni de cuánto le quedaba por delante. Acampó en una pequeña gruta e hizo una pared de nieve. Encendió una hoguera en miniatura en la latita que había llevado consigo desde el mar de Aral. Cuando se asomaba al exterior, veía las nubes monstruosas que se acercaban, el humo gris que pasaba por encima de las cumbres heladas y aterradoras. Se acurrucó en el interior de la caverna, con toda la ropa puesta, y empezó a preocuparse. Durmió por momentos durante toda la noche; un parpadeo que duraba un minuto, y luego dos, y luego diez.

—No te quedes aquí —le dijo su enfermedad—. Las montañas están para verlas.

—Me importa una mierda. Aquí me quedo.

—Crees que la tormenta es el infierno y que esta cueva es el cielo, pero nada de eso es cierto.

—Pues se parecen lo suficiente.

—Vete. Te prometo que te mantendré a salvo.

—Intentas matarme.

—Intento quererte.

Se despertó con un jadeo que le echó abajo el muro de nieve, que le apagó la hoguera y la sacó de la caverna.

A su alrededor solo había un blanco puro y cegador. El mundo reducido a una página en blanco. Con las manos metidas en guantes, tanteó en busca de algo en lo que apoyarse, pero solo había frío y estallidos de viento. Del viento provenía un hielo afilado, como cristal pulverizado, que le acribillaba el abrigo y le hacía cortes en la piel.

Siguió adelante a duras penas. El frío le caló el cuerpo entero, a través de la piel y de los músculos, hasta llegar al corazón y a los huesos. Tenía la mandíbula dormida, congelada. La ropa no le servía de nada, cubierta de hielo. Le era imposible hasta imaginarse el calor: era algo que sabía que existía y que no recordaba. Estaba hecha de frío.

Apoyada en su lanza y medio ciega, se abrió paso a través de montículos de nieve que le llegaban a las rodillas, hasta que la capa se volvió menos gruesa y le dejó ver un muro de hielo que le bloqueaba el paso.

Si se colocaba junto a la pared, no había viento. Si daba tan solo uno o dos pasos, el vendaval soplaba de nuevo. Pasó por el borde, tanteando para avanzar, hasta que, de repente, el muro desapareció, y un torrente de viento que soplaba por la esquina la tiró de espaldas.

Se deslizó hacia abajo, incapaz de parar, hasta que su cerebro medio congelado se acordó de la lanza que empuñaba. Según se deslizaba, giró para colocarse en posición y clavó la lanza en el hielo, con la nieve que caía por la montaña a su alrededor. Se acabó deteniendo en medio de un laberinto de rocas, todas ellas congeladas e inmóviles. Rodó hasta colocarse bajo una de ellas, a cubierto del viento, pero el frío era como un sueño profundo. Varias partes del cuerpo le desaparecieron, y dejó de notar las manos y los pies. Tenía que mirarse para saber dónde estaban. El cerebro se le durmió, envuelto en un algodón frío. La visión se le tornó oscura.

Lionel Kyengi había creído que nada podía hacerle daño.

—Te aseguro —le había dicho ella— que soy más que capaz de morir.

—Sí, así somos todos. Pero no creo que seas tan capaz como te crees.

Cuán equivocado estaba. Qué fácil era dar un paso en falso, calcular mal, prepararse demasiado poco o sobrestimarse. Qué fácil era morir.

Aun así, siguió luchando. Se paró sobre sus pies, por mucho que los tuviera dormidos, y volvió a subir por la pendiente de rodillas. Cegada por la nieve, azotada por el viento y con los labios azules, gateó hacia la pared de hielo en busca de una gruta, de una grieta, de cualquier lugar en el que cobijarse. Si bien no tenía sentido, la pared de hielo le parecía un mejor lugar en el que morir que el jardín de rocas. No era nada más que eso.

Ya alcanzaba a ver el muro y sabía que iba a lograr llegar. Y eso, para su mente congelada, era una especie de victoria.

Y entonces vio la puerta.

No se dio cuenta de que era una puerta hasta un minuto después, por mucho que la estuviera mirando de frente. Se trataba de una puerta de hierro negro, incrustada en el hielo sin ningún propósito, sin ningún motivo, y Aubry se detuvo porque no estaba segura de lo que veía. Y entonces, como una máquina que se engrana, obligó a sus propias extremidades a seguir subiendo. Cuando llegó hasta allí, se puso de pie con dificultad y aporreó la puerta de hierro. Le dio patadas y empujones, y esta se negaba a moverse. Una capa de hielo gruesa le cubría los bordes y la había sellado por completo, de modo que ella se puso a cortar y picar el hielo con la lanza, asombrada por la fuerza de la que gozaba en aquel instante y preguntándose, incluso entonces, de dónde le provenía. Cuando acabó de retirar el hielo, se lanzó contra la puerta. Y esta no se movió ni un ápice, pero Aubry no pensaba rendirse. Se lanzó contra la puerta una y otra vez.

La puerta acabó cediendo, primero un poco y luego mucho, lo bastante como para que la pudiera cruzar. Se coló por una pequeña rendija en la montaña y cayó en las sombras que contenía.

CAPÍTULO CINCUENTA Y DOS

Terra Obscura

Allí dentro no soplaba el viento, por mucho que la tormenta del exterior asediara la montaña y la oscuridad la rodeara por completo. Ya no había nieve que hiciera que le picaran los ojos. El alivio la invadió, y quiso echarse a dormir. Necesitaba una cabezada más que nunca. Sin embargo, un ascua seguía encendida en su mente y le decía que todavía podía morir por congelación, que era lo más seguro, que estaba casi garantizado. Aunó fuerzas, rodó para colocarse bocabajo y apoyó las manos y las rodillas en el suelo para ponerse de pie. Vio que el suelo era una piedra fría y pura, por lo que debía de estar en una cueva.

Gateó hasta la puerta y la cerró todo lo que pudo, tras lo cual se sentó apoyada contra la pared. Se llenó los pulmones de aire, permitió que la vista se le ajustara a la oscuridad y observó las tinieblas.

Echaba una nube espesa de vapor con cada respiración. En cuestión de minutos, la caverna se llenó de una niebla helada, de modo que, por mucho que se le ajustara la vista a la oscuridad, también se le nublaba.

Necesitaba entrar en calor. Esa era su prioridad. Se quitó los guantes y se puso a rebuscar en su mochila hasta sacar su pedernal. Estaba tan frío que le quemaba la piel. La ínfima cantidad de yesca que había llevado consigo se había congelado, y sabía que no iba a poder encenderla. Había huido de un peligro para meterse en otro. Se volvió a poner los guantes y se incorporó, sobre unos pies muertos que le dolían al andar. Caminó poco a poco y con cuidado, porque no quería resbalarse en las capas de hielo que no iba a ser capaz de ver.

Recorrió la cueva despacio, aunque tampoco había mucho que recorrer, pues no era mucho más que una grieta en la roca. Los finos rayos de luz que procedían del exterior no eran gran cosa, pero sí bastaron para que viera la otra puerta.

También era de hierro, y fue a abrirla, solo que, antes de hacerlo, vio la puerta que tenía al lado, la que había al lado de esa última. Recorrió la niebla y contó seis puertas de hierro.

Se imaginó que era una especie de prueba, que debía escoger la puerta menos peligrosa, pero luego se quitó la idea de la cabeza. Eran todas idénticas. Tenía que escoger la que fuera y ya está.

Llevó la mano a la puerta que tenía más cerca, antes de detenerse, pensárselo durante un instante y, sin ningún motivo aparente, escoger la puerta de al lado. Giró el pomo metálico, y la puerta se abrió sin problema.

Había espacio y luz. La calidez le parecía una sensación extraña, y notó un cosquilleo por el impacto. La luz era tan clara que le llevó unos segundos acostumbrarse. Cuando lo hizo, vio una sala entera llena de estanterías y alfombras, con vigas de madera que recorrían el techo y unas lámparas encendidas que colgaban de unos ganchos. Sin embargo, más que ninguna otra cosa, lo que había allí eran libros. Libros por todas partes, tantos que las paredes y las columnas y filas de estanterías desaparecían entre ellos. Hasta el último centímetro de la sala (las esquinas, los marcos de las puertas, las vigas del techo) estaba a rebosar de libros y de pergaminos.

Creyó haber muerto, que había fallecido en la ladera de la montaña, sepultada por la nieve, y que aquel lugar era una alucinación. Incluso se atrevió a albergar la esperanza de que aquello fuera el más allá. Aun así, seguía notando el dolor abrasador en los pies, y también en los dedos de las manos, por lo que supo que no era eso.

Se adentró en la sala. Poco a poco y en silencio, la puerta giró en sus bisagras y se cerró tras ella. Aubry no vio que se cerrara. De hecho, no iba a volver a pensar en aquella puerta en ningún momento. En lugar de ello, estaba centrada en la fruta que había en el cuenco.

En el centro de la sala había una mesa baja y amplia, tallada de la piedra de la montaña, cubierta por una piel gruesa y varios montones de libros. Alrededor de la mesa había más piedras, talladas hasta dejarlas planas por arriba para que hicieran las veces de sillas, con un cojín pequeño encima. Y delante de una de las sillas había una lámpara encendida y un cuenco de madera lleno de fruta fresca.

Solo que no podía comer, todavía no. Tenía que salvarse las manos y los pies. Se calentó los dedos contra la lámpara. Vio una pequeña chimenea tallada en la pared, con una pila de excrementos secos al lado y una olla negra encima. Llevó la lámpara hasta allí y pensó en valerse de las páginas de algún libro para encender el fuego, pero entonces se acordó, por muy desesperada que estuviera, de que estaba en una biblioteca. Aquellos libros eran de alguien. Menuda falta de respeto sería quemárselos. Entonces vio la yesca, la encendió con la lámpara, y no tardó en hacer una hoguera. Se quitó las botas congeladas y el abrigo de badana, todavía tieso por el hielo, tanto que se mantuvo erguido en el suelo como si un espíritu invisible se lo hubiera puesto. Se sentó junto al fuego y pudo calentarse por fin.

Tras un tiempo, se sorprendió al comprobar que ya podía caminar de nuevo, sin ningún dolor, que no había sufrido tanto daño en los pies como se había imaginado. Sacudió los dedos y caminó por encima de las pieles y las alfombras. *Sí*, pensó, *curada del todo.*

Se sentó en el cojín pequeño de la silla pequeña y le echó un vistazo a la comida. Le temblaban las manos, y el hambre le rugía en el interior. Abrió una granada con un cuchillo de cobre largo que había al lado del cuenco. A pesar de que también había una cuchara, sacó las semillas con los dientes y devoró la fruta.

El jugo le goteaba por la barbilla y acabó manchando la piel de la mesa. Más tarde lo iba a lamentar, pero no en aquel momento. Tomó un puñado de bayas y se las metió todas en la boca. Vio el té de mantequilla y se lo bebió directamente de la botella de madera en la que estaba.

Comió hasta saciarse, tras lo cual se calmó y miró en derredor. Entonces fue cuando por fin les prestó atención a los libros.

Sacó uno de la pila que tenía delante. Todas las páginas eran dibujos de tinta. Si bien había alguna palabra de vez en cuando, garabateada en alguna página, siempre era en un idioma que desconocía, en un alfabeto que no sabía reconocer. Sin embargo, las palabras eran pocas y nada necesarias.

El siguiente libro también estaba lleno de dibujos, en aquella ocasión hechos con carboncillo y con un estilo nada profesional. Por mucho que parecieran dibujados por un niño pequeño, los entendió a la perfección. Había un dibujo de unos hombres que construían una torre enorme, alta como cualquier montaña. Y más adelante había otro dibujo de... ¿Era posible? Sí, sí que lo era: un dibujo a carboncillo de unos pingüinos que daban saltitos por un paisaje helado.

El siguiente libro se leía como una historia, así que fue pasando las páginas y la siguió. Empezaba con esbozos de una familia en una ciudad ancestral, de algún lugar de Persia, a juzgar por el desierto y la vestimenta que llevaban. Hasta que la tierra se puso a temblar. Las casas se derrumbaron, y, las que no, quedaron torcidas o con una grieta en el centro. A pesar de que la familia había sobrevivido al seísmo, entonces llegó aquello a lo que no iban a poder sobrevivir: el gran muro de agua que siseaba en su dirección. No tenían a dónde ir. El muro de agua se estiraba de un extremo del desierto al otro. Chocó contra su ciudad, derribó viviendas y arrastró caballos, carruajes y personas. El único miembro de la familia que sobrevivió fue una niña pequeña que se aferró a una puerta de madera durante tres días, navegando por las corrientes, mientras veía que su desierto, el único mundo que había conocido, se convertía en un mar.

Aubry cerró el libro. Todo eso estaba contado en imágenes, al igual que en las otras bibliotecas que había visto. Solo que aquella, en aquella montaña tan remota, era la biblioteca más imposible de todas. Eligió otro libro. Aquel también contaba una historia: un anciano y su hijo, al ver una calabaza de forma extraña, acabaron inventando un instrumento musical; le añadieron una cuerda por allí, un agujero para el sonido por allá, y, por mucha meticulosidad que el intento les exigiera, acabaron fabricándolo. Un instrumento extraño que nadie había oído nunca. Tocaron unas melodías tan bellas que los demás, cientos de personas, incluso de tierras muy lejanas, fueron a escuchar. Muy pocos entendían la letra, pero a todos los conmovía la música.

Había otro libro con otra historia, dibujada en colores pastel, una que la emocionó en especial. Trataba sobre un escultor famoso que padecía una enfermedad dolorosa que le marchitaba los músculos y que solo experimentaba el alivio por la noche, cuando soñaba. Y, en esos momentos de paz, soñaba que Dios y él paseaban por un jardín, uno que Dios mismo había plantado, y se llevaba el dolor del escultor el tiempo suficiente para que pudiera disfrutar de su creación.

¿Eran historias inventadas? ¿Eran los recuerdos de alguien? ¿Eran cuentos? A pesar de que no lo sabía, le gustaba leerlas. Abrió otro libro, uno que, según parecía, trataba sobre una anciana que nadaba junto a las nutrias.

Y entonces Aubry se quedó dormida, con la cabeza sobre las páginas, y no se despertó hasta transcurridas varias horas.

Cuando volvió a abrir los ojos, estaba tumbada en el suelo, tapada por una manta de piel, sin saber cómo había llegado hasta allí. No sabía si era de noche o de día ni cuándo se le había apagado la hoguera. Había dormido como un tronco.

Lo segundo de lo que fue consciente fue de que el pelo de la manta le temblaba delante de la nariz. Había una corriente que provenía de alguna parte. Estiró una mano y buscó el viento. A gatas, rastreó la corriente hasta la pared del otro extremo. Se colaba por debajo de la estantería más baja. La empujó.

La estantería cedió sin problemas, por muchos libros y pergaminos que tuviera, y se abrió hasta dejar ver otra sala. Era una sala larga, como un túnel, con una serie de arcos que se extendían hasta donde alcanzaba la vista, hacia las sombras sin iluminar.

Y hasta el último milímetro disponible de la estancia estaba lleno de libros.

—¡Hola! —gritó hacia las sombras, aunque no obtuvo ninguna respuesta.

Recogió sus pertenencias (su mochila, la lanza y también la lámpara), y, como todavía hacía frío, se puso su abrigo, ya descongelado. Se llenó los bolsillos de lo que quedaba de comida y se metió en el túnel. Era alto y amplio, con carámbanos que colgaban de las paredes de roca o que formaban unas columnas gruesas entre el suelo y el techo. Había más libros de los que alguien podría llegar a leer en una vida entera.

Sacó un pergamino de un estante y lo desenrolló por el largo pasillo. Era una historia, como las demás, sobre un pescador que encontraba una caracola extraordinaria en su red, de color azul oscuro pero brillante, como un arcoíris en plena noche. La abrió para ver qué contenía, y lo que halló fueron cámaras y cámaras, espirales infinitas dentro de más espirales infinitas. Lo encontraron tres días más tarde, hecho un ovillo en la cubierta de su barco, musitando sin decir nada coherente. Había sido testigo de lo infinito, y eso lo había vuelto loco. Aunque nadie más volvió a ver lo que el pescador había descubierto, ni en su red ni en su barco, él juró que lo que había visto era cierto, con los ojos muy abiertos, con una expresión desquiciada. Tras pasar unos días en tierra firme, se recuperó, y, unos días más tarde, volvió a zarpar, siempre atento por si veía otra caracola como aquella. Solo que no encontró ninguna.

Aubry enrolló el pergamino de nuevo y lo colocó en su lugar para seguir explorando. Poco después llegó hasta una abertura en la pared, como una ventana, y miró a través.

Al otro lado de la ventana había más y más salas, más y más estanterías, unidas por puentes, peldaños y escaleras de mano. Aquel lugar la desorientaba: las catacumbas infinitas, las paredes llenas de libros y de más libros, como una biblioteca diseñada por El Bosco. Se asombraba con tan solo verla, con una sensación similar al vértigo. Se apoyó contra el marco de la ventana para seguir de pie y asimiló todo aquel panorama subterráneo, sin saber qué explorar primero.

Paseó por las salas infinitas, siempre con una lámpara en la mano. Allá adonde fuera, siempre había otra, encendida, colocada sobre una mesa o colgada de una viga. Cuando la suya empezaba a apagarse, la dejaba y se hacía con una nueva. Era como si siguiera a otra persona, siempre a unos pocos pasos de sus últimos movimientos. Y, si bien algunas salas solo contenían estanterías, otras contaban con sillas y mesas o incluso artefactos variopintos: jarrones ancestrales, cráneos de criaturas extintas que reposaban entre los estantes y, de vez en cuando, algún cuadro o un mapa guardado en un rincón. Y lo que era más raro de todo: se acababa encontrando con alguna sala con algo para comer, como pan fresco sobre una tabla para cortar, verduras limpias o fruta colorida.

—¿Hola? —preguntaba cuando le ocurría eso—. ¡Muchas gracias! ¡Muchas gracias por la comida!

Y no le llegaba ninguna respuesta.

Paseaba, comía unas bayas de goji por allí, bebía té con leche por allá. No le faltaba nada. De vez en cuando gritaba algo hacia las catacumbas («¡Qué rico estaba el té!» o «¡Gracias por las lámparas, no sabría qué hacer sin ellas!»); sin embargo, la biblioteca guardaba silencio, y solo oía el eco de su propia voz.

Por mucho que se preguntara cómo era posible que aquel lugar estuviera tan vacío y que aun así hubiera velas encendidas y comida fresca esperándola en los distintos cuencos, quizá no se lo pensó tanto como debería. Incluso en aquel entonces, mientras paseaba por los pasillos y las escaleras, sabía que debía ser más curiosa, que debía estar más preocupada. Quizás incluso debería haber tenido miedo, solo que no lo tenía, por motivos que no llegaba a comprender. Se conformaba con pensar en nada más que los libros y las historias que contenían.

Un día (o una noche, o en algún momento de un tiempo difuso, porque ¿cuánto tiempo llevaba deambulando por el lugar?), se acabó encontrando con un balcón. Miró desde arriba hacia un gran abismo lleno de libros, un foso enorme en la corteza del planeta que unos ingenieros incansables habían tallado en forma de estanterías. Desde donde estaba, veía la escalera que descendía por la enorme pendiente en un zigzag hacia la oscuridad que se atisbaba más abajo.

Bajó por las escaleras, con sus peldaños de madera que formaban un estante para los pergaminos, y descendió por el acantilado hasta que el ambiente se tornó más cálido y la geología cambió. Donde antes había visto granito duro, en aquel momento vio fragmentos de tierra roja suelta. Entró en salas con suelo de arcilla y con árboles verdes que salían de ella para sostener estanterías en las ramas.

Se sentó delante de mesas de madera cubiertas de seda naranja, con sillas de verdad. Comió mangos que había en cuencos de marfil. Leyó más libros llenos de imágenes: uno sobre el último tigre de una isla distante, al cual le daban caza unos hombres que se preguntaban dónde se habían metido los otros tigres; otro sobre una flota de marineros antiguos que surcaban el océano en barcas hechas de juncos y cuerdas y que se guiaban con las estrellas para descubrir islas nuevas con costas con acantilados y selvas espesas que no habían visto en la vida.

Pasó por salas con raíces de árbol que colgaban del techo, por una que tenía un riachuelo que goteaba por el suelo, con un agua glacial tan cristalina que podía llevar los labios a la superficie y beber directamente. Entonces oyó voces, un eco lejano de una dirección indeterminada; demasiado lejos como para entender alguna palabra, como para entender nada, de hecho. Sin embargo, sí que era una voz. De eso sí que estaba segura.

Buscó señales de vida en la biblioteca. Corrió de sala a sala, donde encontró más velas encendidas, comida fresca y té caliente, pero ninguna huella, ninguna sombra que se escondiera, ningún indicio de que alguien más corriera por allí. Siguió a toda prisa y dobló esquinas de forma inesperada para meterse en otras salas e intentar tomar desprevenido a quien fuera que estuviera allí, pero ninguna estrategia surtió efecto, y siguió sola.

Aun con todo, cada cierto rato oía aquella voz. Resonaba por los pasillos y subía por las escaleras, siempre oculta, siempre lejana e indescifrable.

Un día (o una noche), estaba recogiendo mangos de una arboleda que crecía entre las estanterías. Recolectó la fruta y la dejó en un cuenco vacío. Pensaba en las voces, en las personas que podían producirlas. Pensaba en lo contentos que iban a ponerse si encontraban aquellos mangos esperándolos. En un trocito de papel blanco, escribió una nota y la dejó en la mesa, al lado del cuenco.

Para el siguiente, decía.

Y entonces, con la lanza, la mochila y unos cuantos mangos en el bolsillo, se dirigió a la puerta más cercana, de teca, situada al final de un pasillo tan estrecho que tuvo que ponerse de lado para recorrerlo. Abrió la puerta, y, muy para su sorpresa, se encontró con una luz cegadora.

Alzó un brazo para cubrirse de la luz y dio algunos pasos para cruzar la puerta y ver con qué se iba a encontrar aquella vez.

Mientras se le ajustaba la vista y se acostumbraba al sol, la puerta de teca se cerró tras ella en silencio.

Se tropezó y parpadeó, confundida. Estaba en un acantilado, junto a un río estrecho entre dos paredes de roca, un cañón de algún tipo, y no tenía ni idea de cómo había llegado hasta ahí. Alzó la mirada, vio el cielo azul en lo alto y notó la brisa que corría.

Estaba fuera.

Había salido de la biblioteca.

Giró sobre sí misma e intentó volver por la puerta de teca. Solo que no estaba. Mirara donde mirare, no había nada más que paredes de roca.

Por un instante, creyó que todo había sido un sueño, porque tenía que haber sido parte de un sueño, o eso le pareció. Sin embargo, había cruzado las montañas. Era imposible, pero lo había conseguido.

Miró en derredor y observó bien dónde estaba. Estaba más perdida que nunca. ¿Hacia dónde debía ir? ¿Al este? ¿Al oeste? El río fluía hacia el sur. Si seguía un río el tiempo suficiente, sabía que se iba a acabar encontrando con una aldea, un pueblo o una ciudad. Toda la experiencia que había ido ganando en su vida itinerante se lo había enseñado.

No obstante, cuando siguió la curva del cañón y vio a aquellos tres hombres que se dirigían hacia ella, se quedó helada de la cabeza a los pies. Fue por el modo en que se estremecieron al verla y luego sonrieron al reparar en que estaba sola.

El instinto se le despertó en el interior y le dio una patada en las entrañas, pero era un instinto en el que confiaba, y, en aquel momento, le dedicó todo su ser.

Siguió caminando y pretendió no estar asustada. Incluso esbozó una sonrisa, aunque, en su imaginación, ya estaba apuntando con su lanza.

CAPÍTULO CINCUENTA Y TRES

El príncipe

—Pero no… —El príncipe Surasiva se interrumpe a sí mismo, incapaz de comprender la historia.

—No puede ser —acaba Aubry por él. La tormenta sigue soplando, el viento aúlla, y la sangre se le ha secado en las comisuras de los labios, aunque el dolor persiste—. No puede ser —repite—. ¿Quién construiría un lugar como ese? ¿Y cómo? ¿Y por qué iba a abandonarlo después? ¿Por qué iba a abandonar tanto conocimiento? —Una punzada de dolor. Aubry se retuerce y se sacude, se resiste y vuelve a tomar las riendas de su propio cuerpo—. ¿Quién me dejó comida, príncipe? ¿Quién encendió las velas? ¡Es imposible! Seguro que escalé por las montañas. Estoy loca, he perdido la chaveta. —Sufre una convulsión, casi agonizante. Toma aire con fuerza y echa la cabeza atrás, en las garras del agotamiento—. Y aun así… —sigue, con las pocas palabras que le quedan—. Aun así…

Se le ponen los ojos en blanco y se sume en la inconsciencia.

CAPÍTULO CINCUENTA Y CUATRO

El príncipe

Cuando vuelve en sí, tiene los ojos entornados, solo que no por la arena, sino por los rayos de sol que se cuelan en un ángulo bajo el toldo. La boca no le sabe a sangre. No le duele la columna, la cabeza ni las articulaciones. Aunque sí que está cansada, tanto que casi no puede moverse.

Respira hondo y se obliga a incorporarse. Suelta un quejido. El cuerpo le late, como si se hubiera hecho un moretón de pies a cabeza. Aúna fuerzas para ponerse de pie y caminar hacia el primer rayo de luz que experimenta desde hace varios días.

El príncipe está en la caña del timón de esa barcaza colorida con toldo. Navegan despacio por un río ancho que talla un cañón en la sabana polvorienta. Surasiva mira río arriba, hacia lo que han dejado atrás. Por delante de ellos tienen el cielo azul y el sol brillante, pero, por detrás, la tormenta sigue soplando con fuerza. Unas nubes rojas y naranjas, con forma de yunque, flotan por el horizonte occidental, con el brillo de los rayos en sus profundidades. Al igual que las paredes del cañón, el palacio de Surasiva, las colinas y las torres, es una elevación de la tierra, en tonos oxidados de ocre, escarlata y bronce. La barcaza flota sobre agua ahogada con todos esos colores.

El príncipe la mira. Aubry lo mira a él. Nota algo en la mano y recuerda que el soldado Hayley le dio algo, algo que le dijo que la iba a mantener a salvo. Toda la noche, sumida en el *rigor mortis* del dolor, ha aferrado el objeto. Abre la mano y retira la tela.

Es su pistola.

CAPÍTULO CINCUENTA Y CINCO

El príncipe

El camino se ha llenado de maleza. El príncipe aferra a Aubry del brazo, y poco a poco pasan a través de los matorrales hasta subir por una colina y llegar a la casa de madera que hay en lo alto.

—Mis disculpas —dice el príncipe. Han dejado la barcaza atada a la ribera y rodean la casa vacía—. La casa no se ha mantenido desde… Bueno… No se ha mantenido.

Llegan a las escaleras delanteras y pasan por las puertas grandes.

La casa es abierta, espaciosa y alta, hecha de teca y de paja, aunque no parece ser majestuosa ni de lejos, sino poco más que una casa abandonada pensada para un breve retiro. La maleza del exterior no está nada cuidada y ha crecido demasiado. Los árboles se apretujan contra las paredes y hacen que las salas sean más oscuras y verdes. Ven alacenas vacías, cajas apiladas y olvidadas, con algún que otro mueble en el que reposar: un catre polvoriento, un taburete sucio, una silla rota.

Aubry se dispone a abrir ventanas. Al este, el paisaje de un océano azul claro reluce hacia ella, al otro lado de las palmeras.

—Me gusta más que su palacio —le dice ella.

—Sí —coincide el príncipe—, el problema es que está muy lejos de los asuntos de Estado.

Aubry sigue abriendo ventanas. Al oeste, la tormenta es una mancha amarilla en el horizonte. El príncipe también mira hacia allí, y Aubry sabe que quiere volver. Ha abandonado a su pueblo en medio de una tormenta, acompañados de un regimiento británico. No se decide entre Aubry y su deber, y ella, tan cansada como está, no sabe qué hacer al respecto.

El príncipe se aleja de la ventana y se pone a rebuscar entre las alacenas de la pared más alejada. Acaba encontrando una colección de arena coloreada, guardada en diez o más botellas con corcho.

—Mis arenas —dice, animado. A veces tiene un encanto muy infantil—. Todavía quedan algunas.

Aubry descubre unas fotografías enmarcadas, polvorientas y de distintos tamaños, apiladas contra una pared. Les echa un vistazo y ve un retrato familiar de personas a las que no reconoce, con padres orgullosos y niños dignos, vestidos con sus mejores prendas para el retrato, delante de la escalera de mármol de un palacio que conoce muy bien.

—¿Es su familia?

El príncipe se le acerca y mira la foto por encima.

—Sí, la mayoría de ellos, al menos —explica él.

Aubry sigue buscando y entonces ve fotografías de fiestas elegantes, de partidos de criquet, de un joven que posa junto a un buen caballo. Llega hasta otro retrato, en aquella ocasión solo de los niños.

—¿Cuál es usted?

El príncipe señala al más joven del grupo, un niño de unos cuatro o cinco años vestido con un traje opulento y con la cabecita metida en un turbante.

—¿Y los demás son sus hermanos y hermanas?

—Y mis primos. Éramos trece, pero ya no queda ninguno.

—¿No?

—Uno se ahogó. Otro se cayó de un caballo. Y las enfermedades se llevaron al resto. El mayor murió en la revolución de 1857 —añade, en voz más queda—. Aunque los británicos no lo saben.

Lo dice con orgullo, como si tuviera información secreta que pudiera echar abajo el imperio británico. Todo es una sorpresa para ella.

—¿Es el último de su linaje?

—Así es.

—¿Y a quién le pasará todo esto? —Si bien mira alrededor de la casa, se refiere a todo en general: sus riquezas y sus tierras.

—Tal como va todo, puede que no quede nada que pasar a mi heredero. —Sonríe un poco, como si estuviera bromeando, para que ella no se preocupase demasiado.

Sin embargo, Aubry se asombra al verlo rebuscar por las alacenas, con sus botellitas de arena coloreada en brazos. Desde que se conocieron, creyó que era un hombre amable y decente, pero lo ha perdido todo, ha sacrificado todo lo que tenía, vive al margen de las convenciones, se resiste al camino fácil para seguir el que es más justo. Lo hace con sabiduría y sin quejarse. No tiene padres que lo colmen de halagos ni hijos que lo puedan admirar. Se limita a comportarse como es debido, escondido en la visión periférica de la sociedad, donde nadie sabe que debe buscarlo.

—Es un buen hombre, príncipe —le dice—. El mejor que he conocido en la vida.

Surasiva le sonríe, sorprendido y entretenido a partes iguales.

—Conocí a una mujer que me concedió un deseo.

Ante esas palabras, el príncipe se da media vuelta y la mira con intensidad.

—¿Estuvo aquí? —le pregunta. Parece perturbado, como si se hubiera olvidado hasta de su propio nombre. Es la primera vez que Aubry lo ve así.

—Así es.

—En ese caso, todo está en marcha —dice.

—¿Está enamorado, príncipe? —Cree ser capaz de reconocer los indicios. Aunque no lo culpa; ella ha conocido a esa mujer y está un poco enamorada también. No obstante, el príncipe se limita a soltar una carcajada—. ¿Luchará? —le pregunta. Una vez más, Surasiva no contesta—. No me parece una persona a la que le guste matar.

El príncipe la mira a los ojos. Su expresión ya carece de humor y solo contiene una especie de lástima por alguien que sabe lo que es matar. Aubry le devuelve la mirada con una expresión muy parecida.

«Incluso si no sabe que necesita ayuda, ahí estoy», le había dicho Qalima.

Si está pensando en luchar, necesitará ayuda.

—La historia que me ha contado... Debe haberse equivocado —le dice él—. Las montañas no están aquí.

—Sí, ya lo sé.

—Estamos demasiado al sur. Las montañas están a varias semanas de distancia. ¡Y a pie, para colmo! Habría tardado meses.

—Lo sé, príncipe.

—Entonces...

—Entonces, ¿qué? Yo tampoco tengo ninguna respuesta. —No se le ocurre qué más decir. El agotamiento le está dando alcance—. Estoy cansada, príncipe. ¿Le molesta que me vaya a dormir? Solo un poquito.

A pesar de que el sol sigue brillando con intensidad, a pesar de que no quiere nada más que pasar hasta el último minuto que pueda con el príncipe Surasiva, se queda dormida y no se despierta hasta la mañana siguiente.

CAPÍTULO CINCUENTA Y SEIS

El príncipe

Qué bien ha dormido, a pierna suelta y sin soñar nada, sin que ninguna voz le gruñera en la cabeza. Se despierta con fuerzas renovadas, se incorpora en el catre y, durante unos breves minutos, disfruta de la falta de dolor. Recoge sus cosas y hace la cama. Nota que la enfermedad está muy lejos. Quiere quedarse allí, aferrarse hasta el último momento que tenga, pero sabe que es un deseo egoísta. No puede seguir alejando al príncipe de su pueblo. Ha llegado la hora de irse.

Encuentra al príncipe en la orilla, pintando la playa de azul, rojo y dorado. Está encorvado sobre su obra de arte, echando fragmentos de color de sus botellas.

—¿Ya lo tiene todo consigo?

Aubry asiente, y el príncipe sigue echando arena sobre la arena.

—Qué envidia me da —sigue él—. Está en una posición única en el mundo. Por todas partes la gente se pregunta con quién debe casarse, cuántos hijos debería tener, qué es esa mancha que tiene en la garganta. —Alza la mirada para verla—. Pero sus preguntas se alejan de todo eso. Bien podría decirse que vive en un reino distinto.

—Ya me he dado por vencida, porque no sé si llegaré a entenderlo. —Aubry se encoge de hombros—. Creo que dejaré que todo me supere en silencio.

El príncipe asiente y vuelve a dedicarle su atención al mandala que está dibujando en la arena.

—¿Qalima le enseñó a hacer eso? —le pregunta ella.

—Sí.

Aubry examina lo que hace el príncipe, el cuadro que pinta sobre la arena, grande y circular, tan largo como su lanza en todas las direcciones. Es tanto una representación de algo como una obra abstracta. Hay un hombre y una mujer que caminan el uno hacia el otro en una noche oscura y mágica, pero la luna es un patrón que florece con colores sobrenaturales. Una luna que amenaza con abrumarlos a los dos.

Lo mira a él también. Ha compartido su dolor con el príncipe. Mira cómo lo carga, con la espalda un poco encorvada, un poco cansado. Dibuja para ella.

—¿Sabe lo que me dijo? —le pregunta Aubry.

—No.

Le habla de aquella noche tan memorable en la que Qalima y ella pasearon por un mar de cortinas verdes, adornado con su arte, la noche en la que Qalima le dijo «hay ciertas cosas en esta tierra que solo existen porque uno las ha visto. Si no hubiera nadie para contemplarlas, no habrían existido nunca». El príncipe reflexiona antes de decir:

—El mundo la necesita. —Echa un poco de arena más, con cuidado para que los colores no se salgan de la raya—. Quiere una testigo.

—Ya he visto más que suficiente, príncipe.

—La enfermedad… —empieza a decir—. ¿Cuándo…?

—Cuando le plazca —dice—. El planeta entero es su campo de juego. Deambula por todas partes y le gusta todo lo que ve: los desiertos, las montañas, los océanos, los árboles. Quiere estar fuera, quiere ver el mundo. Y solo me mantiene con vida si la llevo conmigo.

—Y usted…

—Solo me siento con vida cuando le doy caza.

—¿Y cómo será el día que atrape a la enfermedad?

Se acuerda de la caravana bereber, del oasis escondido en alguna parte del Sáhara. Vio muérdago del desierto que ascendía desde la arena. Se aferraba a un sauce del desierto que moría poco a poco. Y entonces pensó que lo que necesitaba el sauce era un modo de asfixiar al muérdago primero.

El príncipe le pone el tapón a su botella de arena verde, se echa atrás y mira bien su obra. No muestra orgullo ni decepción, sino que se limita a sentarse en la arena, encima de su obra de arte que está de cara al mar.

—¿Y ahora qué hacemos? —quiere saber ella.

—Esperamos a que venga la marea.

Aubry se sorprende. Todo ese esfuerzo, toda esa belleza, para que el mar acabe llevándoselo todo. Se pone a pensar en alguna forma de preservar la obra, pero no puede hacer nada. El príncipe ha pintado en el camino de la marea, y solo es cuestión de tiempo que desaparezca.

Dentro de cuatro años, el príncipe habrá muerto. Los británicos lo arrestarán y lo encarcelarán por prácticas comerciales ilícitas. Habrá un incendio en la cárcel, y los guardias saldrán corriendo para salvarse mientras los prisioneros, con el príncipe entre ellos, se asfixian en sus celdas. Aubry leerá la noticia en la última parte de un periódico mientras cruza el golfo de Omán en un barco de vapor desvencijado. Se acordará de aquel hombre impresionante que vivió en la periferia para morir en ella también. Dará las gracias por haberlo conocido tan bien, por haber sido testigo de él, por haberle dado el reconocimiento que merecía antes de que perdiera la vida.

—Lo echaré de menos, príncipe.

—Y yo a usted.

Así que se quedan sentados juntos y esperan.

Hasta que llega una ola que sisea por la orilla. Roza la parte inferior del mandala y desperdiga los colores por la arena húmeda.

—Aquí estamos —dice el príncipe—, en el aula de Dios, a la espera de nuestra lección.

Pasan otra hora observando cómo el mandala se desangra en el océano. Cuando los colores ya prácticamente han desaparecido,

Aubry le da un beso en la mano al príncipe Surasiva. Le sostiene los dedos con fuerza y deja los labios pegados a la piel. El príncipe no dice nada, sino que le apoya la otra mano en la mejilla hasta que Aubry se pone de pie por fin y se aleja, hacia el norte, hacia los Sundarbans, a través de una costa inmaculada que espera sus huellas.

Por la noche, se detiene para afilar la lanza.

—Voy a por ti.

—Bien —le responde la enfermedad—. Te estoy esperando.

—Te encontraré. Te arrancaré la piel a tiras.

—Por eso me caes bien —le dice—. Más que los demás. —Le habla al oído, con una voz tierna—. Solo tú.

CAPÍTULO CINCUENTA Y SIETE

Un interludio, pero no tan breve

—Cuénteme lo que ha visto —le pidió la mujer de Hezhou. Aubry la conoció en el camino que salía de las montañas Nanling, agotada por la travesía. La mujer la había acogido y le había dado de comer, el problema era que la parte más agotada de Aubry era su espíritu. Contenía una miseria especial que nadie más tenía cómo conocer.

¿Qué le había preguntado la mujer? ¿Qué había visto? La respuesta era que había visto demasiado. Más de lo que había querido ver. A pesar de que Aubry solo tenía veintisiete años, ya contaba con un catálogo larguísimo de imágenes. No quería ser maleducada, por lo que pensaba responder tan bien como pudiera, pero ¿por dónde podía empezar?

—He viajado con los comerciantes de canela de las Seychelles —le explicó Aubry, y le describió la forma esbelta y larga de las velas y la tripulación mestiza, con una mezcla elegante de africanos, polinesios e indios.

»Construí una casa en las marismas de Hawizeh. —Y le describió los fardos de juncos que iban pasándose en una cadena humana hasta los granjeros que los ataban y los doblaban para formar arcos, para darle forma a la casa. Aubry se había puesto a cantar con las mujeres, o a imitar el sonido tan bien como pudo, aunque nunca llegó a saber qué significaba lo que cantaban.

»Descuarticé ballenas en las islas Feroe. —Y le habló del puerto, teñido de rojo brillante bajo un cielo color carbón oscuro, con los calderones deshuesados en la orilla, junto a la carne de ballena que iba a hacer que los habitantes de la isla pudieran pasar el invierno, aunque no ella.

—¿Y ha estado en Estados Unidos? —le preguntó la mujer de Hezhou.

—Y me pasé la noche bailando. —Una noche alrededor de una fogata, con los navajos y sus prendas de piel de ciervo y cuentas color turquesa, con las cintas de colores bajo la luz de la hoguera, de la luna—. Y me gustaría poder volver.

Sin que se lo esperara, porque era algo muy poco común, experimentó la alegría. Por un instante, y solo durante un instante, creyó que iba a poder pasarse la noche contando sus aventuras. Incluso después de haber apartado la idea de su mente (Dios no quisiera que se volviera un muermo para la mujer), seguía contenta.

—Pero no puede —acabó la mujer por ella—. No puede volver.

—No. Todo lo puedo vivir una vez y nada más. Y durante poco tiempo.

La mujer bajó la mirada y le sirvió más té a Aubry.

—Nací en Xi'an. ¿Ha estado allí? ¿Probó las empanadillas fritas? ¿Y los fideos?

—¡Sí! Hace unos días. ¡Estaba todo riquísimo!

—Ah, no —contestó la mujer, a trompicones—. Se debe de haber confundido. Xi'an no está cerca de Hezhou.

—Claro que sí. Seguí el río entre las montañas y bajé por la cascada que daba al lago. Allí encontré una balsa y remé hasta que llegué a ese agujero grande por el que se iba el agua, y quería acercarme, pero estaba…

La mujer le puso una mano sobre la de ella.

—¿Un agujero?

—Exacto.

—¿En un lago? ¿En el agua en sí?

—Tiene que haberlo visto, porque no está muy lejos. Es como si alguien le hubiera quitado el tapón.

—Xi'an está muy pero que muy lejos de aquí. Y no hay ninguna cascada cerca. Y mucho menos un lago con un agujero.

A Aubry le daba vueltas la cabeza. El cuerpo le parecía más pesado que antes, de repente.

—¿Me está…? —Aubry odiaba pensar en ello siquiera—. ¿Me está tomando el pelo?

—Cielos, no. —La mujer abrió mucho los ojos—. ¿Por qué iba a hacerle eso?

Aubry no sabía qué decir. El cansancio la abrumaba. Sin embargo, a la mujer se le ocurrió algo que se le fue mostrando en la expresión poco a poco. Tomó a Aubry de la mano y se inclinó hacia ella.

—Me parece a mí —le dijo la mujer— que el mundo por el que viaja no es el mismo mundo por el que viajamos los demás.

Ay, Dios, pensó Aubry. *Ay, Dios.*

CAPÍTULO CINCUENTA Y OCHO

Con Marta en Klondike

Cerca del ecuador, el amanecer es un instante. Es de noche, y, de repente, se hace de día, como si alguien hubiera pulsado un interruptor. Sin embargo, allí, tan cerca de lo más al norte del planeta, dura varias horas y es una migración lenta desde el violeta oscuro hasta el rosa, hasta el azul claro de los nomeolvides árticos; los miedos se disipan y es como si no hubiera existido nunca el dolor. Allí, no muy lejos del polo, es su parte favorita del día.

¿Cuántos amaneceres ha presenciado? ¿Cuántos le han hecho compañía durante sus travesías? Ya no es joven. Lleva medio siglo en este mundo, tanto tiempo que ya se mide a sí misma en términos de siglos, y casi todo ese tiempo lo ha pasado viajando. Ha visto amaneceres en puertos cálidos y tropicales, en ríos que soltaban vapor, en volcanes humeantes. Debía de haber visto mil amaneceres. Decenas de miles. Pero ¿quién cuenta esas cosas? Aubry no se dedica a la estadística. Se dedica a caminar.

—¿Cómo puedes estar enfadada si estás viendo esto? —le pregunta su enfermedad.

—No estoy enfadada.

—Ya sabes lo que dicen.

—No, no lo sé.

—Si no puedes hacer que tu vida tenga significado, haz que sea extraordinaria.

—Y luego me sueltas tremenda tontería y me enfado otra vez.

En teoría es un hostal; en realidad, es un bar. Aunque, para ser más precisos, más que nada es un burdel. La luz amarillenta de las lámparas parece acogedora incluso desde lejos, en especial desde lejos: es una llama cálida que se asoma entre el paisaje frío del color azul de la luna.

En esta época del año, al barro le salen dientes. En Whitehorse, ha visto botas de las que llegan hasta las rodillas quedar succionadas en el barro, sin que nadie pueda sacarlas. Los caballos pueden morir de agotamiento solo yendo desde el establo hasta el bar. Incluso se dice que hay niños pequeños que han desaparecido, y que sus gorritos son lo único que queda de ellos en aquellas calles urbanas pegajosas. Por otro lado, el canto de los pájaros vuelve a sonar. A pesar de que es el principio de la estación, ya hay flores en los prados y en las cimas de las montañas, si se mira con detenimiento.

Esta noche está bien escapar del frío. El bar está tranquilo, con ambiente de reposo. Las chicas, las doce que son, cuelgan de las sillas de atrás como si fueran sábanas. Está Katie, de dieciocho años, a quien encontraron desmayada una mañana bajo una capa de diez centímetros de nieve y rodeada del tufo a whisky escocés. Era un milagro que no hubiera muerto de frío, pero el milagro no acabó ahí. Un ángel la había ido a ver mientras estaba sumida en el estupor de la embriaguez, o eso decían, y le había dado una dirección en Skagway, donde la esperaba la suerte. En aquella dirección vivía un juez que, animado por su visita, le cambió treinta dólares y una cena estupenda por una sola noche de amor desenfrenado. Desde entonces no ha mirado atrás y le sigue dando las gracias al ángel cada vez que reza.

La de al lado, con dos dientes de menos en su sonrisa, es Doreen, cuyo marido, desesperado por la pobreza, la alquiló a sus vecinos y amigos hasta que un amante despechado lo mató de un tiro. Aquella fue la oportunidad que Doreen había estado esperando. Huyó de Circle con nada más que un banjo, cuatro dólares y un escote hondo como el mar. Con eso empezó de cero y se juró que nunca más iba a volver a ser pobre.

Y también está Vicki, quien llegó a San Francisco en un barco lleno de novias por encargo, todas coreanas jóvenes. No tardó en descubrir que los maridos que les habían prometido no eran nada más que granjeros pobres embutidos en trajes que ni siquiera eran suyos. Entendió que podía vivir la vida opresiva de alguien que se dedicaba a recoger fruta o a trabajar en una fábrica o que podía probar suerte por sí sola. Fue a Dawson, donde había veinte hombres por cada mujer. Aprendió a acercarse al buscador de oro mejor vestido de cualquier sala de baile y a ganar veinte dólares por noche mientras los mineros ganaban uno al día. En el punto álgido de la fiebre del oro, se hizo rica. En su mejor año, ganó más de nueve mil dólares, sin contar las pepitas de oro grandes como bellotas que le dejaban, perdidos en un momento de pasión confusa. Por aquel entonces, muchas de las personas más ricas de Alaska eran prostitutas y madamas. Sin embargo, aquello fue hace más de una década, y, desde entonces, el oro ha dejado de fluir. Las autoridades les han puesto la soga al cuello. Vicki echó mano de sus muchos ahorros y ahora, con la flor de la vida ya marchita, regenta este establecimiento tranquilo lejos de la ley, donde todavía consigue traer bastante dinero, por mucho que sea menos que antes.

La puerta se abre de par en par. Los primeros clientes de la noche entran deprisa, los hombres del campamento minero. A pesar de que no están borrachos, cuesta un poco ver que es así, por cómo se comportan, sueltan risotadas, se pavonean al caminar y sacuden el dinero en el aire.

—¡Acabo de timarle la paga de una semana al cabezón de Carson! —exclama un hombre pelirrojo con ropa que no ha lavado desde hace varias semanas. Pide una ronda para todos—. ¡Vicki, trae a una de tus chicas! —le grita.

—¿Alguna de las bebidas es para mí? —pregunta ella desde una mesa en la parte trasera de la sala, con una voz grave y resquebrajada por toda una vida fumando. Lo único que se ve de ella es la punta del cigarro encendida entre las sombras. No ven que está sentada al lado de una chica nueva, una mujer que ha dado la vuelta al mundo varias veces.

—En especial para ti, Vicki.

—Pues el dinero a la barra.

Los hombres se apresuran para llegar a la barra, escondidos de las autoridades en un armario secreto en el que un barman al que le faltan dientes sirve el licor ilegal que tenga más a mano. Vicki va a su encuentro, pasa al otro lado de la barra mientras fuma su cigarro casero y ayuda al barman calvo a recoger el dinero y a servir las bebidas.

Desde su rincón en la parte trasera, Aubry ve a un rezagado que entra en el bar detrás de los demás. Al principio asume que forma parte del grupo, pero ve que se mantiene alejado y que espera a que los otros se dispersen antes de pedir su bebida. Se dirige a un asiento apartado, cerca de la puerta, escondido en un rinconcito, con su sombrero hacia abajo para que le cubra los ojos. El resto del cuerpo lo tiene cubierto por un chubasquero y un abrigo de cinco centímetros de grosor. Es bajo, tanto que seguramente le costaría ver por encima de los hombros de Aubry.

Y está perdido, o eso supone ella. Se figura que alguien le dijo que iba a poder encontrar un trabajo en uno de los asentamientos diminutos que había río arriba, cerca de la frontera nebulosa entre Estados Unidos y Canadá, donde los territorios y las leyes se tornaban difusos. Esas tierras fronterizas son los refugios para los apostadores y los burdeles, uno de los pocos refugios que quedan en Klondike, ahora que la ley seca reina en la zona. Es un lugar al que solo se puede acceder andando a través de los bosques de píceas negras o mediante una canoa, siempre que se tenga la fuerza suficiente como para remar a contracorriente. Y ahí está, esa alma solitaria, paseando por las calles embarradas de un pueblo diminuto y sin nombre que se fundó por la fiebre del oro. Y esa es la última vez que piensa en él.

Sin embargo, tal como comprobará poco después, él va a seguir pensando en ella.

El hombre se llama Marta Arbaroa. El hombre es en realidad una mujer y ha viajado por la costa en un barco de vapor, desde Acapulco hasta Skagway, en una búsqueda épica. Dentro de poco, le hablará a Aubry de las aventuras que vivió en Skagway, donde nada más bajar del barco la asaltaron con propuestas de matrimonio por parte de hombres ansiosos de sexo que solo habían necesitado ver su silueta femenina pasar por la pasarela. Si bien fue un inicio un tanto frustrante para ella, no tardó en aprender a esconder su género, con lo cual acababa sorprendiendo a los dueños de los hoteles y a los policías con sus preguntas incisivas. Le contará a Aubry que una persona del lugar le dio una pista, y entonces viajó incluso más lejos y tomó la ruta ferroviaria White Pass hasta Whitehorse y de vuelta. Tras otra pista y otro viaje, en aquella ocasión a pie, durante tres días a través de unos bosques de pinos oscuros, acabó llegando a aquel pueblecito olvidado. Tras cuatro meses de viajes sin fin en barco, a caballo, en tren y a pie, ha llegado a ese infierno helado y se ha metido en el único edificio que parecía contener vida, solo para acabar dándose cuenta de que era un burdel.

Cómo debía haber sido la escena para Marta. Intenta ser invisible, porque no está en su país (ni siquiera está segura de en qué país está), pero sí sabe que nada de lo que ocurre en ese establecimiento es legal. Se tapa los ojos con su sombrero y echa un vistazo a lo que sucede, con su silueta oculta por el chubasquero. Aun así, uno de los chicos la observa por debajo del borde del sombrero. No lo ha conseguido engañar: cree que es una de las prostitutas llenas de maquillaje.

—A ver qué tenemos por aquí —le canturrea él.

Marta no dice nada, sino que lo fulmina con la mirada, con una expresión que bien podría ser un arma cargada. El hombre retrocede y decide irse con su bebida a las mesas que hay más atrás.

El bar solo necesita unos segundos para pasar de la languidez al ánimo; los hombres se emborrachan, se ponen a hablar a grito pelado y flirtean con las chicas, con sus vestidos de hombros descubiertos y sus medias hasta el muslo.

—Vicki —la llama el hombre que ha conseguido el dinero—, tienes a las mejores chicas en este lado de Dawson.

—Y tú —le responde Vicki, antes de dar una calada— eres el babuino más sexi que he visto nunca.

—¿Qué me dices de la holandesa? ¿Cuánto cuesta? —le pregunta un rubio cuyo cabello le cubre los ojos, como un perro pastor inglés.

—¿Yo? —pregunta Aubry, más que entretenida.

Marta no se lo cree. Es ella, Aubry Tourvel, entre las prostitutas. *¿Cuánto tiempo lleva aquí?*, se pregunta. ¿Un día? ¿Dos? ¿Tres? Marta ha investigado bien. Aubry Tourvel tiene más de cincuenta años y ahí está, bebiendo junto a un grupo de rameras que parecen haber acabado de salir del instituto.

—¿Cuánto crees? —le responde Vicki al hombre, con su voz ronca—. ¿Pagarías cincuenta dólares por este bellezón?

—¡Yo sí! —grita otro hombre.

—Pues eso es lo que vale, entonces. Cincuenta dólares.

Aubry se echa a reír, y las chicas también.

—No, no, Carl —le dice Aubry, con la copa en la mano—. Conozco a la chica perfecta para ti. A ver si el zoo la suelta uno de estos días.

Eso también arranca carcajadas de los demás. Se gana a los hombres más que nunca.

¿Cómo se las arregla Aubry Tourvel? ¿Tiene la piel arrugada? Claro que sí, tiene arrugas junto a los ojos y en la frente. ¿Le están saliendo canas? Sí, sobre todo en las sienes. Y, aun así, unos hombres diez, veinte y hasta treinta años menores que ella compiten por su atención. Marta tiene treinta y tantos años y no parece mucho más joven que ella.

Vicki se lleva a Aubry del brazo y la aleja de la fiesta. Van a la barra, donde creen que podrán hablar en privado, pero Marta, sentada no muy lejos, oye hasta la última palabra de la conversación.

—Toleras bien el alcohol, eres buena para el negocio y me caes bien —le dice Vicki—. ¿Por qué no trabajas para mí?

Marta escucha la conversación, asombrada. Se pregunta si a ella también le harían un ofrecimiento así cuando tenga cincuenta años. Si Marta cree que Aubry se va a ofender, al haberse criado en una familia francesa de clase alta y al ser conocida en la prensa, se equivoca. Aubry no se enfurece, no protesta ni defiende su honor. Casi parece que se lo piensa de verdad.

—Tú también me caes bien, Vicki —le dice Aubry—. Deja que lo consulte con la almohada.

Se vuelven a llenar la copa y regresan a la fiesta. Marta se pone de pie y la llama.

—¡Aubry! ¡Aubry Tourvel!

Solo que ella no la escucha por encima del ruido de la celebración improvisada, de modo que Marta se calla y se vuelve a sentar para ver cómo se desarrolla la velada.

Una hora más tarde, todos siguen ahí, envueltos en la niebla formada por el humo de los cigarros caseros de Vicki. Algunos de los hombres han encontrado a sus chicas favoritas, quienes se les sientan en el regazo y les lamen el alcohol de los labios. Nadie ha desaparecido en una sala ni ha salido por detrás. Todavía no, vaya. Los hombres, sin ninguna vergüenza, sacan músculo y hacen pulsos con los demás, muy para el deleite de las chicas. Estas se levantan la falda para comparar piernas, incluida Aubry, y les piden a los hombres que decidan quién las tiene más bonitas. Pobre Marta, agotada y observándolo todo desde su rinconcito tranquilo. Los demás casi ni reparan en su presencia, tan llenos de bebidas, retos y chistes verdes.

—¿Qué puedo hacer, Vic? Me consume el amor por esta sueca preciosa, y no me hace ni caso —se queja uno de los hombres.

—¿Has probado suerte con la bebida? —le propone Vicki.

De modo que Aubry alza la jarra del hombre y se la bebe de un trago. Mira al hombre de cerca mientras todo le da vueltas.

—Bueno, un poco mejor —le dice—, pero sigues siendo el hombre más feo de Canadá.

Todos se echan a reír. Hasta Marta esboza una sonrisita debajo del borde de su sombrero.

Aubry no sale del bar hasta la medianoche. Algunos de los hombres ya se han llevado a alguna prostituta, y los demás esperan su turno. La diversión se ha ido apagando, y Aubry tiene sueño (además de estar un poco achispada), aunque sale del bar bastante animada. Desde lejos, se despide de Vicki y de sus chicas, de los hombres mugrientos, todavía con una sonrisa en los labios, todavía con los rescoldos de alegría de la fiesta mientras camina por el barro con su mochila y su bastón.

Antes de que se dé cuenta, un hombre de complexión latina camina a su lado y le habla en un acento que hace mucho tiempo que no oye.

—Dice que los verá mañana, pero no es cierto, ¿no? —le pregunta.

Aubry lo mira sin entender nada: es el hombre bajito que ha entrado antes en el bar, pero qué voz más femenina que tiene. Lo mira mejor.

Qué tonta ha sido.

Es una mujer.

Sin embargo, Aubry sigue caminando y no se molesta en responder.

—Ya lleva aquí dos días, tal vez tres —continúa la mujer—. Mañana tendrá que seguir avanzando.

Aubry se detiene en el barro y mira bien a la mujer. Si bien no es más alta que un girasol, tiene unos ojos marrones grandes e intensos. Parece un tanto frágil a simple vista, aunque, si fuera así, no estaría en un lugar como este.

Sigue caminando sin decir nada. Uno de los chicos las sigue, borracho y tambaleándose, por lo que no quiere quedarse allí más tiempo del necesario.

—Me llamo Marta —se presenta la mujer, lo bastante ágil como para seguirle el ritmo—. Marta Arbaroa, y trabajo para *El Correo Español*. Le he estado siguiendo la pista desde que llegó a Churchill. Intenté encontrarla en Whitehorse, pero llegué tarde, así que subí al tren y le he seguido la pista hasta aquí. No ha sido fácil. Por favor, ¿puede hablar conmigo?

—¿Que si puedo hablar con usted? —responde Aubry—. Claro que sí. ¿De qué quiere hablar?

—Podemos empezar por el hombre que nos sigue, por ejemplo.

Aubry lo mira por encima del hombro. Se tambalea hacia ellas y sonríe como una calabaza de Halloween.

—¿Le da miedo? Ya me encargo de él —le dice Aubry. Se da media vuelta y se planta delante del hombre. Eso sorprende a Marta y la pone nerviosa. Aubry no es rival para ese hombre, por borracho que esté. No obstante, Marta tiene un rifle, cargado y listo para que lo use. Una vez derribó cuatro perdices blancas en pleno vuelo con varios disparos seguidos. Puede disparar a través de un agujero desde cien pasos de distancia. Recuerda que la ley seca fue una exigencia del movimiento sufragista femenino, un movimiento que Marta apoya incondicionalmente, y, si se ve obligada a ello, no se arrepentirá de matar a ese borrachuzo a tiros.

»¿A dónde vas? —le pregunta Aubry al borracho.

—Adonde vayas tú —responde él, con su sonrisa alimentada por el alcohol. Si Marta no estuviera tan nerviosa, quizá le habría hecho gracia.

—Pues yo creo que no —dice ella—. Te irás a casa.

—Ven conmigo.

Intenta sujetar a Aubry del brazo, pero ella le coloca la lanza en la garganta. Marta se queda con los ojos como platos y se le hiela la sangre. En un acto reflejo, lleva una mano al rifle. La sonrisa del borracho ya es menos convincente.

—Te he dicho que te fueras a casa —insiste Aubry—. Estás borracho, y a mí los hombres me gustan amables y sobrios.

El hombre no sabe cómo responder. Sopesa sus opciones en su cerebro aturdido.

—No creas que eres más rápido que mi lanza —lo advierte Aubry—. Y, aunque lo fueras, tengo esto esperándote. —Le muestra una pistola como si nada, la pistola que sostiene en la otra mano, la que nunca ha usado para disparar a nadie y que en aquel momento apunta a la frente del borracho—. Vete a casa y duerme un poco. Me esperaré aquí hasta que te hayas ido.

El hombre retiene parte de su sonrisa. Con ella, da unos pasos atrás, casi se tropieza, y se aleja.

—Tú sigue avanzando —le dice ella, alegre—. ¡Buenas noches! ¡Nos vemos mañana!

Marta, boquiabierta, observa cómo se retira el borracho, quien echa un vistazo por encima del hombro, con la expresión de un niño pequeño que necesita gafas. Aubry ni se ha inmutado. Se ha librado del hombre sin tener que disparar ni un solo tiro de advertencia siquiera. Hasta se despide de él con la mano. Si bien Marta no está segura de ello, le parece que es así como Aubry se lo pasa bien.

—¡Ji, ji! ¡Corra! —le dice Aubry, caminando de puntillas hasta Marta, con una risita de niña pequeña—. Salgamos de aquí.

Doblan a la izquierda y, juntas, huyen hacia el sonido de las hojas del bosque.

CAPÍTULO CINCUENTA Y NUEVE

Con Marta en Klondike

Aubry ya ha conseguido un lugar en el que pasar la noche, en el ático de un granero vacío a una hora río abajo. Marta busca su lámpara eléctrica, pero Aubry se le adelanta y saca un ungüento de la mochila, lo coloca en una lata de hojalata y lo enciende. Una llama cálida brilla, y Marta se la queda mirando, anonadada.

—¿Cuánto durará? —quiere saber.

—Toda la noche.

—¿De dónde lo ha sacado?

—Me lo enseñó un grupo de caza en… en… —Le da golpecitos al suelo con el pie, para intentar recordarlo, pero hay tantos lugares que ya no se acuerda—. Ay, Dios —suelta—. ¿Dónde fue?

—¿Con cuántos grupos de caza ha viajado?

—Ah, no creo que pueda contarlos.

Marta ha sacado su cuaderno y se pone a garabatear lo que ella le acaba de decir.

—¿Se podría decir que esta ha sido una noche típica para usted?

—Ah, no. Esta ha sido una noche mucho más agradable de lo normal.

—Por Dios.

—Exacto.

—Y esos hombres… Y usted está sola. ¿No es muy peligroso para usted?

Aubry se lo piensa. Los hombres de esta noche no eran peligrosos, pues sabía distinguirlos. Se acuerda de los tres a los que mató en India, esos sí que eran peligrosos. Se acuerda de una aldea africana asediada por la enfermedad, de un niño pequeño al que se lo llevó la marea, de un incendio horrible en un hotel grande, solo que los recuerdos, el orden en el que deben estar y lo que significan se le tornan borrosos.

—Sí —responde, pero entonces, por suerte, se acuerda de Lionel Kyengi, y cambia de humor. Se olvida de los horrores y se acuerda de que besó a Lionel en el tren, de que pasó una semana entera con él. Qué feliz había sido.

—¿Sí? —le pregunta Marta.

—No —se corrige Aubry.

—¿No?

Si Lionel estuviera ahí con ella, según cree, el cuerpo les brillaría bajo la luz de la luna.

—Un poco sí y un poco no, quizá.

—Y lo que ha pasado con ese hombre, con el borracho... ¿Alguna vez ha matado a alguien? Con su lanza o con su pistola.

—Qué pregunta más maleducada para alguien a quien acaba de conocer.

—Me da la sensación de que sí lo ha hecho.

—¿Ah, sí? Pues no, la respuesta es que no. No he matado a nadie —le dice Aubry, con un poco más de intensidad de la que pretendía.

—Parece que sí sería capaz de hacerlo.

—Ese es el secreto.

Marta, bolígrafo en mano, se la queda mirando, a la espera de más.

—¿Va a escribir todo lo que le diga? —quiere saber Aubry. Marta cierra el cuaderno y deja el bolígrafo.

—Ah, no, todo no. Pero no quiero olvidarme de ningún detalle importante antes de que vuelva con mis editores en México.

Unos aullidos distantes suenan en algún lugar del bosque, una manada de lobos que sueltan unos lamentos hacia el cielo.

Se quedan escuchándolos un rato. Y entonces, con el único motivo de que está un poco borracha, Aubry le dice:

—A veces sigo a los animales.

—¿Cómo?

Aubry piensa en el caribú que siguió por la tundra hace unas semanas. Recuerda la vez que siguió a los ñus que describían un círculo enorme alrededor del Serengueti.

—Ellos también migran, así que ¿por qué no?

Se acuerda de que caminó bajo la sombra de cien mil cercetas del Baikal, que iban a pasar el invierno en los lagos Seosan de Corea y que transformaron el cielo de mediodía en un lugar oscuro y caleidoscópico. Se acuerda de que remó por la Isla de Navidad, con los miles de cangrejos rojos que pasaban por la costa, a sus pies, para poner huevos en la arena.

—¿Y qué tal le funciona? —le pregunta Marta.

—A veces muy bien —responde, porque caminar a través de las nubes de mariposas monarca en las montañas frías del centro de México solo puede considerarse como algo positivo.

»Otras veces, no tan bien —añade a continuación, porque seguir a los osos polares por las costas de la bahía Hudson para poder comer lo que dejaban atrás fue una idea muy pero que muy mala.

—Pues esta vez voy a ir con usted —anuncia Marta—. Hasta donde vaya.

Aubry suelta una carcajada. Si tiene suerte, Marta llegará hasta la ensenada. Le dolerán los pies, le dolerá todo. Los mosquitos le drenarán la mitad de la sangre. Se le acabarán las preguntas.

—No podrá desprenderse de mí —insiste.

—No tendré que hacerlo —le responde Aubry—. Pero nos queda mucho por explorar mañana y estoy un poco borracha. Vamos a dormir.

—Pero he llegado muy lejos. ¡Por favor! Tengo mucho que preguntarle.

Aubry rueda en el suelo y le da la espalda.

—Puede preguntármelo mañana. Buenas noches… —Se le ha olvidado. Debe de ser por el alcohol—. ¿Cómo se llamaba?

—Marta Arbaroa —le dice—. Y es la última vez que le permito que se le olvide.

—Tomo nota. —Cuánta tenacidad en una persona tan diminuta—. Buenas noches, Marta.

—Buenas noches, Aubry.

Aubry cierra los ojos. Marta, sin ninguna otra posibilidad, hace lo mismo.

CAPÍTULO SESENTA

Con Marta en Klondike

Se despiertan ante el canto de las aves. Es casi imposible no hacerlo, pues el ambiente estalla con distintas melodías. Sin embargo, a los pájaros nunca se les pegan las sábanas, así que a Aubry tampoco. Se imagina que Marta no se va a levantar con tanta facilidad, pero sí que lo hace, y sin ninguna queja. Recogen sus pertenencias y escalan unas pendientes prácticamente verticales hasta que pasan más allá de los árboles, y el suelo de agujas frágiles cede ante el liquen naranja sobre la roca de la montaña.

Aubry se figura que ese va a ser el día en que Marta se dé por vencida y vuelva a su casa. No obstante, a pesar de lo menuda que es, respira tranquila y pisa con firmeza. Y aunque Aubry suele disfrutar de la compañía, no sabe cuánto tiempo va a seguir soportando que esa mujer la atosigue con preguntas como un perrito que no deja de ladrarle a los pies.

—No es la primera persona famosa a la que entrevisto —le dice Marta, en su defensa—. Contribuí a que Pascual Orozco se hiciera famoso de la noche a la mañana.

—Cuidado, Marta. Si se expresa así, los demás creerán que presume.

—¡Claro que presumo! ¿De qué sirve conseguir algo si nadie se entera nunca?

El paisaje se abre: unas vistas desde lo alto de la montaña que se extienden varios kilómetros. Nada queda escondido. Aun así, Marta despliega un mapa.

—Así no se hace —le informa Aubry. Ella no tiene ni que molestarse en dejar la mochila. Es la encarnación de la paciencia, todavía de pie y tranquila mientras espera a que Marta encuentre lo que sea que esté buscando. Quizá sea eso lo que acabe haciendo que se rinda, según lo ve ella.

—¿Qué quiere decir? —le pregunta Marta—. Estoy intentando encontrar por dónde ir.

—¿Cómo que *encontrar*? Si no estamos perdidas. ¿Cómo vamos a encontrarnos si no nos hemos perdido?

—¿Cómo vamos a llegar a Juneau sin un mapa?

—¿Cómo hemos dado con este paisaje sin un mapa?

—¿Solo camina y ya está?

—Ahí está la belleza.

—¿En morirse de hambre? ¿En la hipotermia?

—En el caminar sin rumbo fijo.

Marta duda, y entonces, quizá por curiosidad científica, vuelve a plegar el mapa y se lo guarda.

—¿Le ha explicado su filosofía a alguien más?

—Supongo que sí.

—¿Y fueron tan pacientes con usted como yo?

—No, Marta, usted es la más paciente del mundo.

Siguen caminando; Aubry con su lanza, Marta con un bastón propio. Como nómadas de verdad, caminan haciendo ruido para descubrir lo que les aguarda más adelante, con golpes de bastón, con tintineos metálicos. Si bien Aubry creía que iba a tener que explicarle por qué, sobrevivir en medio de la nada es algo que Marta parece entender por instinto.

Siguen la columna lítica de las montañas a través de paisajes que nunca van a ser capaces de recordar como es debido, bajo un cielo despejado, con aguas lejanas al sur y al oeste y con unas tormentas al este.

—¿Cuánto les ha relatado a otras personas? —le pregunta Marta.

Aubry cuenta con una colección de recuerdos de entre los que elegir, todo un conjunto variopinto. ¿En qué orden estaban?

¿Qué había sucedido primero? ¿Ciudad del Cabo o el Cabo de Hornos? ¿Zarpó de Cartagena a Caracas o de Caracas a Cartagena? ¿Ya conocía el sabor de los cocos verdes antes de llegar a Somalilandia o los probó después de haberse ido? ¿Acaso importaba? Si importaba y no se acuerda, ¿de qué ha servido? Si no importa, su vida es algo que puede inventarse como le plazca. Además de una mentira.

—Se lo he contado todo a todos. Toda mi vida está por ahí, solo que en fragmentos. Tendrá que encontrar a los cien desconocidos o así a los que les he contado los fragmentos.

—¿Y qué le cuentan los desconocidos a usted?

—¿Los desconocidos? —Se echa a reír—. Me lo cuentan todo.

—¿Hasta sus secretos? —le pregunta Marta, como una niña chismosa.

—Sí, Marta —responde, y mueve las cejas en un gesto conspirativo. Si bien no quiere traicionar la confianza de nadie, ni siquiera la de un desconocido, ¿quiénes son ahora que están tan lejos? Marta no los conoce. No los va a ver nunca ni va a saber cómo se llaman. Aubry tampoco los llegó a conocer mucho, y lo que sí sabe de ellos sucedió hace mucho tiempo y en un lugar muy lejano. Sus travesías y todas las personas a las que ha conocido durante ese tiempo ya no existen. En el propio acto de marcharse, los ha sacrificado, como si los llevara a la muerte. Lo único que puede esperar es que sus recuerdos vayan de un lado a otro, como unas campanillas en un bosque distante. Quizá no pase nada si revela algo a esa periodista que la incordia con sus preguntas. Ya ha caminado lo suficiente. A veces resulta liberador volver la vista atrás y ver por dónde has pasado.

—Todo el mundo tiene al menos un secreto capaz de romperte el corazón —le cuenta Aubry—. Todo el mundo.

Piensa en la pobre mujer de Angola que caminó a su lado mientras tiraba de su burro por el polvoriento sendero de la sabana. Delante de ellas iban sus cuatro hijos: tres niñas y un niño que corrían y jugaban, aunque estaban demasiado lejos como para oírlas.

—Tuve una hija antes —le susurró la mujer—, pero nadie lo sabe porque era joven y estaba asustada, y la ahogué en un río. —Las lágrimas se le deslizaron por las mejillas. Aquello no se lo había contado a nadie nunca. Aubry oyó su confesión y le dio la mano a la mujer hasta que volvieron a su casa.

O en el peruano con pajarita que se sentó a su lado en el tren que salía de Cuzco.

—Uno de mis trabajadores robó dinero del negocio. Me suplicó y me imploró, pero no le hice caso. Lo despedí y hablé pestes de él a cualquiera que quisiera escucharme. Se suicidó una semana después de eso. —Aubry recuerda que el hombre de Cuzco se sumió en el silencio tras contárselo—. Y resultó que no había robado nada. Yo lo había dejado donde no tocaba y me olvidé.

Piensa en la estadounidense rica del yate, con su aspecto de estrella de cine. Aubry estaba acomodada en los cojines y tomaba el sol al lado de aquella mujer impresionante que se escondía detrás de unas gafas de sol para que nadie se quedara ciego al verla. Jugueteaba con su collar de perlas, según lo recuerda Aubry, con una desesperación tranquila en la voz.

—Una enfermedad mató a mi padre y a mi abuelo, y creo que tengo los mismos síntomas —le contó la mujer—. Pero me da miedo ir a que me hagan las pruebas. —La enfermedad iba a por ella, contaba los días que le quedaban, y sus riquezas no podían hacer que se marchara.

Y esa noche, en su cueva poco profunda bajo un saliente rocoso que las resguarda de la lluvia, junto a una pequeña hoguera para entrar en calor, Marta mira a Aubry.

—Es usted un catálogo con patas, lleno de secretos peligrosos.

—Confían en mí porque para ellos no soy real, porque llego y me marcho, y, cuando me voy, lo hago para siempre, con el secreto y con todo. Es como susurrar un crimen horrible hacia un pozo profundo y oscuro.

—¿Y usted tiene algún secreto?

Aubry aparta la mirada y aviva el fuego.

—Qué tonterías. Claro que no.

—Eso es que sí. —Marta se incorpora un poco—. Y tiene que ser un secreto grande, uno horrible.

—No, no es horrible.

—Entonces, ¿qué es? ¿Qué clase de secreto es tan inocente que no se atreve a contarlo?

Aubry arquea una ceja y suelta una pequeña carcajada.

—Usted dirá, Marta. Usted dirá.

Marta sonríe, más que nada para sí misma.

—No hablemos más de secretos —le concede, y las dos guardan silencio.

Hasta que Marta se vuelve hacia Aubry, y esa vez su sonrisa es amistosa, aunque también traviesa. Baja la mirada hacia las piernas de Aubry, las cuales se asoman por debajo de su falda de lana.

—Estaba yo pensando —empieza— que debe tener las piernas más fuertes del mundo.

—¡Pues sí! —Aubry sonríe, animada. Está muy orgullosa de sus piernas—. Son de acero.

—¿Me las enseña?

—¡Claro! —responde, siempre alegre por poder presumir de sus músculos. Se levanta la falda, y Marta se inclina cerca de ella para tocarlas, para comprobar la fuerza que hay bajo la piel. Impresionada, le acaricia la pierna arriba y abajo.

—Como mármol… —murmura—. Como una obra de arte…

Mueve la mano despacio, un poco demasiado arriba, un poco demasiado lento. Aubry se queda quieta y la observa con cautela mientras se pregunta a dónde va a llevar la mano, cómo le sentará a ella.

Marta no la mira, sino que mantiene la vista clavada en las piernas suaves y musculosas de Aubry mientras pasa los dedos con suavidad por ellas. Y entonces, sin ningún alboroto y sin vergüenza, aparta la mano, se da media vuelta y se va a dormir.

—Buenas noches —le dice.

Aubry la observa a la luz de la hoguera durante un rato antes de cubrirse con las mantas y quedarse dormida bajo el sonido de la lluvia y de los truenos lejanos.

CAPÍTULO SESENTA Y UNO

Un sueño inamovible

Esa noche, Aubry sueña que Qalima está a su lado, sentada delante de su caballete en la entrada de la gruta para pintar con acuarelas un cuadro más grande que los demás.

—¿Ha tenido una visión? —le pregunta Aubry.

—Ahora mismo —contesta—. Mire.

Aubry se le acerca tanto que se acaba metiendo en el cuadro. Y no se sorprende de que ocurra eso. Lo que sí es una sorpresa es que ha ido a parar a la biblioteca, que está en un túnel enorme hecho de columnas, estanterías y arcos que llegan hasta donde alcanza la vista, llena de personas de distintos lugares y épocas. Aubry está tan acostumbrada a las bibliotecas vacías que esa, tan repleta de vida, la deja sin palabras.

Delante de ella está Qalima, una vez más sentada frente al lienzo, pintando. Aubry se le acerca y se termina metiendo en ese cuadro también.

Se encuentra ante una ventana grande con vistas a un río negro y a una selva densa, igual que el cuadro de Qalima que había visto en India. Hasta ve el cobertizo hecho de hojas de la selva y la luz parpadeante de la hoguera en el interior. Qalima tenía razón: sí que parece un hogar.

Quiere salir para ver ese nuevo hogar, pero no tarda en darse cuenta de que esa biblioteca no tiene puertas, y las ventanas no se abren ni se rompen.

Sabe, de golpe, que ese será el último lugar que pise en la Tierra.

Se despierta del sueño en plena noche, con el cielo lleno de estrellas. Se pone a pensar en Qalima y se pregunta cuántos deseos de cumpleaños habrá repartido ya, cuántas personas estarán vagando por el mundo, sentadas en su casa o trabajando, a la espera eterna de que se les conceda su deseo, sea cual fuere.

CAPÍTULO SESENTA Y DOS

Con Marta en Klondike

Aubry se levanta al oír el canto de los pájaros y baja al riachuelo para lavarse la cara con el agua helada. El ambiente es frío, y el agua, más aún, pero alguien le dijo que el mejor modo de combatir el frío es con más frío. Un campesino sueco, uno que se daba un baño frío cada día, que saltaba a un estanque que tenía cerca de casa hiciera el tiempo que hiciera. Por aquel entonces tenía setenta años y estaba sano como un roble, así que, de vez en cuando, Aubry hace lo mismo.

Casi no le ha dado tiempo a llevarse el agua a la cara cuando tiene que detenerse, inmóvil en el borde del río. Cree haber oído algo, un gruñido ronco y grave como un trueno.

Alza la mirada. Algo se mueve detrás de los matorrales, algo grande y pesado. Los arbustos se agitan al otro lado del riachuelo.

Lleva una mano a la lanza, solo que no la lleva consigo. Se acuerda de que está en el campamento. Justo cuando la necesita, cómo no.

Ahí viene, a través de los arces enredadera, de los culantrillos: un oso que sale del bosque, con la cabeza gacha y los hombros en punta.

Se queda al otro lado del riachuelo. Gruñe, la mira mal y suelta su aliento cálido a través de los dientes, de los labios negros. Al oso no le gusta que Aubry se lave en su riachuelo. Es enorme, de aspecto salvaje y de pelaje largo y marrón. Está segura de que se trata de un oso pardo.

Si bien piensa que tal vez no vaya a cruzar el riachuelo, este solo le cubre hasta los tobillos, así que claro que lo cruzaría. Cargará en su dirección, las garras salpicarán agua que llenará el ambiente, y llegará a ella en dos zancadas. Alzará una zarpa y le arrancará la cabeza de un golpe.

Se asombra ante la naturaleza caprichosa de la muerte. Un traspié en un sendero de montaña; comerse la seta equivocada, una que juraría que había reconocido; un deseo espontáneo de lavarse con agua fría una mañana. Una mañana la mar de pacífica, además. Y, de repente, de la nada aparece un oso, y, sin aviso previo, una vida entera llega a su fin.

Capta un movimiento a su izquierda, oye el chasquido de un rifle. Marta está a su lado, y algo más que eso: se le pone delante. Se interpone entre Aubry y el oso, con el rifle alzado a la altura de los ojos, apuntando a la cabeza de la bestia.

—Ponte de pie —le dice Marta, con la voz tranquila adrede, por mucho que los nervios se noten en el ambiente, como si fuera capaz de olerlos—. Y retrocede poco a poco. —Tiene el cuerpo tenso como un cable de acero, con la mandíbula rígida, de modo que le cambia la forma de la cara.

Aubry se endereza y se echa atrás.

—No apartes la mirada del oso —le sigue instruyendo ella—. Y sigue echándote atrás. Poco a poco, sin aspavientos. —Por su parte, el oso prácticamente ni se mueve. Protege su lado del riachuelo, enseña los dientes y pone mala cara. Si bien todavía es posible que cargue hacia ellas, mira cómo Marta apunta con su rifle. Qué buena pose que tiene. Si el oso fuera un poco más listo, se daría media vuelta y se iría ahora que puede.

A decir verdad, Aubry ya sabe que no debe darle la espalda a un oso, que tiene que retroceder poco a poco y sin gestos súbitos, que, si nada surte efecto, tiene que hacerse la muerta. Pero Marta, esa mujer diminuta que habla con la voz de las montañas... ¿Cómo no va a hacerle caso?

Se echan atrás, dos combatientes disciplinadas en plena batalla, todavía vivas y más fuertes por haber sobrevivido. Marta sigue apuntando con el rifle hasta que pierden al oso de vista detrás de las columnas de árboles y dejan de oír el rugido en su garganta.

En el campamento, recogen sus pertenencias tan deprisa como pueden y emprenden la marcha. Transcurre una hora. A pesar de que no han visto ni oído al oso desde entonces, no ralentizan la marcha.

—Te podría haber comido —le dice Aubry, cuando está más tranquila.

—Hay personas a las que mataría de buena gana —contesta Marta— y otras por las que daría la vida sin problema. Y tú formas parte de ese segundo grupo.

Aubry sonríe de oreja a oreja. Cree que está bien contar con seguidores.

—De verdad, Marta, si casi no me conoces.

Marta la mira de reojo y se ríe para sí misma mientras niega con la cabeza, como si Aubry acabara de soltar la broma más cínica que ha escuchado en mucho tiempo.

Cuando acampan esa misma noche, Aubry mira cómo Marta prepara su saco de dormir. Se percata de que en la mochila de su compañera hay una carpeta negra, una que ya ha visto antes. Ha visto que la usa para comprobar los hechos que ha ido recabando, para anotar correcciones en los márgenes. Está llena de fotografías, recortes de periódico y notas a mano sobre ella, sobre Aubry Tourvel.

Hay un montón de fotografías. Aubry no suele verse a sí misma; casi nunca, de hecho. Los demás le dicen que es guapa, pero no es lo mismo que verse en una foto, y menos aún en una foto de cuando era más joven, y ver que de verdad hay belleza en ella.

Si bien Aubry ya había visto esa carpeta, hasta ese momento no había reparado en que es el objeto más pesado de la mochila de Marta, de lejos, y que ha cargado con ella (y con todas sus fotografías) desde México D. F. y por medio mundo hasta darle el alcance. Es capaz de reconocer el compromiso cuando lo ve, y en toda la vida no ha visto algo tan formidable como ese ejemplo.

CAPÍTULO SESENTA Y TRES

Con Marta en Klondike

—Cuéntame una historia de amor —le pide Marta.

El siguiente día es un paseo por encima del límite del bosque, a la sombra de las cumbres escarpadas de las montañas, mientras siguen los senderos que han ido marcando los animales a través del musgo alpino. En los valles de más abajo, ven los bosques boreales oscuros que las llevarán hasta Juneau. El trayecto es largo y arduo y exige piernas como pistones, pulmones como paracaídas. Aun así, si Marta está desalentada o agotada, no lo muestra.

En ocasiones caminan en fila, cerca y lejos la una de la otra por momentos, y a veces van una al lado de la otra, cuando la geografía lo permite. Ahí, en las crestas de las montañas, los senderos son amplios y transitables, al menos hasta que empiecen a descender, por lo que pueden hablar con libertad.

—¿Una qué?

—Una historia de amor.

—¿Para qué quieres que te cuente eso?

—Para mis lectores. Les encantan las historias de amor. A todo el mundo le gusta el amor. Y debes de tener al menos una. Con todo lo que has viajado, al menos una.

Aubry duda y no dice nada.

—A mí me parece una buena pregunta —sigue Marta—. ¿Cómo ama alguien en tu situación? ¿Dónde encuentras el amor? ¿Cómo lo mantienes? ¿Cuántos tipos de amor están a tu alcance?

Mira a Marta con cautela, quien camina a su lado, tan paciente, tan tranquila. Aubry ya ha tenido otros compañeros de viaje, además de muchos otros que han querido seguirla, como si fuera una suerte de profeta, pero casi ninguno de ellos le duró mucho. Se pregunta cuánto tiempo más va a poder seguir esa mexicana feroz a su lado.

—Me he encontrado con todo tipo de amor, de hecho —le cuenta Aubry—. Amor superficial, desesperado, codicioso.

—Qué negativa. ¿Y el amor apasionado?

—Sí —contesta—, ese también.

—Cuéntame.

—Todos son lo mismo, Marta. Todos están condenados al fracaso.

Caminan un rato más en silencio, hasta que Marta le dice:

—Crees que presumo, y así es, pero no solo presumo de mí. Redacté una noticia sobre un niño de diez años que salvó a su escuela entera cuando se produjo un incendio. ¡Imagínate! Con diez añitos de nada. Entrevisté a una monja que rescató a cientos de niños e impidió que vivieran en la calle. Cuando presumo de mí misma, presumo de ellos también. Mi trabajo es presumir del mundo.

Aubry le dedica una mirada curiosa, aunque sin decir nada.

—Y quiero presumir un poquito más. Quiero presumir de ti. Me da a mí que la vida que has tenido es muy… muy…

Sin embargo, Aubry ya no la escucha. Se ha detenido en seco. Al principio, Marta cree que ha ocurrido algo horrible, que le duele algo de repente, que quizá su enfermedad esté empezando a asomarse, pero no, Aubry está animada. Marta se lo ve en la mirada, en esa mirada que ha centrado en la roca del acantilado a su izquierda. Marta se da media vuelta y presta atención. Y también la ve.

Una puerta.

Una puerta de madera en una montaña, más allá del límite del bosque, en medio de la nada.

Aubry ya se ha puesto a correr hacia ella, más animada que nunca. Marta se queda quieta, tomada desprevenida. Entonces Aubry vuelve, tras darse la vuelta, y agarra a Marta del brazo.

—¡Vamos! —le grita, y las dos se ponen a correr.

La puerta está descuidada y es un retal de tablones de madera unidos. Casi se desmorona entera cuando Aubry lleva una mano al pomo.

—No tengas miedo —le dice Aubry a Marta—. Pero date prisa, antes de que desaparezca. —Y, con eso, atraviesa la puerta y lleva a Marta hacia las sombras, detrás de ella.

—¡Qué oscuro! —grita Marta.

—No, habrá luz. Ya verás.

Solo que no hay luz. A tientas, recorren paredes con curvas que cambian y se chocan con lo que tengan delante. No saben con qué. Marta se libera de Aubry, y un instante después gira la manivela de su lámpara eléctrica. La luz se enciende de forma gradual, aunque no tarda en iluminar una sala llena de estanterías improvisadas, de mesas hechas de barriles, de huesos de animalitos desperdigados por doquier.

En un rincón hay un esqueleto humano sentado en una silla, todavía con sus botas y ropa interior larga y con un rifle entre sus brazos huesudos.

Aubry se echa atrás, asustada, y choca con unas estanterías podridas que se le caen encima. Intenta mantener el equilibrio, pero no lo consigue y acaba medio caída, mirando el cadáver del rincón con una expresión llena de miedo.

El esqueleto no perturba nada a Marta. Ha informado sobre la guerra civil que trastocó su país, sobre escenas de crímenes, sobre accidentes de tráfico. En su lugar, ilumina a Aubry con la lámpara, quien está agazapada contra la pared.

—Decía —continúa Marta— que me da a mí que la vida que has tenido es muy muy grande, pero que lo que dejas ver de ella es muy muy poco.

Aubry, cubierta de polvo y de telarañas, respira con dificultad. Tiene los ojos muy abiertos ante el brillo de la lámpara eléctrica. Solo que no es el esqueleto lo que la ha perturbado, sino las expectativas que tenía y que se han ido al traste.

—¿Crees que soy una mentirosa?

—No —responde Marta, que no se esperaba esa respuesta.

—¿Crees que estoy loca? ¿Que todo son imaginaciones mías? —sigue Aubry—. Es lo que cree la mayoría.

—Antes sí, pero siempre lo investigo todo —responde Marta, antes de arrodillarse a su lado—. ¿Sabes que Sylvie todavía guarda una funda de almohada manchada con tu sangre? La tiene para recordarse que no tuviste otra opción, que tuviste que marcharte.

Aubry aparta la mirada del esqueleto y la clava en Marta.

—¿Has hablado con Sylvie?

—He hablado con tus dos hermanas. He estado en tu casa, en tu habitación. He ido a ver las tumbas de tus padres.

Aubry no dice nada, sino que se la queda mirando. Nota una sensación extraña. Celos. Remordimientos. Marta ha estado donde Aubry no podrá ir nunca.

—¿Dónde está mi padre?

—Al lado de tu madre. Pauline me dijo que murió de pena después de que muriera tu madre. Me dijo que todos murieron un poco cuando tú te fuiste, y es normal. Si fuéramos hermanas y te hubiera perdido, yo también habría muerto un poco.

Aubry casi nunca recibe novedades de su hogar, y, cuando sí que lo hace, la información que le llega siempre está alterada para sonar más alegre, ya sea por parte de su madre, de su padre o de sus hermanas, porque todos intentaron aliviarle la carga. Sabe que les hizo daño, pero nunca lo ha oído de forma tan clara como se lo ha dicho Marta.

—Cuéntame —empieza Marta—, ¿cómo quieres que suene la historia de tu vida?

—Mi vida no es una historia que puedes escribir sin más.

—Digamos que sí que lo es. Digamos que todos vivimos una historia, lo sepamos o no. ¿Qué hacemos? ¿Cómo la escribimos, eh? ¿Quieres ser un personaje secundario en tu propia historia? ¿Quieres ser la villana? ¿Quieres vivir en una tragedia? ¿En una comedia? Es muy fácil que alguien te arrebate lo que significas.

Aubry se pone de pie, se sacude el polvo gris de encima y se acerca a la puerta, desde donde entran unos rayitos de luz.

—Supongo que sí que tengo algo que contarte —cede Aubry.

—Supongo que sí.

—Es difícil. —Aubry se queda mirando el suelo.

La lámpara eléctrica ya se está apagando: la luz parpadea hasta que deja de iluminar.

No hablan más del tema, no mientras salen por la puerta, ni cuando descienden hacia los árboles ni cuando preparan el campamento, hacen la cena o despliegan sus sacos de dormir. La oscuridad las envuelve, y, aun así, siguen sin decir nada. Duermen a trompicones. Aubry se despierta antes del amanecer, se sienta con las piernas cruzadas en su saco de dormir y observa cómo el firmamento se va iluminando. Marta se despierta poco después y la observa.

—No apuntes nada —le pide Aubry—. Todavía no.

—Vale.

Recogen sus pertenencias y empiezan la caminata de un día más, al principio sin ninguna palabra, con pasos húmedos por encima del liquen, con crujidos por encima de la gravilla. Y, después de unas horas más en silencio, Aubry no puede evitarlo. Hizo una promesa.

Abre la boca y se lo cuenta todo.

CAPÍTULO SESENTA Y CUATRO

Con Marta en Klondike

Marta no puede contener la emoción y no hay cómo calmarla o tranquilizarla. Aubry nunca la ha visto así, tan agitada, estrujándose las manos, caminando nerviosa por el acantilado con vistas a Juneau y al canal Gastineau, trescientos metros por debajo de ellas.

—¿Una biblioteca? —exclama de nuevo.

—Sí —le confirma Aubry. Otra vez.

Marta camina un poco más, deprisa por la emoción, a un traspié del borde del acantilado, mientras reflexiona sobre lo que le acaba de contar. Aubry no sabe cómo puede pararse a pensar mientras se estruja las manos y camina así, cómo no se cae por el acantilado hasta aterrizar en las calles embarradas de Juneau, pero, sea como fuere, lo consigue.

—¿Una biblioteca infinita?

—¿He dicho «infinita»? No lo sé. ¿Cómo lo voy a saber? Si es infinita, ¿cómo es posible saberlo?

Si bien Aubry siempre ha sido reacia a hablar de las bibliotecas, tiene que admitir que la reacción de Marta la alegra más que nada en el mundo. Al verla corretear por el borde del acantilado, el recelo de Aubry se desvanece en la nada.

—Pero ¿era una biblioteca? —insiste Marta.

—Sí.

—¿Dentro de la cordillera más grande del planeta?

—Ah, no —responde Aubry, y hace un ademán con la mano como si estuviera espantando una mosca—. No solo ahí. He estado en la biblioteca muchas veces, una vez tras otra.

Por ejemplo, cuando recorrió las praderas de América del Norte y se sorprendió (como de costumbre) al ver que el camino terminaba en un agujero tallado en la tierra, como si un industrialista moderno hubiera excavado un cuadrado perfecto en medio de una llanura vacía. Era profundo como un pozo, amplio como una casa. Y en el fondo de la excavación, donde brotaban las flores azules, había puertas, unas puertas perfectamente ordinarias, una en cada pared.

—No las voy buscando —le explica Aubry—, sino que, de repente, me doy con una.

En Groenlandia, en el barco de mástiles rotos, blanco por la escarcha, con las cuadernas quebradas, medio hundido en el hielo. Quiso comprobar si habían dejado algo útil a bordo, por lo que se metió por la trampilla, la misma que se abría poco a poco sobre sus bisagras, de un lado a otro, como si el barco siguiera flotando en alta mar.

—Y otra... —Aubry le cuenta que se acuerda del árbol enorme de... ¿Dónde era? ¿Madagascar? ¿O Mozambique? ¿En qué lado del mar estaba cuando se encontró con el árbol enorme con un agujero oscuro en medio, lleno de tinieblas, tan oscuro que se preguntó si de verdad contenía algo? Y, un instante después, bajó por una escalera en espiral que descendía y descendía hacia las profundidades.

» ... y otra —continúa—. Y entro...

En pasadizos subterráneos llenos de libros, más allá de las vides y de las plantas de hojas anchas que intentan sin éxito ocultar las estanterías, las estanterías que contienen los pergaminos y los cuencos de cocos partidos por la mitad, todo lo que la espera.

—Y es un laberinto. Los caminos del interior me han hecho cruzar selvas, me han llevado por debajo del océano, a lugares que solo yo he visto.

Cruzó el estrecho de Macasar por una pasarela que se extendía debajo de una caverna submarina, con el agua salada a sus pies o goteando desde las estalactitas del techo. La luz se colaba por los agujeros que había en el coral que tenía debajo y le iluminaba el camino. Había estanterías que pendían del techo, y de vez en cuando se paraba a leer ante la luz azul y ondeante.

—No lo entiendo —dice Marta—. Si es cierto, ¿por qué acabas saliendo de allí?

—No me voy yo, sino que me echa. Si por mí fuera, me quedaría más, eso seguro.

Una vez se saltó un desierto entero en la estación más cálida al refugiarse en la sombra de lo que creía que era una mina abandonada. Un rato después, se perdió en un laberinto de cañones subterráneos, con libros en cada saliente, con estantes tallados en las curvas, llenos de pergaminos. Cuando salió de allí, estaba en un bosque de coníferas, con el desierto detrás de ella. Y ni siquiera era el mismo desierto: estaba en otro país, en un rincón alejado del planeta.

—Compruébalo —le pide a Marta, cuando por fin han descendido por los senderos escarpados, por escaleras que son como acantilados y que acaban volviéndose llanas en las calles de Juneau—. Tienes tus notas. ¿Dónde estaba yo hace dos años exactamente?

Marta se va de inmediato al bar más cercano a comprar algo para beber. Le vendrá bien un trago, según lo ve Aubry. Aunque, claro. No venden alcohol. La ley seca. Se les olvidan esas cosas, al pasar tanto tiempo solas en el bosque. Piden dos *rickey* sin ginebra y atraen la mirada de cada hombre del lugar. Aubry les sonríe con amabilidad, mientras que Marta no les hace ni caso; les dedica la misma atención que le dedicaría a una gaviota en el horizonte. Marta saca de la mochila su proyecto hecho por amor al arte, su carpeta negra llena de Aubry, y la hojea.

—Ah, aquí —dice—. Un artículo de Adelaida, Australia. Te dieron la llave de la ciudad.

—Exacto. ¿Y dónde estaba una semana después de eso?

Marta la mira con sospecha y se pone a rebuscar en la carpeta mientras Aubry da sorbos a su bebida alcohólica sin alcohol. Marta busca hasta que llega a la respuesta. Y no se lo cree.

—En París —dice.

—En París —le confirma Aubry.

¿Cómo puede ser? ¿Cómo se puede ir de Australia a Francia en una semana? Marta está confusa, y quizás un poco perturbada, pero la emoción le sale por los poros.

CAPÍTULO SESENTA Y CINCO

Terra Obscura

Apoyó los pies en la barandilla de piedra, de modo que la lava que fluía bajo el puente le calentara los dedos. Con la mano, lanzaba una moneda de oro sin parar para entretenerse, mientras usaba la otra para pasar las páginas. Si bien olía a sulfuro, la luz caliente y fundida iluminaba hasta el último rincón de aquellas ruinas antiguas y subterráneas, como una visión espectral de los últimos días en Pompeya.

Aubry tenía una pila de libros y pergaminos al lado, amontonados tan alto como la silla que había encontrado entre los escombros. Había recogido unas monedas romanas antiguas también y las había apilado al lado de los libros.

El que tenía en el regazo estaba dibujado por un botánico, según suponía, uno que había viajado por todo el mundo y había preparado un catálogo de las distintas flores con las que se había ido encontrando.

En aquella página había una flor delicada y azul, una que solo florecía en invierno, bajo una gruesa capa de nieve, donde nadie podría verla jamás. En otra página, había una flor pálida como una seta que solo crecía en la cabeza de un animal muerto.

Y en otra, la más rara de todas: una flor grande como una lámpara china, roja como una herida abierta. En el punto álgido de la estación, soltaba una nube de polen tan espesa y tóxica que era capaz de dormir a un caballo durante una semana entera. Aubry se quedó anonadada. Una planta que era capaz de soltar sueño a través de los pétalos. ¿Por qué lo hacía? ¿Con qué motivo? Se preguntó cómo habría sido capaz de descubrirlo el botánico. ¿Acaso inhaló el polen él mismo? ¿Cuánto tiempo durmió? ¿Qué soñó?

Se le pasó por la cabeza que era probable que ella misma no hubiera dormido desde hacía una semana. Se preguntó si iba a poder encontrar alguna de aquellas flores por ahí abajo, y, si las llegaba a encontrar, si funcionarían en ella. El tiempo era un concepto que cada vez le costaba más entender. ¿Cuánto tiempo llevaba sin ver si era de día o de noche? ¿Una semana? ¿Un mes? Cuando dormía, ¿dormía durante una noche entera? ¿O durante una hora o varios minutos? Le era imposible saberlo cuando estaba en la biblioteca, en aquel palacio alejado de la lógica, fuera del tiempo y del espacio, donde el conocimiento se acumula, se almacena, y se deja sin leer.

De repente oyó una voz, de la nada, según parecía. Una voz que la llamaba.

—¡Aubry! ¡Aubry Tourvel!

Pese a que ya había oído voces en la biblioteca en otras ocasiones, siempre habían sido distantes, como un eco en un pasadizo, un murmullo detrás de una pared. Podían ser un susurro, como las hojas secas al moverse por el suelo duro, o solitarias, como un engranaje que chirriaba detrás de una puerta lejana. Sin embargo, esa voz era nueva. Intensa y cerca de ella. La oía con claridad, incluso rodeada del siseo y del movimiento de la lava en el acueducto que tenía debajo.

Se puso de pie de un salto y se le cayó el libro. La torre de monedas de oro se derrumbó y resonó por el suelo de piedra. Una o dos rebotaron por el borde del puente y cayeron a la lava. Miró en derredor a toda prisa y se hizo con el bastón del que tanto dependía, por instinto. Si bien al principio no vio nada, acabó vislumbrando a la anciana, al otro lado del río ardiente, en un puente lejano. Una motita diminuta que le gritaba.

—¡Tu madre se está muriendo! —decía—. ¡Ve con ella! ¡Estarás a salvo! ¡Ve!

Aubry se puso la mochila y salió corriendo tras la anciana. ¡No estaba sola! ¡Había otra persona con ella! ¿Quién era? ¿Una viajera como ella? La llamó, pero la anciana había huido, había desaparecido en el entramado de sombras y catacumbas.

Aubry cruzó el puente, una muralla, otro puente más, y vio la puerta, la única que había, el único camino por el que la anciana podría haber salido. Abrió la puerta con fuerza, corrió al interior, bajó por unas escaleras, subió por otras y se perdió y se desorientó. Miró hacia atrás, por donde acababa de pasar, pero ¿dónde estaba eso? Miró hacia delante. Los pasillos se multiplicaban, se bifurcaban, se volvían a unir. No sabía por dónde girar ni por dónde podía volver. No obstante, oyó unos pasos que resonaban por encima de ella y se alejaban a toda prisa. Siguió el sonido a través de un pasadizo serpenteante, por túneles cada vez más oscuros, hasta que las sombras la engulleron.

Se detuvo, perdida y aterrada. Estaba tan oscuro que no se veía ni las manos. Se dio media vuelta, y otra más, pero todo estaba sumido en las tinieblas. No sabía dónde estaba; y ya puestos, no sabía ni si existía. Aun así, todavía oía los pasos, aunque sonaban distinto: ya no se daban prisa, sino que se habían relajado y caminaban con un ritmo más delicado. Se quedó quieta para escuchar con atención. Oía varios, toda una serie de pasos. Y susurros también, unas palabras pronunciadas con reverencia, en voz demasiado baja como para entender qué decían, unas palabras que flotaban en la oscuridad.

Ya no iba detrás de una sola persona, sino de varias, de un grupo. Estaba mareada, como si le hubiera dado vértigo al asomarse por un barranco. Tenía muchísimas preguntas y, por fin, estaba delante de las respuestas.

Dio unos pocos pasos cautelosos en dirección a los sonidos. Vio una pequeña rendija de luz en el suelo y empujó una puerta pesada.

Salió de las sombras y acabó delante de unas columnas y arcos imperiosos. Había filas de velas encendidas, con personas arrodilladas en los bancos, con las manos juntas para rezar.

Sobre ella había un techo más alto que ningún árbol, más que los cañones de ranura o que el mástil de un barco, tan alto como cualquier creación humana, casi como un sustituto del cielo. Unos vitrales arrojaban una aurora boreal de luz por las paredes de la catedral. Confusa y mareada, se quedó quieta para que el vértigo no lograra tirarla al suelo.

Sabía que no estaba en la biblioteca. No tenía ni idea de dónde estaba, pero sabía que era una catedral de un país cristiano. Si de verdad había una puerta que conducía de vuelta a su río de lava, esta se había cerrado y había desaparecido. La habían desterrado de la biblioteca otra vez. Tras recobrar la compostura, pasó entre los feligreses en silencio, sin llamar la atención, entre los rayos de luz, y salió por las puertas de madera pesadas.

La luz del día la cegó, y, cuando recobró la vista, todavía no estaba segura de lo que veía. Se trataba de una ciudad, una que no reconocía. Era europea, aunque no sabía dónde estaba exactamente. Había bulevares amplios por los que pasaban los automóviles más modernos y tocaban la bocina ante los caballos obsoletos y los peatones aterrados. Los hombres llevaban trajes de *tweed,* abrigos y bombines. Las mujeres lucían vestidos elegantes y tenían el cabello corto. La Gran Guerra había llegado a su fin, eso sí que lo sabía. Pero la *belle époque* también había terminado; los polisones, los parasoles y las faldas tobilleras de su infancia ya habían pasado a la historia, junto con los peinados largos y bien cuidados, atados con cintas. Todos llevaban sombreros pequeños y trajes finos, con zapatos en lugar de botas, con collares de perlas que llegaban más allá de la cintura. Las piernas de las mujeres estaban expuestas, de los tobillos a las rodillas. Incluso vio a algunas mujeres sentadas en una cafetería al otro lado de la calle, fumando como si nada, con unos cigarros encendidos en un extremo de las boquillas negras que sostenían. Todo era nuevo, elegante, divertido y, para ella, completamente extraño.

Cuando una pareja pasó por la acera, cerca de Aubry y hablando en voz alta, tardó un momento en darse cuenta de que los había entendido a la perfección.

Estaba en París.

Se dio media vuelta y se quedó mirando en una dirección antes de volver a girarse y hacer lo mismo en otra. Se pasó la lengua por la boca y por los labios, en busca de sangre, y nada. No perdió la fuerza en las rodillas, no se puso a vomitar en plena calle. No le dolía nada. ¿Dónde estaba su enfermedad? ¿Estaba en París o no? Vio a un hombre que leía un periódico, *Le Petit Parisien*. Había vuelto. No le cabía la menor duda. Embriagada por la emoción, solo pensó en una cosa: en volver a casa.

Se puso a caminar por el bulevar antes de saber en qué dirección debía ir. «¡Tu madre se está muriendo!», le había dicho la anciana. Le pidió indicaciones a un niño que repartía periódicos y corrió por las calles, pasó por delante del tráfico que no dejaba de tocar el claxon a su paso, y no le sonó nada. Había más tiendas y cafeterías de las que había visto en la vida. Cuando dobló una esquina, se encontró con una torre metálica enorme, hecha de unas vigas que se entrecruzaban hasta alcanzar una cumbre alta, por encima de los tejados de las casas adosadas. Verla hizo que Aubry se detuviera en seco; parecía como si la hubieran tejido en el cielo con un hilo negro. Se acordó de que había leído sobre ella en los periódicos. La llamaban la Torre Eiffel. Recobró la compostura y siguió corriendo entre los automóviles, los peatones, los vendedores callejeros y los mendigos, por delante de radios que sonaban a todo volumen, de teléfonos que recibían llamadas, de nubes de hollín de las fábricas lejanas, del ruido de las obras que provenía de todas las direcciones. ¿De verdad estaba en París? ¿Era posible? Giró a la izquierda y a la derecha y no pasó por delante de nada que le sonara. Cada vez estaba más cerca de casa, y, aun así, tenía que pararse para pedir indicaciones.

Cuando la encontró y se quedó delante de la entrada, su hogar también parecía haber cambiado. La entrada estaba pavimentada, y la puerta de madera era nueva y la habían pintado de azul. Unas vides habían empezado su lento ascenso por las paredes de ladrillo. Otras casas habían surgido de la nada alrededor y apretujaban su hogar; la ciudad lo estaba engullendo.

¿Cuánto tenía que cambiar algo para que se convirtiera en algo nuevo? ¿Cuándo París iba a dejar de ser París, cuándo su hogar iba a dejar de ser su hogar? Muy despacio, empezó a avanzar hacia la puerta. Le temblaban las manos, aunque no por la enfermedad. Llamó y esperó, hasta quedar cara a cara con su padre.

CAPÍTULO SESENTA Y SEIS

Su hogar (más o menos)

Tenía el cabello gris, el rostro delgado y con arrugas, pero ahí estaba, sorprendido al verla, con lágrimas en los ojos, abrazando a Aubry con fuerza, contra el pecho. Y sus hermanas también, Pauline y Sylvie, ya no niñas, sino unas mujeres preciosas que salieron a toda prisa de la sala contigua para abrazarla y llenarla de besos.

Las preguntas surgieron en un torrente. ¿Cómo lo había conseguido? ¿Cómo había podido volver? ¿Se había curado? ¿Iba a quedarse para siempre? Y, corre, ve a ver a madre mientras aún estás a tiempo.

Había vivido como una desconocida rodeada de desconocidos, y aquel era el único hogar que había conocido, las únicas personas que la habían conocido a ella. Solía susurrar sus nombres hacia los bosques, hacia los abismos, los gritaba desde el borde de las montañas. Y, en un abrir y cerrar de ojos, los estaba pronunciando hacia su familia, con el roce de todas las manos, rodeada de voces cálidas. Con lágrimas que fluían por doquier. Qué contentos estaban todos. Lo que habían mantenido como un puño cerrado se había abierto de par en par.

La casa no estaba para nada como la recordaba. Las paredes eran de un color diferente, habían sustituido los muebles y habían cambiado las moquetas, y todo ello tenía un diseño sencillo y práctico, muy distinto de las alacenas, escritorios y aparadores elaborados y elegantes que recordaba de su infancia.

Aun así, su habitación no había cambiado ni un ápice. Solo Aubry, la más pequeña de las tres hermanas, podría haber organizado la habitación como estaba, y cambiarla implicaba destruirla. Aubry vio, al final del pasillo, una puerta cerrada, como si hubiera muerto aquel día de hacía treinta y cinco años.

Quería entrar. No se acordaba de ciertas cosas: dónde tenía sus dibujos a bolígrafo, qué vestidos colgaban en su armario, qué libro seguía en su mesita de noche. Lo intentaba, pero no se acordaba. ¿Qué ocurriría si se asomaba un momentito? ¿Su enfermedad iría a por ella con todas sus fuerzas y la dejaría fuera de combate en el umbral? ¿O moriría al instante, como si le hubieran colocado una capucha negra en la cabeza?

Una parte de su alma estaba encerrada en aquella habitación, y Aubry estaba desesperada por reunirse con ella. Sin embargo, ya sabía cómo reconocer una emboscada. Se quedó mirando la puerta y se preguntó qué contendría, pero no se atrevió a acercarse.

Su madre estaba en cama, pues ya estaba en sus últimos días, tal vez en sus últimas horas. Estaba tan frágil que casi no podía ni alzar la cabeza. No obstante, cuando Aubry entró en la habitación, se volvió para mirarla. Aubry se arrodilló a su lado. Su madre estiró una mano para tocarle la cara, y se dieron la mano mientras ella le hablaba con una voz que apenas sonaba más alta que un susurro.

—¿Qué has visto?

—Eso no importa ahora —respondió Aubry, antes de darle un beso en la mano a su madre y que las lágrimas cayeran sobre aquella muñeca frágil.

—Me estoy muriendo, Aubry. Es lo único que importa.

De modo que Aubry se puso a pensar en ello, y unos fragmentos de recuerdos le aparecieron en la imaginación (imágenes, sonidos y olores), solo que eran una colección rota.

—Una vez sostuve entre mis manos un trozo de hielo —le contó Aubry a su madre—, hasta que se derritió y la araña que estaba congelada dentro revivió mientras la sostenía.

La señora Tourvel abrió la boca, asombrada.

—Madre mía…

—¿Sabes que hay doscientos millones de insectos por cada persona en el mundo?

Aubry arqueó una ceja, y a su madre le brillaron los ojos. Ya fuera una niña pequeña consentida, una adolescente resentida o una adulta sociable (o lo que fuera a ser en el futuro), siempre estaba esa ceja, lo único constante en ella, el rasgo que le indicaba a su madre que, después de tantos años y de tantos viajes, seguía siendo su querida Aubry.

—¿Cómo lo sabes?

—Los he contado.

Y las dos sonrieron.

—¿Me perdonas? —le preguntó su madre, pero Aubry no entendió la pregunta. ¿Por qué su pobre madre se culpaba a sí misma si había sido Aubry quien la había abandonado? ¿Qué historia se había acabado imaginando su madre? ¿Algún día Aubry llegaría a querer tanto a alguien que sus tragedias pasaran a ser parte de ella también? En lugar de responder, se puso a llorar y enterró el rostro en los brazos de su madre, lo cual también fue una especie de respuesta.

CAPÍTULO SESENTA Y SIETE

Su hogar (más o menos)

Sylvie fue la primera en despertarse. El sol matutino se asomaba a través de las cortinas. Se levantó de la silla para cerrarlas, de modo que su madre pudiera seguir durmiendo. Después de tocarle la frente y de darle una palmadita en la mano, se volvió hacia Aubry. Su hermana pequeña había dormido toda la noche hecha un ovillo en el diván que había a los pies de la cama.

La almohada de Aubry estaba empapada de sangre.

El grito de Sylvie despertó a su hermana, y el dolor que le arremetía contra la nuca hizo que viera borroso. Rebotó hacia la parte delantera del cráneo y se le estrelló contra las sienes. Aubry soltó un gruñido. La habitación perdía la luz y le daba vueltas. Antes de que pudiera contenerse, vomitó sangre en el suelo.

—¡Aubry! —gritó Sylvie—. ¡Aubry!

Pauline entró corriendo a la habitación y vio a Aubry a gatas junto a la cama de su madre.

—Aubry —le suplicó, por mucho que no quisiera tener que decirlo—. ¡Tienes que irte!

—No... —soltó Aubry, en un grito ahogado.

—¡Aubry, tienes que irte! —insistió Sylvie, según las lágrimas se le deslizaban por las mejillas.

Pauline sujetó a Aubry por debajo de los brazos y la ayudó a ponerse de pie.

—¡No puedes quedarte aquí!

El caos había despertado a su madre, quien se volvió y estiró una mano hacia su hija pequeña. Aubry le devolvió el gesto, resistiéndose para poder quedarse al lado de su madre, con las lágrimas y las gotas de sangre que le bajaban por las mejillas por igual. Pauline y Sylvie no tuvieron otra opción. Sujetaron a su hermana menor de los brazos y se la llevaron a rastras.

—¡No! ¡Mamá, mamá! —gritaba Aubry—. ¡Lo siento! ¡Lo siento muchísimo, mamá!

Su padre llevó a Aubry por el tramo que le quedaba, a través del salón, por la puerta principal y hasta el automóvil que tenía aparcado en la calle. Aubry se habría resistido si hubiera podido, pero ya no le quedaban fuerzas. Se notaba mareada, como si tuviera fiebre, como si ya no formara parte del mundo.

—¿Dónde están sus cosas? —Tiene un recuerdo difuso de que su padre hizo esa pregunta según la colocaban en el asiento del copiloto y ella apoyaba la cara, adormecida, contra la ventana.

—Yo lo tengo todo —contestó Pauline, y Aubry creyó oír que su hermana se sentaba en la parte trasera del coche.

El automóvil tosió y tembló bajo ella. Arrancaron. Aubry alcanzó a ver a la pobre Sylvie en la puerta de casa, con la boca tapada con una mano, antes de despedirse de ella desde lejos. Aubry puso los dedos en la ventana en un débil intento de despedida que consiguió manchar el cristal de sangre. Y así perdió de vista a su Sylvie, a su hogar.

CAPÍTULO SESENTA Y OCHO

Su hogar (más o menos)

Cuando Aubry volvió en sí, estaban en un parque de la ciudad, en el borde de una fuente, y Pauline le limpiaba la sangre de la cara y de las manos.

—¿Sabes que estoy estudiando Medicina? —le preguntó Pauline.

A Aubry le seguía dando vueltas todo. No lo sabía, o puede que sí. Quizá tenía un lejano recuerdo de ello que le estaba llegando poco a poco.

—Mira —le dijo Pauline, mientras sacaba un libro de texto de su mochila—. Y tengo quince más en casa. Quería curarte y no sabía cómo. —Se le cerró la garganta conforme contenía las lágrimas—. Y todavía no lo sé.

—Pero curarás a muchas otras personas —contestó Aubry, saliendo de su aturdimiento poco a poco—. Estoy orgullosa de ti. No llores —le dijo, y le dio la mano a su hermana mayor—. Estoy bien.

—Lo sé. Pero te echo de menos.

Su padre, quien había estado dando vueltas de un lado a otro, nervioso, acabó sentándose al lado de Aubry.

—Tenemos que volver con ella, ¿lo entiendes? —Se refería a su madre. Hablaba de su madre. Se estaba muriendo. No podían alejarse de ella, no en aquellos momentos. Poco después, la familia entera iba a estar a su lado, todos menos Aubry, quien tenía que marcharse antes de tiempo. Dios no quisiera que todo aquello acabara siendo un funeral doble.

»Pero he tenido una idea —continuó él—. He llamado a un buen amigo mío y he organizado algo en tu nombre. Si no te molesta.

Llevó a Aubry otra hora más en su automóvil con forma de cigarro y dejaron la ciudad atrás. Pensó que era un modo muy extraño de ver el mundo, si es que se podía ver todo, a la velocidad a la que pasaban por delante de todas aquellas calles y bosques, desconocidos y sin explorar, como si nunca hubieran existido. ¿Qué clase de vida es esa para una calle o un bosque, para una mujer en un automóvil que pasaba a toda velocidad por delante de ellos? Un mundo entero que no llegaba a conocer.

Y, aun así, aquello era solo el principio.

Su padre giró hacia un granero en una carretera de tierra y se detuvo en el borde de un prado amplio y con la hierba aplastada. Allí, encima de la hierba, había un biplano de un solo motor. Y al lado estaba el piloto, un hombre de mandíbula estrecha vestido con una chaqueta de cuero larga y botas, con un bigote fino y peinado con la raya al medio.

—¡Hola! —los saludó.

—Hola, Remy —dijo su padre según se acercaba y le estrechaba la mano al piloto. Intercambiaron varias palabras más, y Remy le dio unas palmaditas en los hombros al padre de Aubry antes de volverse hacia ella.

—Soy Remy Clement.

—Aubry Tourvel. —Se estrecharon la mano, y Remy volvió su atención hacia el biplano.

—Le presento a mi ángel, una Curtiss Falcon hecha en Estados Unidos. He volado en ella por toda Europa, hasta África y Arabia. Y tengo la agenda libre. La llevaré adonde quiera.

Aubry pasó la mirada entre él y el avión.

—¿Por el aire?

—Por el aire.

Nunca había estado en un avión ni había visto uno desde tan cerca.

—Adonde quiera —repitió él.

Aubry tocó el fuselaje de aluminio y pasó la mano por el metal frío.

—Es mejor que caminar —dijo su padre.

Si bien Aubry no estaba muy segura de que fuera así, al oír la voz de su padre, se dio media vuelta, lo rodeó con los brazos y apretó con fuerza. Tenía la esperanza de que pudieran fusionarse en un solo ser por fin. No quería tener que volver a despedirse. Deseó con todas sus fuerzas que nunca tuvieran que hacerlo. Se abrazaron con tanta fuerza y durante tanto tiempo que Remy apartó la mirada.

Solo que entonces Aubry le dio un beso en la mejilla, lo dejó ir y volvió al avión, medio ciega por las lágrimas.

—A Constantinopla —indicó.

Y Aubry no volvió a ver a su padre nunca más.

CAPÍTULO SESENTA Y NUEVE

Con Marta en Klondike

Marta sale de la pequeña tienda de la calle Cuatro, una de las que suelen estar anegadas en Juneau. Acaba de comprar un globo terráqueo y una cera roja. Se sienta junto a Aubry en el bordillo de la acera que recorre la calle, llena de barro hasta los tobillos.

—Entonces, entraste en la biblioteca aquí, cerca de Costa de Marfil —dice, y coloca la cera en la costa de África Occidental—, y saliste en las islas Feroe.

—Eso creo. Puede que sí —dice Aubry, intentando recordarlo.

Marta vuelve a comprobar los apuntes que ha ido recopilando en su carpeta y traza una línea recta roja desde África Occidental hasta las islas Feroe. Aubry nota el primer cosquilleo de la emoción.

—Y luego entraste por aquí, fuera de La Meca, y saliste por aquí —dibuja otra línea—, cerca del mar Muerto.

—Más o menos —asiente Aubry.

Otra línea hacia la isla de Pascua, otra más hacia la isla de Baffin. Más líneas desde Palaos, desde Perth, líneas que cruzan lagos, desiertos y océanos. Marta mueve la cera de un lado a otro y no tarda en marcar el globo entero. Se echan atrás y observan los trazos.

El patrón es simétrico.

Es como una serie de estrellas, con los brazos entrelazados, que rodean el planeta, como los patrones geométricos de la alfarería islámica o de las ruinas aztecas. No es una coincidencia, no es casualidad, sino un patrón que se repite, y pasan mucho tiempo mirándolo en silencio.

—Dices que tu enfermedad te usa para ver el mundo —le dice Marta—. Pero… no sé yo. —Habla en voz baja, como si persiguiera una idea que no llega a atrapar del todo—. ¿Y si…? ¿Y si la enfermedad quiere que tú veas el mundo?

CAPÍTULO SETENTA

Con Marta en Klondike

Están en Juneau, una de las ciudades portuarias más grandes de Alaska. Hay barcos que van hasta Seattle o San Francisco, y, de ahí, al resto del mundo. En los tiempos que corren, con tantos barcos de vapor, ferrocarriles y hasta aviones, Alaska ya no es un lugar tan remoto. Ni siquiera México queda muy lejos ya. Sin embargo, Aubry ya ha viajado por toda la costa oeste de Estados Unidos, hace tan solo tres años, desde Baja hasta Big Sur y luego hasta el estrecho de Puget. Necesita un rumbo nuevo.

—¿Te has dado cuenta? —le pregunta su enfermedad—. Cada vez es más difícil encontrar un lugar al que ir.

Es cierto. Más de una vez se ha acorralado a sí misma con sus viajes: se encontraba con un río en el que ya había estado, con un puerto al que ya había navegado, con que ya había cruzado las montañas que había al oeste y no estaba segura de si podía escapar hacia el sur. Hasta el momento, siempre ha conseguido escapar, normalmente por el mar o al descubrir un camino nuevo a través de un paisaje conocido. Aun así, la pregunta crece con cada día que pasa: ¿qué le queda? ¿Cuántas selvas, desiertos y pantanos ha cruzado? ¿Qué ciudad europea le falta visitar? ¿Qué isla del sur del Pacífico no ha pisado todavía? Sus opciones disminuyen día tras día, cada vez tiene menos vías de escape.

Por otro lado, a su enfermedad también se le acaban los lugares en los que esconderse. Es cuestión de tiempo que termine acorralándola y se salga con la suya de una vez por todas.

—¿Te preocupa? —le pregunta Aubry.

—Temo por ti —dice la enfermedad—. Debes tener más cuidado con las decisiones que tomas.

—¿Qué harás cuando se te acabe el mundo? Te acorralaré dentro de poco. Y, cuando pase eso…

—¿Te acuerdas de India? Ya intentaste deshacerte de mí entonces. Pero no te abandonaré. Lo juro.

—Muy considerado por tu parte. Pero, por mí, no lo hagas.

Si pudiera, partiría hacia el oeste y aprovecharía los meses de verano mientras durasen. Seguiría las islas Aleutianas hasta que se acabaran e iría saltando de isla en isla hasta Rusia. Quizá podría ir a Vladivostok por fin y ver si hay algún rastro de Lionel en los registros de la ciudad, en los parques y en las plazas, en los adoquines en sí. Solo que no puede, porque un par de desquiciados han transformado a su querida Rusia en un matadero. Allí solo la esperan los gulags.

—Me han dicho que podría comprar un billete para ir a la isla de Vancouver desde aquí —le dice al trabajador del puerto, quien mira a Aubry y a Marta de arriba abajo, lleno de curiosidad.

—Mmm —murmura—. No tengo nada para damas, al menos hoy. A menos que quiera subirse a un barco carguero lleno de cangrejos.

—Sí, me sirve —dice Aubry, sin dudarlo. Por su parte, el hombre sí que duda.

—¿Para las dos?

—Solo yo.

—Sí —dice Marta, a la vez.

Aubry se da media vuelta para mirarla antes de devolver su atención al trabajador del puerto y decirle, en voz lenta y clara:

—Solo para mí.

—Y un billete para mí también —insiste Marta.

Aubry suelta un suspiro.

—¿Se lo han pensado bien? —pregunta el hombre.

—Discúlpenos —le dice Aubry, y aparta a Marta a un lado—. ¿Qué haces?

—Voy contigo.

—No, claro que no. No puedes seguirme toda la vida.

—¿Por qué no? Seguro que nadie lo ha intentado antes.

—Ahí tienes razón.

—Pues seré la primera.

—Y morirás en el intento —responde Aubry, sujetando a Marta del brazo con fuerza.

—Pues moriré. Pero no me habré dado por vencida —dice Marta, zafándose de su agarre—. Sobrevives a tormentas de arena y ventiscas. Viajas por todo el mundo y eres testigo de cosas que no pueden existir. Entras en una biblioteca colosal, tal vez infinita, que contiene... ¿Quién sabe? —suelta, y alza las manos—. Todo lo que existe. —Entonces se inclina hacia Aubry, pues no piensa dejar pasar la oportunidad de soltarle una pulla de incredulidad—. Si es que es cierto. —Vuelve a enderezarse y se pone a dar vueltas de un lado a otro, como suele hacer—. Y, aun así, crees que... —Hace una breve pausa—. No, mira. ¿Qué te parece más difícil? ¿Irte en unas vacaciones largas o dejar de lado lo que bien podría ser el mayor descubrimiento de la historia de la humanidad? ¿Cuál? ¿Qué harías tú?

—Me iría a casa —contesta Aubry.

—Pues yo no, yo me voy contigo. Y confirmaré que eres una mentirosa llena de fantasías o encontraré la biblioteca contigo. Recorreré los atajos del planeta y los verificaré por mí misma. Veré lo mismo que ves tú, leeré lo mismo que tú. Viviré como tú, y entonces decidiré si quiero volver a casa o no.

Aubry ya ha tenido compañeros de viaje en otras ocasiones, y muchos. Buenos compañeros, todos y cada uno de ellos. Hubo un chico ambundu que remó con ella por el delta del Okavango, por el río Zambeze, hasta Mozambique, hasta que la desnudez solitaria del océano Índico, que relucía como un ojo azul claro, lo llenó de una sensación de quietud que hizo que se quedara en aquella orilla y que no volviera a emprender otro viaje.

También estaba la anciana que se creía más joven de lo que era en realidad y que intentó ir tras ella por toda la costa noruega, solo que no pudo seguirle el ritmo y acabó despidiéndose cerca de Bergen.

Y la huérfana adolescente que había sido prostituta y que había escapado de los burdeles de Bakú en plena noche, junto a Aubry. Viajó hasta Shiraz con ella, donde se enamoró de un apostador empedernido y se quedó a vivir con él. Ella era quien más tiempo había pasado con Aubry, unos cuantos meses. Ese parecía ser el límite. Se pregunta cuánto durará Marta, y no por primera vez. Es una mujer inquisitiva, peleona y enérgica, y a Aubry le cae muy bien. Tanto que le da miedo que Marta vaya a ser quien dure más, que la esté siguiendo al mismo olvido que Aubry conoce de sobra.

Baja la cabeza y mira los tablones de madera del muelle, como si ya hubiera perdido la batalla, porque así es.

—Será peligroso para ti, en un modo que no lo es para mí. Es una locura, Marta.

—¿Una locura? —repite ella—. ¡La ley seca reina en Alaska! Ni siquiera podemos ir a por algo de beber. ¿Qué más podemos hacer que salir a dar un paseo?

CAPÍTULO SETENTA Y UNO

En un barco con Lionel Kyengi

El barco de pasajeros zarpó de Constantinopla mientras soltaba humo negro por su única chimenea. Su madre había muerto, y su familia, una vez más, estaba a muchísimos kilómetros de distancia.

Las dos cubiertas estaban llenas de pasajeros: hombres de complexión mediterránea vestidos con traje y, en ocasiones, con un fez; mujeres con faldas y sombreros, con el cabello corto y por encima de los hombros. Aubry sacó un cuaderno y se puso a dibujar la costa de la que se alejaban: las murallas amplias de la ciudad, los tejados de arcilla que parecían una manta naranja que cubría las colinas, el amplio puente de Gálata que rozaba el agua azul, los cuatro minaretes afilados de la Santa Sofía.

Dibujó durante una hora entera o más, apoyada contra la barandilla del barco, hasta que Constantinopla quedó demasiado lejos como para verla, y el mar Negro la rodeó en todas las direcciones. Iba a tardar dos días más en llegar a Odesa. Su viaje hacia Constantinopla había durado seis días por el aire, a saltos por toda Europa a bordo del biplano de Remy Clement, pues solo paraban para repostar y dormir.

Aun así, había volado. Las carreteras y los caminos, ocultos cuando se iba a pie, habían estado a plena vista desde el biplano. Entrecruzaban el paisaje. A pesar de que les habría llevado horas o incluso días seguirlos, desde arriba iban y venían en el tiempo que les tomaba tararear una canción. Por debajo de ella había mil viviendas, un entramado entero de carreteras, con todos los vehículos que las recorrían y subían por las colinas. Era más parecido a un patrón caleidoscópico que se alcanzaba a ver a través de un microscopio que a la vida en sí. Las personas, las familias y los amigos que vivían, trabajaban, compartían secretos y comían juntos se habían vuelto invisibles, junto a las fronteras, los palacios y las obras de arte, y Aubry, que había pasado la vida con ellos, viviendo algo que creía que era real, también era invisible. Y aquello solo era visto desde el aire. ¿Cómo sería visto desde la luna o desde una estrella lejana?

—Todavía hay cosas por ver —le dijo su enfermedad.

—Nada puede ser mejor que esto.

—¿Esto? Esto es una hoja solitaria en un árbol desnudo. Los bosques todavía están por llegar.

Guardó su cuaderno y su lápiz desgastado. Pasó entre la muchedumbre del barco, que disfrutaba del sol, de la brisa fresca del este. Tenía sed, y, con algo del dinero que le había dado su padre, le apetecía comprarse una *salep* dulce del vendedor de la cabina.

Se puso a sacar una lira del bolsillo y se chocó con un hombre negro con traje que salía de la misma puerta. No alzó la mirada, no vio a Lionel Kyengi a su lado ni lo oyó pedirle disculpas, de lo distraída que estaba rebuscando en los bolsillos. Encontró la lira que buscaba y cruzó la puerta. Se compró su *salep* y se la bebió poco a poco en la cabina, sentada en un banco vacío para descansar los pies.

Sin embargo, incluso si se había encerrado en el interior, no podía evitar quedarse mirando por la ventana para ver el clima, para calcular las distancias. Se había convertido en una mujer de la naturaleza, como los inuit que había conocido, como los nómadas tibetanos o el pueblo bajau, quienes vivían en alta mar. El interior era una prisión; el exterior era aire, un espacio abierto, espectáculos que no se podían explicar con palabras. El exterior era una religión para los ateos. Un rato después, decidió que ya era hora de volver a salir al sol.

Se puso de pie y paseó por la cubierta. Le dio la curiosa sensación de que la observaban. Cuando se dio media vuelta, como si de un espejismo se tratase, se encontró con Lionel, quien la miraba.

Su cabello era como las primeras heladas de otoño. Tenía arrugas en la frente y era mucho más delgado, casi tanto como para que no pareciera cierto, y, aun así, envejecer le había sentado bien. ¿Cuánto tiempo había pasado? ¿Cinco, diez, quince años? ¿O más incluso? Todavía llevaba gafas, todavía estaba muy apuesto con su traje.

—Bueno —dijo él tras un rato, sin que ninguno de los dos se moviera, sin dar ni un solo paso hacia el otro—, ¿qué tal el desierto de Gobi?

Aubry no sabía qué decir. Se quedó muda, como si algo invisible la sujetara de la garganta. Los turistas pasaban alrededor de ellos, casi sin reparar en los dos viajeros que se encontraban de nuevo en medio del mar Negro.

—Muy solitario, sin ti —le dijo Aubry al fin—. Todo ha sido solitario sin ti.

Una mujer negra muy atractiva y sus dos hijos se acercaron por detrás de Lionel. Incluso antes de que la mujer le pusiera una mano en el hombro a él y que uno de los pequeños, el más joven, tal vez de cinco años o menos, le diera la mano a Lionel, Aubry supo que era su familia, que la mujer era su esposa, que los niños eran sus hijos, que ella solo era un espectro de su pasado, una brecha en el tiempo momentánea.

Y, sin más, el hechizo se rompió.

—Mi familia —le dijo él, no en un tono de disculpa, pero, por muchos años que hubieran transcurrido, en voz baja.

CAPÍTULO SETENTA Y DOS

En un barco con Lionel Kyengi

Aubry se presentó. Eran senegaleses, por lo que tenían el francés en común, pero, cuando su mujer, Oumou, le preguntó cómo se habían conocido, Aubry se quedó sin palabras. La expresión que puso Aubry fue advertencia suficiente. Lionel se interpuso en la conversación y lo arregló todo, y Oumou lo entendió. Aubry estaba tan avergonzada que no podía ni alzar la mirada, pero, cuando lo hizo, Oumou le dedicó una sonrisa amable y se llevó a los niños para que Lionel y Aubry pudieran tener un momento a solas.

Se sentaron en un banco del exterior, cerca de la proa, delante de un paisaje que solo era agua, el mar Negro que se deslizaba por debajo de ellos.

—Entonces, ¿tu familia lo sabe? —le preguntó Aubry.

—Sí —dijo él.

—¿Tus hijos también?

—Sí.

La idea de que tenía hijos le llegó de sopetón, de que había un par de Lionel pequeñitos por ahí, como él, criados por él.

—Tienes hijos —dijo Aubry, radiante.

—Sí.

—¿Y cómo se lo han tomado?

—Al principio les costó, pero han sido muy valientes —respondió—. Mis hijos son… —Habló con voz entrecortada e intentó no permitir que la emoción lo sobrepasara—. Tengo mucha suerte de tener unos hijos como ellos. Uno nunca cree que va a pasar hasta que pasa. De repente aparece alguien a quien quieres más que a ti mismo. Alguien por quien estás dispuesto a morir. Eso es lo que hacen los niños. Es algo increíble. Según dicen, eso es a lo que llaman *madurez*.

—¿Cuánto te queda? —le preguntó.

—Algunos médicos dicen que seis meses, y otros, que un año. Sea como fuere… —Se quedó en silencio, y Aubry hizo lo mismo—. Tendría que haber ido contigo —dijo al fin—. Es algo de lo que me arrepiento siempre. Por muy feliz que sea, por mucha suerte que haya tenido, suelo pensar en ello. En el camino que no emprendimos juntos.

—Tu vida habría sido más corta aún —le explicó Aubry—. Pasé mucho tiempo sin comida ni bebida. Sobreviví a base de comer serpientes, y no muy a menudo. Son difíciles de cazar.

Al oír esas palabras, Lionel negó con la cabeza, con una sonrisa débil en la expresión.

—Moriré siendo un hombre simple. Todo lo que pienso se forma por lo que he visto en mi vida, y he visto muy poco.

Aubry comprendió que les estaba mostrando a sus hijos lo que podía del mundo mientras aún gozaba de la salud suficiente como para hacerlo. Era su regalo de despedida: Constantinopla, el mar Negro, Europa y más allá.

—Has visto el mundo entero —le dijo ella.

—Cuando me dieron mi diagnóstico, mi sentencia de muerte, fui a casa y me quedé sentado sin moverme un buen rato. Y entonces me puse a mirar por mi habitación, muy de cerca. Y vi cosas que no había visto antes, aunque hubiera vivido ahí durante muchos años. —Cerró los ojos para poder acordarse mejor—. Me percaté de la textura granulada de la pantalla de la lámpara y la estudié, vi que encender y apagar la luz afectaba a la textura. Vi mi reflejo en el pomo de latón de la puerta, que la imagen estaba bocabajo y del revés. Noté la rugosidad de los tablones de madera del suelo debajo de la moqueta, lo bien hecha que estaba la silla. Miré bien el marco de la ventana y vi que una arañita se había hecho un nido en una esquina, no fuera, sino en la habitación conmigo. Llevaba el verano entero ahí, y yo sin saludarla. —Abrió los ojos de nuevo—. Había visto Londres, París y Moscú, pero eso no, así que me pregunté si de verdad habría visto Londres, París o Moscú. Me pregunté si todos vivimos así, en la superficie de todo. —Se volvió hacia Aubry—. Me acordé de ti y me pregunté cómo ves el mundo tú. Me imagino que lo ves desde muy cerca.

Aubry no se imaginaba quedarse en un solo lugar tanto tiempo como para llegar a conocerlo tan íntimamente. Aun así, viajaba poco a poco, más que nada a pie, y era difícil pensar en algo que sea más íntimo con el planeta que eso. Lo recorría paso a paso, notaba la arena, la hierba o la tierra bajo los pies y había aprendido a leerlo todo muy bien. Unas plumas deshilachadas en el suelo contaban la historia de una pelea por amor entre dos pavos. Un tramo de tierra húmeda indicaba que había un manantial cerca. Una niebla espesa en agosto presagiaba la llegada de un invierno muy frío. Pero ¿cómo se podía conocer mejor el mundo? ¿Por la textura del suelo? ¿Por el paisaje y el clima? ¿Lo conocemos por los animales silvestres, por las bandadas de pájaros y las criaturas extrañas que se interponen en el camino un buen día? ¿O es por la geología, las joyas, las excavaciones, los fragmentos de ámbar con un escarabajo dentro? ¿O quizá por las personas, por las comidas que compartes con ellas, por las costumbres que aprendes? ¿O por sus historias, sus grandes logros, como las catedrales, las obras de arte, las flotas y armadas, una brújula sencilla, un campo de irrigación, el diente de un animal con unas runas moradas diminutas talladas en el marfil? ¿Qué mide lo que decimos que conocemos?

—Deja que te muestre algo —dijo Aubry, y lo llevó de la mano. Lo condujo hasta la barandilla, mientras el viento le mecía el cabello, y señaló hacia el estrecho de Bósforo, muy por detrás de ellos ya—. ¿Ves el estrecho? —le preguntó—. Antes había una cordillera que retenía el mar Mediterráneo, hasta que un día la tierra tembló y la echó abajo.

Señaló hacia el agua, hacia el fondo del mar.

—Y el reino que se asentaba en estas llanuras se despertó y vio un muro de agua horrible que iba hacia ellos y se tragaba hasta el último hombre, mujer y niño de la ciudad. —Se lo acercó para que notara el impacto de sus palabras, unas que no estaba segura de si él se terminaba de creer.

»Imagina que notas el terremoto —le imploró—. Sales de tu casa o huyes de las ruinas de tu ciudad y ves un muro de agua de treinta metros que se come las llanuras, sublime en el peor sentido de la palabra. Todas las historias de inundaciones del planeta se originan ahí, con la muerte de ese reino. Nadie ha descubierto los restos todavía, y eso que están ahí debajo de nosotros. Solo lo sabemos tú y yo.

Aubry se dio un momento para respirar y vio que Lionel se quedaba mirando el agua. Apartó esa historia de la mente y buscó otra.

—¿Te gusta Bach? —le preguntó—. Pues en Fráncfort hay una anciana que, sin saberlo, tiene el único ejemplar de una sonata de violín de Bach que nadie ha oído en la vida, ¡y la usa de fondo para el cajón de los cubiertos! —¿Lionel se estaría creyendo lo que le contaba? No lo sabía, pero, al haberse puesto a contarle historias, ya no podía parar. Salían una detrás de otra, historia tras historia.

—¿Por qué me lo cuentas? —le preguntó, por humildad, y Aubry lo entendió, porque fue lo mismo que experimentó ella mientras deambulaba por las bibliotecas y leía las historias y se preguntaba por qué le estaba ocurriendo a ella, por qué a Aubry Tourvel y no a una persona más sabia, más amable o más necesitada.

—Porque es lo único que puedo darte —le dijo—. Algo que nadie más en el mundo sabe, salvo nosotros. ¿Quieres que te cuente más?

Lionel se quedó callado, aunque ella ya sabía qué le iba a contestar. El poder de aquellas historias, el conocimiento, la exclusividad, fue más fuerte que él, como la tentación de la manzana prohibida, y lo asustó un poco, pero también lo dejó eufórico.

—Sí —contestó.

Aubry lo tomó de las dos manos y se lo acercó para poder hablar en susurros sobre cosas que nadie más en el mundo sabía.

—¿Sabías que hay personas que hibernan? Una tribu de las selvas de África es capaz de sumirse en un sueño muy profundo que dura días, semanas o incluso meses —le explicó—. Así es como sobreviven a las estaciones en las que hay menos comida...

CAPÍTULO SETENTA Y TRES

Con Marta en el Congo

Los monos las miran desde los árboles. Son dos mujeres, y una lleva a la otra a cuestas, por lo que los monos ven a una sola criatura. Aubry lleva a Marta, enferma de malaria, y recorren la selva húmeda, a rebosar de lianas, espesa por el barro y el agua de las hojas que gotean. A pesar de que Aubry está cansada (porque lo está, y mucho), se esfuerza para que no se le note. Está empapada de sudor y respira con dificultad. Le habla a Marta de vez en cuando y la anima al hablarle de comida y de dormir, de lo bien que se sentirá cuando se le pase la fiebre.

Sin embargo, es tarde, y Marta lleva un buen rato en silencio. Es a esas horas que le sube más la fiebre.

—¿Ya hemos avanzado lo suficiente? —le pregunta Marta, en un hilo de voz casi ininteligible.

—Creo que sí —responde Aubry, pero la lleva un poco más adelante, hasta que encuentra un tramo de tierra seca en el que tumbarla—. El trayecto debe de haberme dado un día o dos más —le explica. No puede quedarse quieta mientras Marta se recupera. No puede quedarse en un solo lugar durante las semanas que necesitará para recuperarse, si es que eso es posible en esa selva húmeda y sin sol—. ¿Escalofríos?

—Sí.

—He visto una planta *mwasamusa* por ahí.

—¿Una qué?

—Así la llamaban en Brazzaville.

—¿Y qué hace?

—Voy a hervirte unas hojas.

—¿Por qué no te contagias tú la malaria?

—Ya te dije que sería peligroso. Que no vinieras.

—Ay, qué quejica. Vuelve a Canadá, que es donde debes estar.

Aubry se asegura de que Marta esté cómoda en el suelo musgoso y prepara la hamaca que compraron en Calabar, cuando todavía seguían los caminos del golfo de Guinea, entre palmeras y playas doradas, cuando dormir en hamacas era un lujo y no una necesidad. Ahora están en la selva, en las profundidades del interior de África, en lugares en los que casi nadie, de la raza que sea, se ha aventurado. Se trata de la segunda enfermedad grave que Marta ha sufrido en dos años, pero es el peor lugar posible en el que le podía haber ocurrido. Intenta alejar a Marta del suelo, de las hormigas y de los ácaros. Intenta mantenerla dentro de las redes que podrían o no defenderla de los mosquitos que seguramente le contagiaron la malaria hace una semana.

En cuanto acaba de preparar la hamaca y de colocar a Marta en ella, tapada con lo que les queda de mosquiteras, va a buscar las hojas de *mwasamusa*. Atraviesa la selva, rodeada de los zumbidos de los insectos, del canto de los pájaros y de los aullidos de los monos colobos. En cualquier otro lugar del mundo, aquello estaría lleno de paisajes y de posibilidades escénicas, pero la selva no es un lugar abierto ni panorámico, sino denso y opresivo, lleno de vegetación por todas partes, a rebosar de fruta y pájaros. El color verde se echa encima de quien la pretenda atravesar y no le permite ver mucho más allá de adonde es capaz de escupir. Es un paisaje dispuesto y a la espera de ver cómo te hundes en el barro o cómo las lianas te ahorcan.

Aubry encuentra la *mwasamusa* y recolecta muchas más hojas de las que necesitará, porque quién sabe cuándo se va a topar con otra. Mira en derredor y ve las flores en lo alto de las copas de los árboles, cientos de ellas que florecen de las ramas que sostienen con fuerza los enormes árboles de la selva. Son flores grandes y rojas, de un tamaño suficiente como para engullirle la cabeza. Son asimétricas, con unos pétalos que se retuercen sobre sí mismos, mientras que otros están abiertos, como si se hubieran desmayado.

A pesar de que llevan varias semanas perdidas en esa selva, es la primera vez que Aubry ve unas flores como esas, rojas como heridas abiertas. Y, a partir de entonces, las ve por todas partes. Cuelgan sobre ella durante todo el camino hasta el campamento, donde Marta la espera, sudando en la hamaca.

Enciende una hoguera, recoge el agua de lluvia que se ha acumulado en las hojas y la pone a hervir.

—Aubry… —murmura Marta, y abre los ojos un poquito. Aubry no sabe si es el principio de una conversación o algo que ha susurrado por un delirio, pero su compañera le ha dado la mano y se la sostiene con fuerza. Nota la fiebre en la palma de la mano. Se inclina hacia ella y la mira a los ojos, solo que Marta no dice nada más y acaba cerrando los ojos.

—¿Sabes lo que te hace falta? —le pregunta Aubry, mirando hacia los colobos que, insensatos ellos, cuelgan de los árboles que tiene por encima—. Carne —se responde, y saca un dardo de su mochila para pasarlo por una pasta que tiene envuelta en unas hojas. Atado a su bastón hay un palo hueco, largo como un brazo. Lo saca y coloca el dardo en el interior. Destapa su bastón para transformarlo en una lanza y se la echa por detrás del hombro. Marta, con los ojos entornados, ve que Aubry desaparece en la selva, con la lanza a la espalda y la cerbatana en una mano.

Los monos trazan senderos entre los árboles, igual que los cerdos y los ciervos lo hacen por el suelo. Aubry lo sabe de sobra. Encuentra un lugar tras una ruta muy transitada en las ramas de encima y se esconde. Le toca esperar. Le toca cazar. Poco después, allí están: un par de colobos de rostro negro y brillante que saltan de rama en rama. Se centra en uno, apunta y espera el momento oportuno. El mono se detiene para recoger un higo, haciendo equilibrio en la punta de unas ramas delgadas, con la cola enroscada en una de ellas. Aubry ve cómo se estira, ve que ha quedado vulnerable, y sopla.

Un estruendo de gritos y arañazos, de ramas que se rompen y hojas que caen. Aunque no sabe dónde le ha dado (¿en una pata? ¿En el costado?), será suficiente. Morirá en cualquier momento. Solo que el mono no tiene ninguna intención de morir deprisa. Se enfada y sisea como el aceite caliente. Salta hacia una rama grande y se aleja con saltos raudos por los árboles. Aubry sale de su escondite y lo persigue, sigue el rastro de los chillidos, el sendero de hojas que caen.

El mono salta y salta, poseído por su propia furia. Las aves salen volando a su paso, las ardillas se apartan. Empuña su lanza, la alza y la mantiene lista por si se le presenta la oportunidad, sin ralentizar el paso. Salta por encima de las raíces y se abre paso entre los árboles. No piensa perder la comida.

Entonces el sol le da directo en la cara. Se estremece y patina hasta detenerse. Ha salido de los árboles y ha acabado en el borde de un prado abierto. Cuando mira abajo para apartar la vista del brillo, ve hombres y mujeres que se le acercan.

No hay ni un solo retal de ropa en ellos, sino tan solo corteza de árbol y hojas. Tienen la piel, oscura como el suelo que pisan, pintada con tiza y barro. Aubry les ha dado un susto de muerte al salir así de entre los árboles, una mujer blanca feroz con una lanza dispuesta para atacar. Sueltan gritos de alarma, y los hombres se ponen de pie de inmediato, profieren gritos de guerra y apuntan a Aubry con sus lanzas en un frente unido. Si estuviera pensando, Aubry bajaría su arma de inmediato, pero ha caído en las garras del miedo, y el corazón le bombea sangre a toda prisa y le resuena en los oídos. Hay doce armas que apuntan hacia ella, tal vez más, y todo ello sumido en gritos, en el caos. Aun así, todavía no la han matado. Quizá la sorpresa que muestra en su expresión sea tan obvia como la de ellos.

Las hojas se mueven detrás de Aubry. Aunque no se atreve a darse la vuelta, con los doce hombres que la apuntan con lanzas, la ve de todos modos: una niña pequeña, de menos de cuatro años o quizá de menos de tres incluso, que sale del bosque, se dirige hacia Aubry y se queda plantada delante de ella. No deja de mirarla, con curiosidad, pero sin miedo. Nunca ha visto nada parecido a Aubry, con la piel del mismo color que un árbol por dentro. La tribu le grita, todos a la vez, y la llaman con gestos. Y la niña ni siquiera los mira, ensimismada con la mujer pálida del cabello de oro.

Aubry la mira y sabe que no va a apuñalar a nadie con una niña pequeña al lado. Los niños siempre le sacan su lado bueno. Suelta un largo suspiro y el cuerpo entero se le deshincha conforme baja la lanza y se la entrega a la niña, quien la agarra con los dos brazos, como si llevara un fardo de paja, y, obediente, la lleva con los suyos.

Aubry ha perdido toda la adrenalina, por lo que se ha quedado débil y floja. La matarán o la dejarán con vida. Conoció a una tribu de Nueva Guinea que la habría matado sin pensárselo dos veces, pues eran más susceptibles que nadie y un solo paso en falso era lo único que necesitaban ver. Habían tomado por sorpresa a Aubry en una selva similar a esta. Según se enteró más tarde, si no hubiera compartido su comida con ellos, la habrían desollado y se la habrían comido por su muestra de mala educación. Fuera como fuere, ellos conseguían su comida.

El mono muerto se cae del árbol, como si alguien lo hubiera lanzado desde las ramas. Cae al suelo entre Aubry y el círculo de hombres con un golpe seco. La tribu suelta un grito ahogado y pasan los ojos entre el mono y la mujer blanca que es capaz de derribar a los animales de los árboles.

—Tengo que ir a por mi amiga —les dice Aubry, señalando hacia el bosque, agotada y ya sin miedo.

Unos minutos más tarde, con la ayuda de unos doce miembros de la tribu, cargan con Marta hasta la aldea y la tumban en una alfombra tejida. Una anciana (¿una matriarca? ¿Una curandera? ¿Una sacerdotisa?) da vueltas a su alrededor mientras entona un cántico y le frota una pasta naranja en la frente, el pecho y los brazos.

Aubry hierve un té hecho de las hojas de *mwasamusa,* y una mujer de la tribu asiente y añade unos cuantos de sus ingredientes: trocitos de raíz y algo que parece castañas aplastadas. Siete u ocho de ellos se reúnen a su alrededor, y de vez en cuando le tocan un mechón de cabello rubio o el extremo de las mangas. Ella les sonríe y recibe su curiosidad con los brazos abiertos.

Cuando el té está listo, las mujeres la ayudan a servirlo en un calabacino que luego lleva hasta Marta, en el borde de la aldea. Se abre paso entre las chozas hechas de barro y paja, con forma de cono, que salen del prado como si de colmillos se tratase. Por encima de ella, en las copas de los árboles, han construido plataformas y pasarelas de madera, con sistemas de cuerdas y poleas, como si hubieran montado una excavación minera en los propios árboles.

A medio camino por el prado, la intercepta un grupo de niños que le han hecho un collar: piedras negras y suaves que cuelgan de un cordel. Aubry suelta un grito ahogado y les demuestra lo mucho que le gusta antes de agacharse para que puedan pasárselo por la cabeza.

—¡Gracias! —les dice, con una enorme sonrisa.

Le lleva el té a Marta, quien está tumbada y sudando en su alfombra, fuera de una de las chozas. La anciana da vueltas a su alrededor en una danza lenta, suelta su cántico, le esparce un poco de polvo encima y canta un poco más. Ha pintado a Marta de la cabeza a los pies con la pasta naranja en unos diseños variopintos: puntitos y círculos y líneas curvas. Parece un adorno de Navidad.

—Dice que me ayudará —le explica Marta, e intenta esbozar una sonrisita, pero no puede. Tiene la voz muy débil, y la mirada perdida por la fiebre.

Aubry hace que le apoye la cabeza contra el regazo y la ayuda a beber el té.

—Ya está —dice ella, a medio calabacino. En lugar de seguir, lleva una mano a su mochila.

—¿Qué quieres? —le pregunta Aubry.

—Mi carpeta.

Aubry la saca por ella y se la da. Marta extrae una hoja de papel doblada, frágil por el paso del tiempo y los viajes.

—Quiero que tengas esto —le dice.

Aubry alisa el papel: es una fotografía recortada de un periódico antiguo, con los bordes amarillentos, una fotografía de Aubry cuando era mucho más joven. Desembarca por una pasarela en algún lugar del mundo y mira directa a la cámara, con unos ojos que muestran el color blanco por todas partes.

—¿Qué es?

—Eres tú —le explica Marta—. ¿Te acuerdas?

—No.

—Eres tú saliendo de un barco en Veracruz —le dice—. Yo debía de tener unos quince años cuando la vi —sigue, y espera un momento para volver a tomar aire—. Parecías muy asustada, muy frágil. Y, aun así, habías recorrido el mundo entero. —Cierra los ojos. Necesita mucho esfuerzo para hablar—. Es la foto que hizo que me enamorara.

Aubry pasa un rato sin saber qué decir. Vuelve a doblar la fotografía con mucho cuidado.

—En ese caso, quédatela tú. No me voy a enamorar de mí misma.

—¡Ja! —suelta Marta, con una voz que es poco más que un susurro.

—Duerme un poco, Marta —le dice Aubry, acariciándole el cabello con los dedos—. Descansa.

Marta se queda callada un largo rato, tanto que Aubry cree que se ha quedado dormida, hasta que le dice en un murmullo largo y lento:

—He pasado la vida persiguiendo cosas que no podía tener.

Aubry deja el té al lado de Marta y pasa el resto de la tarde sentada junto a su amiga para alzarle la cabeza de vez en cuando y ayudarla a beber. La anciana danza en círculos alrededor de las dos.

CAPÍTULO SETENTA Y CUATRO

Con Marta en el Congo

La selva engulle la puesta de sol, y la tribu enciende las antorchas. Aubry hierve más té mientras ve cómo se va oscureciendo el firmamento y escucha el cambio en el coro de la selva: el canto de los pájaros y el zumbido de los insectos que suena de día dejan paso a las ranas y las cigarras nocturnas. Una brisa empieza a soplar de repente, como si quisiera enfrentarse al ocaso, y las antorchas parpadean.

Marta sigue tumbada en su alfombra, con la anciana incansable todavía cantando en voz baja. Lleva horas así, y Aubry se pregunta cuánto tiempo resistirá hasta que caiga enferma también. ¿Y si Marta no se recupera en los próximos días? ¿Se irá sin ella, tras años de compañía constante, a medio camino para recorrer el mundo? ¿Y si Marta muere ahí, en la selva, rodeada de una tribu de desconocidos? Aubry ha pasado más tiempo con Marta que con ninguna otra persona desde que empezó con sus viajes. ¿Cómo va a marcharse sin más?

Por otro lado, si Aubry se queda, morirá. Si Marta, enferma de malaria, vuelve a adentrarse en la selva, será ella quien muera. La despedida es inevitable.

Con todo el tiempo que han pasado juntas, caminando, trasladándose y viajando, no han visto ni rastro de las bibliotecas. Y eso ha hecho mella en Marta. Si bien antes estaban por todas partes, ahora no consiguen dar con ellas. Intentaron predecir el patrón y recorrieron pantanos y desiertos en busca de una entrada, pero fue en vano. Marta todavía cree en ellas; sabe que Aubry no es una mentirosa, que aparece en distintas partes del mundo sin ninguna explicación. Y las bibliotecas, por muy fantasiosas que parezcan, tienen algo de sentido. Solo que ¿dónde están?

Aubry nota un cambio en la noche. Se le alzan las orejas.

Las cigarras han dejado de emitir sus chirridos. Y lo mismo ocurre con las ranas y los grillos. Es la primera vez que oye que una selva se queda en silencio. Resulta imposible no darse cuenta de ello, como cuando, tras varias semanas en alta mar, los motores de un barco de vapor se apagan de sopetón. Alza la mirada hacia los árboles, hacia el firmamento, y la baja hasta el rostro de los demás, para ver si se han sorprendido tanto como ella.

No es la única. Los demás miran arriba, los niños dejan de jugar. La noche en sí contiene el aliento.

Lanza en mano, Aubry camina hacia el límite de los árboles, Tras ella, la aldea se ha activado de repente, con algo encendido en ellos. Si bien no sabe por qué, los hombres y las mujeres se disponen a ordenar ciertas cosas, sumidos en una cháchara nerviosa, y corren de un lado a otro.

Llega al final del prado, al inicio de la selva. La luz de las antorchas no logra iluminar la oscuridad que hay más allá. A pesar del ruido de la aldea, cree oír una voz. Escucha con atención, porque alguien acaba de decir algo. Hay alguien por ahí, bastante lejos. Y nadie debería estar en la selva de noche. Se da media vuelta en dirección a los aldeanos para intentar explicárselo, pero parecen haber caído en garras de la irracionalidad. Prepara su lanza y está a punto de adentrarse en la selva para ir a buscar ella sola cuando los niños de la tribu, al menos doce de ellos, corren en su dirección con los ojos como platos y la boca llena de palabras nerviosas. La sujetan con las manitas y le suplican que vuelva al campamento, que se quede en el prado.

—Shhh, no pasa nada —les dice a los niños—. Ya mismo vuelvo.

Les da la espalda y se adentra en el silencio.

CAPÍTULO SETENTA Y CINCO

Con Marta en el Congo

En la oscuridad, las hojas carecen de color. Se mueve a través de distintos tonos de gris y negro. El ruido de la aldea y la luz de sus antorchas se pierden en el entramado oscuro de ramas y lianas.

Si bien no ha podido aprender muchas palabras todavía, sí que ha captado una que parece ser un saludo que espera que sea apropiado.

—*Bilawa?* —pronuncia hacia la oscuridad—. ¿Hola? *Bilawa?*

No recibe ninguna respuesta. No ha vuelto a oír la voz desde que ha entrado en la selva, por lo que empieza a pensar que alguien la ha engañado, que la ha querido llevar hasta allí como a los niños pequeños de los cuentos de hadas.

—*Bilawa?*

El viento empieza a soplar, y la parte inferior de las hojas destella como un banco de peces. El aire respira por la selva y le ondea por la ropa y el cabello. Viene y va, como si la tierra se diera media vuelta, dormida.

—*Bil...?*

Se queda inmóvil, no como un depredador, sino como una presa. Hay algo delante, algo que no alcanza a ver del todo. Allí, debajo de un árbol no muy lejos, hay algo cerca del suelo, con un pelaje negro que reluce con el último soplo de viento.

Se queda quieta durante un buen rato. Cuando ve que la criatura no se mueve, se agazapa y se acerca con la lanza alzada y preparada. Sea lo que fuere, la bestia no se mueve. Parece estar muerta.

Es un mono, un colobo, del mismo tipo que ha cazado antes, con la cara negra y unos mechones de cabello blanco y largo. Yace en el suelo de la selva y no está solo, pues hay tres monos más a su lado, de una especie distinta (más pequeños y de cola roja), tumbados en la tierra, en plena noche.

Toca a uno de los más pequeños con la punta de la lanza, y el mono se queja un poco y se da media vuelta. No está muerto, sino dormido. No lo entiende. Toca al colobo más grande también, el cual aparta la lanza y se sacude en sueños.

Los monos no duermen en el suelo de la selva, puesto que no hay ningún modo mejor de acabar envuelto en una pitón o metido en las fauces de un leopardo que dormir en el suelo, sin protección. Se supone que tienen que estar en los árboles, donde estarían a salvo, con los de su especie. Los colobos con los colobos, los de cola roja con los de cola roja.

No muy lejos de allí, oye lo que parece ser un saco de ropa sucia que cae al suelo. Y lo ve: es otro mono que pierde el agarre y queda colgado de una rama más baja antes de caer. Llega al suelo, rueda sobre sí mismo y no se mueve más. Aubry se acerca con cautela, con la lanza preparada.

Se trata de otro colobo, de cabello largo y negro, largo y blanco. Se estira y bosteza, pero, más allá de eso, no se mueve. Aubry camina alrededor del animal, sin querer acercarse mucho, porque ¿y si padece de alguna enfermedad? Y no una como la suya, sino una contagiosa. Le da bastante margen al animal y alza la mirada, con lo que se da cuenta de que está a punto de darse de bruces con un elefante.

Es un macho grande, un elefante de bosque que se ha apoyado contra un árbol colosal. Aubry da un salto atrás, asustada, pero el animal no está consciente. Ve cómo las costillas enormes que tiene suben y bajan al compás de la respiración que le sale de la trompa y mueve las hojas que han caído al suelo. Si bien ha rodeado al mono por precaución, con el elefante lo hace de puro asombro ante esa bestia enorme a la que es imposible acercarse en cualquier otra circunstancia y que en ese mismo momento tiene delante, en plena noche. Gime un poco, lo suficiente como para romper el silencio de la selva, como para hacer que a Aubry le vibren los huesos. Tiene los colmillos pálidos y luminosos en la penumbra, y las plantas de los pies, que quedan expuestos ante ella, son del tamaño de una paella. Nunca más volverá a ser testigo de un animal de ese tamaño tan de cerca, tan vulnerable.

Otro soplo de viento que pasa por encima de la piel del elefante y se le cuela por la camisa a Aubry. Los árboles crujen, las hojas se agitan.

Podría haberse pasado toda la noche mirando al elefante, si no fuera por la pitón que se desliza del árbol que tiene encima y se le posa en un hombro. El propio peso del animal casi la tira al suelo. Es gruesa como un muslo y larga como la trompa del elefante. Aubry suelta un grito y se sacude para quitarse al animal de encima. La pitón, dormida, se desenrosca al caer al suelo, como una roca de bronce fundido, y vuelve a enroscarse en la tierra.

Eso basta para que Aubry salga corriendo. Se olvida de la voz, de todo lo que no sea la necesidad de estar rodeada de personas de nuevo. Sin embargo, el suelo del bosque está lleno de animales. Ve más monos, ratones y ardillas. Por miedo a pisarlos, gira a izquierda y derecha, de modo que su camino de vuelta a la aldea ya no es nada recto. Se detiene. Se ha perdido. El viento sopla de nuevo y le mece el cabello. Echa un vistazo por la selva y no ve ni rastro de la aldea.

Cierra los ojos durante un instante para calmarse y emprende la marcha una vez más, despacio. Pese a que aguza el oído, no logra oír la aldea. Todo era un tumulto cuando se ha ido, y ahora no hay nada más que silencio.

Hasta que ve un tramo de luz detrás de los árboles y está segura de que es un claro. Se dirige en esa dirección, sale de los árboles y llega a la hierba alta. Es el prado, y ve la luz de las antorchas no muy lejos de allí. Pero ¿dónde se han metido todos? ¿Dónde está la cháchara, el alboroto?

Hasta el ambiente es distinto: brilla. Hay algo que reluce en plena noche. ¿Luciérnagas? ¿Polvo?

Atraviesa la hierba, todavía aferrada a la lanza, y oye un gruñido. Se para en seco y mira a la izquierda: uno de los hombres de la tribu está tumbado en el suelo, encima de la hierba y de las plantas. Se inclina para acercarse y le nota el aliento: está dormido como los animales del bosque.

Es lo que hay en el aire, el brillo fosforescente. Se sube el cuello de la camisa para taparse la nariz, con miedo a seguir respirando.

Marta, piensa. ¿Qué le ha pasado a Marta?

Acelera el paso y pasa junto a más personas dormidas, tiradas en el prado. La aldea está justo delante.

Aubry se queda inmóvil al verla. Algunos aldeanos han logrado llegar a sus hamacas y duermen entre los árboles. Otros se han desmayado contra las chozas, todavía con las alfombras para dormir en la mano. Una mujer yace junto a una hoguera a punto de apagarse, rodeando a sus dos hijos con los brazos. Parece un campo de batalla el día después de la guerra. Solo que no es eso, sino un coma colectivo. Una aldea entera, una selva entera, sumida en un sueño profundo.

Aubry sigue moviéndose a través de las partículas brillantes. Todavía con la cara cubierta, se asoma dentro de una choza llena de mujeres y niños, dormidos sobre alfombras tejidas. Sigue adelante, en busca de Marta. Los miembros de la tribu giran sobre sí mismos, dormidos, y alguno ronca o suelta un pequeño gemido.

Y entonces la ve, debajo de un cobertizo, dormida junto a la anciana. Se han dado la mano para hibernar.

CAPÍTULO SETENTA Y SEIS

Con Marta en el Congo

Se pregunta cuánto durará ese sueño colectivo. Intenta despertar a Marta.

—¿Marta? Marta, ¿me oyes?

La cabeza de su amiga bien podría ser una fruta que se ha caído de un árbol y se mece de un lado a otro. Piensa que quizá dormir así es lo que necesita para que se le pase la fiebre, por lo que se queda a su lado el resto de la noche. Le da la mano y le habla en voz baja.

—He visto a un elefante. Y de cerca, lo veía respirar y todo —le cuenta.

El sol se alza en el cielo, y la aldea sigue durmiendo. Se ha atado una bufanda alrededor de la cara. Si de verdad es algo que estaba en el ambiente, quizá lo ha evitado al meterse en la selva, si el viento le ha jugado a su favor, pero no es más que una hipótesis. No está segura de nada.

Se queda al lado de Marta durante la mayor parte de la mañana, hasta que le entra hambre y decide ir a buscar algo de comer.

De vuelta en la selva, esta vez de día, busca su desayuno. El silencio en el que se ha sumido el bosque resulta tan impresionante de día como de noche. No les teme a los depredadores, no le teme a nada. Pasa junto a más monos comatosos, vuelve junto al elefante y se pasa al menos otra hora más admirándolo. Aúna fuerzas para atreverse a tocarle la piel y nota que tiene la textura de un aguacate. Poco a poco, con suavidad, le acaricia la frente al animal y se alegra al pensar que el elefante disfruta de la atención.

A la pitón, enroscada en una espiral en el suelo, sí que la evita.

Más lejos, se encuentra con un niño de la aldea, de unos doce o trece años, dormido en la base de un árbol. Quizá esa era la voz que oyó la noche anterior. Si bien es pesado, le pasa los brazos por debajo y carga con él hasta la aldea.

Como no sabe de qué familia es ni dónde debería dormir, encuentra una hamaca vacía no muy lejos de las demás y lo tumba con cuidado. El niño se da media vuelta y se acurruca con total comodidad, con una pequeña sonrisa. Debe de estar soñando algo bonito.

Solo ha podido recoger unos cuantos higos y amarantos. A pesar de que las selvas suelen estar llenas a rebosar de comida, tal vez esta selva en concreto sea más estacional que otras. Se sienta junto a Marta y se pregunta qué ocurrirá primero, si resucitarán los durmientes o si llegará su enfermedad. Imagina que será su enfermedad, porque la hibernación no es un suceso breve. Pasea un poco por la aldea y mira el rostro de los miembros de la tribu. Todo el mundo, hasta los más guapos y apuestos, son más bellos cuando duermen. Sin embargo, ya hay una mujer, acurrucada en las raíces de un árbol, a la que se le ha formado una telaraña en la boca.

El cielo se torna oscuro. Aubry enciende las antorchas otra vez y mantiene las hogueras encendidas durante toda la noche. Se asegura de que todos estén cómodos. Si se habían quedado dormidos medio de pie, los tumba. Si están torcidos, los pone rectos. Le gustaría llevar a los hombres del prado más cerca del campamento, pero pesan demasiado para ella. Lo único que puede hacer para ayudarlos es enrollar algo de hierba para prepararles almohadas.

Nota el pulso de Marta: es lento. Nunca ha notado unos latidos tan apáticos como esos. Les busca el pulso a los demás, hombres, mujeres y niños, y todos los latidos son como un goteo lento en una caverna profunda.

—Estás enfadada por todo lo que has perdido —le dice el demonio—. ¿También lo estás por lo que has adquirido? Conocimiento, entendimiento y piernas musculosas.

—No me siento muy sabia que digamos.

—Y no lo pareces. Pero lo eres.

A pesar de que Aubry se queda despierta junto a Marta todo el tiempo que puede, ya lleva dos días y una noche sin dormir, y, no mucho después, se pone a soñar con los demás.

CAPÍTULO SETENTA Y SIETE

Con Marta en el Congo

Algo la despierta, aunque no sabe qué. El amanecer ya está en marcha, con el cielo poco iluminado, y algo va mal. El viento vuelve a soplar con fuerza, recorre el prado y dobla las copas de los árboles. Sin embargo, por encima del ruido de las hojas de la selva hay un siseo, algo que se arrastra y la rodea desde todas las direcciones.

Alza la cabeza y lleva una mano a la lanza. Justo cuando ya se había acostumbrado al silencio, aparece un sonido nuevo, como si la selva entera respirara entre dientes. Se pone de pie y se coloca en posición, con la lanza lista. Observa el límite de la selva en derredor, a la espera de que aparezca algo.

Y, cuando aparece, no es para nada lo que se estaba esperando.

Una niebla espesa y espectral se cuela entre los árboles. Pasa un largo momento petrificada, sin entender nada, mientras ve que sube y baja como la espuma del mar antes de retorcerse a través de la hierba del prado desde todas las direcciones, como miles de anguilas.

La niebla reluce ante la tenue luz del día, como si estuviera llena de hielo. Cree que se trata del reflejo de algo, pero es la niebla en sí, que brilla como el océano de noche, con un fulgor fosforescente. Se le está acercando y ya cubre las primeras chozas.

—¡Marta! —la llama Aubry. Corre hacia su amiga, la sacude y le grita a la cara—. ¡Marta, por favor!

La niebla suelta su aliento sobre los aldeanos dormidos y llena las chozas. En cuestión de unos segundos, ya pasa por los pies de Aubry.

—¡Marta, despierta! ¡Despierta, por favor!

Marta no solo sigue dormida, sino que inhala la bruma. Aubry nota las cosquillas que le hace en la garganta, cómo se le cuela en los pulmones.

Carga con Marta, con la lanza en una mano y la muñeca de su amiga en la otra, sin saber a dónde ir. Quizás encuentren un refugio en la selva, si puede llegar hasta los árboles. Solo que no puede ir más rápido que la niebla, no con el peso muerto de Marta.

Entonces llega la oleada colosal, por encima de las copas de los árboles que tienen delante. Desciende como una cascada, choca con el suelo, se hincha en el aire y se dirige hacia ellas. Las antorchas y las hogueras se apagan con un siseo, y el último humo que desprenden y la niebla arremolinada se mezclan. En cuestión de segundos, llegará hasta ellas. Aubry contiene la respiración y casi no le da tiempo a dar media vuelta antes de que la engulla.

Todo se torna gris. Nota que sigue sujetando la muñeca de Marta, pero ya no la ve. Tira mientras camina con fuerza hacia delante. Le pitan los oídos cada vez a más volumen, según la necesidad de respirar aumenta. Resiste y sigue adelante. Le duele el pecho, los ojos se le salen de las órbitas y se le hincha la garganta. Pierde la fuerza en la mano. Le da la sensación de que algo la aplasta, como si se hubiera sumergido en un mar muy profundo, y cada paso que da es más imposible que el anterior. El cuerpo le entra en pánico, por mucho que la mente siga resistiéndose.

Suelta a Marta sin darse cuenta de ello. Ve borroso, y el pánico le ha arrebatado los pensamientos. Corre y solo corre, porque la necesidad de respirar ha tomado las riendas.

Y, así, Marta desaparece, abandonada en un lecho de hierba aplastada, consumida por las nubes.

Tan solo medio consciente de lo que ha hecho, Aubry sigue corriendo. Necesita aire, más que ninguna otra cosa, antes de que ella también desaparezca.

Consigue salir de la niebla y respira hondo, con enormes bocanadas de aire. El instinto le dice que se deje caer al suelo y que respire, pero no deja de avanzar. Tiene el impulso suficiente como para seguir de pie; si consigue evitar el destino de los demás, quizá pueda volver para rescatar a su amiga. Y ese es el único momento que tiene para pensárselo, porque un río de niebla serpentea por el suelo y se le acerca.

Hay un pantano al final de la pradera. Piensa nadar por el pantano y encontrar un riachuelo, un río, cualquier forma de salir de esa selva. Se abre paso entre el barro y los juncos. Se patina, se cae, se recupera. Para cuando llega al agua, está llena de barro, y la niebla late como un corazón a través de los juncos que tiene a la espalda.

Entonces ve las flores, las rojas y grandes como parasoles. Hay cientos de ellas en las copas de los árboles y sueltan su polen hacia el amanecer. El polen flota en el aire, en unos zarcillos de niebla que se cuelan por las ramas y las lianas, con el siseo del polvo fino que llueve sobre las hojas de los árboles.

La selva entera está cubierta de polen, y entonces, demasiado tarde, se acuerda de dónde más ha visto esas flores. Las recuerda en su regazo, dibujadas en las páginas de un libro de la biblioteca. Un botánico las había dibujado, unas flores rojas como una herida abierta que soltaban una nube de polen tan espesa y tóxica que una sola flor era capaz de hacer que un caballo se pasara una semana dormido. ¿Y cientos de ellas? ¿Y miles?

Se da media vuelta. La niebla luminosa, o, mejor dicho, el polen, porque ya no le cabe la menor duda de que es polen, flota hacia ella, por detrás, por delante. No sabe a dónde ir, más que al pantano, al centro, donde puede que el polen no llegue.

Se adentra en las profundidades del pantano y se hunde hasta los tobillos en la papilla de las hojas hasta que el agua le llega a la cintura. Sigue hasta que le cubre el cuello y luego la barbilla. Las nubes de polen se le acercan y relucen de color blanco, en contraste con la selva oscura.

Oye el rumor del agua, el sonido de unos rápidos, de una vía de escape, o eso espera. Sin embargo, en lugar de eso, ve un agujero, un agujero en el agua por donde se drena el pantano, como si un tapón que conduce al centro de la tierra se hubiera destapado, y el agua se estuviera escapando. A pesar de que no es posible, allí está, profundo, oscuro y sin fondo, para llevarse el agua.

Crece, los bordes se le expanden, y el agujero amenaza con cubrir el pantano entero y engullirla. Nota cómo tira de ella. Clava los talones en el barro para resistirse, pero incluso el barro desaparece debajo de ella, arrastrado con todo lo demás, como si caminara en contra de una avalancha. A pesar de que clava la lanza con fuerza en el fondo del pantano y se resiste, el agujero acude a su encuentro. Desesperada, intenta salir nadando, y, en su lugar, acaba arrastrada hacia el agujero, retorciéndose en la oscuridad húmeda, con el rugido del agua resonándole en los oídos.

«El mundo la necesita», le había dicho el príncipe. «Quiere una testigo».

Oscuridad silenciosa. Sin sonido, sin luz, sin ninguna sensación. Tan solo el vacío.

CAPÍTULO SETENTA Y OCHO

Un interludio, breve otra vez

Alrededor del quinto cumpleaños de Aubry, mientras la familia estaba de vacaciones en la playa, su madre pasaba las noches leyéndoles *La vuelta al mundo en ochenta días* a sus tres hijas. A las tres les encantaba la historia, aunque Sylvie tenía ciertos problemas con ella.

—Pero no viaja de verdad. Se mueve lo más rápido que puede. Ni siquiera se ha parado a ver el Taj Mahal. Ha pasado de largo.

—Muy bien dicho, Sylvie —la felicita su madre—. ¿Crees que solo se desplazaba por desplazarse?

—Sí.

—Pero sigue siendo una aventura —contrapone Pauline—. Piénsalo bien, cada momento es un lugar en el que nunca ha estado.

—Da igual —dice Aubry, sentada en su rinconcito. Las demás la miran y esperan una explicación—. Vamos a hacernos mayores y a tener hijos, igual que las mujeres del parque. Así que da igual lo que haga Phileas Fogg, porque nosotras no vamos a hacerlo nunca.

Pasa un rato sin que nadie diga nada, hasta que, con cierta ferocidad, Pauline suelta:

—¡No da igual!

Estaban en la casa de un amigo de la familia, cerca de Biarritz, en la costa del océano Atlántico, y a Aubry le gustaba acompañar a su padre cuando practicaba arquería en la orilla.

—Ah —dice él—, pero, Aubry, viajar a veces es algo más que ver lugares nuevos.

—¿Como qué?

—A veces lo bueno es el movimiento en sí.

—¿De qué sirve eso?

—Según lo veo yo, lo que no se mueve es solo la mitad de lo que puede llegar a ser. —A sus pies tiene las flechas, con las puntas afiladas clavadas en la arena—. El movimiento es algo muy poderoso. ¿Ves mis flechas? Ahora mismo solo son palitos. —Saca una de la arena, coloca el culatín de la flecha en la cuerda y reposa la punta contra el arco—. Pero, cuando lanzo una al aire, ya no es un palito. Ni siquiera es una flecha, sino que se convierte en algo más.

—¿En qué? —pregunta Aubry.

Muy para su sorpresa, su padre apunta al cielo por encima del océano y suelta el culatín con suavidad, como si rasgara la cuerda de un arpa, y la flecha sale disparada. La ven volar por encima del agua, oscura contra el polvo de tiza luminoso del cielo.

CAPÍTULO SETENTA Y NUEVE

Terra Obscura

Cuando sale a por aire, sacudiendo las manos y con dolor en los pulmones, logra aferrarse a algo tangible. Casi no ve con la luz tenue del lugar, pero se sujeta y se impulsa hasta llegar a tierra firme.

Ve el entramado de raíces que tiene entre las manos, el conjunto de mangles que mete los dedos en el agua. Se aferra a ellos un buen rato mientras recobra el aliento.

—Marta —dice. Solo puede pensar en la amiga a la que ha abandonado, engullida por una niebla omnívora, la amiga que la había acompañado para ver…

Este lugar.

Se incorpora. Debajo de ella hay un suelo formado por raíces nudosas y hierba alta; por encima, copas de árboles del color verde de la selva, sólido como el techo de cualquier catedral. Y flotando en medio de todo ello: libros y más libros, estantería tras estantería llenas de libros entre la hierba y las ramas, talladas en los troncos de los árboles, con estantes que resiguen la forma curvada de las ramas, con pergaminos que cuelgan de las vides.

Busca una puerta para volver, para regresar por el agujero del pantano, para ir a buscar a Marta. Salta al agua, y, sin ninguna explicación aparente, solo le cubre hasta el muslo. Es un charco pequeño, poco profundo y oscuro y nada más. Tantea el fondo, y lo único que encuentra es su lanza y unos puñados de barro. Se pone de pie y se queda mirando el agua oscura, con los hombros caídos, derrotada.

—Por favor —implora, por mucho que sepa que nadie la oye—, déjame volver.

Se resiente con los libros y los pergaminos, con la dichosa biblioteca. Odia la exclusión que implica. Quiere compartir el lugar, quiere que los demás lo conozcan, que Marta esté ahí con ella, le dé la mano y le asegure que no se ha vuelto loca. Se da cuenta de que las bibliotecas no son un honor, sino un exilio superpuesto al exilio en el que ya vive.

Se acurruca en las raíces de los mangles y se queda tumbada durante mucho rato y durante otro rato más largo después de ese. No tiene ganas de leer ni de caminar. No tiene fuerzas ni para llorar. Si pudiera dejar de respirar, también lo haría. Aun así, el tiempo transcurre de todos modos. Lo huele, como un tronco que se pudre, como una marea baja. Se pone de pie y se queda ahí en silencio, más agotada que nunca. Sin embargo, tampoco puede quedarse así toda la vida, por lo que, tras un rato, se pone a caminar.

¿Qué otra cosa puede hacer?

—Estás llena de ira —oye que le dice su enfermedad—. Lo entiendo. Pero eso no es nada más que un humo que te nubla la vista justo cuando más tienes que ver.

Hace caso omiso de la voz y sigue un camino (o lo que parece ser un camino) a través de las estanterías. Izquierda, luego derecha, y otra vez y otra vez. Acelera el paso, más deprisa con cada esquina que dobla. Lo único que quiere es irse, encontrar una salida y ver la luz del sol, quiere volver con Marta y explicarle cuánto se ha esforzado por intentar salvarla. Poco después ya está corriendo, girando y doblando esquinas y girando un poco más, hasta que se choca con una mesa de madera tallada de un tocón, pulida hasta que la cubre un brillo dorado. Y, al lado, una silla vacía, a la espera. El mantel es un montón de hojas de palmera, y sobre ellas hay un cuenco lleno de uvas y de fruta del paraíso.

Al lado del cuenco hay una nota que dice PARA EL SIGUIENTE, de su puño y letra.

CAPÍTULO OCHENTA

Terra Obscura

Los siguientes años los pasa deambulando por las bibliotecas. Si bien buscó un modo de salir de allí, eso fue hace tiempo. Desde entonces se ha enfrascado en la lectura, y la enfermedad no ha ido a por ella en ningún momento. Pasea por donde le viene en gana o se queda en un solo lugar, pero, cuando ya ha leído todos los libros de una sala, sigue adelante.

Esto es lo que le pasó durante el primer día: se sentó. Le dio hambre. Se comió las frutas del paraíso. Se comió las uvas. Los pergaminos colgaban por encima de ella, desde las vides de la selva, aunque se negaba a mirarlos.

—Supe cómo eras desde el principio —le dijo su enfermedad—. Te encanta aprender, pero odias que te enseñen. Desde el primer paso, iba a ser un largo viaje.

Aubry no contestó.

—¿Te acuerdas del Katla, cuando erupcionó por encima de la arena negra de Mýrdalsvík?

Eso sí que no se le iba a olvidar en la vida, con las columnas de fuego que echaban atrás las nubes.

—¿Te acuerdas del banco de peces diminutos del golfo de Bengala que nadaba en forma de tiburón?

También se acordaba de eso.

—Mi vida ha sido una pérdida de tiempo —dijo ella.

—Todo lo contrario. Has recorrido el mundo, has mirado en derredor. Y no tardaste en poder ver.

Aun así, se negaba a leer.

—Abre uno —le suplicó su enfermedad, con tono amable—. No te decepcionará.

A pesar de que le llevó un tiempo, acabó cediendo, estiró una mano y sacó un pergamino de encima. Lo desplegó en el suelo, y esto fue lo que vio:

Un cazador que perseguía a su presa por el terreno. Si bien la manada era grande, el terreno era amplio, y el cazador tuvo que recurrir a su habilidad para seguir el rastro. Primero buscó la orina del zorro ártico, porque eso indicaba que había carne de caribú enterrada en algún lugar cercano. Poco después encontró trocitos de terciopelo en las rocas, donde los caribús se habían frotado los cuernos. Encontró tierra desprovista de liquen y supo que acababan de comer. Acabó conociendo muy bien a su presa, por lo que podía seguir el rastro con facilidad y predecir sus movimientos.

Para cuando encontró a la manada, ya los conocía mejor que a nada. Era capaz de atraer la atención de un caribú al atarse una cornamenta a la cabeza, imitar su forma de andar y gruñir como hacían ellos en época de apareamiento.

Poco después, ya vivía entre ellos. Cambió la ropa que llevaba por un pellejo de caribú y aprendió a comer liquen. Se había convertido en su presa, en lo que perseguía, y pasó el resto de sus días deambulando por la tundra con la manada.

Y Aubry ha estado deambulando por las bibliotecas desde entonces.

—Piensa en todo lo que hemos visto —le dijo su enfermedad—. Una cúpula de estrellas, una selva entera dormida, esa tormenta de arena extraordinaria. Piensa en todo lo que hemos hecho: hemos cazado en la meseta del Tíbet y hemos cruzado montañas tan altas que ni siquiera las aves las sobrevuelan. Y esto es la mayor maravilla de todas.

Hace tiempo, cuando encontró la primera puerta, pensó: *Ah, una biblioteca sin palabras. Qué curioso, qué especial*. Sin embargo, se acabó encontrando con otras, por lo que pensó que debía de ser una práctica internacional de algún tipo, una serie de bibliotecas para viajeros como ella que necesitaban valerse de un idioma universal. Solo que entonces, al volver a surgir en otras partes del mundo, se empezó a preguntar si aquello podría ser obra de una civilización perdida, un pueblo avanzado que excavó el planeta y recabó los recuerdos de los que vivían en la superficie. Si bien sabía que era una fantasía, para entonces ya había llegado al límite de la lógica.

Arriba a una extensión de hierba suave, con el cielo oscuro encima que es como una nube de lluvia baja que la amenaza desde lo alto. Colocadas sobre la hierba hay filas y filas de estanterías junto a las que caminar, de las que sacar un libro para sentarse a leerlo como si estuviera de vacaciones. Era como si un gran pueblo se hubiera asentado allí, hubiera crecido y prosperado y se hubiera marchado, de modo que solo hubieran quedado sus libros. No obstante, al ver cómo se mece la hierba, brillante y amarilla, al ver el techo de nube negra, aparta ese pensamiento de su mente.

—¿Te impresiona? —le pregunta su enfermedad.

—No entiendo cómo puede ser.

—No te distraigas. Lo importante no es dónde están los libros, sino lo que estos contienen. —Aubry hojea las imágenes. Lee una historia sobre una expedición minera que cavó en las profundidades de la tierra para buscar una gema poco común, quizás inexistente. Lee sobre un intento para medir el agua dulce del planeta que llevó a un equipo de científicos y de hombres de negocios a la bancarrota, a la ruina. Lee la historia de un pobre vendedor de carbón que no cocinó del todo el mono que se estaba comiendo y provocó una plaga que mató a todos los habitantes de la isla que tanto quería.

Entra en una mezquita, con una cúpula que reluce incluso ante la tenue luz de una vela. Debe de hacer muy mal tiempo en algún lugar, porque cae una lluvia torrencial por el óculo y se adentra en un pozo. Más allá de eso, la cúpula está seca. Mete la mano en la columna de lluvia y se echa a reír.

—Parece algo que inventarías tú.

—Y eso hice.

—Qué presumida.

Descubre un pantano y lo cruza a remo en una canoa que encuentra en una de las orillas. Se impulsa por el agua y los juncos que se alzan por encima de ella y navega alrededor de estanterías construidas con forma de casas elevadas.

Los regalos de comida y de bebida, cuando los necesita, siempre están ahí. Y lo mismo ocurre con una muda de ropa. Si la biblioteca es una corte china, hay prendas de seda. Si es una tumba egipcia, encuentra lino fino y colgantes de oro. En la cabaña de un cazador, consigue un morral de piel de ciervo en el que guardarse cosas.

Lee la historia de una pareja que construyó una aldea entera en las copas de los árboles, de una joven que asesinaba reyes por puro placer.

—Ya no me pongo enferma —comenta Aubry, cuando se da cuenta de ello al fin.

—¿Y por qué ibas a estarlo? Ya te tengo donde quiero.

—¿Y dónde es eso? Aún no lo sé.

—En mi hogar, con la historia del mundo.

—¿Por qué?

—Sé que es una tontería, pero a veces me apetece olvidarme de mis buenos modales y ponerme a presumir un poco.

—Tengo que contarte algo.

—¿Sí?

—A veces oigo una voz en la cabeza.

—No me digas.

—Y se pasa el día diciendo tonterías.

—Debe de resultar molesto.

—Lo es, sí.

Le reconforta que, en cada camino que ha tomado durante sus muchas vueltas alrededor del mundo (y hasta en cada paso que ha dado, según le parece), hay una historia. Sucedió algo, un pasado que no es suyo. Y resulta que eso se convierte en una especie de obsesión para ella. Que haya mil millones de almas en el mundo, todas ellas abriéndose paso a través de los miedos y el sufrimiento del mundo, mil millones de mirillas, de espejos, de vidas que no ha vivido, la llena de una curiosidad que se aproxima a la locura. Siente una voracidad que no puede saciar, como si algo la hubiera engañado para que le diera hambre, como si la hubiera vuelto una adicta adrede. Solo que no tiene cómo parar.

¿Se da cuenta de cuándo empieza a hablarles a los libros como si fueran amigos de toda la vida?

—Ah, ahí estás —le dice a uno, antes de sacarlo de una estantería—. Ha sido maravilloso —le dice a otro—, cuéntamelo otra vez.

¿Se da cuenta de lo que le está ocurriendo? ¿Nota cómo los límites de su vida se van cerrando poco a poco? Tal vez sí. Sin embargo, ya se ha hartado de resistirse. Que la vaya cubriendo poco a poco, qué más da. Mientras tenga un libro por leer, no le molesta.

Para cuando ha leído diez mil pergaminos y ha recorrido un número incontable de kilómetros, unos mechones grises le invaden el cabello y las arrugas le cubren el rostro.

CAPÍTULO OCHENTA Y UNO

Terra Obscura

Un ruido la saca de la lectura. ¿Algo que se arrastra? ¿Un tintineo metálico? Sea lo que fuere, suena lejos, como el eco de un eco que flota por los túneles. Deja su copa de vino y toma una vela y su bastón de caminar. Se desplaza por las catacumbas y dobla una esquina tras otra hasta que llega a una puerta.

Delante de la puerta, sobre las piedras polvorientas, ve una moneda de oro. La recoge para verla mejor: es romana. Y hay otra y otra más, tiradas por ahí. No tarda en tener doce o más en las manos, y algo de ellas le suena. Estira las manos, nota que la puerta de madera gruesa vibra y le llega el calor que hay al otro lado, tanto que hace que se detenga. Sin embargo, aúna fuerzas, se aferra a la gran anilla de hierro y tira.

La puerta se abre, con su peso como de plomo, y una corriente de aire caliente sopla a través de la abertura. Se protege los ojos y se mete en una caverna amplia y abierta, iluminada por el fuego. La nostalgia la invade, y uno de sus recuerdos desperdigados acude a ella a toda prisa.

Está en un puente que cruza un río de lava siseante, una mezcla cálida de fuego y rocas que recorre una ciudad subterránea muerta, como una visión espectral de los últimos días en Pompeya. Conoce ese lugar, pues está grabado a fuego en sus recuerdos. Ya ha pasado por ahí, ya ha olido el sulfuro, ha recogido las monedas de oro y ha leído sus pergaminos a la luz anaranjada y móvil de la lava.

Cruza el puente poco a poco y sabe, sin lugar a dudas, aunque hecha un manojo de nervios, lo que va a ver.

Río arriba, en otro puente, una joven se calienta los pies encima del fuego fundido y lee de una pila de libros; lanza una moneda de oro con una mano y pasa las páginas con la otra. A Aubry le da un escalofrío y se queda mirando a la joven. Si bien no se ha encontrado con nada que se parezca siquiera a un espejo durante todos los años que ha pasado ahí metida, ha acabado viéndose a sí misma. Le lleva mucho tiempo reunir fuerzas para hablar, para recordar cómo se llama, porque hace muchísimo que no usa su nombre.

—¡Aubry! —grita—. ¡Aubry Tourvel! —La joven alza la mirada—. ¡Tu madre se está muriendo! ¡Ve con ella! ¡Estarás a salvo! ¡Ve!

La joven deja caer el libro, asombrada, y las monedas se desperdigan por el suelo. Sin embargo, la Aubry Tourvel anciana sale corriendo, encuentra la puerta más cercana y la cruza. Se esconde en un rincón. Las lágrimas se le deslizan por las mejillas, y se muerde una mano para evitar soltar algún sollozo. Tal vez es porque sabe lo que le espera a la joven; tal vez porque echa de menos su juventud. O quizá porque ya ha entendido que el tiempo, en esas bibliotecas, se mueve en una espiral, y ella se ha perdido en su interior. Oye pasos que suben y bajan por escaleras, que atraviesan pasadizos infinitos, buscando y buscando sin cesar.

Y sabe que la joven nunca la va a encontrar.

CAPÍTULO OCHENTA Y DOS

Terra Obscura

A veces oye voces, y no en su interior, sino otras voces, siempre lejanas, siempre un eco, y nunca es nada inteligible. Si bien intenta no hacerles caso, en muy contadas ocasiones se encuentra en una encrucijada perfecta, con una oreja contra un lugar suave de la pared o dentro de una estancia con forma de cúpula que capta todos los sonidos distantes. En esos momentos, si aguza el oído, apenas puede entender lo que dicen.

—¿Hola? —pregunta la voz—. ¡Muchas gracias! ¡Muchas gracias por la comida! ¡Qué rico estaba el té! —Y más adelante—: ¡Gracias por las lámparas, no sabría qué hacer sin ellas!

»¡Aubry! ¡Aubry Tourvel! ¡Tu madre se está muriendo! —exclama en otra ocasión.

»Por favor..., déjame volver... —dice en otra más.

Aun así, en general intenta no escuchar, porque no ve qué sentido tiene.

Entonces llega un momento en que encuentra el libro en una mesa. Está en una sala vacía, lo cual es curioso, porque, por inmensa que sea la biblioteca, nunca se ha encontrado con una sala vacía del todo. Siempre hay libros metidos por alguna parte, hasta que da con esa sala: una vacía, con paredes sin decorar y una losa de piedra en medio. No hay ni un mantel ni una piel ni una hoja de platanero, sino solo un libro y un lápiz negro, a solas sobre una losa de piedra.

Cuando abre el libro, ve que está en blanco, con todas las páginas vacías.

—¿Es para mí? —pregunta. Pasa la mirada entre el libro y el lápiz. Su enfermedad no le contesta—. Es para mí —se confirma a sí misma.

Recoge el libro y el lápiz, sale de la sala y no vuelve nunca más.

CAPÍTULO OCHENTA Y TRES

Terra Obscura

—Empieza por el pozo.

—¿Por qué ahí?

—Porque es donde nos saludamos por primera vez.

En la caverna con las pinturas prehistóricas en las paredes, abre su nuevo libro lleno de páginas en blanco y dibuja la primera imagen: tres hermanas que rodean un pozo y lanzan objetos. Sin embargo, la hermana pequeña está enfadada. Se niega a seguirles la corriente a las otras dos y se queda con su juguetito.

El dibujo cubre dos páginas enteras, y el esfuerzo la agota.

Al día siguiente (o a la noche siguiente), hace el segundo dibujo. Está sentada con las piernas cruzadas en un jardín lleno de plantas, con pergaminos que cuelgan de los tallos de maíz y de los girasoles, y dibuja a la niña pequeña en la mesa para cenar, muy enferma. Su madre y su padre lloran y gritan, asustados, cuando la ven caer al suelo. Luego dibuja a la niña en el consultorio del médico, feliz y perfectamente sana, hasta que vuelve a casa y se enferma otra vez. Entonces la niña sale corriendo, y, en el siguiente dibujo, ya se siente mejor.

Transcurren varios días, o no. Mide el tiempo según cuando se va a dormir, y, ya sea que duerma varias horas o tan solo unos minutos, cada cabezada le parece una noche, por lo que así cuenta el paso de los días.

De los años, por otro lado, ya hace mucho tiempo que perdió la cuenta.

En el cañón de un desierto, mientras come pan sin levadura e higos chumbos, dibuja a la niña y a su madre viajando y viajando y viajando más aún. Eso le ocupa siete páginas, en paneles diminutos que se leen de derecha a izquierda, de arriba abajo, hasta que llega al último dibujo de la niña, en el que abandona a su pobre madre en plena noche, agotada de viajar con su hija.

Cuando acaba, llora tanto que no vuelve a dibujar ni un solo puntito ni una línea durante lo que le parecen varias semanas.

—Lloras porque hiciste cosas difíciles.

—¿Por qué me hiciste caminar tan lejos?

—Si no lo hubiera hecho, no habrías ido a ninguna parte.

Deambula y lee las obras de los demás, estudia sus técnicas de arte y las imita. Intenta entender qué es lo que hace que una historia capte a quien la lee; cómo plasmar mejor las caras y los estados de ánimo; cómo una manchita de nada puede hacer que un bosque se suma en una noche llena de bruma; cómo la forma de las cejas puede hacer que un personaje parezca enfadado, triste, perplejo o juguetón. No tarda en volver a estar lista para seguir con su historia. Le queda mucho más por contar.

Pasa varios días más dibujándose a sí misma cuando aprendió a usar la lanza. Dibuja sus días lúgubres a bordo del barco pesquero griego. Descansa y cuenta la historia de Uzair Ibn-Kadder y de cómo escapó a través del mar de arena del Calanshio, y luego la de su travesía por el Sáhara con la caravana de mercaderes de sal.

Para cuando descubre las ruinas persas y las minas de oro antiguas, ya ha ilustrado su viaje por la estepa rusa y las noches que pasó con Lionel. Si bien ese viaje en tren solo fue una semana de su vida, pasa más de un mes haciendo que los dibujos queden perfectos.

—El mundo estaba lleno de maravillas, ¿por qué lo incluyes a él? ¿Qué era para ti?

—Era una maravilla.

—Pero si…

—¿Y qué le pasó a Marta? ¿Dónde está?

—La encontraron dando tumbos fuera de la selva, medio muerta de hambre. Escribió un libro sobre ti.

Por muchos años que hayan pasado desde entonces, nota un ligero alivio, como si se hubiera quitado un zapato que le quedaba pequeño.

—Esa es otra maravilla.

—Tuvimos ese viaje raro por el río Murray. Deberías seguir por ahí.

—Contaré lo que quiera contar o no terminaré el libro y sanseacabó —responde Aubry, con cara seria.

Espera una respuesta, pero solo recibe silencio. Satisfecha, sigue dibujando.

En una enorme sinagoga, de colores azules y dorados, dibuja el pajarraco gigante que atacaba con su pico al valiente cazador tibetano.

Unos días más tarde, un abrigo de piel de foca y un par de botas la esperan en el borde de unos témpanos de hielo. Recorre ese golfo subterráneo a bordo de un kayak y pasa por delante de distintos naufragios, con cascos de roble enormes aplastados por el hielo, con cajas de libros desperdigadas por el mar helado. En ocasiones, si aparta la nieve, alcanza a ver una piel de caribú congelada bajo el hielo, con mapas y pictografías tallados en el cuero.

En un iglú, dibuja tan bien como puede el mandala de arena que el príncipe pintó en una playa. El recuerdo hace que se le salten las lágrimas.

—¿Me odias?

—Debería odiarte, sí —responde ella.

—Pero ¿me odias?

—Calla y déjame que acabe el libro.

Debajo del libro-árbol, con páginas en lugar de hojas, pergaminos que cuelgan de las ramas y un tronco que es una estantería en espiral, acaba dibujando el agujero oscuro e insondable del pantano africano que se la tragó para siempre.

Aubry cierra el libro.

—¿Ves qué bonito es todo? Nada de eso existía antes que tú. Tu conciencia lo ha iluminado todo.

Para entonces ya tiene el cabello blanco del todo, sin un solo mechón dorado. Lo sabe porque se le cae en los hombros, en la ropa. Hace muchísimo tiempo que no se encuentra con un espejo; tal vez ha captado un reflejo fracturado y tenue en un charco, pero nada más que eso. La última vez que vio un mechón rubio fue antes de que las pecas de la edad le cubrieran las manos, antes de que la piel se le arrugara en las articulaciones. Si bien en ocasiones se pregunta qué aspecto tendrá ahora que es anciana, al mismo tiempo se alegra de no saberlo.

Un día, acaba llegando delante de una escalera de caracol enorme que asciende y desciende hasta el infinito, con nada más que oscuridad en ambas direcciones, sumida en un río de aire lento que gime por todo el conducto. Sin embargo, las paredes que la cubren son un retal de estantes en ángulos extraños e impredecibles, llenos de libros, de muchísimos libros, más de los que ha visto hasta el momento, que suben y bajan eternamente con la escalera. Sube y sube y piensa en volver a bajar cuando, en algún lugar de aquel punto intermedio enorme, detecta un hueco en un estante, lo bastante amplio como para una historia más.

Saca el libro de su vida de la mochila y lo coloca bien ordenado junto a los demás. Le lleva unos segundos soltar la cubierta. Tras ello, se aleja de allí.

Sabe que llegará un momento en el que todo el mundo volará, en el que caminar será algo obsoleto. Llegará un momento en el que la humanidad vuele a la luna y tal vez construya ciudades en el continente helado o camine por el fondo del mar o haga un mapa de los límites del universo. Aun así, nunca sabremos el nombre de la primera persona que se comió un higo, que atacó con una lanza, que dio un beso. Nunca sabremos la historia del fuego, de quién fue el primero en cocinar la comida y por qué. Nunca oiremos la música del compositor desconocido pero habilidoso que murió en un incendio junto a todas sus partituras en una pequeña cabaña sueca a las afueras de Lucerna. Ni sabremos qué pensaba el marinero persa cuando cayó por la borda una noche y pasó tres días flotando bocarriba en el mar de Arafura antes de que el agotamiento pudiera más que él y se hundiera para convertirse en la cena de los peces sin ojos del lecho marino.

Ni siquiera estos libros, con el número incontable de ellos que hay, con sus ilustraciones infinitas, pueden proporcionarnos ni un solo nombre. Todos morimos en el anonimato; quizá no en el momento de la muerte en sí, pero sí más adelante. Aubry mira en derredor. Su aislamiento es absoluto. Es probable que su muerte vaya a ser la más anónima de la historia.

CAPÍTULO OCHENTA Y CUATRO

Terra Obscura

Una vez que su propia vida está entre ellos, su obsesión por los libros ha desaparecido. No los lee, no les habla y ya ni siquiera le gusta mirarlos. Las ilustraciones la agotan. Nada es capaz de sustituir las palabras, del mismo modo que las palabras no tienen ni punto de comparación con lo que describen.

Encuentra una sala que, muy para su sorpresa, no contiene demasiados muebles: un sofá, una chimenea y un lugar en el que dormir. Retira hasta el último libro y pergamino y lo apila todo en los pasillos del exterior, donde no pueda verlos. Se niega a salir de allí durante varios días y hace lo que no ha podido hacer desde que tenía nueve años: se queda en esa sala y no se mueve, sin ninguna curiosidad por lo que pueda haber al otro lado.

Los días se transforman en semanas, en meses. Comprende que la vida se le ha vuelto aburrida, que la está desperdiciando, según dirían algunos, y ella está de acuerdo. Sin embargo, cuando llega el momento en que una se cansa de los libros, no le queda mucho más que hacer que dejar que pasen y pasen los días.

—¿Qué haces?

—Nada.

—Hay más por ver.

—No me queda nada.

—Tienes tu lanza.

—Vale, no me queda nada más que la lanza.

—¿Y si todo lo que has perdido volviera a ti? ¿Eso te haría feliz?

—No es lo que he perdido en sí, sino lo que significa.

—¿Cómo has perdido lo que significa?

Aubry se queda callada. No tiene respuestas para una pregunta como esa.

—Debes estar agradecida —le suplica—. Es mejor existir que no existir. Solo por esa razón ya debes estar agradecida.

—Estoy cansada. Estoy cansada de todo —responde ella.

—No estás preparada, lo entiendo. Pero no tardarás en cambiar de opinión.

Puede que salga a pasear de vez en cuando y consiga algo de comer, aunque no suele tener hambre. Más que nada, duerme.

—Te he pedido mucho. Te he arrebatado la infancia, te he quitado a todas las personas a las que has querido. Te lo compensaré.

—¿Ahora? ¿Después de tanto tiempo? ¿Ahora te doy lástima?

—Sí, ahora. No sé por qué.

—Porque me estoy muriendo.

—No te estás muriendo.

—Tampoco vivo.

Está sentada en una silla, tan quieta como la sala en sí, con la mirada perdida en las paredes. Al otro lado de la puerta hay un pasillo largo, oscuro como el alquitrán. No obstante, si entorna la mirada, llega a ver algo, una silueta, una forma difusa.

—Ya casi te veo.

—¿Sí?

—Antes creía que eras un demonio pequeño que se me aferraba a la espalda, que me clavaba las garras en los huesos.

—¿Y qué soy?

—Eso no.

Una pausa. Un silencio. La falta de todo.

—Aubry.

—Dime.

—Gracias por llevarme contigo. Ha sido un viaje maravilloso.

—De nada.

Una vez más, la biblioteca entera se queda en silencio, inmóvil.

—Aubry.

—Dime.

—Adiós.

Al principio no sabe qué puede significar eso. Se queda sentada a la tenue luz de la lámpara, observando las sombras que la rodean, a la espera de una explicación, pero no oye nada. Si bien hace unos instantes el silencio resultaba tranquilizador, ahora la perturba.

Piensa en tumbarse. Quizá la voz vuelva después de echarse una buena siesta, porque está segura de que no va a abandonarla ahí en ese mismo momento, después de tantos años. Es lo único con lo que ha podido hablar, además de consigo misma. Sin la voz, ¿qué hará? Sin embargo, pasa mucho tiempo, y la voz no vuelve.

Entonces un sonido como de disparo resuena por los pasillos.

Aubry se pone de pie de un salto, con el corazón desbocado. El eco recorre la sala en la que está. Empuña su lanza con ambas manos y se coloca debajo de una mesa.

Espera, solo que no hay ningún sonido más que su aliento frenético y la sangre que le late en los oídos. Se le ocurre, debajo de la mesa, que solo una ermitaña desquiciada como ella se escondería así. Algo se debe de haber caído y ya está. Es como una niña pequeña que tiene miedo de la oscuridad. ¿Cómo si no se explica que una anciana se haya escondido debajo de una mesa? No pinta nada bien para ella.

Aúna fuerzas y sale de debajo de la mesa. Se da unos segundos para respirar, para tranquilizarse, y va a la sala contigua.

Y allí, en el suelo de baldosas grises, hay un libro, como si alguien lo hubiera sacado de un estante y lo hubiera tirado con fuerza en medio de la sala. Quizá debería tener miedo. Quizá debería volver debajo de la mesa. Alguien quiere que lea ese libro, y eso es motivo suficiente para asustarse.

Aun así, se acerca más y se arrodilla delante del libro. Nota un escalofrío, como si se hubiera metido en una gruta helada. Abre la cubierta.

Dibujada en tinta negra, cuenta la historia de un joven que sale a cazar con arco y flechas. Descubre una cabaña abandonada en el bosque. El interior está vacío, salvo por una pelota de madera extraña que reposa sobre el suelo de tierra. Cuando intenta recogerla, la pelota se aleja de él. Cada vez que lo intenta, la pelota rueda como si quisiera escapar, hasta que acaba cayendo por un foso excavado en el centro de la sala. En el foso hay una escalera fija en el interior, y el joven baja para ver qué hay.

Encuentra un laberinto de libros, una biblioteca subterránea enorme que se extiende hasta el infinito. Cuando abre los libros y despliega los pergaminos, ve que están llenos de imágenes. Camina y camina, lee un libro u otro, con historias de personas de todo el mundo. Es como lo que le pasa con las nueces de betel: no puede parar. Lee un libro tras otro, y luego otro más. Pierde la noción del tiempo. Se olvida de su familia, de su madre, de su padre, de sus hermanos y hermanas. Para cuando se acuerda del mundo que ha abandonado, ya es demasiado tarde: está perdido y no sabe cómo salir de allí.

Si bien eso debería aterrarlo, está más que conforme con seguir leyendo, pues hay libros más que de sobra y las historias son muy cautivadoras. Al principio cree que lleva allí unos días, hasta que se da cuenta de que han transcurrido varios meses, quizás años incluso.

Y lo que es peor aún: las salas están cada vez más oscuras. A pesar de que siempre hay una lámpara encendida en algún lugar, cada vez le cuesta más leer, ver por dónde va.

Se da cuenta de que se está quedando ciego, de que la luz se le apaga poco a poco.

Aubry sigue pasando las páginas, con dibujo tras dibujo del joven cazador que deambula de sala en sala según estas se van tornando cada vez más oscuras, hasta que las páginas acaban estando negras del todo. Páginas y páginas llenas de tinta negra con mucha meticulosidad.

Y, cuando está a punto de darse por vencida, pasa una última página.

El joven cazador ha recobrado la vista, y todo está lleno de color: tonos verdes y rojos, amarillos y azules, tan intensos que tiene que apartar la mirada. Se pregunta de dónde habrá sacado una tinta tan colorida el artista, porque ella solo tenía un lápiz.

El joven logra salir de allí. Abandona la oscuridad de las bibliotecas y vuelve al mundo con una comprensión renovada, capaz de ver cosas que antes no veía. Vuelve con su familia, que se alegra de volver a tenerlo por allí. Organizan un gran festín, y sus padres, sus hermanos y sus vecinos se reúnen para celebrar su regreso.

Sin embargo, cuando está sentado a la mesa, capta una presencia detrás de un hombro, como unos pasos silenciosos que se le acercan con sigilo.

Se da media vuelta para ver quién es...

Aubry seguiría leyendo, pero el papel y el conjunto de colores se han puesto a brillar. Las tonalidades, si ya eran brillantes, ahora son luminosas. Con cuidado, como si pretendiera amortiguar el fulgor, coloca las palmas de las manos en las páginas del libro.

La luz, el esplendor plateado que ruge, avanza, sale del papel y llena la sala, el ambiente que la rodea; los colores le retumban en los oídos, en los ojos, unos colores que no ha visto en la vida, que no pueden existir, pero que existen, y los soles y las lunas que entrañan

se despliegan por el cielo, y las bibliotecas se despliegan también, con su simetría perfecta, y giran como un orbe a su alrededor, tan lejos de las personas que deambulan por los pasillos infinitos, de los que ya han pasado por ahí, de los que pasarán por ahí en el futuro, y

¿ve el rastro espiritual tan largo que se alza de la tierra con la boca llena de asombro?

¿oye las historias que cantan a los escribas, quienes les entregan los libros a los vasallos, quienes llenan las estanterías?

¿y sabe, al fin, para qué sirve el conocimiento?

y la presencia que tiene detrás, que o bien purificará o aniquilará, y sí, quiere darse la vuelta y mirarla, pero tiene los huesos rígidos al notar su roce neblinoso sobre la piel, y en esa

fracción de momento, todas las puertas se abren, las palabras sin idioma, los idiomas sin palabras, y todo lo que iba a poder saber lo sabe; el sueño de la vida

resuena a su alrededor, con la eternidad por delante de ella,
por detrás de ella, con todo
en medio,
y se convierte en ceniza,
y el polvo que la compone
se esparce
por el viento
cálido
y helado
en todas
las
direcciones

CAPÍTULO OCHENTA Y CINCO

El arte del exilio

Toma aire, espeso y húmedo. Pasa un buen rato sin ver nada, porque los muertos no ven, pero entonces la luz hace que se le salten las lágrimas. Se le ajusta la vista poco a poco. Vuelve en sí, encogida, y la luz matutina, difusa por el espesor de la selva, aparta la noche despacio. No se mueve. Ve la tierra, húmeda y negra. No es arcilla dura ni polvo rojo. La tierra es húmeda y negra.

Está fuera. Rodeada de aire. Bajo la luz del sol.

Por Dios, piensa. *El sol.*

La tierra es húmeda y negra. No es arcilla dura, no es polvo rojo, sino húmeda y negra. Es algo que sabe, si es que algo puede llegar a saberse, y eso le vale por el momento.

Las bibliotecas han desaparecido para siempre, eso también lo sabe, y no quiere saber nada más que eso, nunca más.

Está encajada en las raíces de un árbol grande, y, durante el resto del día y de la noche, no se mueve, salvo por los temblores.

Los temblores nunca cesan.

Es otra mañana, y la luz tenue del sol se cuela por las copas de los árboles. Se incorpora. La han expulsado, y esta vez para siempre. Pero ¿qué más? Vuelve en sí y tantea en busca de su lanza, de su mochila, y lo encuentra todo en el sotobosque. Suelta un gritito de alivio y se abraza con fuerza a sus pertenencias. Puede que la hayan expulsado, pero todavía conserva algo que es suyo.

Respira hondo para tranquilizarse, pues tiene el cuerpo nervioso. Hay tanta humedad que le da la sensación de que inhala agua. El ambiente cambia, las hojas relucen. Los sonidos de la selva la rodean. Está en un mundo que se mueve en todo momento, que no deja de cambiar. Y, debajo de él, todo se queda igual, todo es eterno: el núcleo de la conciencia. Ha estado allí, lo ha visto. Y no quiere volver a pensar en ello.

Las bibliotecas ya no están. Esa parte de su vida ha llegado a su fin, y esta parte acaba de empezar. Por mayor que sea, tiene que comenzar de cero.

Quizá ha vuelto adonde estaba cuando empezó. Quizá la curva del tiempo la ha dejado en el punto de partida. Quizá Marta la esté esperando, tal vez con el cabello gris también, cuando doble la siguiente esquina.

—¿Marta? —la llama en voz alta, y la voz le sale ronca. Lo repite—: ¿Marta? —Y sigue llamándola hasta que recobra la voz por completo. Saca una botella de su mochila y bebe.

La tierra es húmeda y negra. Le ensucia las manos y la falda. El Congo era rojo y polvoriento, así que no está ahí. Pero ¿dónde está? No quiere saberlo. Mantiene la vista fija en el suelo. Le da miedo alzar la mirada. Le da miedo saber más cosas. Ya ha visto demasiado.

Se pone de pie, se aferra a la lanza con ambas manos y se abre paso por la selva con cuidado.

Una vez más, se pone a caminar.

No se encuentra bien. Quizá sea por la humedad. Todavía le tiembla el cuerpo entero. Intenta despejar la mente, porque tiene que estar lúcida. Tiene que estar serena si pretende continuar. Si hay un truco para poder sobrevivir, es ese. Permanecer serena.

Tal vez si pudiera verse no llamaría a su amiga. Porque Marta no la reconocería, si es que sigue con vida. ¿Alguien queda con vida? ¿Lionel? ¿Pathik? ¿Los Holcombe? ¿Sus hermanas, Sylvie y Pauline? ¿Queda alguien más que ella? Casi llama a Marta otra vez, en esta ocasión por miedo, pero no lo hace. No quiere parecer tonta, aunque solo sea delante de sí misma.

Todavía le tiemblan las manos.

Camina hasta que encuentra una pequeña aldea junto a un río, con las viviendas situadas en plataformas elevadas, con unos tejados que no son nada más que una lámina de metal corrugado. Hay niños que juegan en el río y chapotean en el barro. Hay personas con camisetas de manga corta y pantalones raídos que comercian desde las canoas hasta la orilla. Algunos tienen ojos azules; otros, marrones. Algunos tienen una melena lacia y oscura, y otros, rubia y con rizos. Reconoce la mezcla de rasgos africanos, europeos y amazónicos. Sí, cree que debe de estar en alguna parte del Amazonas.

Se queda plantada, quieta donde está, en silencio e invisible. Su primer atisbo de personas desde que era mucho más joven. Quizá debería ir a presentarse. Pero no, es demasiado y demasiado pronto. Se sienta bajo el cobijo de las palmeras y, durante un buen rato, no hace nada más que asimilar lo que ve.

CAPÍTULO OCHENTA Y SEIS

Un mercado

Se despierta con un sobresalto. Es temprano, la luz todavía no llena el firmamento, y las lámparas siguen encendidas en las viviendas. Uno de los hombres de la aldea la llama con unos toquecitos en la rodilla. La ha visto ahí tirada, durmiendo en el borde de la selva, y le ha dado lástima, por lo que le lleva un par de ñames asados.

Sin embargo, el rostro de Aubry es un grito silencioso. Ha visto lo invisible, ha oído lo insonoro. Se despierta llena de pánico, como si la luna que cuelga del firmamento se hubiera roto en mil pedazos. Se cubre la cabeza con las manos y se hace un ovillo, entre gimoteos. El hombre, asustado, se echa atrás, con una expresión cargada de disculpas.

Cuando se marcha, Aubry recobra la compostura y respira con normalidad. Recuerda dónde está, en la selva, cerca de una aldea. Se ha convertido en una ermitaña, en un cangrejito que se esconde debajo de una roca. Recuerda que en otros tiempos buscaba la compañía de los demás, que compartía sus aventuras con otros viajeros, que tuvo una pareja en un tren y que bailó encima de unas mesas con unas rameras a las que les gustaba pasárselo bien. Y ahora se ha convertido en una bestia salvaje. *Por el amor de Dios,* piensa, *¿qué hago aquí escondida, hablando conmigo misma?* Si pretende estar en el mundo, tiene que acordarse de cómo se funciona en él.

Y, con eso, se pone de pie y sigue el río hasta llegar a la aldea. Allí se encuentra con las canoas que descargan su cargamento de pescado y plátanos, con mercaderes detrás de mesas sencillas que cortan melones y aguajes para venderlos en un formato más asequible. Ahúman, secan y fríen el pescado en cuanto lo sacan de los barcos. Venden flores. Venden especias. Miles de fragancias.

Observa el caos durante un rato, escondida detrás de árboles y matorrales. A pesar de que se le retuercen las tripas solo de pensarlo, acaba saliendo de su escondite y entra en el mercado. Oye voces en español, en portugués y otras en holandés. Oye un idioma indígena que no reconoce. Todavía no tiene ni idea de en qué parte del Amazonas está, qué países u orillas hay cerca. No le devuelve la mirada a nadie, sino que mantiene la vista fija en el suelo, con miedo de saber qué se trae entre manos el mundo. Ve un montón de papeles en el que uno de los mercaderes anota las ventas. Le quedan varias hojas en blanco.

—¿Papel? —pide, en un hilo de voz, señalando con un dedo tembloroso.

—¿Papel? —repite el mercader, confuso.

—Papel, por favor —confirma ella.

El mercader saca una hoja para ella, y esta tiembla en sus manos. Aubry hace un gesto para indicar un lápiz, y el mercader se resiste. Solo tiene uno. Aubry lo comprende. Se lleva una mano a los bolsillos y saca tres monedas de oro, todas ellas romanas.

El hombre se queda boquiabierto. Otros mercaderes dejan lo que están haciendo para quedarse mirando el oro que lleva en sus manos temblorosas y murmuran entre ellos en sus distintos idiomas. De sopetón, se da cuenta de que ha cometido un error.

El mercader toma una de las monedas con cuidado, deja las otras dos a propósito y le da todo el papel que tiene y el lápiz a cambio. Le sostiene los dedos y se los cierra en un puño alrededor de las monedas que le quedan. Por último, la mira a los ojos y se lleva un dedo a los labios. «Esconde el oro», es lo que le dice. Aubry asiente a modo de respuesta y le da las gracias, pero ya es demasiado tarde. Conforme recorre el mercado, los demás le suplican con la mirada y extienden bienes en su dirección.

Más tarde, halla un lugar tranquilo en el que sentarse. Se ha comprado una tabla plana que se coloca en el regazo para poner una hoja de papel encima. Con el lápiz que acaba de adquirir en una mano, se queda mirando la hoja en blanco, inmaculada, y se pregunta qué dibujar.

Se acuerda de la visión, de la luz y de los colores. El recuerdo hace que le duela el pecho, que le piten los oídos. No es capaz de articular lo que vio, y, si no se puede explicar, mucho menos se puede dibujar. En ese caso, ¿qué puede hacer? ¿Dibuja un árbol? ¿Un río? ¿Una piedra? Nada le parece digno de ello. Sostiene el lápiz encima de la hoja de papel, sin un objetivo, sin ningún propósito.

Y entonces la gota de sangre cae sobre el papel.

—No, no —dice, entre dientes.

Alza la mirada hacia las personas del mercado. Por muy amables que sean, no lo entenderán. La sangre ya se le está acumulando en la garganta.

Lleva muchísimo tiempo sin experimentar esa sensación. Ha pasado años, décadas incluso, paseando por las bibliotecas sin pensar en su enfermedad, yendo de sala a sala, pues cada puerta era un país nuevo. Había envejecido en aquellas bibliotecas sin caer enferma ni una sola vez, sin tener que gatear por un túnel ni que correr para salvar la vida.

Sin embargo, ahora que ha vuelto a la superficie, al transcurso del tiempo, la enfermedad ha regresado. Sangra por la nariz sin parar y le recorre la cara. Se tapa con una mano, pues no tiene ningún pañuelo tras el que esconderse, y se pone de pie. Camina hacia los mercaderes, hacia las canoas. Habla con tanta tranquilidad como puede.

—Por favor, un barco —dice en español—. Un barco, por favor.

La sangre no deja de caer, se le cuela entre los dedos, se la acaba tragando, y el mercado entero se da la vuelta para mirarla.

Todos se quedan en silencio. Unos cuantos se le acercan, pero, según lo hacen, ella se tambalea hacia delante y tose un reguero de sangre en el suelo. Los demás se apartan en un instante, entre gritos ahogados y aterrados.

—Un barco… —dice, y se arrodilla. Las entrañas le laten y le arden. El dolor es insoportable, aunque se resiste de todos modos y sigue soltando palabras—. Un barco… —dice, sin aliento—. Necesito… un barco…

Solo que nadie se le acerca. Se queda de rodillas en el barro y en la sangre, completamente sola. Piensa que quizá no sea un mundo al que valga la pena volver, con las llegadas y despedidas infinitas, con un dolor tan horrible y agotador. Es demasiado mayor. Ha tenido una vida plena a su propio modo, el mejor modo que ha podido conseguir dadas las circunstancias. Puede que no tenga hogar ni familia, pero conoce el mundo mejor que ninguna otra persona. Algo es algo. Quizá pueda morir ahí, en ese tramo de tierra húmeda junto a un río. No es mejor ni peor que en la arena del desierto o en la nieve de la montaña. Tiene la opción, ahora mismo, en este instante, de escoger en qué lugar quiere morir.

Pensar en eso le da fuerzas. ¿Por qué no debería tomar las riendas un poco?

Algunos se le acercan, aunque no demasiado. La mayoría niega con la cabeza y advierte a los demás que se echen atrás.

A la porra, piensa, y se deja caer de lado, de modo que la cara se le hunde en el barro. Acaba de dar sus primeros pasitos de vuelta en la civilización, y vaya desastre, con su cuerpo anciano tirado sin dignidad en el barro. Ya nota la oscuridad que la cubre como una manta, sin hacer ruido, sin proporcionarle calor ni frío, para adormecerla.

En sus últimos momentos, mientras se desangra en el barro, piensa en qué mundo ha visto, el mundo hecho para los encuentros. Tendría que haber dejado los libros antes. A su alrededor, cada vez más oscura, está la biblioteca más copiosa de todas, una que respira, ve y oye, por la que circula sangre. Por mucho que los académicos estudien, los historiadores investiguen y los lectores lean, nadie sabe más sobre hoy, sobre este mismo día, que la persona que vive en él.

Nadie sabe más sobre ella que ella misma.

Y, ahora mismo, nadie sabe más sobre lo que implica morir que ella.

Pensar que ella es su propia biblioteca, una que no contiene nada más que a ella misma, la alegra al final. Cree que será un buen libro, tal vez uno magnífico. Lo ve, más que imaginárselo: su última página se llena, y el punto final se plasma sobre ella. No es ella la que muere, sino el universo que la rodea, que se oscurece y se cierra. No es que el cuerpo le falle, sino que ya no tiene ningún lugar al que ir. El mundo se ha quedado sin espacio, se ha encogido hasta formar un punto límite en la punta de la nariz.

—No, no, tráiganla aquí —dice una voz—. Vamos, llévenla al barco. —No es su enfermedad, sino una voz ronca y lacónica que habla en portugués y luego en español. Entonces oye unos pasos a su alrededor. Antes de que se dé cuenta, la recogen en una red de brazos y cargan con ella por el mercado. Las voces de distintos hombres suenan preocupadas a su alrededor. Oye el chapoteo del agua y sabe que la están llevando por el río. Nota que la colocan con suavidad en una canoa. Ve el azul del cielo, percibe el movimiento del río, ve las ramas caídas de los árboles que flotan en la ribera.

»¿A dónde la llevo? —le pregunta la voz.

Sacude una mano teñida de sangre y señala en todas las direcciones. Y entonces se la llevan.

CAPÍTULO OCHENTA Y SIETE

Un paraíso para los niños perdidos

Es un anciano con la piel como el cuero desgastado y un cabello corto y plateado que, por el aspecto que tiene, parece que se lo ha cortado él mismo con un machete y sin espejo. Está sentado a la popa y rema en su larga canoa río abajo, hacia la sangre oscura de la selva que rezuma como una serpiente a través del espesor verde, se bifurca, se ensancha y se estrecha.

Aubry está metida en la proa, junto a sacos de arroz y de harina de trigo, plátanos y gambas secas, cajas llenas de lápices y anzuelos y cables y cuerdas. Se inclina por un lado de la canoa, con sumo cuidado. Parece más cargada de la cuenta, por lo que está segura de que con un mal movimiento puede hacer que vuelque entera. Con cautela, lleva una mano al agua y se limpia la sangre seca de la cara.

—*Merci*... —dice, todavía mareada y con voz ronca. Le ha hablado en francés, por mucho que sepa que el hombre habla español, así que lo intenta de nuevo—. Gracias... por salvarme.

El hombre deja de remar y la mira con curiosidad.

—¿Tiene problemas al hablar? —Tiene un tono tan seco que Aubry no sabe si la está insultando o no.

—No —responde—. Es un acento.

—¿De dónde?

—De Francia, hace mucho —contesta, mientras se seca la cara con una manga—. Ahora ya no sé.

—Vaya —responde él, carente de simpatía, aunque tal vez sea que habla así. Sigue remando, en silencio. Aubry carraspea.

—¿Puedo preguntarle a dónde me lleva?

—Ah, ya sabe. —Sigue con su tono de voz sin emoción—. A la selva, a lo más hondo de la selva.

En un solo aliento, Aubry se pone alerta, y el miedo vuelve a ella. Mira en derredor. El río avanza entre islotes de raíces de higueras entrelazadas, de árboles cubiertos de musgo. Incluso si pudiera salir nadando de allí, ¿hasta dónde podría llegar? Se tantea el cinturón en busca de la pistola, pero no está ahí. La ve en el otro extremo de la canoa, en una de las manos del hombre, quien la apunta con ella.

—No le importa que me la quede de momento, ¿verdad? —dice él.

Los pensamientos le van a toda velocidad. ¿Cuánto tiempo ha pasado desmayada? El hombre le ha quitado la pistola... ¿y qué más? ¿Sus monedas de oro? ¿La ha tocado? ¿Le ha puesto una mano encima?

—Sí que me importa.

—Pues qué descarada es, entonces. Salta a mi barco, armada y exigiendo que la lleve a alguna parte. Me ha manchado los aguajes de sangre. ¿Se puede saber qué es lo que le pasa? ¿Cólera? ¿Tuberculosis?

—No sé lo que es.

—Será por eso que cuesta tanto curarlo —dice, y se guarda la pistola en el bolsillo—. ¿Cómo se llama?

Aubry duda y parpadea como si se hubiera quedado mirando el sol. Se le ha olvidado. El hombre deja de pedalear y espera. Y entonces lo recuerda:

—Aubry. Aubry Tourvel.

—¿Seguro?

—Es que llevo mucho tiempo sin usarlo.

El hombre sigue quieto, con el remo flotando encima del agua.

—Cada vez resulta más interesante —suelta, y se pone a remar de nuevo. Aubry se percata de que él también habla con acento; tampoco es de la selva, como ella.

—¿Qué va a hacer conmigo? —le pregunta Aubry en voz baja, agazapada en la canoa.

—¿Con usted? Vaya, vaya. Hay muchas posibilidades, ¿sabe?

Ha pasado del miedo a lo infinito al miedo a ese hombre. Como si alguien hubiera pulsado un interruptor en su interior, se enfrenta al hombre con la sutileza de un animal enjaulado.

—No sé —le sisea—. Nunca he asesinado a nadie, no como usted. —Está segura de que es así—. No he huido de mi país ni me he escondido de la ley en una selva alejada de la mano de Dios.

El hombre deja de remar y se la queda mirando, como si la estuviera retando a continuar. Para Aubry, es como si se lo hubiera confirmado todo.

—Así que tengo razón —dice—. ¿A quién mató? ¿A su mujer?

—A mi mujer la dejé, no me acuerdo de haberla matado.

—Entonces, ¿a quién? ¿Por qué se esconde aquí?

—Me acaba de decir que no ha matado a nadie, no como yo. Eso ha dicho, ¿verdad? Eso ha sido. —Se frota la barbilla y la mira con una expresión curiosa—. Así que sí ha matado a alguien, solo que no como yo. ¿Lo he entendido bien?

Aubry se queda callada. Es una anciana idiota que se va de la lengua. Con tantos años en silencio que ha pasado, y ahora se cava su propia tumba frase a frase.

—Así que ya ha matado más que yo —dice, y le da una palmadita a la pistola que lleva en el bolsillo—. Ni loco se la devuelvo.

Aubry evita la mirada del hombre. Cuando contesta, lo hace en voz tan baja que él casi ni la oye.

—No fue así —dice.

—¿Cómo? No he asumido nada.

Rema un poco más en silencio. Aubry se tantea la ropa y ve que todavía lleva las monedas de oro en el bolsillo.

—¿De dónde es? —le pregunta ella.

—De Río Gallegos.

—Eso está muy lejos.

—¿Lo conoce?

Río Gallegos; se acuerda de que está en la Patagonia, a miles de kilómetros al sur de allí.

—Sí.

—Sí que ha viajado, entonces.

—¿Por qué se fue?

—Me pareció buena idea en aquel entonces.

—¿Dejó a su mujer?

—Bueno —esboza una sonrisita—, quizá no fue así del todo. Quizá fue ella la que me dejó a mí.

—¿La amenazó con una pistola?

—No, eso me lo reservo para las personas especiales.

Aubry se incorpora en silencio y espera un poco más de explicación.

—No podía tener hijos —le dice. Aubry se queda con una expresión tan neutra que el hombre imagina que no lo ha entendido, y así es. No lo entiende. Con cierta molestia, añade—: No puedo tener hijos.

De hecho, si Vicente Quevedo se molestara en revisar sus recuerdos, y no era algo que soliese hacer, la última vez que había visto a su mujer había sido a través de las ventanas húmedas del piso de arriba de la habitación en la que ella se había criado. Tenía treinta y cuatro años por aquel entonces, y ella, veintiséis. Se había quedado bajo la lluvia que salía del sur del Atlántico y había pasado más de una hora llamándola, sumido en el frío y en la oscuridad. A pesar de que estaba en casa, y sus padres también, nadie le abrió la puerta.

—Su mujer quería hijos más de lo que lo quería a usted —dice Aubry. Vicente le dedica una mirada llena de asco—. ¿Me equivoco? —pregunta.

—No, ¡pero no tiene por qué decirlo así! —grita él—. ¿Es que no tienen buenos modales en Francia? ¿No saben lo que es el tacto allí?

—Hace mucho que me fui de Francia —responde, desafiante.

—Pues más le vale volver y aprender otra vez.

—¿Y qué? —se burla Aubry—. No puede tener hijos…

—¡Eso!

— … y se mete en un barco…

—¡Sí!

— … o en un avión, ¿para vivir en la selva?

—¡Sí! ¡No! —se corrige, y niega con la cabeza—. Volar es para los debiluchos. Yo me fui caminando.

Por un momento, Aubry se queda sin voz.

—¿Caminando? —Habla en voz tan baja y reverencial, que él se pone a hablar en voz baja también.

—Caminé, sí.

Rema un poco más según nota la mirada de ella, antes de seguir explicando.

—Lo dejé todo y me fui al norte. A través de la pampa, de las tierras altas y de los Andes dos veces. Y luego por el río.

Aubry recuerda los largos viajes a través de la Patagonia, el esplendor rico del Uruguay, las guerras civiles de Colombia, la anarquía en los barrios bajos venezolanos.

—Pero se quedó aquí —dice Aubry.

—Tuve que quedarme.

—¿Por qué?

—Porque no dejaban de seguirme.

—¿Quiénes?

—Los dichosos niños, quién si no.

Vicente los había visto por primera vez en una aldea polvorienta llena de tejados de hojalata en las tierras altas de Guyana. Pasó por delante de un niño de seis años (o eso creyó, porque al no haber tenido hijos no sabía distinguirlo del todo) sentado en la entrada de un callejón. Había visto a tantos mendigos durante sus viajes que había perdido la cuenta, y la mayoría de ellos eran niños.

Solo que ese niño en concreto no pedía nada. No estiraba las manos y no decía ni «mu», sino que se limitó a mirarlo con intensidad, como si lo reconociera, como si fuera su tío e hiciera mucho tiempo que no se veían. A Vicente no le hizo ni pizca de gracia. Se alejó y se olvidó del niño. Una hora más tarde, volvió la vista atrás y vio que el niño lo seguía, que se asomaba desde detrás de los buzones y de las papeleras.

—Fuera adonde fuera, los niños callejeros se me quedaban mirando. Era espeluznante.

—Ya me lo imagino —responde Aubry.

—No, no te lo imaginas. Es imposible.

Una noche, Vicente acampó en algún lugar de la selva, sin tener ni idea de en qué lado de qué frontera estaba, pero preparó una hoguera y se puso a hervir yucas en una olla. Habría sido una noche completamente normal, al menos según sus nuevos estándares; tendría que haberlo sido. Sin embargo, todavía los veía: un grupo de niños, desde párvulos hasta adolescentes, sin hogar y desamparados. Llevaban la ropa hecha jirones, y algunos no tenían ni zapatos. Formaban un círculo espectral en el borde de la luz del fuego para observarlo.

—Paraba para pasar la noche y ahí estaban —dice—, un poco más allá de los árboles, la noche entera.

Aubry no está segura de si debería creérselo, porque le parece que está loco. A pesar de que intenta seguirle la corriente, no logra llenar la voz de la suficiente sinceridad.

—No me imagino lo que habrá pensado por entonces.

—Creía que mi mujer los había contratado para matarme.

—¿Y cómo se deshizo de ellos?

—¿Qué? —Vicente parece extrañado de verdad por la pregunta—. No… Bueno, eran muy pequeños.

Siguieron a Vicente a través de kilómetros y kilómetros de selva. Por muy deprisa que avanzara, cada vez que miraba atrás los veía, aquella banda de niños desamparados que lo seguían, con los más pequeños sobre los hombros de los mayores.

—Algunos ni siquiera sabían caminar todavía —le explica él—. Si no dejaban de seguirme, sabía que se iban a hacer daño, que se iban a poner enfermos o lo que fuera.

—Claro —responde Aubry.

—Así que acampé —sigue él.

Entonces Aubry empieza a entenderlo. Su expresión pasa de la soberbia a la sorpresa.

—O sea... —se incorpora un poco—, ¿ahora tiene hijos?

—Veintitrés, concretamente. —Señala río arriba con la barbilla—. Ahí están.

Aubry se da media vuelta. Más adelante, donde el río se bifurca, aparecen unas siluetas pequeñas: uno, dos, luego diez y luego veinte: niños y niñas de cabello largo, jóvenes y más jóvenes aún, unos puntitos bronceados en el tapiz verde que es la ribera. Incluso desde lejos, les ve el blanco de los ojos en contraste con su tez tan oscura, rugosa por la vida que pasan a la intemperie. Permanecen en la orilla como centinelas, y sus reflejos relucen en el agua opaca que tienen a los pies.

Vicente rema hacia la orilla, en ángulo. Los mayores, metidos en el río hasta las rodillas, lo ayudan a anclar la barca. Vicente descarga comida y suministros hacia las manitas que forman una cadena y se pasan las cajas hasta llevarlas a un refugio grande y abierto en el centro del campamento, un marco de madera cubierto de hojas de palmera y de paja que se curva de forma protectora sobre su terreno.

—Ahí está todo —dice Vicente mientras va pasando las cajas—. Arroz..., sal..., plátanos secos..., patatas..., alubias..., un poco de aguaje lleno de sangre... Ah, sí —añade, como si no tuviera importancia—, y una anciana francesa.

Los niños miran a Aubry con la boca abierta. Ya estaban así desde el principio, pero descargar la canoa era la prioridad. Una vez que acaban, la observan bajar a la orilla; es lo único de toda la canoa que baja sin su ayuda.

Una niña, de unos cuatro o cinco años, la olisquea.

—¿Para qué? —pregunta.

—Nos la comeremos —responde Vicente.

Los niños sueltan un grito ahogado.

Un niño, quizá de unos seis años, se abre paso hasta la parte delantera del grupo. La anciana le da igual, y casi ni la mira.

—Abu —le dice a Vicente—, Tulla te ha roto la hamaca mientras no estabas.

Vicente se agacha para mirar al niño a los ojos.

—¿Te preocupa dónde voy a dormir esta noche o solo quieres que Tulla se meta en un lío?

Tulla, de la misma edad que el niño, corre para defenderse.

—¡Quiere meterme en un lío!

—No pasa nada —dice Vicente—. No estoy enfadado. Vas a arreglar la hamaca, Tulla. —Se vuelve hacia el niño—. Y tú la vas a ayudar.

—¡Pero si no he sido yo! —El niño está horrorizado.

Vicente baja la voz para hablarle con calma sin que nadie más lo oiga. Sin embargo, Aubry, quien está al lado de los dos, oye toda la conversación.

—¿Prefieres que crean que eres el chivato que mete a los demás en líos o el que los ayuda cuando lo necesitan?

El niño murmura para sí mismo antes de contestar.

—Bueno, vale —dice, y se marcha, enfurruñado.

Aun con todo, más que nada los niños siguen cautivados por la anciana francesa y la miran con curiosidad.

—Pero ¿qué sabe hacer? —pregunta un niño, uno mayor que los demás, delgaducho y de unos doce años.

—¿Cómo que qué sabe hacer? —quiere saber Vicente.

—Nosotros cocinamos —responde el chico—. Ollie pesca en el río. Moura arregla el tejado. Y yo lavo la ropa. ¿Ella qué sabe hacer?

Vicente tiene una respuesta preparada. Tiene muchas respuestas para muchas situaciones y está a punto de lanzarse a una de ellas, quizás una charla sobre la caridad humana o una para que aprendan a darles a los demás tiempo para encontrar su propósito, tal como han hecho todos en el campamento. Además, ¿quién sabe si la mujer quiere quedarse con un grupo de rufianes como ellos? ¿No era muy arrogante por su parte asumir que así era?

Sin embargo, antes de que Vicente pueda soltar la primera palabra de su perorata, Aubry le quita la tapa a su bastón, prueba el agarre de sus manos envejecidas y lanza su arma de asta contra el centro de un árbol. Se produce un grito ahogado colectivo y todos se echan atrás de un salto. Hasta a Vicente le da un vuelco el corazón. Ni siquiera es un árbol grueso, sino uno delgaducho y joven, el objetivo más estrecho de la zona, y se mece por el impacto. La emoción recorre el campamento.

—¿Puede enseñarme? —le pregunta una de las niñas.

—Y podría enseñarte a disparar con una pistola también, pero tu abuelo me la ha quitado —responde Aubry.

—Y menos mal —murmura Vicente.

Aun así, la emoción es imposible de reprimir entre los niños.

—¡Puede ayudarnos a pescar! Eso es lo que sabe hacer.

—¡O a cazar pájaros!

—¡O jaguares!

—Niños —los llama Vicente—. Sé que no estáis acostumbrados a que tengamos visita, pero la primera regla es que no debemos someter a nuestros invitados a trabajos forzosos.

—No —dice Aubry—, no me molesta.

CAPÍTULO OCHENTA Y OCHO

Un paraíso para los niños perdidos

Aubry y Ollie, el niño al que le gusta pescar y que no puede tener más de diez años, van a la zona de pesca favorita de él, río abajo, antes de que anochezca. Se suben a un árbol caído, de cara al río, Ollie con su caña y su sedal y Aubry con su lanza. Otros niños los acompañan, aunque guardan las distancias y se conforman con observarlos desde los árboles de la selva, encaramados a ramas altas.

—Es el mejor sitio —le explica Ollie—. Los peces grandes vienen aquí a comerse a los pequeños. Y los más grandes de todos vienen a comerse a los grandes.

—Sí que sabes de peces.

Como la pesca no es un proceso rápido, pasan mucho tiempo sentados, a la espera y en silencio. Si bien charlan de vez en cuando, más que nada guardan silencio y se hacen compañía el uno al otro. Aubry se queda mirando el agua, y jura que, cuanto más tiempo mira, más parece que se ralentiza el agua para ella, como si le ofreciera sus secretos. Se ha quedado hipnotizada. El agua le dice que hay un río debajo del río, un sonido debajo del sonido. No son palabras lo que oye, sino que una sensación la atraviesa, una que las palabras son demasiado frágiles como para expresar.

—¿De verdad va a usar la lanza? —le pregunta Ollie.

Aubry parpadea, al perder la concentración. Como si fuera en respuesta a su pregunta, ven un pez grande que pasa por debajo. Hace fuerza con las rodillas, endereza la espalda y suelta la lanza. Atraviesa el agua y ensarta al pez por la cabeza. Es un pez grande y pesado, como una pitón muerta al otro lado de la cuerda, y tira de él con una expresión triunfal antes de alzarlo para que los niños de los árboles lo vean. Cuando lo hacen, se ponen de pie sobre las ramas y lo celebran.

Para cuando vuelven al campamento, tienen dos tucunares grandes y cinco siluros. Los niños están encantados. Limpian y destripan los peces y los cocinan con arroz y pimientos. No tardan nada, gracias al caos eficiente de las manitas con tareas asignadas. Se sientan debajo del gran cobertizo que los resguarda de la lluvia y atrapa el calor del fuego, el cual es lo bastante grande como para cobijar a los veintitrés niños y dos adultos.

Le cuentan a Aubry que otras noches comen monos o tarántulas del tamaño de cocos asadas sobre la hoguera. De vez en cuando, logran atrapar a un tapir en sus fosos escondidos, y, cuando eso ocurre, tienen carne suficiente para un mes. Hay higueras por la zona que dan fruto todo el año, y en la selva hay aguacates, anacardos, fruta de la pasión y un huerto de tomates que Vicente supervisa con sumo cuidado. Es una buena cena, y, si bien Aubry podría decir que ha comido cosas mejores, nunca lo ha hecho con tan buena compañía. Los niños son sinceros y graciosos, y, a veces, graciosos porque son sinceros. A veces están de mal humor y responden mal, pero nunca son aburridos, y habla y se ríe y chismorrea con ellos hasta bien entrada la noche.

Cuando se hace un ovillo en su alfombra, bajo el cobertizo, se da cuenta por primera vez de que por fin le han dejado de temblar las manos. También descubre que, si escucha con atención en medio de la noche, es capaz de saber desde dónde croa una rana arbórea, al otro lado del río. Se pregunta si la selva siempre habrá sonado así. Es como vivir en una casa que se ha quedado sin paredes, con el mundo muy lúcido, con tanto de él a su alrededor. Se queda dormida escuchando los sonidos.

Sin embargo, a la mañana siguiente, lo que la despierta son los gritos.

CAPÍTULO OCHENTA Y NUEVE

Un paraíso para los niños perdidos

Aubry se incorpora de un bote en su alfombra de paja y ve que los niños ya se han reunido en torno a la niña que no deja de gritar.

—Tulla —le susurran, mientras le dan palmaditas en los hombros—, no pasa nada. Ya viene el abu.

Aubry avanza a toda prisa y se abre paso entre los niños. Tulla está tumbada en el suelo y no deja de gritar: un hueso blanco le sale de un gemelo, y tiene la pierna cubierta de sangre. La rama que se ha partido y la ha tirado al suelo de lado no está muy lejos de ella.

—¡Ay, no! —suelta Aubry. Sin embargo, antes de que le dé tiempo a ayudar, Vicente la aparta.

—Yo me encargo —dice, y ella se echa atrás. Vicente se inclina sobre Tulla y le examina la pierna mientras ella grita. No existen palabras tranquilizadoras que puedan quitarle lo mucho que le duele—. Tranquila, no pasa nada —continúa—. Te pondrás bien.

Aubry se queda mirando, sin saber qué puede hacer para ayudarla. Se vuelve hacia la chica adolescente que tiene al lado, una que no parece preocupada. Está apoyada contra un árbol, sumida en la indiferencia, y su apatía resulta perturbadora.

—Necesita un médico —le dice Aubry.

—El abu sabe más que los médicos —responde la chica.

—No, necesita un médico de verdad, un hospital.

La chica se encoge de hombros. Aubry se percata de que tiene los ojos de colores distintos: uno es de color avellana, con marrón en los bordes, y el otro es verde claro.

—No le pasará nada.

Aubry se queda observando la escena, aterrada. Vicente tranquiliza a la niña y se concentra, con los labios apretados, y respira por la nariz como un toro.

Cierra los ojos y frunce el ceño. Aúna fuerzas y, de sopetón, se activa, le agarra la pierna a Tulla y presiona el hueso con toda la fuerza que tiene, como si quisiera abrir una nuez con las manos. Vuelve a meterle el hueso en la pierna. La sangre le gotea por el dorso de las manos, y aprieta la pierna hasta que nota que los dos fragmentos del hueso partido se unen.

Tulla suelta un alarido y se revuelve entre los brazos de sus hermanos y hermanas. Aubry ya no lo soporta más y se tapa las orejas. Mientras tanto, la sangre pasa entre los dedos con fuerza de Vicente, quien le junta la piernecita de nuevo.

A la niña se le ponen los ojos en blanco. Deja de gritar, pues el dolor en sí le ha arrebatado la voz, como si se le hubiera atascado una roca en la garganta. Se le queda la boca abierta, en un grito silencioso. Por su parte, a Aubry se le torna la visión borrosa por las lágrimas. Aparta la mirada.

Vicente le suelta la pierna, se echa atrás y respira hondo. Cuando Aubry vuelve a mirar hacia la escena y se frota los ojos, ve que uno de los niños le echa agua caliente en la pierna a Tulla para limpiarle la sangre, y otro niño está preparado con un ungüento que varias manitas le untan en la herida.

—Vendas —pide Vicente, y un chico, el mismo que había acusado a Tulla de romper la hamaca, corre hacia allí y le envuelve la pierna con fuerza, con cuidado y precisión. Y lo que es más importante aún: Tulla respira de nuevo, como si acabara de recorrer un continente entero, sí, pero lo peor del dolor ya ha pasado.

»Eres una niña muy valiente —la felicita el anciano, acunándole una mejilla con la mano—. Estoy muy orgulloso de ti.

Si bien le es difícil verlo, Tulla logra esbozar una sonrisa agotada. Los niños la tranquilizan, le frotan los hombros, le dan la mano. Vicente, cansado y aturullado, pasa por delante de Aubry según se aleja.

—Tendríamos que llevarla a un hospital. —Aubry lo fulmina con la mirada.

—Bah —responde él, con un ademán para restarle importancia.

Aubry lo observa dirigirse al borde del río para limpiarse la sangre. La cabeza le da vueltas, como si se estuviera recuperando de un buen puñetazo. A pesar de que cabe la posibilidad de que Tulla muera en esa misma semana (por infección, gangrena o septicemia), ninguno de ellos parece preocupado. Se pregunta qué clase de locura usan para sobrevivir en ese campamento y qué piensa hacer ella al respecto.

CAPÍTULO NOVENTA

Un paraíso para los niños perdidos

A la mañana siguiente, cuando Aubry se despierta sobre su alfombra de paja, bajo el gran cobertizo, se encuentra al pequeño Ollie acurrucado debajo de uno de sus brazos, y una niebla cálida ha cubierto la zona y hace que los límites de la selva que los rodea se vuelvan borrosos.

Es una mañana extraña, con cortinas de niebla que soplan entre los árboles y se cuelan por el campamento. En la ribera, Vicente y el niño pequeño que ayudó a vendarle la pierna a Tulla observan el blanco luminoso.

—¿Dónde lo has visto? —le pregunta Vicente.

—Ahí, recto —dice el niño, y señala río arriba.

Vicente se mete en el agua hasta las rodillas. Todos se han levantado ya y se han quedado en el borde del agua para observar el muro de niebla.

Y entonces la ven materializarse entre la bruma: una sombra, un agujero negro en el brillo, atrapado en el ritmo lento del río. Flota hacia ellos poco a poco.

Vicente se adentra más en el agua oscura y en el aire blanco. Despacio, poco a poco, alcanza a atisbar lo que es. Es demasiado pequeño para ser una barca, y más bien podría decirse que es un trozo de madera a la deriva. Se trata de una balsa pequeña, una que contiene a una persona más pequeña aún. La espera, ya metido en el río hasta la cintura, y la balsa flota hacia sus manos. A bordo de la balsa hay una niña de unos cuatro años, según le parece a Aubry, con el cabello oscuro y recto, sentada con las piernas cruzadas y sola.

—¿Cómo estás? —le pregunta Vicente.

—Bien —contesta.

—¿Has tenido un buen viaje?

—Ajá.

—¿Quieres descansar por aquí un rato?

—Vale.

La alza y la lleva a la orilla.

—Ratoncita —le dice Vicente a una de los niños—, ¿puedes ir a prepararnos una hamaca nueva?

Ratoncita, obediente, corre a ponerse a ello.

—¡Puede quedarse con la mía! —ofrece otro niño, antes de salir corriendo también.

—A ver qué tenemos para comer por aquí —comenta Vicente mientras carga con la niña hasta el campamento. Los demás niños se reúnen a su alrededor, le dan de comer y la inundan de preguntas. Según descubren, se llama Kuliki.

Más tarde, después de que haya comido y de que el grupo de niños que la rodeaban y la mimaban se haya dispersado un poco, Aubry y Kuliki tienen un momento a solas por fin. Están sentadas debajo del gran cobertizo y sacan semillas de los granos de cacao.

—¿Te llamas Kuliki?

—Ajá.

—Qué nombre más bonito.

—Ajá.

—¿Dónde están tus padres, Kuliki?

La niña aparta unas moscas del cacao antes de responder.

—Estaba jugando en la calle y se ha puesto a temblar todo y se han caído las casas.

—Pero ¿dónde están tus padres? —pregunta Aubry, por mucho miedo que le dé la respuesta.

—En las casas.

Es muy pequeña, tanto que la emoción no es una traba para ella. Aubry quiere consolarla, solo que no tiene mucho a lo que consolar.

—¿Cómo has encontrado este sitio?

—He seguido a las luciérnagas.

Aunque no dice nada más, Aubry cree oírle un acento, uno de un lugar muy lejano a ese.

—¿Dónde has aprendido español?

—¿Hablo español? —Kuliki alza la mirada hacia Aubry, interesada de verdad.

—Sí.

—Ah —dice ella, con curiosidad, y vuelve a ponerse con el cacao.

—¿Cuánto tiempo has pasado en el río?

—No sé.

—¿Has venido desde muy lejos?

Kuliki se lo piensa.

—Me acuerdo del océano. Y de unas montañas muy grandes.

—Sí que está lejos, Kuliki.

—¿Ah, sí?

—Sí, mucho.

Kuliki no reacciona, sino que vuelve a ponerse con lo suyo. Eso es lo único que Aubry podrá sonsacarle en ese momento, quizá para siempre incluso. Quién sabe cuánto duran los recuerdos de una niña de cuatro años.

Durante la noche, la niebla se condensa en una lluvia que cae de forma monótona, un repiqueteo constante que hace vibrar las hojas y tamborilea sobre el suelo. Por la mañana, el río, hinchado, se queja en el idioma de los remolinos y de las presas rotas.

A pesar de que debajo del gran cobertizo todo está seco, Aubry sale a pasear de todos modos, bastón en mano, y estudia ese campamento tan extraño, a esos niños tan extraños, tan alejados del mundo. Kuliki sigue dormida, y los demás están sobre las ramas de los árboles, chapotean en el río o corretean bajo la lluvia. Ollie ha salido a pescar, porque dice que es mejor pescar cuando llueve. La adolescente de los ojos de distinto color está apoyada contra un árbol, medio empapada, y observa la lluvia del río crecido como si esperara la llegada de un fantasma.

Aubry sigue el curso del río. Resulta hipnotizante observar las corrientes que retiran los restos de la selva, con hojas verdes y marrones por igual. El río se lo lleva todo. «Escucha», parece decirle. «Más allá de este lugar, los glaciares llenan los lechos de los ríos. Las mareas retiran los océanos».

El huerto de tomates de Vicente flota sobre un lecho de troncos y hierba en un islote tranquilo del río, alejado de los monos y de los ciervos. Cuando quiere unos cuantos tomates, Vicente echa mano de una cuerda y acerca el islote flotante. Ahí es donde lo encuentra Aubry, en la ribera, encargándose de su huerto.

—Tenemos sitio de sobra —le dice él—. Ahmee se fue hace un mes, y, un año antes de eso, nos dejó Isla.

—¿Quién es Ahmee?

—Un buen chico. Ha crecido y ahora está por el mundo. Así son las cosas. Se presentan aquí, les doy de comer, los crío, les enseño lo que sé y luego los dejo ir. —Se encoge de hombros, como si le ofreciera una disculpa—. Hago lo que puedo.

Esa tarde, ayuda a tejer una hamaca nueva y luego colabora con los niños para preparar la cena: la pesca de Ollie una vez más, con guarnición de patatas, setas y aguacates. Se reúnen bajo el cobertizo para comer, mientras la lluvia golpea las hojas que tienen encima y la hoguera los hace entrar en calor.

—¿Ha estado por todo el mundo? —le pregunta uno de los niños. El rumor se ha propagado deprisa.

—Sí.

—¿Cuántas veces? —pregunta otro.

—No lo sé.

—Eso son muchas veces —dice otro más.

—¿Ah, sí? —responde Aubry.

Todos se ponen a hablar con ella.

—Yo nunca he estado en ningún sitio —dice un niño de diez años, con expresión lúgubre.

—Porque tú eres pequeño, y yo ya soy vieja.

—¿Y ha visto todo lo que hay en el mundo? —le pregunta uno más pequeño.

—Ah, eso sería ver muchas cosas.

—Pero puede ser.

Aubry está a punto de negarlo cuando se da cuenta de que no puede. Las palabras se le atascan en la garganta.

—Ay, Dios —suelta Vicente—. Tienen razón.

—¿Estaba en una misión? —quiere saber Tulla.

Vicente se echa a reír, y, una vez más, Aubry duda antes de contestar, por lo que él alza la mirada hacia ella, con curiosidad.

—¿Y qué clase de misión es esa?

Aubry se queda mirando la hoguera, como si fuera a encontrar la respuesta en ella.

—Ver el mundo.

—Alguien quería que lo viera —dice una pequeñina, asintiendo casi con total certeza.

—¿Ha sido difícil? —le pregunta alguien.

—Sí.

—¿Ha sufrido? —quiere saber otro.

No es capaz de decirlo en voz alta, así que asiente.

—¿Ha valido la pena?

Mira a los niños y luego a Vicente. Es como si quisiera que alguien más contestara las preguntas por ella. Ha pisoteado el mundo entero, lo ha recorrido. Se ha acurrucado en su regazo y ha comido sus frutos, y, aun así, es ahora cuando nota que se han conocido por fin.

—Sí —responde—. Ha valido la pena.

—¿Y qué ha visto? —quiere saber Ollie. Sin embargo, Aubry guarda silencio.

—No puede contarnos ni la mitad de lo que ha visto —dice la chica de los ojos de distinto color. Aubry no tiene ni idea de cómo es capaz de discernirlo.

—¿Por qué no? —pregunta uno de los niños.

—Porque tiene miedo de que no la creamos.

—Yo la creeré —dice Ollie.

—Yo también —interpone un pequeñín.

Aubry quiere decirles algo, pero ¿qué? Desde que salió de las bibliotecas, ha vivido con un pie en el mundo y otro en una aparición. En ocasiones, cuando está sola en el mundo, le da miedo darse la vuelta demasiado deprisa, por si la eternidad está escondida detrás de ella. Solo que ¿cómo puede explicarlo? Tiene conocimientos que debe compartir, y esos niños son unos oyentes perfectos, pero ¿cómo se le describe el color a un invidente? Lo que ha visto era como un incendio enorme que recorría el mundo, y ahora solo puede soplar sobre las ascuas y esperar que otros sean capaces de atisbar el brillo.

—¿Por qué no la íbamos a creer? —pregunta Tulla—. ¿No es real?

—Es más real que lo real —contesta Aubry, mirándola.

Aunque todos se quedan esperando a que cuente sus historias, Aubry no tiene nada más que decir.

—Dejadla en paz —dice la chica de los ojos de distinto color—. No tiene palabras para expresarlo. Dudo que nadie las tenga.

—No hay prisa —dice Vicente—. Tenemos tiempo.

—Yo no —suelta Aubry. Los niños se quedan en silencio—. No se me permite quedarme. En ningún lugar.

—¿Tiene que irse? —pregunta uno de ellos, triste.

—Lo siento.

—¿Cuándo?

—Esta noche. No me queda mucho tiempo.

—¿Esta noche? —pregunta Vicente.

—No quiero irme. De verdad, no quiero. Ojalá no tuviera que irme.

—Cuando tenga que irse —le dice Vicente, con mucha calma, mientras se come un aguacate—, dígamelo. La llevaré a algún lugar seguro con la canoa. —La mira—. Pero antes intente descansar un poco.

El sueño no le llega con facilidad esa noche. Vicente se sienta a su lado, no demasiado cerca, pero tampoco lejos. No la mira, sino que clava la mirada en la noche. Es un acompañante que no molesta nada.

Deja de llover. Después del repiqueteo eterno de las gotas de lluvia, un silencio sobrenatural se extiende por el campamento, como si la selva entera hubiera metido la cabeza bajo el agua. La tarde se torna más oscura. Los ruidos vuelven poco a poco: los chirridos de las cigarras, el croar de las ranas. Los dos se quedan escuchándolo todo.

Más allá de aquel lugar, el magma se agita. El magma transforma la faz de la Tierra. Y Aubry lo sabe.

A la mañana siguiente, cuando se despierta en su alfombra de paja debajo del gran cobertizo, tiene a tres niños acurrucados debajo del brazo izquierdo y dos más debajo del derecho.

CAPÍTULO NOVENTA Y UNO

Un paraíso para los niños perdidos

Vicente desata las vendas de Tulla con mucho cuidado. Con un poco de ayuda, la niña se pone de pie, sin caerse. Si bien al principio se apoya en sus hermanos y hermanas, estos la van soltando poco a poco, hasta que puede quedarse de pie sola. La pierna herida, aunque tiene una cicatriz, parece estar fuerte, lo suficiente como para cargar con el peso de la niña con tan solo una leve cojera. Según camina en círculos, hasta la cojera parece desaparecer. Poco después, ya puede salir corriendo con sus amigos para ir a jugar al bosque.

Aubry ha presenciado la recuperación entera, de principio a fin, y, aun así, no está segura de lo que ha visto. Sale a pasear, anonadada, como si un milagro la hubiera atacado con violencia.

—Es imposible —musita para sí misma. La chica de los ojos de distinto color la oye.

—Lo que es imposible en su mundo —le dice— es inevitable en el nuestro.

Más tarde esa misma tarde, Aubry oye a Vicente hablar con Shona. Shona es una niña de pocas palabras, bastante pequeña para ser que tiene ocho años (si es que es así), aunque lo compensa con una gran sabiduría. O eso le parece a Aubry.

—Deberíamos ir a comprobar las donaciones —le dice Shona cuando se acerca a Vicente, quien se endereza y presta atención.

—La semana pasada no había nada.

—Hoy sí. —Y la niña no dice nada más. Menos de una hora más tarde, Vicente recoge algo de cuerda y reúne a varios niños para una excursión.

—Hay un lugar en el que la gente a veces deja regalos para los niños —le cuenta a Aubry—. Está a unos seis kilómetros de aquí, pero me imagino que le vendrá bien caminar.

—Porque no he caminado suficiente hasta ahora, claro.

Vicente tiene una sonrisa que siempre se le tuerce hacia el mismo lado.

—Es una historia muy buena.

—¿Cuál?

—La suya. A quienquiera que se la cuente la admirará. No se puede evitar. Si usted se admira a sí misma o no ya es cosa suya.

—Lo único que hice fue no morir.

—Y lo hizo muy bien. Venga —le dice, ofreciéndole una mano—. Ha sido un paseo impresionante el que ha dado, jovencita, pero todavía no ha acabado.

Vicente la ayuda a ponerse de pie, por lo que Aubry los acompaña: a Vicente, Shona, Ollie, la chica de los ojos de distinto color y un chico mayor llamado Tonuhai. Los seis se adentran en la selva.

CAPÍTULO NOVENTA Y DOS

Su hogar

Vicente carga con la cuerda enroscada alrededor del hombro. Por delante van los niños, que se conocen el camino. Tonuhai, el mayor de todos ellos, lleva una cesta tejida colocaba en la cabeza, de cabello rubio platino, llena de todo un surtido de objetos: una red de pesca pequeña, una lámpara y algo envuelto en una hoja de platanero. Caminan a través de la selva verde oscuro y siguen un camino difuso que incluso a Aubry, con toda la experiencia que tiene, le cuesta ver.

—Quería preguntarle… —empieza a decirle a Vicente—. ¿Qué aspecto tengo?

—Es una anciana con cabello largo y blanco. —Si bien debería de haber sido uno de sus comentarios incisivos de siempre, en esta ocasión no lo es. Casi lo dice hasta con afecto—. Muy bella, de hecho.

—¿Sí? —Se alegra de oírlo—. No he… No sé qué aspecto tengo. Ya no.

—Ninguno de nosotros lo sabemos.

—Gracias —añade ella, un poco tarde.

—De nada.

Aubry duda antes de decir algo más, hasta que suelta:

—He visto algo.

Vicente espera a que le cuente más, pero ella guarda silencio.

—¿Una mariposa?

—Una visión.

—¿Se parecía a esto? —Vicente mira en derredor y hace un gesto hacia la selva.

—No.

—¿Y a qué se parecía?

—A todo. —Se ha parado a medio camino, de modo que él también, y la mira—. Y nada ha sido lo mismo desde entonces.

Vicente la observa desde cerca. Por muchas malas caras que ponga y por sarcástico que sea, se le da bien escuchar a los demás.

—¿Cómo...? —tartamudea Aubry—. ¿Cómo se le ha curado la pierna tan rápido a la niña?

—Siempre que las cosas salgan bien por aquí, yo que usted no haría muchas preguntas —contesta él, tras pensárselo.

A Aubry se le saltan las lágrimas. Vicente se le acerca y le apoya una mano en el hombro; es una invitación, y Aubry lo rodea con los brazos con timidez, como una niña pequeña asustada. Lo abraza con fuerza, y, como le da demasiado miedo decirlo en voz alta, le susurra:

—Es el quinto día que paso aquí. Nunca he pasado cinco días en el mismo sitio. A veces cuatro, sí, pero nunca cinco. Jamás.

—No creo que tenga que seguir contando los días —le susurra él.

Y entonces Aubry se pone a sollozar, sobrecogida por las emociones que no puede explicar. Es una sensación de alivio, como si la hubieran relevado. Y también una de tristeza, como si viera que una parte de ella está muriendo. La pena del luto, la alegría de la liberación, y no es capaz de separar las sensaciones. Vicente la abraza con fuerza, con la cabeza apoyada en la de ella. Aubry se pone a temblar, pero él lo entiende y la deja llorar, con un sollozo largo, silencioso y con la boca abierta.

—¡Ya hemos llegado! —grita Ollie, por delante de ellos.

No se mueven. Vicente espera mientras Aubry recobra la compostura, se enjuga las lágrimas y se tranquiliza. La sujeta de un brazo y la ayuda a recorrer el sendero con amabilidad. Con la guía de Vicente, Aubry camina sonámbula a través de la selva, agotada. El mundo le parece algo impalpable, como si el suelo que pisara no estuviera ahí. Los insectos emiten sus chirridos en las copas de los árboles, y, en algún lugar distante, un mono suelta un alarido.

Y el ambiente de la selva, verde y húmedo, le advierte de que lo que tiene por delante es el momento en el que el idioma se detiene.

Vicente la apoya contra un árbol con suavidad y avanza con su cuerda. Aubry ve a los cuatro instalando una línea con la cuerda. Hay un palo largo y resistente atado entre dos árboles, y Tonuhai se sube a Ollie a los hombros para que llegue. Con un puñado de grasa que guarda en una hoja de platanero, Ollie se desliza por el centro del palo, donde una hendidura muy desgastada se ha tallado en la madera. Lanza la cuerda, y esta se cuela por el hueco. En un extremo de la cuerda atan la cesta tejida.

Aubry observa el proceso sin entender el plan, por lo que no se mete por medio. Tampoco les iba a servir de nada, con la vista borrosa como el agua de las nubes. Sin embargo, sí que se pregunta por qué Vicente enciende una lámpara y qué van a meter en la cesta. Se acerca con una sensación de nervios en las entrañas que aumenta con cada paso que da.

Lo nota antes de llegar a verlo.

Tiran de la cuerda y alzan la cesta al aire, por encima del pozo que acaba de ver. Se detiene al reconocer las piedras suaves y grises con forma de boca, con dos ojos tallados en un extremo del borde y una barba diminuta en el otro.

Aubry se queda helada. No puede obligarse a dar un solo paso más.

Es Shona, muy pequeña para su edad, la que se mete en la cesta, la cual es lo bastante menuda como para caber por la garganta larga y oscura del pozo, aunque también lo bastante grande como para soportar el peso de la niña.

—Llévate la lámpara —le dice Vicente.

Le entrega la lámpara que llevaba Tonuhai. Brilla de color amarillo en manos de la niña.

—¿Tienes tu red? —le pregunta él.

—Sí —responde, con su cuerpecito hecho un ovillo en la cesta.

—¿Y sabes qué hay ahí abajo?

—Unas monedas.

—¿Y qué más?

—Ya veremos —responde Shona. A unos pocos pasos de distancia, la niña de los ojos de distinto color observa a Aubry, como si compartieran un secreto horrible.

—Abajo, entonces —dice Vicente. Con cuidado, Tonuhai y él bajan a Shona más allá de los labios, de los dientes, hacia las fauces negras. La niña se hunde y se hunde hasta que solo es un brillo tenue en la oscuridad.

Aubry se queda lejos, con la espalda apoyada en un árbol, y observa y espera. No se mueve, sino que solo respira.

—¿Vas bien? —le pregunta Vicente a Shona.

—¡Sí! —indica su vocecita que resuena por el pozo.

Tonuhai ata la cuerda, pero sin soltarla, por si acaso. Vicente y los demás se asoman por el pozo para ver el tenue brillo del interior de la tierra y oír los ecos que resuenan desde allí: un poco de chapoteo y el tintineo del metal.

Detrás de ella, Aubry nota una presencia, justo atrás de un hombro. El vello de la nuca se le eriza. Es como si unos pasos silenciosos la acecharan y se acercaran a ella a toda prisa. Se da media vuelta y se queda mirando las profundidades de la selva, aunque no ve nada.

—¡Ya está! —La voz de Shona resuena desde el fondo del pozo.

Vicente y Tonuhai tiran de la cuerda, poco a poco y con cuidado, con una mano delante de la otra, hasta que la niña sale de entre los dientes. Balancean la cesta por encima del borde del pozo, más allá de los ojos abiertos, y la dejan en tierra firme.

Vicente ayuda a Shona a salir de la cesta. Tiene las manitas negras por el barro, y la cesta gotea agua del pozo.

—¿Qué nos ha tocado? —pregunta Vicente.

La niña vuelca la cesta, y un pequeño tesoro sale de ella.

—Anda —suelta Tonuhai, en voz baja.

Se reúnen en derredor y rebuscan entre la pila de objetos que tienen a los pies. Encuentran monedas manchadas de barro; Vicente les echa agua y las lava lo suficiente como para ver que son chinas, hechas de oro. Shona sostiene un par de pendientes, y todos sueltan un grito ahogado al verlos. Son de lo más bonitos, y no de la zona, sino de un lugar muy lejano. Vicente jura que solo los zafiros pueden tener un color así.

La chica de los ojos de distinto color saca un trozo de ámbar que brilla de color dorado a la luz. Cuando lo alza, todos ven el escarabajo que tiene petrificado dentro. Ollie ha encontrado un diente grande con unas letras moradas extrañas talladas en el esmalte.

—Mirad —dice Tonuhai—. Dinero. —Saca un fajo de billetes de un morral de cuero antiguo. Vicente lo mira de cerca.

—Es dinero de Nueva Zelanda —explica—. Parece que alguien nos ha hundido un galeón español en el pozo.

Mientras tanto, Aubry va acercándose poco a poco hasta que se asoma sobre los demás. Podría protestar. Podría aferrarse a todos esos objetos y salir corriendo. Al fin y al cabo, ya lo hizo una vez. Sin embargo, prefiere que se los queden los niños. Debe de ser por la edad, que le otorga mucha compostura.

Y entonces ve, en el centro de la pila de objetos, una esfera de madera, con sus muchas caras todavía brillantes por el barniz. La chica de los ojos de distinto color se percata de Aubry, recoge la pelota rompecabezas y se la entrega. Aubry la acepta y la sostiene como si estuviera hecha de un cristal fino y contuviera su propio corazón latiendo en el interior. Se sienta y se apoya contra el borde del pozo, contra esa cara, y le da vueltas a la pelota poco a poco para limpiarla con su falda.

—¿Vale algo? —le pregunta Vicente, solo que Aubry no lo oye.

Se acuerda del globo terráqueo de Marta, entrecruzado con líneas de cera rojas hasta formar un patrón. Se acuerda de la visión, grabada a fuego en sus recuerdos, del entramado de las bibliotecas, de su simetría perfecta que la rodeaba y la atrapaba en su órbita. Le da vueltas a la pelota y desliza los paneles uno contra otro para colocarlos en su sitio, como si la pelota rompecabezas fuera el mundo en miniatura. No siempre se acuerda de qué lugar vino primero, si Reikiavik o Cardiff, si Ceilán o Samoa, pero descubre que solo tiene que cerrar los ojos por un instante para que todo le venga a la mente, todos los caminos por los que ya ha olvidado que pasó. Acelera el ritmo. Conforme hace girar las piezas cada vez más rápido, el patrón se acaba revelando.

Y entonces suelta un chasquido.

Es la primera vez que suelta un chasquido, con todos los años que ha intentado abrirla. A pesar de su edad, a pesar del tiempo que ha estado esperando en el fondo de un pozo, la pelota se abre entre las manos de Aubry, con total ligereza, con tanta facilidad que a ella se le saltan las lágrimas y tiene que parpadear para ver mejor. La termina de abrir con suavidad, como si retirara pétalos de flores.

En el interior, escondido en el centro hueco que está viendo por primera vez, hay un trocito de papel, doblado hasta que se ha hecho pequeño.

Lo despliega con sumo cuidado, doblez por doblez. Conforme se abre, los colores le brotan entre las manos. Ve que es un dibujo con acuarelas, un cuadro de un río negro, y, tras él, una selva espesa, pintada con unas líneas verdes onduladas que se juntan y se entremezclan. Es inconfundible, y no le cabe la menor duda de quién lo ha pintado.

Qalima.

¿Cómo lo describió? Una visión que había tenido de un río en el fin del mundo.

Nota que se le eriza la piel. Le da la vuelta al cuadro. Por detrás, con la caligrafía elegante de Qalima, dice FELIZ CUMPLEAÑOS.

Sin embargo, cuando vuelve a darle la vuelta, las acuarelas han desaparecido. Le da la vuelta otra vez, por si es un efecto óptico, pero el otro lado está vacío también. Ha acabado con una hoja de papel en blanco en sus manos temblorosas. ¿Lo ha visto de verdad? ¿Estaba ahí? Le da vueltas al papel sin parar.

Los demás se la han quedado mirando, y no sabe cuánto tiempo llevan así. Aubry les devuelve la mirada, aunque no de verdad. Piensa que hay cosas en el mundo que solo existen porque alguien las ha visto. Casi no se puede creer el milagro de su existencia, de que haya existido, de que siga existiendo. Desde el principio ha sido una historia imposible. Es curiosa la gratitud que nota de repente, que se le esparce por el cuerpo como un círculo de agua brillante. Quiere ponerse a llorar, solo que ya no le salen las lágrimas.

Se mete el papel en un bolsillo. En un silencio lleno de preguntas sin formular, vuelve a montar la pelota rompecabezas.

El viento sopla y mece los árboles.

—Viene mal tiempo —dice.

Otro soplo agita las hojas en lo alto y dobla las copas de los árboles. Pinta mal y es precioso, y Aubry se alegra de ser testigo de ello.

—Ya —contesta Vicente—. Volvamos a casa.

—Volvamos a casa —asiente Aubry.

Recogen sus cosas y las meten en la cesta, en la cesta del tesoro, según la llaman, y vuelven al campamento. Vicente va por delante. Tonuhai, Shona y Ollie lo siguen de cerca. Aubry le lanza la pelota rompecabezas a la chica de los ojos de distinto color, su regalo, y ella la examina con una sonrisa curiosa. Se apresuran para darle alcance a Vicente y a los demás. Caminan en fila por la selva, y, uno a uno, se desvanecen en el espesor verde, rumbo a su hogar.

AGRADECIMIENTOS

Mi madre siempre me decía que escribiera una novela, pero la tarea me parecía inalcanzable. Yo le decía que los que escribían novelas eran escritores de verdad. Al final, hecho un manojo de nervios, seguí su consejo. A pesar de que no ha vivido para verla publicada, sé que habría estado muy orgullosa. Si te gusta Aubry Tourvel, que sepas que hay gran parte de mi madre en ella, en especial en lo que concierne a los niños. Era la mejor madre del mundo.

Alice Lutyens, quien está hasta las cejas de clientes, me aceptó de todos modos. Quién sabe qué la llevó a hacerlo. Vio algo en la novela y me dio algunos de mis primeros consejos sobre escritura, los cuales han sido de una ayuda inestimable. Sus consejos siempre han dado en el blanco, y me gustaría darles las gracias a ella y a todo el equipo de Curtis Brown por haberse esforzado tanto por mí.

Si con Alice me tocó la lotería, me volvió a pasar con Margo Shickmanter, mi editora. Si te gusta la novela, recuerda que Margo ha tenido mucho que ver con ello, pues me ha hecho esquivar un montón de minas y me ha ayudado a simplificar una narrativa que abarcaba demasiado. Aunque a veces me cuesta aprender, ella siempre ha tenido la paciencia de una santa conmigo. Además de a Margo, quiero darles las gracias a todos los de Avid Reader Press: Jofie Ferrari-Adler, Meredith Vilarello, Amy Guay, Jessica Chin, Alexandra Primiani y Katherine Hernandez. Han sido geniales, han hecho que me ciñera a las fechas y me han conducido a lo largo del mundo de las publicaciones, que era nuevo para mí.

Esta novela nació de los días que pasé en la biblioteca pública de Cleveland. Muchas personas han participado en ella, muchas de ellas sin saberlo, como Amy Sawson, Jean Collins, April Lancaster y Dorrian Hawkins, por mencionar algunos. Gracias de todo corazón a todos ellos.

Por último, les doy las gracias a mi extraordinaria mujer, a los dos hijos tan entretenidos que tenemos, a mis tres hermanos y a sus familias, a mi mejor amiga Angela, a Cil y a mi padre, siempre atento y siempre dispuesto a ayudarme. Todos me han estado animado discretamente tras bambalinas, cada uno a su modo. Os lo agradezco de verdad.